anagramma

1338

Della stessa autrice:

Un diamante da Tiffany
Shopping da Prada e appuntamento da Tiffany
Natale a Londra con amore
Quell'estate da Tiffany
Quell'estate senza te
Un regalo perfetto
Natale a Notting Hill
Il segreto di Parigi
Una questione di cuore
Un regalo sotto la neve
Una fantastica vacanza in Grecia
Le incredibili luci delle stelle
La mia fantastica vacanza in Spagna
Una festa da sogno
La spiaggia segreta
Innamorarsi a Natale
Il sentiero degli incontri segreti
Appuntamento a mezzanotte
L'ultima estate con te
La lettera di Natale
L'estate degli amori segreti
Natale a lume di candela

Titolo originale: *All I Want for Christmas*

First published 2024 by Macmillan
an imprint of Pan Macmillan.

Traduzione dalla lingua inglese di Mariacristina Cesa
Prima edizione: novembre 2025

ISBN 978-88-227-9789-6

www.newtoncompton.com

Realizzazione a cura di Pàgina
Stampato nel novembre 2025 da Puntoweb s.r.l., Ariccia (Roma)

Karen Swan

Natale sotto la neve di Copenaghen

Newton Compton editori

A Sam Burns,
il migliore ad ascoltare e a farti ridere a crepapelle.

Capitolo uno

Copenaghen, 25 novembre 2024

«Cosa stai facendo, esattamente?», chiese Darcy vedendo la sua coinquilina digitare sul telefono. Aveva il forte sospetto che Freja non stesse cercando le previsioni del tempo come aveva detto.

«Ti sto aiutando», rispose l'amica senza neanche alzare lo sguardo. «Sono tre settimane».

«Solo?», gemette Darcy gettando la testa indietro e fissando il soffitto spiovente di legno di pino, addobbato di lucine e finti rami di conifere.

«Devi rimetterti sul mercato», continuò Freja, senza curarsi dei baffi di cioccolata calda, di cui era ben consapevole. Non riusciva mai a mangiare o bere qualcosa senza ritrovarselo anche addosso.

«E chi lo dice?», ribatté Darcy guardandola mordersi il labbro per la concentrazione.

«Tua madre, tanto per cominciare. Hai ventisei anni. Vuole dei nipotini».

«C'è Cara per quello».

«Cara ha diciannove anni e sta facendo rafting in Tailandia».

Darcy alzò gli occhi al cielo. Le bizzarrie di sua sorella durante l'anno sabbatico erano molto più divertenti di qualsiasi cosa avesse fatto lei in tutta la sua vita. All'orizzonte per sé stessa vedeva solo l'affitto da pagare, un appuntamento con l'igienista dentale e la scadenza ormai prossima della tesi. Se Lars non l'avesse tradita, avrebbe partecipato alla gita a Stoccolma la settimana precedente, avrebbe avuto un posto in seconda fila al concerto di The Weeknd il venerdì successivo e qualcuno con cui far scoppiare un *Christmas cracker* la mattina di Natale. Invece, tre settimane prima, in un locale, lui aveva baciato una ragazza che conosceva da ben ventotto minuti e spazzato via in un attimo due mesi e cinque giorni di investimento emotivo.

Darcy tamburellò con le dita sul tavolino di legno quadrato. «Be', ho anch'io il mio periodo sabbatico. Ho bisogno di altre tre settimane».

«Permesso negato. Tu puoi essere felicissima di passare il Natale da sola, ma io no. E se non vuoi venire a casa dei miei genitori con me, allora dobbiamo trovarti una compagnia».

«Frey, ho una tesi da scrivere, sono in ritardo da far paura. Se avessi il tempo di trascorrere il Natale con te, ce l'avrei anche per raggiungere i miei in vacanza. Credimi, preferirei di gran lunga starmene a oziare su una spiaggia in Tailandia piuttosto che qui a battere duemila parole al giorno».

«Motivo per cui, raggiunto il tuo minimo di parole, ti servirà staccare in compagnia di un bel fusto». Freja la guardò. «Tra parentesi, non è che con gli anni diventi più giovane...».

«E neanche più saggia, a quanto pare».

«Non sono tutti come lui».

«Ah, no?». Darcy inarcò un sopracciglio. «E dire che ho sempre pensato che fosse di quelli buoni: lavoro noioso ma solido, stipendio fisso e dignitoso, buone prospettive».

«Allora forse il problema è proprio quello: hai l'asticella troppo bassa».

«Ehi, ora sei diventata un'esperta?»

«Sì, sono un'esperta», ribatté Freja con un sorrisetto strafottente. «Vado a letto con lo stesso uomo da un mese, quindi sono sull'altra sponda e, di colpo, tutto mi appare chiarissimo».

Il tono di voce trasudava tutto il suo sarcasmo, ma anche se Darcy scoppiò a ridere prendendo la sua cioccolata calda, faticava ancora ad abituarsi a quella preoccupante versione "innamorata" della sua coinquilina. Freja non era mai stata insieme a un ragazzo per più di una settimana. Figlia di un brutto divorzio, non credeva che le cose potessero durare

– non riusciva a tenere in vita neanche la loro pianta, Miss Petals, dettaglio piuttosto allarmante per una studentessa di microbiologia specializzanda in genomica – e la loro amicizia era nata proprio sulla comune collezione di insuccessi amorosi. Si erano conosciute d'estate, nel bagno di un locale per studenti dove Darcy – che era appena arrivata in città e si era rifugiata lì per sfuggire a un pessimo appuntamento rimediato su Tinder – aveva visto Freja cercare di forzare il distributore di assorbenti con una stecca per colletto trovata in fondo alla borsa. Darcy le aveva prestato i soldi e Freja, in cambio, si era liberata del suo spasimante dicendogli di averla appena trovata nel bagno a piangere su un test di gravidanza positivo. Il tizio si era volatilizzato senza nemmeno finire la birra. Da allora erano state amiche e complici, almeno fino a qualche settimana prima, cioè da quando l'ultima avventura bollente di Freja non aveva dato cenno di raffreddarsi.

Darcy guardò fuori dalla finestra verso i pattinatori dell'ora di pranzo che scivolavano – o in qualche caso sbandavano – sulla pista di ghiaccio interna ai Giardini di Tivoli. Nonostante fosse l'ultima settimana di novembre, il gigantesco albero di Natale era già addobbato e tutti i negozietti già riforniti di candele di soia, sacchetti di lavanda e oggettini di legno che avrebbero riempito le calze di Natale. Gli alberi erano pieni di lucine, nel parco passeggiavano cani al guinzaglio e bambini con i guanti appesi alle cordicelle che tentavano i primi passi. Il ronzio delle giostre e il sibilo dei pattini sul ghiaccio portava con sé un concerto di voci, giovani e meno giovani. Era facile percepire l'atmosfera del Natale in un luogo che indossa la neve come una sciarpa e vanta la popolazione più felice del pianeta. Una coppia si fermò sul lato opposto della pista per scattarsi un selfie: lui le cingeva la spalla con il braccio e lei tendeva il collo per un bacio lungo e appassionato.

«Vomitevole». Darcy sprofondò nella sua sedia, disgustata da quello sfacciato sfoggio di gioia.

Freja rialzò la testa e seguì il suo sguardo. «Visto cosa dicevo? Tutti gli uomini decenti sono stati già accaparrati. Proprio sotto il tuo naso».

«Allora me ne vado a Parigi. O a Barcellona. Anche lì ce n'è un sacco».

«Troppo tardi. Ho ufficialmente dichiarato concluso il periodo di lutto».

«Ma a me piace stare in lutto», bofonchiò assorta Darcy, che ancora osservava la coppia felice. «Il nero è il mio colore». Si portò le mani sui lunghi capelli castano chiaro; le ciocche bionde intorno al viso, ricordo dell'estate, erano ancora abbastanza evidenti da darle un po' di luce, ma la ricrescita era ormai lunga e sulla pelle non c'era più la minima traccia del sole di Ibiza.

«Ecco cosa faremo». Freja le restituì il telefono con uno sguardo trionfante. «Controlla la schermata iniziale».

«Che cosa hai fatto?». Darcy si accigliò sospettosa.

«Aprila».

«Mmm. Cosa devo aprire?»

«Raya».

«Ra...». Darcy spalancò la bocca stupita. «Cioè, la app di incontri delle celebrità?»

«Ah, sono solo esagerazioni», minimizzò Freja, «non ce ne sono poi così tante. Cioè, qualcuna sì, ma quello che ci trovi sono un mucchio di professionisti, realizzati e ad alto patrimonio netto... proprio come te».

«Io non ho un alto patrimonio netto! Devo dividere i caschi di banane perché non posso permettermi sprechi!».

«Ma sei bellissima e hai cervello, e quegli uomini desiderano tutti una donna come te».

Darcy aggrottò la fronte. Stando alla sua esperienza, agli uomini non piaceva una donna che fosse più sveglia di loro. «Ma Raya non è solo su invito?»

«Sì, ti ha inserito Tristan. Ieri sera».

«...Tristan è su Raya?». Sapeva che il nuovo amore della sua amica era un uomo di successo, ma non immaginava fino a quel punto. Non lo aveva ancora conosciuto, ma Freja – che stava facendo un tirocinio come parte del suo dottorato – le aveva detto che si erano conosciuti durante una trasferta di lavoro. Sarebbe dovuta essere una notte e basta, ma fino a quel momento le notti erano state trentuno. Eh, sì, con sua grande vergogna, Darcy aveva tenuto il conto.

«Sì, prima», disse Freja salvo correggersi subito, «cioè, c'è anche adesso. C'è ancora! Ma l'account è momentaneamente congelato. Lo riattiverà prima che tu possa dire...», ma non sembrò venirle in mente la parola giusta.

Darcy la osservò, sconcertata che non sembrasse esserci una fine in vista per quello stato di felicità dell'amica. «*Precipitevolissimevolmente?*»

«*Precipite...?*». Freja incespicò, era una parola troppo difficile da pronunciare senza essere di madrelingua.

«Mmm». Concetto chiaro. Freja si stava forse – diciamolo piano – innamorando di quell'uomo?

Darcy non aveva tempo di rifletterci. Freja le prese di mano il cellulare e aprì la app al posto suo. Per una che non sapeva neanche di averla scaricata fu piuttosto sorprendente scoprire che era già loggata e... «Ho un account?»

«Be', sapevo che, se fosse stato per te, non l'avresti mai fatto». Freja fece spallucce. «Sei diventata troppo cinica nel tuo secondo quarto».

Darcy non gradì che le ricordasse che aveva già superato i primi venticinque anni dei cento in cui Freja aveva suddiviso la loro vita.

«Su, dai un'occhiata... sono un bel po' sopra la media, giusto? Tutti perlopiù da otto pieno ma... anche se guardi un quattro o un cinque, puoi stare certa che è ricco sfondato».

Darcy sbatté le palpebre. «Ricco sfondato non è proprio il mio ideale...».

«Ma male non fa, no?»

«Sì, invece, se poi è un bisonte!».

«Quindi mi stai dicendo che guardi solo l'aspetto fisico?». Freja le lanciò una finta espressione orripilata. «Molto superficiale, non trovi?».

Darcy rise alla provocazione dell'amica che allungò la mano sullo schermo. «Adesso, prima che ti ci butti a capofitto, fissiamo le regole».

«Regole?»

«Sì. Voglio che tu ne scelga tre e non più di tre».

«Psicologia inversa? Non ci credo!». Darcy aveva capito fin troppo bene le intenzioni dell'amica. Le proponeva una marea di uomini e poi restringeva la ricerca… quando lei le aveva detto giusto un attimo prima di non volere nessuno.

Molto efficace. Certo.

«E va bene. Diamo un'occhiata e vediamo se possiamo sceglierne solo tre».

Freja avvicinò la sedia e appoggiò la guancia al braccio di Darcy che cominciò a scorrere il carosello di volti affascinanti. Sembravano tutti colti nel mezzo di una risata oppure con lo sguardo da bel tenebroso fisso nel vuoto, apparentemente ignari della fotocamera puntata dritta su di loro. Alcuni giocavano a calcio o a frisbee nel parco, la maglietta fuori dai pantaloni per mostrare l'addome sodo; uno – a quanto pareva appassionato di montagna – sorrideva da una parete rocciosa, un altro suonava il banjo accanto a un falò con espressione rapita e il viso dorato dal riverbero delle fiamme.

A prima vista sembravano tutti da dieci: spensierati, in forma, realizzati, ma Darcy non ci cascava. In un modo o nell'altro in quelle foto doveva leggere problemi a impegnarsi, complesso materno o narcisismo. Doveva distinguere i traditori e i bugiardi dai bravi ragazzi che tutti loro dichiaravano di essere. Li passò in rassegna con occhio cinico. Il tipo abbracciato al cane? Di sicuro non era neanche suo. Via, a sinistra. Il tipo con la Ferrari… chi lo voleva uno con la Ferrari? Via, a sinistra. Darcy si fermò su un profilo. *Aksel. Vet. 29. Cubo di Rubik in 13 secondi.* Sorrise a quella sparata. Era assurdo e sciocco e, c'era da sperarlo, volutamente autoironico.

«Ooh!», esclamò Freja in tono di approvazione. «È carino!».

«Sì. E sembra stranamente normale. Uno con cui riuscirei davvero a parlare di qualcosa». Aveva i capelli castani spettinati, occhi profondi dello stesso colore e un sorriso quasi timido. Darcy guardò le altre foto: su una panchina al parco con due amici, a quanto pare dopo una corsa (belle gambe); al bancone di un bar a bere un drink di un rosa sospetto; su un divano con un bovaro del bernese grande il doppio di lui (forse era suo, era un veterinario, dopotutto). Sembrava abbastanza autentico, ma Darcy si costrinse a concentrarsi sull'unica cosa vera di cui poteva essere certa: era attraente e a due chilometri di distanza. Poteva andare, a destra.

«Ah, perché tu ci vuoi parlare?», la prese in giro Freja.

Milas, 30, graphic designer; 1,88 diceva, ma stava sotto una porta e non pareva poi così alto. Via, a sinistra, e non perché fosse basso, ma perché mentiva.

Calvin, 27, broker: si atteggiava troppo, con due bottiglie magnum di Cristal in un locale. Via, a sinistra.

Si fermò poi sul profilo di un tipo che guardava dritto la fotocamera, non proprio sorridendo, ma neanche serio. Sembrava pacatamente divertito, quasi insospettito dalle intenzioni di chi gli stava scattando la foto. *Max, 32, Copenaghen, avvocato. Ama sciare, bere vino e vincere. Non ha tempo per il corteggiamento.*

"Dritto al punto", pensò Darcy, infastidita dal sottinteso dell'unica cosa per cui avrebbe trovato il tempo. Non era esattamente la bio allettante e sagace degli altri profili, ma la sua attenzione si era incagliata su quel "vincere", così tornò sulla foto profilo e sullo sguardo diretto. Stavolta colse l'arroganza che sfociava quasi nel disprezzo. Corti capelli biondi, occhi azzurri, una struttura così ossuta che faceva pensare che la povera madre avesse dovuto intagliarlo. Era bello, ma di una bellezza fredda e di lui c'era solo quell'unico scatto: un primo piano secco, senza sfondo, senza narrativa, nessuna atmosfera né angolazione. Non c'era niente per cui giudicarlo se non quell'unico sguardo.

«Mmm, no, decisamente no», obiettò Freja. «Troppo sexy, direi».

«Ma parlare non era sopravvalutato?». C'era una leggera frecciatina nella voce di Darcy stavolta.

«Sì, ma a questo qui ci vorrebbe un bagno di umiltà».

«Vero», concordò Darcy. Aveva l'aria di chi non era abituato a sentirsi dire di no. Probabilmente quel tipo considerava una vittoria anche ogni persona che scrollava a destra, e proprio per quello Darcy fu tentata di mandarlo a sinistra solo per principio. Avrebbe voluto farlo, ma il dito indugiava, incapace di rifiutarlo e... era davvero molto, molto sexy. Doveva per forza piacerle? Di certo non aveva bisogno di parlarci. Era piacevole a guardarsi e almeno era stato sincero, cosa che non poteva dire di quasi nessun'altra delle persone lì dentro. Non stava fingendo di mostrarsi più carino di quanto già non fosse e non offriva favolette o lieto fine. Nessuna donna nel pieno delle proprie facoltà mentali si sarebbe fidata di un tipo così, ma almeno sapeva già con chi aveva a che fare.

Guardò quegli occhi di ghiaccio e, nonostante tutto, scrollò a destra.

Freja restò allibita dalla sua insensatezza. «Perché sprechi una chance con uno così?»

«Perché è da dieci e io sono superficiale», le strizzò l'occhio Darcy. «Quello che vedo è quello che avrò, lo so già».

Liam, 28, giocatore di polo professionista. A Copenaghen? Una città di mare? No.

Ben, 27, architetto. Nella seconda foto suonava il pianoforte con una bambina. Si sperava che fosse una nipote e non la figlia, ma non era disposta a correre il rischio. Non voleva complicazioni, assolutamente no. Sinistra.

Erik, 29, immobiliarista. Abbronzatissimo, denti sbiancati, capelli pettinati all'indietro, niente calzini nei mesi caldi. Sembrava uno da estati a Mykonos e inverni a Courchevel. Le altre foto lo mostravano mentre faceva sci d'acqua, kite surf, sulla griglia di partenza di una gara di Formula Uno chissà dove... Aspetta... era il pilota Lando Norris?

Ma che diavolo... scrollò a destra.

«Ma a te piace la Formula Uno», commentò Freja.

«Sì, ma ho una passione per Charles Leclerc e lui potrebbe essere appena un gradino sotto», precisò Darcy battendo il dito sullo schermo.

«O magari no! Stai davvero sprecando un'altra opportunità per una pia illusione?».

Darcy lasciò il telefono sul tavolo con un sorriso e un sospiro. «Sono tutti opportunità sprecate, Frey».

«Wow, Lars ti ha davvero inaridita, eh?»

«No, si è solo portato via l'ultima goccia d'acqua che mi era rimasta. Ti posso già dire come si riveleranno questi tre, sempre dando per assodato che mi contatteranno: il veterinario sarà premuroso e dolce, ma non in cerca di una relazione impegnata; l'avvocato arrogante sarà un compagno di scopate e Mr Formula Uno passerà più tempo a farsi i capelli che… me».

Scoppiando in una fragorosa risata, Freja si appoggiò allo schienale e raccolse i riccioli biondi in una specie di chignon, lasciandoli poi di nuovo sciolti e selvaggi.

«Di' che non ho ragione», sogghignò Darcy.

«Oddio, vorrei tanto», ridacchiò lei. «Dico davvero».

«Già», sospirò Darcy guardando un pattinatore esibirsi in una piroetta. «Ci siamo passate, lo sappiamo già come va a finire».

«Forse sì, ma ricordati che il divertimento sta nel viaggio, non nella destinazione. E, con il Natale alle porte, non puoi startene rintanata in casa da sola».

«Non starei da sola se ti degnassi di tornare a casa qualche volta!».

«Il sesso è troppo bello, cara mia».

Darcy gemette di nuovo.

«Tranquilla, tra un po' il fuoco si estinguerà, ma nel frattempo devi uscire di casa, e questo è il modo giusto per farlo. Questi tizi ti sceglieranno eccome se hanno occhi e sangue, quindi avrai tre bei ragazzi sexy con cui uscire prima di Natale. Non si può mai sapere, ti potrebbero stupire».

Darcy prese la sua tazza e ci mise un altro marshmallow. «L'unica cosa che mi stupirebbe davvero, Frey, è se mi stupissero. Scusami tanto se non sto con il fiato sospeso…».

Capitolo due

Darcy stava appendendo il cappotto allo schienale della sedia, quando dalla porta si affacciò Ida, la segretaria di Otto.

«Ah, Darcy, sei tornata, bene. Otto ha chiesto di te. Ha detto che è urgente».

«Eh?». Non c'era mai niente di urgente nel mondo di Otto Borup. Capo del dipartimento di Belle arti e suo relatore della tesi, era un uomo dai modi rilassati, convinto che le parole fossero spesso sopravvalutate e che si potesse trasmettere altrettanto, se non di più, con silenzi ben ponderati. Quindi, se Otto diceva che qualcosa era urgente, o era in punto di morte o l'Accademia Reale stava andando a fuoco.

«Sì, ti aspettano tutti nel Laboratorio 3».

«Tutti?». Darcy sentì un brivido di allarme all'idea che ci fosse un pubblico per qualsiasi questione fosse.

Il Laboratorio numero 3 era quello del restauro. Da dottoranda e accademica teorica, Darcy non aveva grandi possibilità di entrarci, ma le rare volte in cui le era capitato si era sentita una bambina in un negozio di caramelle.

Aveva sbagliato qualcosa? «Sai per caso di cosa si tratta?»

«Sì», ripose Ida senza approfondire oltre.

«Capisco… grazie». Con un nodo alla gola, Darcy salì le scale e percorse il corridoio in cui si trovavano gli uffici della facoltà. La porta di Otto era socchiusa, la scrivania ingombra di fogli ben impilati e libri da cui spuntavano numerosi Post-it, ma la sedia era di traverso in un angolo, come se si fosse alzato di corsa.

Riguardava la sua tesi? Il consiglio l'aveva approvata mesi prima. Avevano cambiato idea? Era possibile che cambiassero idea?

Affrettò il passo, con ansia crescente. Il palazzo di Charlottenborg, dove aveva ufficialmente sede l'Accademia reale di Belle arti occupava tre lati di una piazza e i laboratori si trovavano su ognuno dei piani del corpo centrale, cioè l'ala successiva a quella in cui si trovava lei. I lunghi locali intonacati erano luminosi perfino nelle giornate piovose, grazie alle ampie finestre in acciaio grafitato che si aprivano su ogni lato ma, non appena aprì la porta del Laboratorio numero 3, si accorse che le pesanti tende nere erano state tirate e la stanza era immersa nella penombra. Al centro c'erano enormi tavoli mentre i banchi da lavoro erano addossati alle pareti. Libri e documenti riempivano ogni spazio, dei busti in gesso erano posati sui piedistalli e alcuni quadri riposavano sui cavalletti, coperti da teli antipolvere. C'erano barattoli da cui spuntavano pennelli e altri pieni di liquidi color ambra, sedie, sgabelli, felpe e borse sparsi un po' ovunque e l'aria era satura dell'odore di solventi e caffè.

In fondo alla sala un gruppetto di persone era radunato intorno a un tavolo. Stretti l'uno all'altro, parlavano tra loro a bassa voce ma, anche a distanza, Darcy riconobbe la formidabile direttrice della Galleria nazionale d'arte, Margit Kinberg, il capo restauratore dell'Accademia reale di Belle arti Lauge Bekker e, naturalmente, Otto. Anche in assenza del direttore dell'Accademia, al momento a New York, era una riunione delle figure più illustri che potesse immaginare, così rallentò il passo. Aveva scelto il giorno sbagliato per presentarsi lì. Aveva previsto un pomeriggio tranquillo tra gli scaffali… cosa diavolo volevano da lei? Ida le aveva forse fatto uno scherzo?

«Ah, Darcy». Otto si girò nel sentire i suoi passi. Era un uomo elegante, non alto ma piuttosto snello, calvo, con la barba bianca tagliata corta e penetranti occhi azzurri. Indossava sempre abiti in sobri toni di blu, grigio o nero; i grossi occhiali di tartaruga erano l'unico tocco di personalità nella sua divisa, uno stralcio dell'uomo che era in privato oltre l'enigma pubblico, perché la sua austera reputazione lo precedeva. Non era incline alle chiacchiere, alle lodi ingiustificate o perfino ai sorrisi – ma quel giorno sembrava fare eccezione. Si rilassò un po'. Non sarebbe stato così sorridente se fossero state brutte notizie, no? A meno che non fosse un sorriso di... pietà?

«Grazie di averci raggiunto. Conosci Lauge, naturalmente».

«Lauge». Darcy la salutò con un educato cenno del capo.

«Hai conosciuto Margit Kinberg?»

«Molto piacere», si affrettò a salutarla Darcy stringendole la mano. Kinberg aveva la carnagione chiarissima, capelli neri a caschetto e gli occhiali: di lei si diceva che parlasse senza peli sulla lingua, e nella sua stretta di mano non c'era niente di morbido o soffice.

«Cotterell, Otto mi stava giusto aggiornando sul suo lavoro». Ora parlava in inglese, ma entrando Darcy li aveva sentiti parlare in danese. Lì tutti parlavano un inglese eccellente, ma anche il suo danese era ottimo, grazie alla mamma madrelingua che lo aveva insegnato alle figlie fin da bambine.

«Ah, sì?». Darcy rivolse a Otto un sorriso tirato, non capendo per quale motivo la direttrice della Galleria nazionale dovesse essere informata sulla sua tesi di dottorato: *Massaie e rivoluzionarie: rivedere il ruolo delle donne nel Moderne Gennembrud.*

«Guarda qui, Darcy», intervenne Otto spostandosi per permetterle di vedere il dipinto appoggiato sul tavolo alle sue spalle; era stato tolto dalla cornice e posizionato sotto una luce ultravioletta. Darcy sentì il cuore accelerare nel riconoscere l'opera: era *I suoi figli*, il capolavoro di Johan Trier, oggetto di un leggero restauro in vista di un'ampia retrospettiva sull'artista che sarebbe stata allestita alla Galleria nazionale nel nuovo anno.

Johan Trier era considerato il capostipite della Danish New Masters e Otto aveva passato gli ultimi due anni in estenuanti trattative per avere le opere in prestito dagli altri musei, gallerie e collezioni private per curare la mostra più completa mai allestita su Trier dal giorno della sua morte, avvenuta quasi cinquant'anni prima. L'aveva voluta il ministro della Cultura nell'ottica di ottenere lo stesso ritorno che il tributo a Vermeer aveva garantito al Rijksmuseum di Amsterdam qualche anno prima.

«Su, forza, dimmi cosa vedi».

Darcy, sotto lo sguardo attento di tutti i presenti, si chinò a osservare il famoso dipinto a olio. L'aveva visto un'infinità di volte: raffigurava una donna sulla riva del mare, che guardava i figli giocare nell'acqua bassa. Una mano sul fianco e la postura del mento comunicavano la sua profonda attenzione alle onde schiumose. La gonna e la camicia erano spinte indietro dal vento e il fiocco del grembiule svolazzava alle sue spalle.

«È *I suoi figli* di Trier, una delle sue opere più iconiche». Era famosa non solo per la maestria con cui l'artista aveva raffigurato i bambini o la luce cadente del cielo, ma perché nell'esatta postura della donna – lo sguardo acuto e attento contrapposto a una pazienza rilassata – era riuscito a catturare la complessa e cruda essenza della maternità.

«E cosa ci sai dire di Trier?»

«Così, su due piedi?». Darcy fu un po' presa alla sprovvista. Essere interrogata su un pittore locale da una personalità tanto illustre come Margit Kinberg la intimidiva, a dire poco. «So che era un maestro nel disegno, specializzato in paesaggi all'aria aperta, soprattutto in riva al mare, nonostante si sia fatto un nome principalmente con i ritratti ufficiali. Veniva spesso accomunato a John Singer Sargent per la resa della moda femminile e il suo uso dei colori. Era noto soprattutto per il massiccio ricorso al bianco e al rosa... E, ehm, era molto attento alla luce naturale. Fu fortemente influenzato dagli impressionisti e adottò la loro tecnica di applicazione della pittura a impasto e le pennellate rapide». Darcy guardò di nuovo il dipinto. Starvi così vicino, vederlo come lo aveva visto l'artista, privo di cornice, era un privilegio raro. Quel quadro era un fiore all'occhiello dell'arte danese.

Kinberg annuì. «E adesso? Dimmi cosa vedi».

Lì accanto, Otto accese la lampada e un'intensa luce viola inondò la tela. L'immagine che conosceva bene era ancora visibile, ma oltre a quella apparve anche un viso – un viso di donna – che la guardava.

Darcy annaspò e rinculò per la sorpresa. Nel vedere la stessa eccitazione anche negli occhi degli altri, suppose che avessero reagito tutto nello stesso modo. Tornò a guardare la tela, quasi stentando a credere ai propri occhi, ma eccolo lì di nuovo: il ritratto in primo piano di una giovane donna. I colori e i dettagli non erano definiti, come se la si guardasse attraverso un vetro impolverato, eppure la testa leggermente inclinata e lo sguardo diretto della donna rivelavano una notevole maestria.

«Oh!», esclamò. «È bellissimo».

«Sì, infatti», concordò Margit Kinberg contemplandolo a sua volta. «È stata una bella sorpresa trovarlo qui».

«...Non ne sapevate nulla?», chiese Darcy.

«Il quadro non è mai stato toccato dal '59, quando una perdita d'acqua alterò l'umidità della sala danneggiando in parte la pittura originale», spiegò Lauge Bekker rompendo il silenzio. «È stato restaurato, ma senza condurre ulteriori indagini e, da allora, è rimasto appeso in un ambiente stabilizzato, quindi non ha avuto bisogno di altri controlli. Lo abbiamo scoperto ora, durante la leggera pulitura a cui lo stiamo sottoponendo in vista della retrospettiva».

Darcy non era una restauratrice, ma conosceva la luce ultravioletta e sapeva che, nonostante venisse utilizzata nella conservazione delle Belle arti fin dagli anni Trenta, era diventata di uso comune solo dopo gli anni Ottanta.

Comprese subito l'importanza della scoperta. Johan Trier era un eminente pittore danese del XX secolo, la sua casa era diventata un'attrazione turistica e il suo nome uno dei più conosciuti a livello internazionale. Aveva raggiunto la fama negli anni Venti del Novecento e molti dei suoi dipinti erano noti in tutto il mondo.

«Che peccato che ci abbia dipinto sopra», osservò Darcy scrutando di nuovo quell'immagine fantasmatica. Molti pittori, ossessionati dal proprio "lascito" spesso dipingevano sopra opere considerate inferiori o di minor valore.

«Ecco, qui arriva l'emozione vera», commentò Margit con uno sguardo diretto. «Non ci ha dipinto sopra, è sul "retro" della tavola. Non è sotto *I suoi figli*, ma dietro».

«Due dipinti in uno?»

«Sì», confermò Lauge. «Purtroppo le prime indagini fanno pensare che il retro sia composto da diverse tavole incollate...».

Incollate? Darcy trasalì. Così anche Otto e Margit.

«...quindi il ritratto è al momento schiacciato tra le tavole».

«Si può recuperare?», chiese Darcy.

«La grande speranza è quella», disse Lauge Bekker, «ma sarà una vera impresa cercare di rimuoverlo, anche perché non possiamo rischiare di danneggiare *I suoi figli* e, se dovesse rivelarsi troppo rischioso, ci fermeremo. È ovvio che se devo scegliere tra i due, scelgo quello che ho già in mano».

«Certo», convenne Darcy senza staccare gli occhi dal profilo appena accennato della donna che si affacciava sotto la pittura. *I suoi figli* era un dipinto fondamentale, compariva su tutte le cartoline del gift shop dell'Accademia Reale, ma che quel ritratto rimanesse intrappolato – nascosto – sotto i vari strati di legno era un vero peccato. Quella donna aveva un non so che di speciale, sebbene visibile a malapena, Darcy lo percepiva in qualche modo. «Quanto ci vorrà per tentare di rimuovere il retro?»

«In tempi normali ci vorrebbero un paio di mesi, ma con la retrospettiva del prossimo anno ormai alle porte ci stanno mettendo parecchia fretta». Da come Lauge spostava gli occhi su Kinberg, era evidente la tensione tra i due.

«Stiamo decidendo guidati dall'ottimismo», ribatté con decisione Margit. «È nell'interesse di tutti noi lavorare per il risultato migliore: svelare un nuovo capolavoro di Johan Trier proprio durante la retrospettiva».

«Margit...», si incupì Lauge.

«Lo so, potrebbe non succedere», ribatté brusca la direttrice, «ma di sicuro ci proveremo. Ci muoveremo più in fretta possibile, su tutti i fronti».

Quindi si rivolse a Darcy. «Si tratterà di un progetto incrociato. Mentre la squadra di Lauge qui lavorerà per rimuovere le tavole sul retro, chiederemo agli allestitori di prevedere un espositore bifronte. Dovremo avere la possibilità di esporre i due dipinti contemporaneamente».

«Sì». Darcy attese con crescente emozione di capire quale sarebbe stato il suo ruolo in tutto ciò. Chiaramente non era stata convocata solo per ammirare la scoperta.

«E questo ci porta a te, Darcy», intervenne Otto come se le avesse letto nel pensiero. «Tu non hai conosciuto Ebbe Busk, la nostra capo ricercatrice, è in maternità e non rientrerà prima di metà marzo».

«La conosco di nome».

«Abbiamo già una persona che la sostituisce con un part-time, ma sarà già occupatissima a preparare la retrospettiva. Ci siamo messi a pensare a chi fosse più qualificata, nonché disponibile con così poco preavviso, e io ho pensato a te».

Darcy lo fissò perplessa. «Otto, sono incredibilmente onorata, ma non sono dipendente dell'Accademia. Dal punto di vista assicurativo…».

«Non sarai a diretto contatto con il dipinto e, dato che stai studiando per avere una cattedra e hai un particolare interesse per le artiste donne di quel periodo, sei la figura più indicata per prendere le redini».

«Quindi quella donna è un'artista?», chiese Darcy guardando ancora una volta il ritratto.

«Forse no, ma già il fatto che sia stata ritratta da uno dei più grandi pittori dell'epoca significa che non è neanche una sconosciuta. Artisti e mecenati si muovono in circoli interconnessi. Sono sicuro che sia del giro anche lei».

Darcy deglutì. Le era più che chiaro che cosa le stessero chiedendo e non era roba da poco. «Ma… la mia tesi? La scadenza è…».

«Negoziabile. Sono il tuo relatore e sarò felice di predisporre tutti i documenti per posticipare un po' la consegna, viste le eccezionali circostanze».

Margit si schiarì la gola. «Per non parlare del fatto che questo ti darà prestigio nel settore. Otto mi dice che hai già riscoperto un'artista dimenticata del gruppo di Skagen?»

«Sì, Katje Lange».

«Katje Lange, esatto», confermò Margit. «I posteri la ricordano come una bracciante agricola, da quanto ho capito».

Darcy annuì. Tutta la sua tesi di laurea magistrale era imperniata sull'attribuzione di una piccola raccolta di opere rinvenute nella soffitta di una fattoria sulla costa settentrionale, alla mano di Katje e non del suo più famoso marito, come si era presunto inizialmente.

«Il suo nome si sarebbe perso nell'oblio se non fosse stato per la tua ricerca che l'ha riportata in auge», sottolineò Margit.

«Quindi è questo che volete da me qui? Che identifichi questa donna e la dia un nome?»

«Trova il nome e poi tutto il possibile su di lei, Darcy. Se dobbiamo svelare un Johan Trier finora sconosciuto al mondo, dovremo lavorare su una biografia esaustiva. La copertura mediatica sarà globale».

Darcy deglutì. Da una parte era un'opportunità da sogno, dall'altro, a un mese dal Natale e cinque settimane dalla retrospettiva, un'impresa quasi impossibile.

«Così, a prima vista, la donna del ritratto ti sembra familiare?», le domandò Otto.

Darcy si sentì a disagio nel trovarsi al centro dell'attenzione. Era circondata da alcune delle personalità più illustri del mondo delle Belle arti danese e volevano la *sua* opinione? Non vantava nessun ovvio o immediato riconoscimento in materia.

«No... ma di sicuro posso dirvi chi non è», rispose. La sua tesi era incentrata sulle artiste meno conosciute contemporanee di Trier e, su due piedi, poteva affermare per certo che non era nessuna di loro. «Non è Anna Felsing né Ingrid Hjort o Charlotta Juhl. Non è Elsa Tobiassen, Dorrit Knudsen o Grete Caspersen, ma per il resto è troppo vaga al momento. Avrei davvero bisogno di una versione a più alta risoluzione per studiarla come si deve...».

Otto annuì. «Ci stanno già lavorando».

«D'accordo», rispose Darcy, scettica però su ciò che avrebbe potuto rivelare. Come avrebbero fatto a renderla più chiara senza prima rimuovere le tavole di legno? Senza poterla osservare come si deve, era impossibile capire il colore degli occhi o dei capelli di quella donna. Era poco più che una sagoma, un'ombra del passato. Come avrebbe fatto Darcy a identificarla se l'esistenza di quel dipinto non era mai stata neanche registrata?

Margit dovette intuire la sua titubanza perché si schiarì la gola e riportò l'attenzione di nuovo su di sé. «Darcy, capisco che manca una sola sessione al tuo dottorato all'Accademia e che la tua concentrazione al momento è sulla tesi, ma spero che tu comprenda l'importanza di questa scoperta… non solo per la retrospettiva, ma per la cultura danese in generale».

«Ma certo. È un'opportunità straordinaria ed è un onore per me essere chiamata a farne parte».

«Bene».

Darcy guardò di nuovo il dipinto. La donna appariva e scompariva come un miraggio, finché Otto non spense la luce e fu eclissata di nuovo, inghiottita dal buio.

Le tende nere furono riaperte e la luce del giorno li inondò in un istante.

«Okay, bene, ora che siamo tutti aggiornati, mettiamoci al lavoro», disse Margit controllando l'orologio. «Ho una conferenza stampa per annunciare la scoperta tra un quarto d'ora, quindi, se vi chiamano, avvisate il dipartimento di dirottare tutte le eventuali domande all'ufficio stampa».

Darcy guardò il gruppo sparpagliarsi: il conto alla rovescia era iniziato.

«Darcy, devo fare un paio di telefonate», le comunicò Otto, «ma raggiungimi in ufficio tra un'ora così mettiamo a punto i prossimi passi».

«Va bene».

Lo vide allontanarsi con calma dal laboratorio verso il proprio ufficio; i restauratori infilarono i guanti bianchi e sollevarono le tele di Trier con la stessa cura che si riserverebbe alle fate ferite. Il suo ruolo ora era chiaro: aveva una sola cosa da fare: identificare una donna a caso che era vissuta un secolo prima.

Darle un nome. Darle una vita.

In pratica: cercare un fantasma.

Capitolo tre

Otto era ancora al telefono quando Darcy bussò alla sua porta un'ora dopo ma, dato che le fece cenno di entrare, gli sedette di fronte ad ascoltare i suoi "mmm" e "mm-mm" mentre chi era all'altro capo della linea parlava ininterrottamente.

Sulla scrivania c'era già una stampa a colori del ritratto, così Otto la prese e gliela passò perché potesse studiarla intanto che proseguiva quella telefonata unilaterale.

Darcy la osservò cercando di trattenere lo sgomento: in quanto a nitidezza i risultati erano stati minimi. La donna aveva i capelli lunghi e, contrariamente alla moda dell'epoca, non erano raccolti ma, a quanto pareva, semplicemente tirati indietro; il vestito accollato e modesto, non da sera; intorno al collo brillava una semplice collanina. Era impossibile identificare i colori originali sotto la luce ultravioletta. Non si capiva se i capelli erano neri o castani, se gli occhi azzurri, verdi o bruni. Non aveva nessuno dei consueti dettagli utili all'identificazione, il che significava che Darcy avrebbe dovuto muoversi alla cieca. Nessun nome, nessun volto. E se da una parte aveva sufficiente esperienza da sapere che, essendo stata ritratta da uno dei più grandi pittori del paese, doveva per forza esserci una traccia di lei da qualche parte, era comunque passato un secolo. Tra l'altro se il dipinto era rimasto nascosto fino a quel momento – e nessuno aveva mai neanche sospettato della sua esistenza – quali prove a sostegno potevano essere andate perse o distrutte nel frattempo?

Dopo qualche istante si rese conto che Otto aveva chiuso la telefonata e la stava osservando. Il suo cruccio era così evidente?

«Come ti senti?», le chiese.

«Spaventata». Le pesava doversi mostrare pessimista, ma la sua specializzazione erano le artiste sconosciute, non le loro controparti maschili.

«Bene, è la risposta giusta», concordò Otto. «È inutile negare che sarà difficile». Prese il primo fascicolo in cima alla pila che aveva davanti e glielo passò. «Questa è la biografia standard di Trier che abbiamo in archivio. Immagino che vorrai partire da lui con la tua ricerca».

«Per forza», confermò Darcy. «È l'unico punto fermo al momento». Sfogliò il fascicolo. «Nato ad Aalborg nel 1895; morto a Parigi nel 1974 a settantanove anni. Niente moglie, nessun figlio noto...».

«Lì trovi l'elenco completo delle sue opere – o meglio, di quelle conosciute – in ordine cronologico».

«Bene. Dice che *I suoi figli* fu creato e venduto nell'agosto del 1922, quindi l'ha dipinto...». Darcy fece rapidamente il conto. «... a ventisette anni. Ancora molto all'inizio della sua carriera». Guardò negli occhi Otto. «La logica vorrebbe che abbia realizzato prima il ritratto, cioè prima rispetto a *I suoi figli*. Poi deve averlo rigettato, ha girato la tavola e ha creato quest'altra opera».

«Sono d'accordo con te. Quindi abbiamo una data: il ritratto è stato completato prima dell'agosto del 1922».

«Perfetto. Ecco il nostro primo dato certo», rifletté Darcy a voce alta. «E concorderai anche sul fatto che, se non può essere stato dipinto dopo il 1922, non doveva essere neanche troppo precedente a quella data. Gli artisti di solito sono poveri in canna o comunque al verde. Dubito che avrebbe lasciato marcire quella tavola per anni e anni a rubargli spazio nello studio. Secondo me dev'essere antecedente a *I suoi figli* al massimo di un paio d'anni».

«Non possiamo esserne certi ma, sì, è molto probabile. Puoi sempre cominciare con quella finestra temporale e allargarla nel caso non esca niente di utile».

«D'accordo. Bene, presumo che il coinvolgimento di Margit Kinberg mi metta nella posizione di avere accesso agli archivi della Galleria nazionale, giusto?»

«La Galleria nazionale?»
«Sì... devono conservare un sacco di materiale su Trier».
«Sicuramente, ma c'è qualcosa di meglio. Hai mai sentito parlare della Fondazione Madsen?»
«No».
«Bertram Madsen è stato il mecenate di Trier all'epoca; un ricco industriale. È stato lui a dargli la grande occasione. Aveva una figlia nota in società per la sua bellezza e Madsen commissionò a Trier svariati ritratti della sua famiglia per le loro numerose residenze. Lo ha presentato a tutte le persone che contavano e lo ha reso famoso fino alla traumatica rottura in seguito a un litigio... proprio in merito a *I suoi figli*, tra l'altro».
«Che genere di litigio?»
«In quanto suo mecenate, Madsen aveva il diritto di prelazione su tutte le sue opere. Aveva allestito per lui uno studio nella sua casa estiva a Hornbæk, sulla costa e, quando vide la prima bozza di *I suoi figli*, lo volle per il salotto della sua nuova residenza a Toldbodgade».
«Intuisco un "ma"».
«Ma Trier vendette il quadro a un turista tedesco di passaggio nei pressi della casa di Hornbæk, di cui stava ammirando il giardino. Probabilmente si misero a parlare e, quando Madsen lo venne a sapere, *I suoi figli* era già oltreconfine, in una collezione privata a Monaco e a Monaco è rimasto per i successivi trent'anni».
Darcy si appoggiò allo schienale, intrigata. «Non ne sapevo niente».
Otto diede un'alzata di spalle. «Madsen smise di mantenerlo di punto in bianco e Trier si rovinò la piazza in poco tempo. L'alta società serrò i ranghi di fronte a quello che fu visto come un tradimento bello e buono. Non gli vennero più commissionati i tanto proficui ritratti e Trier fu ben presto costretto a trasferirsi a tempo pieno in Francia, dove visse tra Parigi e la Linguadoca».
Darcy si morse il labbro. «Mi sembra una decisione molto poco lungimirante quella di vendere *I suoi figli* a un turista qualsiasi».

«Deve avergli fatto un'offerta eccezionale. Gli artisti non sono famosi per la loro saggezza in quanto a programmazione finanziaria». Otto si strinse nelle spalle. «O forse Trier era semplicemente stufo di fare la marionetta nelle mani di Madsen. I ritratti erano la sua gallina dalle uova d'oro, ma è chiaro da tutto ciò che ha fatto dopo che la sua vera passione erano i paesaggi dal vero. *I suoi figli* è stata la sua via d'uscita da quella prigione dorata, che ne avesse l'intenzione o no».

«Una considerazione molto amara. E pensi che ci aiuteranno adesso, visto e considerato che la questione riguarda proprio il dipinto che ha causato la rottura?»

«Sono grane dimenticate da tempo ormai. C'è stato un qualche riavvicinamento, seppure molti anni dopo... negli anni Sessanta, credo. Bertram Madsen era morto da anni e il suo primo figlio Frederik – forse proprio vedendo le quotazioni delle opere di Trier salire sul mercato internazionale – ha istituito la Fondazione. Hanno costruito una galleria a Stockholmsgade e impiegato gli ultimi cinquant'anni a ricomprare ogni Trier su cui riuscivano a mettere le mani. È per vanagloria, presumo: erano loro i mecenati originari, e ora che Trier è tenuto in così alta considerazione in Danimarca vogliono mantenere vivo il legame. Ancora una volta si sono autonominati guardiani del fondo Trier».

«Quindi sono loro a detenere la maggior parte del materiale? Non la Galleria nazionale?»

«Esatto. Hanno un ottimo archivista, Viggo Rask. È con lui che devi parlare. L'ho già chiamato e ti aspetta domani».

«Wow, grazie!».

«Il tempo stringe», sentenziò semplicemente Otto.

Darcy si concentrò ancora una volta sulla stampa del ritratto. L'occhio le cadde su un'ombra indistinta sulla spalla sinistra della donna. «Cosa pensi che sia?».

Otto prese il foglio e lo studiò a sua volta.

«Una stola di volpe, forse? Andavano molto di moda in quel periodo».

Darcy fece una smorfia. Era una forma tondeggiante. «Quindi questa sarebbe la testa?».

Otto fece spallucce. «All'epoca lasciavano tutto: zampe, testa...».

«Argh, ti prego!».

«Altri tempi, Darcy», commentò guardandola rimettere la stampa nel fascicolo. «Lo puoi tenere, è per te», aggiunse quando lei fece per restituirglielo.

«Grazie. Be', immagino che sia meglio che mi metta al lavoro, allora...». Fece per alzarsi, ma Otto scosse la testa.

«Prima che te ne vada, c'è un'altra cosa. Margit organizza una serata stasera alla Galleria nazionale. Mi rendo conto del poco preavviso, ma dovresti partecipare, ora che fai parte di questo progetto speciale. Avevi impegni?».

Darcy esitò. Erik l'immobiliarista non aveva perso tempo ed era stato il primo ai blocchi di partenza a chiederle di uscire proprio quella sera. Doveva essere a Dubai per lavoro il giovedì e voleva incontrarla prima di partire. «...Niente di confermato».

«Bene. È un evento riservato a patroni e amici... si servirà solo qualche drink, ma sarà un'ottima opportunità di fare rete. Ci saranno anche alcuni funzionari della Fondazione Madsen, quindi è una buona occasione per farti vedere».

«D'accordo». Di nuovo si mosse per andarsene e, di nuovo, Otto la fermò.

«Un'altra cosa. Dovresti tenere conto degli equilibri politici».

Darcy lo guardò perplessa. «In che senso?»

«La situazione appare più amichevole di quanto non sia. Stasera saranno tutti sorrisi, ma devi sapere che sotto sotto ci sono molte tensioni. Ogni volta che nascono difficoltà a livello economico, i primi fondi a essere tagliati sono quelli per l'arte, e il ministro della Cultura continua ad annunciare riduzioni di budget. Margit è molto sotto pressione e cerca di racimolare sostegno economico in ogni modo possibile».

«Da qui l'aperitivo».

«Esatto. Terrà buoni i benefattori, ma naturalmente il modo più facile, rapido ed efficace di raccogliere ingenti somme di denaro è vendere beni, e Margit si sta impegnando al massimo per compensare i tagli al suo budget. La Fondazione Madsen le sta ronzando intorno».

Darcy spalancò la bocca sbigottita da ciò che sottintendevano quelle parole. «Cioè, vorrebbe vendere a loro *I suoi figli*?»

«Dovranno passare sul suo cadavere… così dice».

«Be', grazie al cielo. È un patrimonio nazionale. Appartiene al popolo danese».

«Su questo siamo d'accordo, ma la Fondazione Madsen considera tutto ciò che ha a che fare con Johan Trier come suo e la scoperta di questo nuovo dipinto farà ribollire il sangue a tutti». Inspirò lentamente. «Stanno lavorando a stretto contatto con noi per la retrospettiva, ci hanno dato accesso alla loro collezione, ma non credere che l'abbiano fatto per bontà d'animo. La casa madre, la Madsen Holdings, sta preparando l'ingresso in borsa per il prossimo anno e vogliono tutta la pubblicità positiva possibile per far salire il prezzo delle azioni. Quindi, ogni volta che avrai a che fare con loro, ricordati che in ogni cosa che fanno hanno a cuore i loro interessi. A prima vista siamo tutti dalla stessa, parte, ma ciò non significa essere della stessa squadra, quindi muoviti con cautela e occhio a quello che dici. Non dimenticare mai che abbiamo qualcosa che loro vogliono».

«Oddio», bofonchiò lei. «Non immaginavo che fosse un mondo così spietato».

«Quello dell'arte è un mercato che vale sessantotto miliardi di dollari. Non si tratta solo di bei quadri e coppe di champagne. Sono grossi affari».

«Capito». Di colpo l'aperitivo di quella sera appariva molto meno allettante. «E, a proposito di champagne, com'è il dress code? E posso portare qualcuno?». Non la entusiasmava l'idea di andare lì da sola. Magari poteva essere una buona occasione per un primo appuntamento, con la sicurezza di un centinaio di persone intorno.

«Meglio di no. Questi eventi di solito sono molto ristretti. Gente piena di soldi. Conosci il genere».

In realtà non lo conosceva – non personalmente – ma era ovvio che Otto intendeva il genere di persone che finanziavano retrospettive, elargivano donazioni ai musei e avevano i palchi riservati all'Opera. I primi appuntamenti trovati su Raya non rientravano in quella categoria.

«Siamo lì per lavorare, non per divertirci».

«Capito». Si alzò e andò alla porta.

«Ah, Darcy, immagino che tu abbia un abito da cocktail?», le chiese Otto alle sue spalle, di sicuro inorridito di fronte al suo completo da corsa scompagnato.

«Certo», mentì.

«Bene. Ti mando i dettagli via email», borbottò lui lasciandola andare. Darcy uscì in corridoio e alzò gli occhi al cielo. Non aveva niente di elegante da mettere a parte un tubino nero, chiaramente più da discoteca che da cocktail. Sarebbe dovuta uscire e comprare qualcosa di adatto. Un'altra voce sulla sua lista di cose da fare che si allungava di minuto in minuto… e aveva ancora un seminario da tenere alle quattro. Ripercorse il corridoio a ritroso passando davanti agli uffici della facoltà. Il cigolio delle sue scarpe da ginnastica sul pavimento aveva un ritmo molto più serrato rispetto all'andata.

Capitolo quattro

Stasera non si può fare, mi dispiace. Ho una cosa di lavoro da cui non posso sganciarmi.

Darcy controllò l'ora. Le sette e venti? La giornata era volata e il tempo ancora non accennava a rallentare.

I dottorandi hanno impegni di lavoro? Le biblioteche saranno chiuse, no? Ah ah ah. Devo partecipare a un aperitivo elegante.

Aveva una matita per le labbra nella borsa?, si chiese mentre frugava nelle tasche laterali.

Saltalo. Vivi un po'.
Non posso. Gente importante che devo incontrare per un progetto speciale a cui sto lavorando.
E se ci vedessimo dopo?
Non ho idea di che ora si possa fare.

Si guardò le unghie: pulite, ma opache e senza forma. Non aveva tempo per la manicure.

Li conosco bene gli eventi di lavoro sofisticati. Non decollano mai per davvero. Sarai fuori per le dieci. Possiamo sempre incontrarci dopo per bere qualcosa.
Non so dirti. Forse.
Fai sempre così la difficile?

Darcy sospirò. Non aveva tempo per fare conversazione in quel momento.

No, sono solo restia a prendere impegni che non sono sicura di mantenere.

Sono pronto a correre il rischio di vedermi dare buca… e poi sarai tutta in tiro, no? È uno spreco per stare con colleghi di lavoro.

Darcy sorrise. Prospettiva femminile.

Sì, questo è vero.

Si guardò nello specchio del camerino. Come l'altro da discoteca, anche quell'abito era nero e senza spalline, ma di velluto e non di jeans e con una fascia di raso nella parte superiore. Non mostrava troppo il seno né lasciava troppo scoperta la schiena, ma quand'è che il corto diventava "troppo" corto?, si chiese sfiorando con le dita l'orlo svasato. Era costato parecchio – molto più di quanto avrebbe voluto spendere per un impegno di lavoro dell'ultimo minuto – e si domandò se Freja avrebbe fatto a metà con lei. Anche perché, se avessero diviso la spesa, avrebbe potuto prendere anche delle scarpe.

Dov'è la festa?
Alla Galleria nazionale.
Molto chic. E come ti riconosco? Cosa indosserai?

Darcy ci pensò un attimo, quindi scattò una foto al proprio riflesso nello specchio.

Questo.
Wow!
Grazie.
Ti aspetto senz'altro lì fuori.
No, sto lavorando. E se ritardo…
Continuerò ad aspettare, non preoccuparti. Ora devo andare, ci vediamo dopo.

E si scollegò prima che potesse obiettare.

Darcy fissò quello scambio. Era sulla app solo da mezza giornata e aveva già un appuntamento. Erik era determinato, doveva riconoscerglielo. Era quella sua determinazione a decretarne il successo sul lavoro? Era un tipo deciso, intraprendente. Darcy gli aveva scritto per dirgli non poter uscire e lui, in un modo o nell'altro, era riuscito a ottenere ciò che voleva. Aveva staccato i suoi concorrenti di un miglio.

Cliccò sull'ultimo messaggio di Aksel, il veterinario. Aveva risposto subito dopo Erik, ma se l'immobiliarista era andato subito al sodo, Aksel aveva scelto di fare conversazione. Si erano scritti brevemente prima del seminario mentre Darcy aspettava che arrivassero gli studenti. Niente di eccitante e di sicuro nessuna avance, solo le tipiche chiacchiere del più e del meno che si fanno a cena e che Darcy non poteva soffrire. Più una raccolta di informazioni che non una connessione genuina.

Sei mai stata in Sudamerica?

Darcy alzò gli occhi al cielo, irritata da quella domanda innocente. Non sopportava quella manfrina di cortesie in cui si fingeva interesse per l'altro quando sapevano entrambi come sarebbe andata a finire: non appena ottenuto ciò che voleva veramente, lui l'avrebbe o tradita, "ghostata", magari, o le avrebbe detto di non essere pronto a una storia seria. Be', neanche lei. Nelle settimane a venire sarebbe stata assorbita completamente da quel progetto e non aveva tempo per mettersi a cercare la favola. Avrebbe usato lo stesso approccio degli uomini: prendere ciò che le serviva e conservare l'energia emotiva per il lavoro e basta.

Digitò in fretta e furia.

Trekking in Patagonia durante l'anno sabbatico. Anche Machu Picchu. Che meraviglia. Ci tornerei volentieri.

Era una bugia. Per quanto la riguardava, una volta nella vita era più che sufficiente. C'erano tantissimi altri posti da vedere nel mondo prima di ripercorrere gli stessi passi, ma se questo poteva aiutare a far progredire la situazione… E poi gli uomini dicevano sempre cose che pensavano le donne volessero sentirsi dire.

Stavo pensando di andare a Stoccolma tra qualche settimana. Qualcosa da consigliarmi?

Era l'esca perfetta perché lui si offrisse di accompagnarla in giro. Un weekend bollente con un veterinario supersexy dagli occhi profondi invece che con il suo ex sarebbe stata la degna conclusione di cui aveva tanto bisogno.

Max l'Avvocato invece non aveva ancora risposto. Troppo occupato perfino per guardare la app o semplicemente non la giudicava il suo tipo? La irritava l'idea di essere stata scartata così. Ma di certo lui aveva l'imbarazzo della scelta...

Darcy mise giù il telefono, costringendosi a non rimuginare su un uomo che non avrebbe mai conosciuto. In quel momento, lui non sapeva neanche della sua esistenza.

Di nuovo si guardò allo specchio con un sospiro. Era un look appropriato per l'evento di quella sera? Ed era abbastanza sexy per Erik? O uno o l'altro, non poteva accontentare entrambi. Si raccolse i capelli in uno chignon morbido e si alzò sulle punte. Di sicuro doveva mettere i tacchi.

Scrisse alla sua coinquilina.

Ti va di fare a metà di questo? Ti servirà qualcosa di carino se il tuo bello decide di portarti fuori.

La risposta di Freja fu istantanea.

Lo adoro! Affare fatto!

L'ora!

Si era di nuovo persa in chiacchiere, così tolse il vestito e riprese i suoi. Il negozio stava chiudendo, quello di scarpe era al piano di sopra e mancavano dieci minuti all'aperitivo.

"Merda, merda, merda!", imprecò tra sé e sé cercando di infilare il braccio nella manica della felpa a rovescio. Si sarebbe dovuta truccare e pettinare nei bagni. Il taxi l'avrebbe portata lì in dieci minuti, il che significava che sarebbe arrivata con un ritardo accettabile. E, sperava, avrebbe già trovato Otto e chiunque altro conoscesse.

All'arrivo di una notifica, guardò il telefono mentre, con il vestito sulla spalla, si precipitava fuori dal camerino.

Bicchierino stasera?

Era Max l'Avvocato. Parli del diavolo...

Si fermò di botto, euforica all'idea che gli fosse piaciuto il suo profilo. Doveva ammetterlo: Freja aveva fatto un ottimo lavoro a inserire tutte le sue foto più lusinghiere.

Quelle due parole che le galleggiavano davanti agli occhi. Non era seduzione, ma un'avance vera e propria. Niente "Sei stata in Sudamerica" e neanche il "Ciao" di Erik e questo le fece tornare in mente l'arroganza che gli aveva letto nello sguardo. La sua aria di superiorità. Si stava rivelando sincero in ciò che aveva dichiarato nella bio. Niente giochetti, almeno.

Eppure le piaceva quella piccola vittoria, così gli rispose con un secco: "Mi dispiace, occupata" e rimise il telefono nella borsa avviandosi alle scale con un senso di profonda soddisfazione.

I suoi tacchi nuovi ticchettavano sul pavimento calcareo mentre percorreva con calma le antiche gallerie; tutta un'altra storia rispetto al cigolio frettoloso delle scarpe di gomma di quel pomeriggio. Era una creatura completamente diversa ora, la tenuta sportiva infilata nello zaino che aveva lasciato al guardaroba, le braccia e le gambe nude, i lunghi capelli raccolti in uno chignon anziché nella coda di cavallo e il rossetto sulle labbra al posto delle guance arrossate.

Uomini in abito da sera le passavano accanto parlando a bassa voce e lanciandole discreti sguardi di approvazione. Erano le otto passate, molto più tardi di quanto avesse sperato, ma trovare un Uber si era rivelata un'impresa. A quanto pareva tutta la città usciva quella sera, cominciavano già le serate prenatalizie.

Attraversò la Via delle sculture, un corridoio vetrato in stile contemporaneo che collegava l'originaria galleria del XVIII secolo alla modernissima estensione sul retro. Il ricevimento si teneva nell'area eventi, una sala a doppia altezza, allestita ai piedi di una spettacolare scalinata. Sembrava di essere in un tempio greco, tutto bianco e immacolato anche nei soffitti a volta e Darcy si fermò un attimo per osservare la scena che le si presentava: i camerieri si muovevano leggiadri tra la gente portando vassoi di flûte, mentre gli ospiti socializzavano con apparente facilità. L'odore dei soldi lì dentro era innegabile, come un nettare che si poteva assaporare, pesante come l'oro. Un quartetto d'archi suonava di fronte all'enorme parete di vetro e, per un attimo, Darcy si chiese che effetto potesse fare dall'esterno, agli occhi dei passanti che li guardavano dal parco. Si inseriva bene in quell'ambiente o si capiva benissimo che il suo vestito era nuovo di zecca e le scarpe avevano ancora l'adesivo sulla suola?

Vide poco lontano Margit Kinberg parlare con un gruppo di uomini, ma non si sentiva abbastanza in confidenza da andare lì a salutarla. Passò in rassegna la sala, cercando di non tradire l'agitazione che l'assalì quando non riconobbe nessuno, fino a che, con suo grande sollievo, non individuò Otto accanto alla scalinata. La sua testa calva spiccava perfino in una sala piena di settantenni. Con cautela, si avviò verso di lui facendosi strada tra la gente. Otto era insieme a una donna dai capelli grigi in un completo jacquard dorato e un corpulento uomo con gli occhiali.

«Buonasera», salutò quando incrociò il suo sguardo, ma all'uomo sembrò volerci qualche istante per riconoscerla.

«Darcy!», esclamò stupito. «Cominciavo a temere di averti perso».

«Ho avuto difficoltà a trovare un taxi», sorrise.

«...conosci Albert Salling e signora?»

Salling? Quel nome lo aveva letto su una targa d'ottone all'università.

Otto la presentò ai suoi interlocutori. «Darcy Cotterell è una delle nostre dottorande, distaccata qui per un anno dalla Courtauld di Londra. È una vera fortuna per noi averla al Dipartimento. È una ricercatrice formidabile, un valore aggiunto al nostro team».

«Dottoranda, eh?». Albert Salling le prese la mano e gliela strinse appena. «Quindi ti chiameremo presto professoressa Cotterell».

«L'intenzione è quella, ma ho ancora un po' di strada da fare».

«In che campo ti stai specializzando?», le chiese la signora Salling. Aveva un braccialetto di zaffiri al polso ossuto.

«Ho un particolare interesse nel riesaminare la produzione artistica delle donne vissute all'inizio del secolo scorso. Molte sono state ignorate o lasciate cadere nel dimenticatoio. Sto cercando di gettare una luce su quegli angoli bui».

«Molto attuale».

Otto annuì. «Darcy si interessa soprattutto delle contraddizioni interne all'arte danese dell'epoca, quando il movimento del Moderne Gennembrud, la Svolta moderna, sposò la causa dei diritti delle donne, ma erano sempre gli uomini a parlare al posto loro».

«Ah, be'», ridacchiò la signora Salling. «In casa nostra ha sempre funzionato così».

«È stata anche appena nominata capo ricercatrice del nuovo ritratto di Trier», aggiunse Otto quasi con noncuranza. «Sono sicuro che avrete sentito della nuova scoperta… il lato B di *I suoi figli*, per intenderci».

«Ma certo. E chi non l'ha saputo?», replicò la signora Salling. «Ha trasformata la serata in un evento molto richiesto. Ne sapremo di più questa sera? Margit ha la faccia del gatto che ha preso il topo».

«Vero?», concordò Otto. «Comunque no, non c'è molto da vedere o da dire a questo punto. La squadra di restauro ha il suo bel da fare a cercare di liberarlo».

«Nessun risultato finora?», chiese la signora Salling a Darcy.

«Be', siamo solo al primo giorno…».

«Ah, Otto, eccoti qui». Sulla spalla di Otto si posò la mano dall'impeccabile manicure di Margit Kinberg che si unì alla conversazione con un sorriso crescente come una luna piena. «Albert, Valerie, come state?».

Scambio di baci sulle guance con i Salling. Vecchi amici. Sorrisi calorosi. Otto lanciò un'occhiata a Darcy, come a ricordarle le raccomandazioni di quel pomeriggio.

«Ma che splendida notizia questa scoperta!», esclamò Valerie Salling con trasporto.

«Vero? Ne siamo entusiasti».

«Ci posso ben credere. Che emozione!».

Darcy sorrise. Sembravano tutti nonni orgogliosi.

«Dobbiamo assolutamente fare in modo di tornare dalle Bahamas in tempo per l'inaugurazione, adesso», osservò Albert Salling. «Cos'altro ci sai dire?».

Darcy sentì il proprio sorriso congelarsi sulle labbra mentre la conversazione si ripeteva. Sarebbe stata una lunga serata. Notando che non aveva il bicchiere, un cameriere le si avvicinò con il vassoio e Darcy ne approfittò con gioia, costringendosi a non scolarselo tutto d'un fiato. Nel vedere che anche il sorriso di Otto era diventato fisso, si chiese a quante serata come quella avesse dovuto partecipare, socializzando con la gente che conta al solo fine di ottenere donazioni e sponsorizzazioni. La realtà, tuttavia, era quella: l'arte era sempre stata la passione dei ricchi e le persone dal portafoglio gonfio come i Salling erano una parte essenziale della scena.

Il gruppetto si riaprì di nuovo all'avvicinarsi di altre persone che risvegliarono Otto dalla sua inerzia.

«Helle», esclamò raddrizzando la schiena. «Proprio te volevo incontrare stasera. Ho qui la ricercatrice di cui ti parlavo, Darcy Cotterell. Darcy, lei è Helle Foss, la direttrice della Fondazione Madsen».

«Piacere», si affrettò a rispondere Darcy, stringendo la mano di una donnina in seta grigia e perle.

Helle Foss reagì dopo una brevissima pausa. «Sei molto giovane».

«Cervello attivo, Helle», intervenne prontamente Otto. «È rapida nel fare collegamenti e ricerche esaustive. Di sicuro una delle menti più brillanti che abbiamo mai incontrato».

Darcy cercò di mascherare la propria sorpresa. Se lo pensava davvero, era la prima volta che glielo sentiva dire.

«Sicuramente. Be', c'è parecchio materiale per il suo *cervello attivo*, Cotterell».

Margit e i Salling erano impegnati in una fitta conversazione sulla Biennale di Venezia, ma da come Margit girò appena la testa, era chiaro che stesse seguendo anche il loro scambio.

Darcy sorrise. «È stato un onore vedermi assegnare una simile responsabilità. La prendo molto seriamente».

«Direi. È inglese?».

L'atteggiamento freddo e distaccato di quella donna la colse di sorpresa. «Sì».

«Parla un ottimo danese». Helle Foss sbatté le palpebre scrutandola con i suoi occhietti scuri.

Darcy non riusciva a capire se a quella donna non piaceva perché era straniera o perché era troppo elegante. Minava la sua professionalità essere anche attraente? Si sarebbe dovuta coprire le spalle? Scegliere un vestito più lungo? «Grazie. Mia madre è danese, quindi sono bilingue, e naturalmente ho vissuto fin da piccola immersa nell'arte e nella cultura danese. Ecco perché ho deciso di fare il dottorato qui».

«Capisco. Be', è rassicurante sapere che ha un coinvolgimento emotivo nel progetto».

«Ce l'ho».

«E lo può fare? Può identificarla?»

«Sì, se avrò accesso agli archivi di cui ho bisogno. Johan Trier è una figura chiave su cui indagare in questa fase».

«Allora la Fondazione Madsen è a sua completa disposizione. Ha già conosciuto Viggo?»

«Non anco...».

«Rask!», chiamò Foss alle sue spalle facendo girare un uomo che stava parlando con un altro gruppo. Era alto all'incirca un metro e sessantotto, come Darcy, con una folta barba grigia e, a differenza di quasi ogni altra persona nella sala, occhi sinceramente amichevoli.

Darcy gli sorrise d'istinto, ma mentre Rask si avvicinava, il suo sguardo si fermò su un altro uomo che gli stava accanto. Era più o meno suo coetaneo – il più vicino d'età tra tutti i presenti – e così bello da lasciarla sconcertata. Quando si guardarono negli occhi, il sorriso le morì sulle labbra.

Era...?

«Buonasera», salutò Viggo Rask fermandosi davanti a lei e richiamando la sua attenzione. Era leggermente curvo e la guardava con palese curiosità.

«Viggo, lei è la giovane ricercatrice che condurrà le indagini per identificare la donna del ritratto di Trier», gli spiegò Helle Foss.

«Darcy Cotterell», si presentò lei tendendogli la mano. Era più che cosciente dello sguardo fisso dell'altro giovane poco distante.

«Piacere mio, professoressa».

«Oh, non sono professoressa, non ancora», si affrettò a precisare rubando un'occhiata a Otto che non batté ciglio.

«Otto mi ha chiamato oggi stesso. Deduco che ci vedremo spesso noi due, nelle prossime settimane».

«Sì, così pare».

«Viggo era l'archivista tirocinante che ha personalmente catalogato tutti i manufatti quando è stata aperta la Fondazione nel 1961», spiegò Foss. «Qualsiasi cosa cerca, lui la troverà».

Darcy sorrise e annuì. Sperava solo di sapere cosa cercare. «Perfetto, grazie. Pensavo di fare un salto già domani».

«Io sono lì dalle sette», rispose Viggo.

«Alle sette? Wow, okay». Darcy dormiva ancora come una ragazzina e le alzatacce per lei erano una tortura. Già riuscire ad arrivare in biblioteca per le nove era un successo.

«Quando si arriva alla mia età il sonno è più un susseguirsi di silenziosi interludi che un vero e proprio oblio», disse lui, neanche le avesse letto nel pensiero.

Darcy sorrise, sollevata che fosse lui e non la temibile Foss il suo referente principale. Girò appena gli occhi sul giovane del gruppo accanto e lo trovò che la fissava ancora, mentre intorno a lui continuava la conversazione. Quando incrociò il suo sguardo per la seconda volta, Darcy sentì una sorta di scarica elettrica e fu colta da un brivido a quel flirt inaspettato, di fatto l'ultima cosa che si sarebbe aspettata in una serata del genere. Era arrossita? Non era abituata a un interesse così spudorato.

Pur se riluttante, si concentrò di nuovo sui suoi interlocutori, ricordando a sé stessa che era lì per lavorare.

«Come sta procedendo Lauge?», stava chiedendo Viggo.

«Hanno cominciato», rispose Otto con un'alzata di spalle. «Non è certo felice di tutta questa pressione. Lo conosci, Lauge».

«Eccome», ridacchiò Viggo. «Basta vedere quanto ci impiega a finire una birra».

Tutti risero con lui, perfino Darcy, nonostante la sua mente non fosse minimamente concentrata sui lavori di restauro.

«E da dove ha intenzione di cominciare con l'indagine, signorina Cotterell?», le chiese Viggo riportando l'attenzione su di lei.

«Be', finché non avremo un'immagine a più alta risoluzione del ritratto, e quindi un'idea più precisa, penso sia meglio concentrarsi sull'attività degli inizi di Trier, prima di *I suoi figli*, identificando la sua cerchia sociale, i suoi movimenti, quel genere di cose».

«Abbiamo tantissime lettere e diari che potrebbero tornare utili, schizzi preparatori e via dicendo».

«Sarebbe l'ideale. Non vedo l'ora di cominciare. Sarà una sfida avvincente», osservò Darcy tornando a guardare l'affascinante sconosciuto... che però se n'era andato.

Delusa da quell'improvvisa e accecante assenza, lo cercò passando in rassegna la sala. La scarica di eccitazione che aveva dato alla serata le aveva momentaneamente risollevato il morale, ma ora era di nuovo precipitata a terra.

«Presumo che non ci siano state scoperte emozionanti nella collezione Madsen?», stava chiedendo Otto a Helle.

«Altri dipinti nascosti, intendi? Purtroppo no. Li stiamo scansionando tutti per sicurezza, ma quante probabilità ci sono?»

«Se l'ha fatto una volta, perché non altre?», osservò Otto in tono razionale, ma Darcy colse nel suo sguardo la rivalità che scorreva tra i due.

La conversazione si spostò poi su altri temi e Darcy si ritrovò a discutere della recente battuta all'asta da Christie's di due opere del Canaletto e di come il commercio delle opere d'arte si fosse spostato dalle aste pubbliche alle vendite private. La gente entrava e usciva dalla propria bolla, si scambiavano nomi e cortesie e il tempo cominciò a scorrere. Il bicchiere di Darcy veniva regolarmente riempito, nonostante sorseggiasse e basta. Quando Viggo controllò l'ora sul suo vecchio orologio da polso, Darcy si stupì di scoprire che erano quasi le dieci.

«Bene, è ora che questo povero vecchio se ne vada a letto. È stato un piacere», disse in un saluto generale, pronto ad andar via. «Ci vediamo domani, signorina Cotterell».

«Solo Darcy, per favore, diamoci del tu».

«Bene, Darcy», accettò lui.

Lo guardò allontanarsi, sollevata di aver superato bene la serata. I convenevoli non erano il suo forte, non era un animale politico. Le piacevano le cerchie ristrette e le interazioni significative, ma il lavoro spesso richiedeva di uscire dalla propria comfort-zone, come quella sera.

«Sarà meglio che vada anch'io. Ho bisogno di avere la mente fresca per cominciare con entusiasmo domani», disse a Otto che approvò la decisione. Darcy si rivolse quindi a Helle Foss. «È stato un piacere conoscerla».

«Cotterell», fu il freddo saluto di Foss.

«Dato che sarai alla Madsen per il resto della settimana, rivediamoci nel mio ufficio lunedì, solita ora», aggiunse Otto. Significava alle nove e trenta, per il caffè. Otto lo prendeva con la stessa serietà della sua arte e non concepiva il distributore automatico. Era stata Ida a fornire a Darcy le indicazioni sul suo negozio preferito e su come gli piacesse, e da quel momento il loro rito era scandito dal suo arrivo alla riunione con i caffè presi strada facendo.

«Perfetto». Salì le scale consapevole di avere tutti gli occhi addosso e si avviò lungo la Via delle sculture. La serata era prossima alla conclusione e già diverse persone giravano intorno alle statue incamminandosi lentamente verso l'uscita.

«Darcy Cotterell».

Voltandosi stupita, si trovò di fronte il fascinoso sconosciuto seduto su una delle panchine tra le sculture. L'uomo mise via il telefono e si alzò, avvicinandosi con la stessa espressione decisa che le aveva rivolto di sotto.

«Sì». Darcy deglutì, cercando di non tradire l'effetto che le faceva la sua estrema vicinanza. Era come aspettare una tigre che sbucava dagli alberi che, emanando sicurezza, sembrava annullare la sua. «Ci conosciamo?», gli chiese guardandolo infilare una mano in tasca. Indossava un vestito costoso, di ottimo taglio, e si muoveva con grande fiducia in sé stesso. Era un altro dei ricchi patrocinatori? Uno di quelli abituati a possedere tutto ciò che volevano?

«Non ancora». Le si fermò davanti. Nonostante i tacchi, era di diversi centimetri più alto di lei. «Sei stata molto popolare stasera».

«Non lo avrei mai detto», obiettò.

«Io sì. Questi eventi di solito sono di una noia mortale. Hai abbassato l'età media di almeno una ventina d'anni».

«Anche tu». Non poteva essere di molto più grande di lei.

L'uomo si strinse nelle spalle, senza interrompere il contatto visivo e lei sentì la tensione tra loro aumentare. Da una parte era strano che parlassero come se riprendessero una conversazione interrotta da poco, dall'altro, non lo era affatto. «Stai andando via?»

«Sì». Ma in quel momento avrebbe voluto cambiare idea.

«Ti accompagno fuori».

Avrebbe preferito di no. All'improvviso voleva restare.

«Allora, cosa ti ha portato qui stasera?», gli chiese mentre si avviavano insieme, con la mano di lui a sfiorarle la schiena. A quel contatto, la pelle d'oca le ricoprì le braccia.

«Affari».

Darcy deglutì. Bisognava sempre distinguere tra chi faceva affari e chi lavorava e basta. «E cos'è che fai?».

Ci fu una breve pausa. «Mi occupo di scartoffie alla Madsen Holdings».

Darcy lo guardò stupita, ricompensata da un'eccellente vista del suo profilo. I suoi lineamenti erano ammirevoli: folte sopracciglia scure che gettavano un'ombra sugli occhi azzurri, labbra carnose. Se non fosse stato per la carnagione chiarissima e i capelli biondi, avrebbe potuto essere greco.

«Ah, stavo giusto parlando con…».

«Helle e Viggo. Sì, ho visto». Le sue labbra ebbero un fremito. «Temo che lei ti odi».

Darcy rimase sconcertata dalla sua schiettezza. «Perché dici così?»

«Perché sei giovane, bella e sveglia e lei è stata solo una di queste cose».

«Giovane?»

«No, sveglia», le scoccò un'occhiata subdola. «Scommetto che è nata che aveva già sessant'anni».

Darcy scoppiò a ridere e lui ne parve compiaciuto.

«Comunque le passerà. Per forza, dato che adesso sarai una presenza regolare».

Darcy si incupì alla prospettiva di partire in quel modo. «E come mai sai tutte queste cose di me?».

Stavano attraversando le vecchie gallerie ora: ambienti dalle pareti scure e i soffitti di vetro, i capolavori storici sotto luci soffuse e custodi in uniforme alle loro postazioni. I suoi tacchi risuonavano sul pavimento di pietra, a un ritmo costante e regolare.

«Come ho già detto, sei stata molto popolare stasera. Parlavano tutti di questa nuova scoperta e quindi eri sotto i riflettori. Tutti gli occhi erano puntati su di te. Ti spaventa?».

Darcy deglutì. «Sì».

Non avrebbe voluto essere così schietta. Quell'ammissione le era sfuggita, ma sentì la mano di lui aumentare un po' la pressione sulla sua schiena in risposta. «Ce la farai».

Per ragioni che non riusciva a spiegare, la convinzione di quell'uomo parve rassicurarla.

Camminarono in silenzio per diversi istanti e Darcy si chiese cosa sarebbe successo, perché se lui l'avesse accompagnata direttamente alla propria macchina, lei ci sarebbe salita. Quell'uomo aveva qualcosa che annullava tutte le sue riserve. Una corrente che passava tra loro rischiando di toglierle la terra sotto i piedi.

Non credeva all'amore a prima vista, ma al desiderio… quello sì, ci poteva stare.

Il cuore prese a batterle all'impazzata in attesa della sua mossa successiva. Era chiaro che la stava aspettando e il suo atteggiamento lasciava intendere che stessero insieme. Arrivarono al guardaroba e lei presentò il suo biglietto. Mentre l'addetta si allontanò a prenderle giacca e zaino, Darcy si girò a guardarlo negli occhi e scoprì che lui la stava già osservando.

«Hai intenzione di dirmi il tuo nome?»

«C'è bisogno?». L'uomo batté le palpebre. «Già lo conosci».

Nel ricevere la conferma ai suoi sospetti, Darcy si sentì avvampare. Allora era lui. Non ne era stata sicura fino a quel momento. Lo scrutò meglio e ritrovò l'arroganza che l'aveva indispettita sullo schermo eppure, dal vivo, l'impressione era diversa. Deciso, sicuro di sé… «Max, l'avvocato?».

L'uomo sorrise divertito a quell'appellativo.

In quale momento preciso l'aveva riconosciuta? Quasi subito, come lei, o solo quando gli era arrivato all'orecchio il suo nome? «Ma hai detto che lavori alla Madsen Holdings».

«Sì, sono avvocato aziendale».
«Ah».
«Ah», ripeté lui posando gli occhi sulle sue labbra. La sottigliezza non era il suo forte, ma Darcy scoprì che non le importava, anzi, le piacevano i suoi modi diretti. Era tutto ciò che Lars – evasivo, vago e traditore – non era.
«Signorina?».
L'attimo fu rotto dall'addetta del guardaroba che tornò con la giacca e lo zaino. «Grazie», borbottò lei, distogliendo lo sguardo da Max.
«Ti aiuto?», si offrì lui, mentre Darcy ripiegava sul braccio la giacca a vento turchese con cui andava a correre. Era rimasto per un attimo perplesso nel vederla. Non si abbinava minimamente all'abito da cocktail, ma lui non poteva immaginare la giornata che aveva avuto. Non si era fermata un attimo da quando aveva pranzato con Freja.
«No, grazie… stamattina sono andata a correre», rispose a mo' di giustificazione.
Max annuì. «Ma comunque fuori fa freddo e non sei molto coperta». Passò lo sguardo sulle sue spalle nude per poi tornare sul viso.
«Sto bene, prenderò un taxi», rispose avviandosi all'uscita, ma sempre aspettando, o sperando, che lui le proponesse di dividere la corsa.
E così fece.
«O magari possiamo andare a prendere quel bicchierino… adesso che non sei più occupata». Lo disse con uno sguardo eloquente, ricordandole la risposta brusca al suo messaggio ugualmente secco. Forse erano entrambi pessimi?
Un usciere aprì loro la porta. «Buonanotte», augurò mentre gli passavano davanti. Subito il freddo artico si fece sentire e Darcy rabbrividì.
«Tieni». Max le porse la sua giacca.
Gentiluomo. Seducente.
«Darcy!».
La voce arrivò da un punto imprecisato nel buio e, quando Darcy si girò, vide un uomo vicino a un taxi che la salutava.

Oddio... se n'era completamente dimenticata! Guardò Max che però, in un attimo, si era già rimesso la giacca sulle spalle.

«Ma sei già impegnata, vedo». La guardò per un breve istante e nei suoi occhi Darcy lesse delusione, irritazione perfino.

«Ecco...». Non le venne in mente niente da dire. Avrebbe voluto spiegargli che non significava nulla, che non aveva mai visto quell'uomo prima di allora, che non lo desiderava... non più di lui. Avrebbe voluto dire a Erik di sparire, ma Max aveva già fatto un passo indietro e preso il telefono, con un sorriso distaccato.

«È stato un piacere conoscerti, Darcy. Passa una buona serata».

Darcy lo guardò girarsi e scendere le scale, con il telefono all'orecchio.

Era successo tutto troppo in fretta. Per un attimo era entrata nella sua orbita, ma quello dopo era già lontano anni luce.

«Kristina?». Parlava a voce bassa, già lontano, ma Darcy era sicura di avergli sentito pronunciare quel nome mentre si avviava verso un'auto nera in attesa, dove un autista apriva lo scintillante sportello del passeggero. In un attimo scomparve all'interno, via dalla sua vista, e Darcy provò la stessa sensazione che aveva provato nella sala: sconforto, come se qualcuno avesse di colpo spento il sole.

«Darcy!», la chiamò di nuovo Erik agitando freneticamente la mano mentre l'auto scura partiva nella notte. «Sono qui!».

«Cazzo!», imprecò lei tra sé e sé, infilandosi comunque la giacca a vento e scendendo le scale verso quell'appuntamento indesiderato.

Capitolo cinque

«Non riesco a credere che tu abbia avuto un appuntamento già ieri sera!», esclamò Freja seduta sul bordo del lavandino in mutande mentre si lavavano i denti. «Non hai perso tempo!».

«Era per via della sua tabella di marcia, non della mia».

«E com'è stato? Sei andata da lui dopo?»

«Quello sì che sarebbe stato non perdere tempo!», si scandalizzò Darcy, sputacchiando dentifricio un po' ovunque. Era ancora un po' scossa mentre parlava; aveva vanificato tutta la sua moderazione con lo champagne alla Galleria nazionale con qualche espresso martini... e non era mai una buona idea. «Siamo andati a bere qualcosa al Brønnum».

«Oh, fico!». Freja parlò con la bocca piena di schiuma così si girò per sputare nel lavandino.

«Sì, siamo stati bene».

«...Bene? *Bene?*». L'amica si tamponò la bocca con l'asciugamano. «Oh, no, così non va. Vi conosco voi inglesi! Condannate con i complimenti... Non lo sopporti quel tipo».

«Non è vero!». Darcy alzò gli occhi al cielo.

«Era simpatico?»

«Di certo lui ne era convinto».

«Premuroso?»

«Mm-mm».

«Scopabile?»

«Certo».

«Allora qual è il problema?».

Fu il turno di Darcy di sputare e rialzarsi, aprendo il rubinetto. «È che sono uscita con l'uomo sbagliato», dichiarò alla fine.

«E come ci sei riuscita?». Freja la guardava confusa.
«Per caso, ecco come. Al ricevimento ho incontrato un altro delle mie tre scelte e il contatto visivo è stato stellare, Frey», gemette Darcy. «Un'alchimia incredibile! Sarei andata dritta a casa sua ieri sera, senza esitazioni, te lo dico io».
Freja la fissò sconcertata da quegli sviluppi. «E allora perché non l'hai fatto?», esclamò spiazzata, alzando le mani al cielo.
«Perché Erik, l'immobiliarista, ha l'intelligenza emotiva di una lumaca! Quando mi ha visto in cima alla scalinata insieme a un altro, invece che conservare la dignità e ritirarsi nella notte, ha cominciato a chiamarmi sbracciandosi come un matto!». Darcy diede un'alzata di spalle. «Max l'avvocato non mi ha neanche dato il tempo di scegliere. Mi ha salutato e si è dileguato».
Freja prese la sua crema idratante. «Pensi che fosse scocciato?»
«Forse un po'». Darcy fece spallucce. «Di certo si è volatilizzato davanti ai miei occhi».
«Allora scrivigli», la spronò Freja. «Dagli un altro appuntamento, uno vero». Cominciò ad applicare la crema in lunghe e lente passate sul collo.
«Ah... dubito che gli interesserebbe», bofonchiò lei. «Credo che abbia chiamato un'altra ragazza prima ancora di salire in auto».
Interdetta, Freja smise di spalmarsi. «Davvero?».
Darcy annuì, prendendo un po' di crema dell'amica.
«Ho l'impressione che fosse tutta una... routine ben collaudata. Sai, dei ripieghi già pronti per ogni evenienza».
«Ah, be', allora forse è stato meglio così», commentò scettica Freja. «Il puttaniere è il mio tipo, non il tuo».
«In generale sarei d'accordo». Darcy si spalmò vigorosamente la crema sulle guance, «Ma non avevo mai provato niente di simile prima d'ora. Tutte le probabilità erano contro di lui. Le regole generali non valevano».
«Siamo per caso in *Quel pazzo venerdì*?». Freja ora la guardava incredula. «Abbiamo fatto a cambio di corpo nella notte? Com'è possibile che io vado a letto con la stessa persona da un mese e tu sei pronta a uscire con...».
«Max l'Avvocato».

«Esatto, lui».
«Lo so». Darcy fece spallucce. «È folle. Lassù qualcuno si sta prendendo gioco di noi». Rivolse all'amica uno sguardo timido attraverso lo specchio. «L'ho cercato su Google quando sono rientrata, sai. Max l'avvocato, intendo».
«E?»
«Sembra ben inserito. Ho fatto una ricerca per immagini e l'ho visto in tantissimi eventi sociali di rilievo».
«Non mi stupisce che sia su Raya. Il punto è che è proprio per quella fascia sociale». Freja spremette l'illuminante sul palmo della mano.
«Già. A quanto pare conosce un mucchio di donne bellissime. Parlo di modelle. Non credo che una dottoranda avrebbe i requisiti giusti».
«Sei tu la preda di caccia, mia cara, non lui», le disse Freja. «Ricordatelo. Se vuole circondarsi di insipidi scheletri, faccia pure. Tu meriti molto di più di un belloccio sciupafemmine».
«Lo so, ma pensavo che lo scopo di tutto questo fosse trovare una significativa distrazione per le vacanze di Natale».
«Ma tanto non sarà qui a Natale. Quei tipi lì non restano mai. Sarà a sciare a Gstaad o disteso su qualche spiaggia a Harbour Island». Freja si girò a guardarla mentre si applicava l'illuminante sulle guance. «Darce, il fatto è che so che la stiamo considerando una vendetta del dopo-Lars, ma, di fondo, tu sei una da relazioni durature. Cerchi il sentimento e un tipo del genere ti porterebbe solo problemi».
Darcy lasciò sedimentare quelle parole, ben sapendo che la sua amica aveva ragione. Non era riuscita ad andare a casa di Erik la sera prima, nonostante fosse brilla e lui più che disponibile. Per tutto il tempo in cui avevano conversato, non era riuscita a togliersi dalla testa Max. E, per quanto volesse vedersi come una grande seduttrice, tutte le prove dimostravano il contrario.
«Posso darti un consiglio?»
«Qualcosa mi dice che me lo darai comunque». Con un sorriso caustico, Darcy si legò indietro i capelli con un elastico morbido.

«Dimenticalo. Se stava già chiamando un'altra mentre lasciava te, è uno che con le donne ci gioca e ti farebbe solo soffrire. Elimina la tentazione subito, prima che ci possano essere degli sviluppi, e volta pagina. Hai già abbastanza casini ultimamente. Rimani sul semplice. Non stiamo cercando né amore né drammi, solo del sano e innocuo divertimento, per non sentirti troppo sola mentre prepari la tesi».

Darcy si guardò nello specchio. Era pallida, con una leggera ombra scura intorno agli occhi per via dei residui di mascara che avevano resistito a tre passaggi di acqua micellare. Eppure la sera prima, accanto a Max, con la sua mano sulla schiena mentre camminavano, si era sentita bella, seducente, potente perfino. Quand'era stata l'ultima volta che si era sentita così? Le era mai capitato? Al suo fianco tutto il suo mondo le era apparso fondamentalmente diverso.

«Hai detto che Erik l'Imprenditore immobiliare era scopabile, giusto? Oltre che premuroso e simpatico. Bene, non ti seve altro. Niente di più, niente di meno. Prendi tutto il pacchetto. L'intelligenza emotiva da lumaca non ti farà soffrire».

Freja le si mise davanti alla faccia, costringendola a distogliere gli occhi dal proprio riflesso – e dai pensieri profondi – e guardare lei. Ascoltarla bene.

«Esci di nuovo con Erik».

«No, lui… Erik è…». Darcy arricciò il naso. «È solo che tra noi non funziona. È troppo… pacchiano per me. Ha passato mezz'ora a parlare della sua collezione di orologi da polso».

«Ah», Freja emise un verso di disapprovazione. «Va bene. Che mi dici del terzo, allora?»

«Aksel il veterinario? Mi sembra… dolce, immagino». Con un sospiro prese un batuffolo di ovatta imbevuto di altro struccante. La conversazione con lui era stata banale ma fluida, con qualche piccola scintilla vitale.

«Ah, sì? Fammelo rivedere, non mi ricordo qual è».

Darcy aprì il profilo sul cellulare, osservando poi l'amica scorrere il carosello di foto.

«Ah, sì, quello con quegli occhi meravigliosi!», esclamò entusiasta e sempre incoraggiante.

«Sì, molto profondi. E salva gli animali, quindi è un'anima buona».

«Assolutamente vincente». Freja la guardò. «Adesso fammi rivedere questo Max».

Darcy esitò. «Non ti era piaciuto. È quello arrogante».

«Non mi ricordo». Freja scrollò le spalle. «Fammelo vedere».

Darcy prese anche il suo profilo e ritrovare quello sguardo sprezzante che in 3D l'aveva tanto ipnotizzata le tolse il fiato.

«Ah, sì», disse Freja. «Sembra… mi sembra…», deglutì. «No, nessuno dovrebbe essere così sexy. Sciupafemmine al cento per cento. No… sta' a sentire me, Darce, questo ti distrugge. Bloccalo».

«Ma…».

«Niente ma». Freja mimò una cornetta con le dita. «Mr Scopatore? …Togli il match, subito. Ti voglio vedere mentre lo fai».

Dopo un attimo di titubanza, Darcy obbedì. Non le aveva scritto né la sera prima, né quella mattina. Nessun "è stato un piacere conoscerti". Niente "andiamo a bere qualcosa insieme". Non c'era stato nessun ciao, quindi neanche un arrivederci. Tutto ciò che le era rimasto era il ricordo di avergli camminato accanto, con il suo braccio leggero intorno al corpo, territoriale, protettivo, padrone. Per qualche minuto si era sentita sua ed era stata una sensazione… inebriante.

Chiuse gli occhi cercando di scacciare quel ricordo.

«Penso davvero che dovresti dare un'altra possibilità a Erik», tornò all'attacco Freja spremendo la maschera per i capelli sulle mani e spalmandola sulle doppie punte.

«Te l'ho detto, non è scattata nessuna scintilla, almeno da parte mia».

«Certo, perché non gliene hai dato la possibilità. Eri distratta dal puttaniere».

«Potresti non chiamarlo così?»

«Invece dovremmo proprio chiamarlo così», insistette lei con sguardo eloquente. «Concentrati».

Darcy provava a concentrarsi, ma era profondamente distratta. Non aveva dormito bene, tra sogni confusi e risvegli improvvisi. «Secondo me sei tu che non ti stai concentrando. Ho capito bene che hai intenzione di uscire con Tristan anche stasera?», mormorò cercando di cambiare discorso.

Freja la fissò nello specchio con un'occhiata maliziosa. «Non vedo motivi eclatanti per non farlo».

Darcy scosse la testa mentre applicava il fondotinta. Doveva apparire molto più viva di quanto non si sentisse. Erano le otto del mattino e Viggo era già in ufficio da un'ora. «Non credi che una pausa ti aiuterebbe a controllare questo ardore?»

«Sinceramente? Non farebbe che alimentarlo», rispose Freja in tono incredulo. «Non so cosa mi sia successo, ma sono ossessionata da lui, Darce». Si strinse nelle spalle. «A questo punto penso sia meglio togliermi lo sfizio. Ma non preoccuparti, ho un piano».

«Ah, sì? E quale sarebbe?»

«Farò una bella scorpacciata di lui. Tutto insieme. Scommetto che in una settimana, massimo due, andrò in overdose e mi stancherò».

«Be', una nuova tattica, poco ma sicuro». Darcy aggiunse un po' di blush in crema sulle guance e sulle labbra e una passata di mascara sulle ciglia. «Mmm… meglio».

«Che devi fare oggi?»

«Mi aspettano gli archivi della Collezione Madsen», le rispose con una certa soddisfazione. Ho davanti una giornata nel caveau con un settantenne».

«Che culo!», le gridò dietro Freja mentre Darcy andava in camera a vestirsi.

«Vero?», le rispose proprio mentre il telefono vibrò con il buongiorno di Erik.

La cosa peggiore che ho mangiato è stato un *moo ping* comprato da un venditore ambulante a Krabi. Era delizioso… quando è sceso, ma sono finito sotto flebo in ospedale per grave disidratazione dopo aver vomitato troppo. Non sono più riuscito a guardare uno spiedino di maiale da allora.

Darcy sorrise. Aksel il veterinario si stava riscaldando.

Sì, ho avuto anch'io un'intossicazione alimentare una volta, anche se non così esotica come la tua. Nel mio caso il colpevole è stato un barattolo aperto di sugo per la pasta quando ero all'università. Non è stato uno scherzo. Da quel giorno non ho più mangiato un sugo pronto.

Ah, un lieto fine allora.

Era snob con il cibo? Interessante.

Ti piace cucinare?

Moltissimo. È il mio antistress. Amo soprattutto la cucina asiatica. Tu? Io quella italiana. I formaggi, le spezie… ho una passione per il profumo del basilico fresco.

C'è un buon ristorante italiano a Nørrebrogade. Si chiama Cicchetti.

Darcy rilesse quella frase con grandi speranze. Era un primo passo per invitarla a cena? Aspettò un attimo in attesa della richiesta, che però non arrivò.

Gemette. Qualcuno aveva controllato il battito di quell'uomo recentemente?

Bene, ottimo. Grazie del suggerimento. Ci farò un salto appena posso.

La Collezione Madsen era ospitata in una grande villa bianca di un unico piano sulle sponde del lago dell'Ørstedsparken. Pur non sviluppandosi in altezza, vantava due ali che si aprivano da uno stravagante corpo centrale di forma ovale. La galleria si integrava con eleganza nel paesaggio, con grandi finestre opache e lucernari nel tetto. Era parzialmente nascosta dalla strada dagli alberi – spogli in quel periodo – e sui suoi gradini sedevano alcune anatre immerse nella morbida luce invernale.

Darcy spingeva la bicicletta lungo il sentiero – all'interno del parco era proibito pedalare – e la fermò in una delle rastrelliere sul retro. Aveva le dita intirizzite dal freddo. L'implacabile avanzata del vento del Nord aveva inevitabilmente portato con sé anche le nuvole, e il cielo grigio appariva pesante e lanoso come i calzettoni degli scolari.

Stando agli orari indicati sulla porta, la galleria avrebbe aperto al pubblico venti minuti dopo ma, quando si affacciò all'interno, vide che già brulicava di guide turistiche e cassieri che si preparavano alla giornata di lavoro.

«Salve». Si avvicinò a una donna dietro il bancone che stava sostituendo il rotolo degli scontrini nella cassa. «Sono Darcy Cotterell, sono qui per vedere Viggo Rask».

«Ah, sì, mi ha detto che sarebbe arrivata», rispose la signora consegnandole un pass con il codice a barre legato a un cordino. «Da quella porta lì, in fondo alle scale. La sta aspettando».

«Grazie». Darcy andò alla porta sull'angolo opposto, passò il badge sullo scanner e udì il bip. Subito oltre, un'angusta scala a chiocciola si avvitava verso gli archivi del seminterrato. Mentre scendeva, vide Viggo al lavoro dietro una vecchia scrivania di legno in fondo alla sala ovale. Davanti a lui erano disposti uno accanto all'altro una serie di tavoli da lettura, ingombri di carte e pagine. Al rumore dei suoi passi nel silenzio pressoché totale, alzò gli occhi.

«Darcy». Posò la penna, visibilmente contento di vederla.

«Buongiorno, Viggo», gli sorrise lei. «Scusami, avevo intenzione di puntare la sveglia alle sei per raggiungerti alle prime luci, ma...». Storse la bocca. A quell'uomo non importava un bel niente del fiasco seguito al suo inutile appuntamento della sera prima.

«Se può consolarti, quaggiù le prime luci non arrivano mai... il che rende le levatacce un po' più sopportabili». Quando si alzò in piedi Darcy vide che indossava un camice bianco, come quelli dei restauratori dell'Accademia Reale. «Benvenuta nel mio mondo», l'accolse lui spalancando le braccia.

Con quel gesto comprese i lunghi spazi semibui che correvano su ciascun lato rispetto a dove si trovavano loro, al di sotto delle due gallerie del piano superiore. In contrasto con la grigia luce del Nord del piano di sopra, lì sotto regnava un chiarore dorato. Lampade da lettura in stile antico erano fissate alle pareti ogni pochi metri, con una serie di scaffalature di rovere antico perpendicolari e disposte al centro di ciascuna ala. Ogni quattro scaffali, c'era un piccolo tavolo da lettura dotato di sedia e lampada. Darcy si trovò a pensare che con un cane, un tappeto e un caminetto – lì sotto tuttavia era abbastanza caldo; di sicuro la temperatura era sotto stretto controllo – avrebbe potuto restarci per sempre. L'odore di carta e di libri antichi era il suo preferito, ma avrebbe aggiunto anche legno lucidato, caffè e... torta di mele?

«Questa stanza la chiamo il mio studio ovale».

«È un vero paradiso», sorrise lei.

«C'è chi lo trova un po' claustrofobico».

«Io no. È perfetto».

Anche Viggo sorrise, contento di quella risposta che confermava che erano della stessa pasta. «Ho appena messo su l'acqua. Gradisci una tazza di caffè?»

«Sì, grazie».

Lo guardò girarsi verso un tavolino accanto a un lavello, con i tubi di rame a vista sulla parete di mattoni. Prese un cucchiaio di caffè istantaneo – ma biologico – e versò l'acqua calda in due grandi tazze, una delle quali sbeccata sul bordo. Viggo le diede quella intatta. «Vieni, ti faccio fare il giro».

Andarono prima in quella che Viggo definì l'ala Est. «Come puoi capire anche da te, l'ambiente è climatizzato a ventuno gradi per tenere stabile l'umidità. Questa parte ospita tutti gli artisti della Collezione Madsen con i cognomi dalla A alla K; da Anna Ancher fino a P.S. Krøyer. Trovi il registro su questa scrivania qui», indicò un grosso libro rilegato in pelle rossa, «con l'elenco degli artisti in ordine alfabetico e poi i riferimenti cronologici nei raccoglitori. Ovviamente, alcuni contengono più materiale di altri. Krøyer, per esempio, occupa un intero scaffale, mentre Carl Bille un solo raccoglitore.

«Ah, quindi non conservate solo Johan Trier?»

«No, anzi. La Fondazione è stata creata con l'intenzione di diventare la casa permanente dell'opera di Trier – per quanto possibile, dato che alcuni pezzi restano nelle collezioni private o nelle istituzioni pubbliche – ma negli anni abbiamo allargato anche ai suoi contemporanei. Siamo specializzati in arte danese dal 1920 in poi».

«Mmm», rifletté Darcy mordendosi un labbro pensierosa. «Allora forse potreste non avere il materiale che cerco. Vorrei indagare nel periodo relativo a Trier prima del 1922. Spero che sia compreso nel biennio dal 1920, ma potrebbe essere ancora precedente».

«Di questo non devi preoccuparti. Trier è la nostra eccezione. Sicuramente saprai che i nostri fondatori, i Madsen, sono stati i suoi mecenati, no?»

«Sì».

«Quindi su di lui abbiamo fonti molto più estese rispetto a qualsiasi altra istituzione al mondo. Copriamo la sua opera per intero, fino alla morte nel 1974. Se noi non l'abbiamo, probabilmente non esiste».

«*Fiuu*, che sollievo».

«Tutti gli altri sono di contorno. Il pezzo forte qui è Trier».

«Buono a sapersi», annuì Darcy, passando in rassegna lo spazio e notando che mancava qualcosa. «Ehm… non vedo computer qui dentro…».

«Ce n'è soltanto uno laggiù, proprio dietro l'angolo», le disse Viggo indicando lo scaffale più lontano. Darcy si avvicinò. «Sto lavorando alla scansione di tutto il materiale per pubblicarlo online, ma vado a rilento».

«Non possono prendere qualcuno che ti aiuti?»

«Potrebbero», sorrise Viggo, «ma dopo la morte di mia moglie, otto anni fa, questo posto è diventato il mio mondo e mi piace avere una ragione per alzarmi dal letto la mattina. Se lavorassi dalle nove alle cinque senza la minima pressione, morirei in un mese».

«Mi dispiace per tua moglie», disse Darcy, «ma sono felice che il lavoro ti offra qualche distrazione». Si affacciò dietro l'angolo e vide la pila di documenti sul tavolino. Sorrise a Viggo. «Soprattutto quando ne hai così tanto! Immagino che ti piaccia muovere le montagne».

«Molto. Anche se il vecchio sistema funzionava alla perfezione. Tutto è stato registrato a mano e nell'indice c'è una breve descrizione di ogni esemplare, oltre alla posizione sugli scaffali, il che vuol dire che non devi cercare in trenta faldoni, per esempio, per trovare una fotografia specifica. Controlla qui dentro», batté sul volume in pelle rossa, «e ti dirà dove trovarlo».

«Analogico, mi piace. Dev'essere stata un'impresa mastodontica per chiunque abbia dovuto compilarlo all'inizio».

«Il mio predecessore, Harald Morgensen», annuì Viggo. «E sì, lo è stato. Quando Frederick Madsen ha creato la Fondazione, a Harald è stato dato l'incarico di archiviare l'intera collezione di opere d'arte e reperti della famiglia. Di solito si pensa principalmente a Johan Trier e ai capolavori del Moderne Gennembrud, ma i Madsen erano avidi collezionisti anche di sculture e di arredi».

Indicò alcuni scaffali allineati lungo le pareti alle sue spalle, di fronte alle librerie. Erano zeppi di vasi, ciotole e alcune xilografie. Al di sotto una vetrinetta senza piedi conservava numerosi busti di terracotta. Sembravano pescatori con i tipici cappelli a falde larghe, tranne uno che era a capo scoperto e mostrava i riccioli in bassorilievo. Tutti comunque risultavano profondamente espressivi, nonostante gli occhi vuoti.

«Sono bellissimi», mormorò Darcy accovacciandosi davanti alla vetrina per vederli meglio. «Chi li ha fatti?». Alla base del collo di uno di loro c'erano solo due lettere: A.S.

«Pensiamo che siano le iniziali di Anna Saalbach».

«Anna Saalbach», ripeté lei interessata. «Non l'ho mai sentita nominare». Ebbe quasi la certezza di cogliere un leggero sussulto nell'espressione di Viggo, ma un attimo dopo era già scomparso. Per lei fu come uno schiaffo; si faceva un vanto della sua conoscenza enciclopedica di tutte le artiste danesi più importanti – oltre a tante, tante minori – di quel periodo.

«A-Anna?». Viggo si schiarì la gola, premendosi una mano sulle labbra. «No, infatti, la conoscono in pochi. I Madsen hanno comprato l'intera collezione ma, da quanto ho capito, le sue opere non sono mai state esposte in nessuna mostra pubblica».

Darcy lo guardò perplessa. «Allora perché non sono esposte al piano di sopra?»

«Non c'è interesse. È... ehm... sconosciuta, la terracotta è fuori moda e ci sono tantissimi altri artisti da esporre. I Madsen erano collezionisti voraci. Abbiamo cercato di fare una rotazione, ma non abbiamo spazio sufficiente e le opere di Saalbach non sono esattamente diversificate nei, ehm, nei contenuti», aggiunse con un'occhiata eloquente alla raccolta di teste di pescatori.

«Vero», concordò Darcy. Nella vetrina c'erano anche dei pezzi più piccoli, ma erano perlopiù strumenti da giardiniere: una carriola, una vanga, una pala... niente di che, oggetti di uso quotidiano che si trovano in qualsiasi giardino. Non proprio rivoluzionari. Tra l'altro, uno sguardo più attento le rivelò che anche le teste, per quanto plasmate magnificamente, erano tutte variazioni su un unico tema.

«Hanno tutte lo stesso viso», osservò.

Viggo annuì. «Forse c'era un solo pescatore disposto a posare per lei».

«O il villaggio era davvero molto piccolo».

Viggo ridacchiò e si riavviò alla galleria attraversando la camera centrale verso l'ala ovest. Darcy lo seguì. «Come puoi vedere, la disposizione qui è speculare. Gli artisti dalla M alla Z nelle librerie e lì alla fine...», indicò un'area chiusa da un cancello in fondo alla sala. «Gli esuberi».

Darcy si avvicinò per dare un'occhiata alle tele stipate su rastrelliere a ruote che occupavano l'intero spazio. Ognuna di esse era una griglia dal pavimento al soffitto con i quadri fissati sopra, ancora nelle cornici. Perfino da lì riconobbe un Marie Sandholt che, da quanto ricordava, non era più stata esposta al pubblico dopo una mostra negli anni Settanta.

«Abbiamo circa centottanta dipinti lì, perlopiù opere minori e altri che vanno restaurati».

Darcy guardò il cancello che delimitava l'area. Era una chiave di vecchio tipo, niente accessi digitali o tastiere. Era sicura che ci fosse un tutorial da qualche parte su TikTok su come aprire quella serratura in meno di un minuto con una forcina per capelli.

Viggo sorrise come se avesse indovinato il suo pensiero. «Tranquilla, il sistema di sicurezza al piano di sopra è fenomenale. Se qualcuno volesse scendere qui sotto dovrebbe prima superare i raggi infrarossi e c'è una squadra di custodi e unità cinofile che sorvegliano dalle sette di sera alle sette del mattino. Tra l'altro, se qualcuno volesse rubare... non c'è niente di valore qui sotto. È tutto al piano di sopra».

«Questo mi rassicura, se dovessi lavorare fino a tardi», commentò Darcy girandosi poi per sorseggiare il caffè. Come qualsiasi altra cosa lì sotto era un po' all'antica, ma buono. Guardò l'anziano archivista. «È un'emozione enorme per me essere qui. Mi sembra di stare nella grotta di Aladino!».

«Bene, considerami il tuo genio, allora. Ogni tuo desiderio è un ordine per me. Qualunque cosa ti serva, io te la posso trovare... sai già da cosa vorresti partire?»

«Per cominciare avrei bisogno di tutto ciò che hai su Johan Trier precedente al 1922. Tutto quello che trovi, lo vorrei vedere».

Viggo annuì. «Solo lui ha una libreria e mezza», annunciò avviandosi verso quella centrale e appoggiando la mano su uno degli scaffali. «Inizia da qui: T(ii), continua fino alla fine e torna indietro dall'altra pare del T(iii)».

Darcy guardò i pesanti raccoglitori a scatola archiviati lì sopra, file e file da terra al soffitto, per tutta la lunghezza. «Okay».

«Le librerie sono raggruppate in ordine alfabetico, ma con riferimenti secondari A(i), A(ii) e così via. Ogni libreria è suddivisa in blocchi verticali o celle, il livello degli scaffali si conta dall'alto in basso e i fascicoli sono i raccoglitori a scatola numerati su tali scaffali».

«Bene». Mentre ascoltava Darcy osservava il sistema. Finora era tutto molto chiaro.

«Quindi Trier era nato nel 1895, ma le lettere più vecchie che abbiamo risalgono al 1915, credo». Darcy lo guardò andare al tavolo e controllare sul registro rosso. Sfogliò le pagine con fare esperto e scorse il libro mastro con il dito. «Sì, libreria, T(ii), blocco cinque, livello tre, scatola nove».

Darcy andò alla libreria T(ii) seguendo le indicazioni: blocco cinque, livello tre dall'alto verso il basso. Scatola numero...?

«Scatola numero nove, quella lì», le indicò Viggo andandole accanto. Aveva in mano il registro e un blocchetto di Post-it. «Attaccane uno sul raccoglitore così trovi subito il punto di partenza».

Darcy mise il Post-it sulla scatola numero nove, mentre Viggo ricontrollò il registro rosso.

«E il 1922 finisce alla... Libreria T(iii), blocco undici, livello cinque, scatola due».

Darcy trovò il punto e, seguendo lo stesso metodo, attaccò il Post-it sulla scatola corrispondente.

«Ecco fatto, questa è la tua area preliminare di ricerca», le sorrise lui. «Facile, no?»

«Speriamo», sorrise lei, ben cosciente che ogni raccoglitore poteva contenere anche dieci diari, un centinaio di lettere e migliaia di fotografie o diapositive. Avrebbe potuto impiegarci settimane, se non mesi. Oppure avere un colpo di fortuna e trovare qualcosa già nel primo. Chissà perché, però, ne dubitava.

«Quanto sono amichevoli i custodi notturni?», gli chiese guardandolo con una certa ironia.

«Non al punto da permetterti di restare qui dopo le sette», rise lui in risposta. «Sono alla mia scrivania, se hai bisogno. C'è un campanello su ogni tavolo, così risparmi la voce».

Un campanello. Darcy sorrise e lo guardò allontanarsi. Sì, decisamente un tipo all'antica.

«Mi hai tolto il match?».

Darcy rialzò gli occhi con un sussulto. Era così presa dal suo lavoro e ormai abituata ai passi leggeri di Viggo in sottofondo – che le portava tazze di caffè ogni poche ore – che non aveva colto quell'approccio più aggressivo al suo tavolo.

Max era appoggiato alla fine di una libreria e la osservava. Indossava un completo blu senza cravatta, ma con il primo bottone della camicia azzurra slacciato. Di colpo si sentì inadeguata nei suoi jeans boyfriend, Adidas gialle ai piedi, felpa blu e capelli raccolti alla bell'e meglio. Il glamour della sera prima era un lontano ricordo. Se avesse pensato anche solo per un attimo che lo avrebbe rivisto quella mattina, lì… si sarebbe rimessa quel maledetto vestito. Se avesse pensato di avere anche solo la minima possibilità di rivederlo… sarebbe stata sicuramente più felice per tutta la giornata.

«Pensavo che non te ne saresti neanche accorto», replicò ritrovando la voce e odiandolo per essere così bello. «Non sei esattamente loquace in chat e ieri sera sei sparito più veloce della luce».

Osservò la sua reazione a quelle parole. Non tradiva niente di eclatante, ma non le sfuggì un accenno di tensione sulle labbra e intorno agli occhi. «Fare il terzo incomodo non è il mio ideale di divertimento».

Darcy si chiese quale potesse essere.

«Bella serata?», le chiese.

«Abbastanza».

«Solo abbastanza?».

Darcy fece spallucce. «La tua?».

Cercò di non pensare a come poteva essersi concluso quell'appuntamento a differenza del suo. Sulla biografia di Raya non accennava a romanticismi. Qualsiasi donna tra i suoi contatti sapeva benissimo cosa aspettarsi da lui e aveva il sospetto che fossero fin troppe quelle disposte a stare al gioco.

Ci fu un altro minimo spasmo intorno agli occhi quando lui si rese conto che lo aveva sentito parlare al telefono, ma sorvolò sulla domanda e ne fece un'altra. «Il tuo ragazzo?»

«Se fosse il mio ragazzo perché starei su una app di appuntamenti?», ribatté sostenendo il suo sguardo per un lungo istante, chiedendosi che cos'avesse quell'uomo per tirar fuori quel lato di lei. La rendeva combattiva, spigolosa. Provocatoria. Aveva individuato i confini strettamente controllati entro cui si muoveva e, per chissà quale ragione, li voleva superare. Metterlo alla prova.

Distolse gli occhi, perché sentiva l'intensità crescere tra loro e non riusciva più a sostenere il suo sguardo. Era sicura che lui fosse in grado di leggerle nel pensiero, che potesse vedere quanto lo desiderasse. «E comunque che cosa ci fai qui?».

Era forse venuto a proporle un altro drink? La prospettiva la elettrizzò. Erik le aveva scritto per tutta la giornata, insistendo per cenare insieme di nuovo quella sera, prima che partisse per Dubai, ma Darcy sapeva che si sarebbe divertita molto di più in una pozzanghera con Max che a una cena elegante con lui.

«Ci lavoro, ricordi? Ho pensato di fare un salto per essere certo che trovassi tutto soddisfacente».

Ah.

«Finora, tutto esaustivo», rispose appoggiandosi allo schienale. Era lì da sei ore e aveva esaminato soltanto una scatola e mezza. Ne restavano cinquantasei. «Viggo è fantastico».

«È il meglio che c'è. Saranno dieci anni che la Galleria nazionale sta cercando di rubarcelo. Per nostra fortuna, è un impiegato fedele».

«Giusto». Stavano davvero parlando di lavoro? Lo guardò di nuovo negli occhi, di nuovo travolta da quella frenesia primordiale. Qualunque cosa ci fosse tra loro, era innegabile... vero? Lo percepiva anche lui? Aveva pensato a lei tutto il giorno come lei aveva pensato a lui o si stava solo illudendo? Ogni volta che alzava la testa, ogni volta che ritornava dal 1918 al 2024, riviveva nella mente quell'incontro, risentiva la sensazione della sua mano sulla schiena... Lo aveva perso, pur conoscendolo appena.

Poi gli lesse qualcosa negli occhi.

«Senti, ascolta», riprese Max schiarendosi la gola. «Visto che dovremo... incontrarci spesso nel prossimo futuro, penso che sarebbe saggio non andare oltre. A livello personale, intendo».

Darcy lo fissò, stupefatta dalla cocente delusione che le si accese nel petto a quelle parole. Per qualche secondo non riuscì neanche a parlare. Era sicura di avere le guance in fiamme, che tradivano i sentimenti che stava cercando di nascondere. «Sei sceso qui sotto per dirmi questo?»

«Sì».

«Anche se ti avevo già tolto il match?».

Max si irrigidì e, per la prima volta, parve preso in contropiede. «È solo che non voglio che ci siano malintesi qui. Abbiamo avuto un contatto privato prima di conoscerci di persona, ma è ovvio che adesso è una relazione lavorativa, quindi dovremmo...», spostò lo sguardo sulle sue labbra, «agire di conseguenza».

Darcy esitò. Era come vederlo scendere di nuovo quella scala, allontanarsi da lei.

«A me va benissimo», rispose con ostentata indifferenza. «Ero comunque convinta che non ti avrei più rivisto. Per quanto mi riguarda, non ho nessuna aspettativa».

Max annuì. «Bene… ottimo».

Per un attimo la guardò come se volesse aggiungere altro – o forse aspettava qualcos'altro da lei – ma poi si raddrizzò. «Allora, buona fortuna con il tuo lavoro. Sei in ottime mani con Rask».

«Sì, grazie».

«Allora, ciao».

«Ciao, Max».

Strike numero uno. La sua prima possibilità era appena stata incenerita.

Lo guardò andar via, incapace di dare un senso a quell'ondata di panico che l'assalì nel vederlo allontanarsi. Di nuovo. Era come se avessero risucchiato via l'ossigeno dalla stanza.

«Che strano», commentò Viggo andandole vicino non appena l'inaspettato visitatore scomparve su per le scale. «Non è mai sceso quaggiù prima d'ora».

«No?»

«No, gli uffici della dirigenza sono in centro». L'anziano archivista la guardò preoccupato. «Va tutto bene? Sai, ha una certa reputazione».

«Reputazione?»

«È un po'… aggressivo. Non ti sta addosso, vero? Ovviamente sono tutti sotto pressione con questa nuova scoperta uscita su tutti i giornali».

Quel commento la lasciò perplessa. «Be', sì, ma all'Accademia, no? Non riguarda la Fondazione Madsen».

Viggo sorrise. «Qualsiasi cosa abbia a che vedere con Johan Trier riguarda la Fondazione Madsen. Lo vediamo come nostro. E Max Lorensen in modo particolare».

Darcy rimase un attimo in silenzio. «Non capisco. Mi ha detto di essere un avvocato aziendale».

«Sì, infatti. È un pezzo grosso della casa madre, la Madsen Holdings, ma è anche nel consiglio di amministrazione della Fondazione Madsen. È lui a guidare le ambizioni di espansione della galleria e a supervisionare le partnership con i marchi, le sponsorizzazioni, le acquisizioni…».

«Un gran bel lavoro per uno così giovane».

«Trentadue anni, non giovanissimo. E, come dicevo, aggressivo. Sa tirare i pugni, come si dice in gergo. Non farti trattare male».

«No, certo», mormorò lei.

Non erano neanche usciti insieme, ma era riuscito comunque a scaricarla. Quello contava?

Capitolo sei

«Non mi sembra vero! Hai cambiato idea!». A tavola, di fronte a lei, Erik le sorrideva, più bello al lume di candela di quanto lui stesso immaginasse. «Avevo quasi perso le speranze».

«Scusa, non volevo farmi pregare… è solo stata una giornata dura», si giustificò lei cercando di racimolare un po' di energia per fare conversazione. «Non ero sicura che sarei stata una buona compagnia».

«Come sarebbe a dire!? Saresti una buona compagnia anche in un ritiro in un monastero del silenzio».

Darcy sorrise. «È una cosa molto carina da dire».

Erik si strinse nelle spalle. «Sono solo felice che sia questa la ragione della tua titubanza e non qualcosa che ho detto o fatto ieri sera».

«No no», rispose cercando di mostrarsi scandalizzata al solo pensiero. «Certo che no».

«Mi fa piacere, perché ieri sera sono stato proprio bene e volevo davvero rivederti».

«Sì, è stato divertente, non ero mai stata a Brønnum prima».

«Ti è piaciuto? Bene, allora appena torno, ti porto a Bazaar. Lì è ancora meglio».

«Davvero?». Darcy deglutì, già annoiata. La loro conversazione sembrava superficiale e fatua in confronto alle poche parole scambiate con Max, dove tutto suonava pregno e carico di significato.

«Hanno una lista d'attesa di dieci mesi per avere un tavolo… non molto tempo fa hanno dovuto dire di no anche a Brooklyn Beckham e sua moglie».

«Ah». Darcy si ravvivò i capelli, ma quel gesto non avrebbe mai potuto compensare una giornata intera senza vedere la luce del sole e sperava di non sembrare così esausta come si sentiva. Aveva trascorso dieci ore negli archivi e aveva passato in rassegna ben... tre scatole. «E quindi come riusciremmo a entrare?»

«Mio padre è amico del proprietario, quindi posso sempre ottenere un buon tavolo».

«Tuo padre lavora nel settore dell'ospitalità?»

«...No». Rise, divertito. «Sai, avrai anche un danese eccellente, ma capisco che non sei di qui dal fatto che non conosci mio padre».

«Dovrei?»

«È abbastanza conosciuto da queste parti. Ha fondato la sua società di sviluppo immobiliare venticinque anni fa e l'anno scorso ha fatturato 125 milioni di corone; ha iniziato dal nulla e ora è un donatore del partito Venstre, conosce tutti e tutti lo rispettano. E adesso mi sta preparando per prendere il timone dell'azienda quando andrà in pensione, tra qualche anno».

«Ah, capisco». Darcy deglutì a fatica. La noncuranza con cui Erik le presentava quel tipico esempio di nepotismo aspettandosi che lo ammirasse le aveva fatto sbocciare nel profondo dello stomaco un risentimento che le aveva chiuso la gola come un groppo. Da parte sua, era figlia di un insegnante di geografia del liceo di zona nella sua città natale nel Berkshire e della segretaria di un medico di base; era orgogliosa dei suoi genitori tanto quanto lui dei suoi, peccato che avesse il sospetto che Erik non ci avrebbe visto nulla da ammirare. Per lui contavano il denaro e lo status sociale e la sua scelta in fatto di donne doveva senza dubbio rispecchiare la sua alta autostima. Probabilmente doveva prenderlo come un complimento. «Be', sembra un'opportunità straordinaria per te».

Erik si strinse nelle spalle. «Mio padre è una persona eccezionale».

Darcy prese un altro sorso di vino, cercando di non pensare a quanto invece sarebbe stato deluso il suo sapendola a cena con un viziato figlio di papà.

«Già, questo accordo che stiamo siglando a Dubai è il mio

primo assolo». Erik si appoggiò allo schienale della poltroncina e raccolse le dita. «Ho fatto la presentazione, ho vinto e ora vado lì per mettere a punto i dettagli con il cliente. Si parla di novanta milioni di AED».

«Cavolo». Non era sicura di come rispondere a una tale spacconaggine. «È bel mucchio di dirham».

Erik parve sorpreso che conoscesse la valuta del luogo. «Ci sei stata?»

«A Dubai? No», scosse la testa, «ma ho fatto scalo a Doha, una volta, in viaggio verso Bali».

«È un posto incredibile anche quello. Perfino l'aeroporto è spettacolare». Le puntò contro uno sguardo intenso. «Chi lo sa, se tra noi funziona potresti accompagnarmi nel prossimo viaggio. Ti farei vedere i panorami». Le strizzò l'occhio.

«Oh, no, non penso sia necessario».

Il suo sorriso sicuro vacillò un po', tanto che Darcy si chiese se non fosse stata troppo diretta.

«Voglio dire, è un viaggio di lavoro, dovrai mantenere la concentrazione», si affrettò a precisare.

«Di questo non preoccuparti. In queste trasferte c'è sempre un sacco di tempo per lavorare e giocare. Penso che ci divertiremmo parecchio insieme».

Erik sostenne il suo sguardo con un'allusione neanche troppo sottile e Darcy si costrinse a ricambiare il sorriso. Era per quello che erano lì, in fin dei conti: due adulti single e consenzienti che cercavano qualcosa di leggero e occasionale. Di sicuro non voleva impegnarsi in un'altra relazione così presto e lui era senza dubbio attraente. Aveva notato un bel po' di donne adocchiarlo mentre passavano accanto al loro tavolo. Non erano neanche così incompatibili sul lato personale, ma quanto bisognava andare sul personale? Era lì per divertirsi, come da istruzioni di Freja.

Eppure…

«Sai, non è proprio il mio ambiente comunque». Il rifiuto era evidente perfino alle sue orecchie.

Ci fu un brevissimo istante di incertezza. «No? E perché?»

«Be'. Basta vedere chi ci va: è pieno di magnati del petrolio, immobiliaristi, TikToker, influencer e gente da *Love Island*. Lì è tutto luccicante, la mia vita invece è… polverosa».

«Polverosa?»

«Sì, siamo onesti, dai. Non è esattamente l'habitat naturale per una specializzanda in Storia dell'arte. Io ho a che fare con i morti, immagino. Artisti morti. Dipinti che hanno secoli. È quanto di più lontano ci possa essere». Ogni parola era un rifiuto. Se ne rendeva conto, ma non riusciva a smettere. Quell'uomo aveva qualcosa che la respingeva.

«A meno che le persone sciccose che vivono nei tuoi lussuosi grattacieli non vogliano appendere alle loro pareti alcuni capolavori antichi… Allora potrei diventare la loro consulente d'arte, immagino».

Era solo un commento buttato lì, ma l'espressione di Erik passò da diffidente a intensamente concentrata. «Penso che ci si potrebbero guadagnare un bel po' di soldi. Conosco molte persone ricche che cercano solo modi per spendere. Una come te potrebbe fare una fortuna».

«Una come me?»

«Sì. Immagino che il mondo accademico non paghi così bene».

Darcy deglutì. «Se lo paragoniamo a chi costruisce alberghi, no».

In quel momento arrivò il cameriere e lei distolse lo sguardo con sollievo. Nella loro conversazione si era infiltrata una leggera irritazione ed era colpa sua, lo sapeva. Lui ci provava e lei lo respingeva a ogni tentativo. «Signor Rasmussen, siete pronti per ordinare?»

«Sì, grazie, Oscar. Prendiamo chateaubriand e una bottiglia di Puligny Montrachet».

«Molto bene, signore», rispose il cameriere chiudendo di scatto i menù e sparendo di nuovo.

«Ah, ma…». Darcy avrebbe voluto la pasta al tartufo, ma vide sconcertata il cameriere allontanarsi senza degnarla neanche di uno sguardo.

«Vedrai, il filetto ti piacerà», commentò Erik appoggiandosi di nuovo alla sedia. «Ogni volta che sono venuto qui non sono mai rimasto scontento». Darcy lo guardò, osservando quanto fosse compiaciuto a quella sua dimostrazione di potere. Come faceva a sapere che le piacesse il filetto chateaubriand o che non fosse vegetariana? Non gliel'aveva neanche chiesto!

Darcy dovette ingoiare il disappunto. «Davvero? Devi venire qui spesso allora».

«In effetti è uno dei miei ristoranti preferiti. C'è sempre una bella atmosfera e io abito proprio qui dietro quindi…».

Altro sguardo eloquente. Aveva la delicatezza di un elefante, ma erano anche al secondo appuntamento – un drink la sera prima, ora la cena – e le aspettative crescevano… Darcy sapeva che, all'arrivo della prima portata, avrebbe cominciato a sfiorarle il ginocchio con il suo, sotto il tavolo, avrebbe appoggiato i gomiti sulla tovaglia protendendosi in avanti mentre parlavano e le avrebbe toccato la mano con sempre maggiore frequenza. Prima del dolce, Darcy avrebbe dovuto prendere una decisione.

Lo guardò mentre parlava, cercando di convincersi. Erik gesticolava molto, la guardava negli occhi e aveva un aneddoto per ogni svolta della conversazione. Non era simpatico come pensava di essere, né troppo acuto, ma era comunque coinvolgente.

Abbastanza per una notte.

Ce la poteva fare, no?

«Allora, dimmi di questo farabutto che ti ha spezzato il cuore», la incalzò con l'ennesimo sguardo intenso. Faceva di sicuro parte della seduzione.

«Scusa?»

«Me ne hai parlato di sfuggita ieri sera quando ti ho chiesto della tua ultima relazione. Mi dicevi che ti ha tradito?».

Darcy alzò gli occhi al cielo. «Non mi ha spezzato il cuore».

«Davvero? Ma mi hai detto che sono stato il tuo primo appuntamento da settimane, da quando vi siete lasciati…».

«Ma non perché avessi il cuore a pezzi, ero solto stufa di bugie. Non avevo il tempo né l'energia per questi giochetti. È così… noioso».

«Quindi ti era già successo?»

«Esco con gli uomini… ovvio che mi era già successo».

«Ahia». Erik trasalì a quell'ironia, ma Darcy colse anche un lampo di soddisfazione nei suoi occhi. «Allora mi scuso a nome dei miei simili, ma spero che non penserai che siamo tutti uguali».

«Sinceramente non mi importa molto in ogni caso». Diede un'alzata di spalle. «Chi esce con me può frequentare tutte le persone che vuole. Non sto cercando una relazione in questo momento».

Erik la fissò stupito. «Non stai cercando l'amore?»

«Non ho tempo».

«Ma dai, tutti hanno tempo per l'amore!», obiettò. «È ciò che rende la vita degna di essere vissuta».

«Non io. Ho ventisei anni, non mi sono mai innamorata e mi va bene così».

«Non aspiri al matrimonio? Ad avere dei figli?», la guardava palesemente incredulo.

«Non ancora. Ho i miei amici, la mia famiglia e, ora come ora, la mia carriera viene prima di qualsiasi uomo», concluse.

«Ah». Erik, non rispose, ma Darcy lo vide prendere il bicchiere con un sorriso enigmatico.

«Che c'è?», gli chiese. «Perché sorridi in quel modo?».

Lo guardò bere lentamente, senza alcuna fretta di rispondere. Con tutta calma appoggiò di nuovo il bicchiere sul tavolo e la guardò.

«Forse perché non ti credo. Voi donne dite sempre che non cercate niente di serio, invece è sempre così. Perché altrimenti sareste su una app di appuntamenti?»

«Per divertirci un po'», si irritò lei. «Come voi».

«Ah, quindi è per questo sei qui? Per usarmi… come un giocattolo?». Strusciò il ginocchio contro il suo sotto il tavolo.

«Non l'avrei messa così…». Darcy era a disagio, non sopportava il suo tono allusivo, quella farsa goffa e forzata che stavano portando avanti. «Sono qui per la serata nel suo insieme: la conversazione, la cena, uscire in questa splendida città in cui dovrò vivere nel prossimo anno, incontrare persone nuove». Lo fissò. Quella conversazione era una magra giustificazione per qualsiasi cosa fosse. «E, tanto per essere chiari, non sono stata io a registrarmi alla app. Lo ha fatto la mia coinquilina. Ha voluto farmi uscire a tutti i costi, visto quanto poco mi interessava».

«Ah... il mistero si infittisce! Quindi è lei ad aver scrollato a destra su di me. O sei stata tu?».

Darcy sbatté le palpebre. «Entrambe. Eravamo insieme quando ho cercato e tutte e due ti abbiamo trovato carino».

Erik gettò la testa indietro in una risata. «Oh, mi hanno definito in tanti modi prima d'ora, ma mai "carino". Mi offendi!».

«Non voleva essere un insulto».

«Sto scherzando! Ti sto solo provocando», disse protendendosi a toccarle la mano. Stavano parlando al contrario? «Sono felice che tu abbia scrollato a destra... chiunque l'abbia fatto, per qualsiasi ragione. E, se vuoi la verità, penso che sia molto dolce che tu sia così modesta in proposito».

«Modesta?», ripeté perplessa. Non le sembrava il termine giusto. Modesta in che senso?

«Sì, vieni qui in sordina e fingi di non cercare l'amore; non fai pressione su niente».

Darcy era esterrefatta. Era davvero così ottuso o lo faceva apposta? «Ma è la verità. Non cerco l'amore. Ti ho già detto che per me viene prima la carriera».

Erik scoppiò di nuovo a ridere. Quanto paternalismo...

«E cosa ci sarebbe di così divertente?»

«Che mi riesce difficile pensare che tu consideri una carriera essere... una studentessa perenne».

Darcy non credeva alle proprie orecchie. Scacciò via la sua mano in un gesto brusco. «Mi sto specializzando per diventare professoressa. In che modo essere la massima esperta nel proprio campo di competenza non conterebbe come carriera? Ah, immagino che tu non lo sappia neanche, dato che la tua carriera è un'altra delle tante cose che il paparino ti ha messo in mano, insieme alle chiavi di qualche appartamento di lusso o una strafiga macchina sportiva!».

Si bloccò quando si rese conto che dai tavoli vicini li stavano guardando. L'indignazione le aveva fatto alzare la voce e stava dando spettacolo. La maschera era caduta e non riusciva a fingere un minuto di più.

Lo guardò e stavolta nei suoi occhi vide ribollire la rabbia. Lo aveva umiliato di fronte a degli sconosciuti, ma non le importava niente. La sua decisione era presa prima ancora che arrivasse il piatto.

Tra loro calò un silenzio di ghiaccio.

«Penso sia meglio chiudere qui la serata», bofonchiò, spingendo indietro la sedia. Vide il panico attraversargli il viso alla prospettiva di vedersi piantato in asso in pubblico, oltre a tutto il resto.

«Clara, aspetta...», sbottò allungando le mani verso di lei, ma la voce gli morì in gola nel rendersi conto dell'errore.

Darcy fece un verso sdegnato a quel lapsus. «Hai sbagliato ragazza, temo. Ti prego di non contattarmi più, *Erik*», calcò sul suo nome mentre la gente si girava a guardarla. Percepiva i loro occhi sulla schiena anche andando via.

Infilò il cappotto e uscì nella notte umida, dove inspirò a fondo e si appoggiò al muro. Strike numero due. Il secondo rifiuto nella stessa giornata. Un disastro diventato catastrofe. Si passò le mani sul viso. Perché non si era fidata del suo istinto e non se n'era andata dritta a casa?

Lo sapeva benissimo perché. Solo che non voleva ammetterlo.

Vedersi respinta da Max negli archivi le era bruciato parecchio e aveva avuto bisogno di conferme. Voleva sentirsi sexy, desiderabile, degna di una caccia, ma quella sera, in quel ristorante, non aveva provato niente di tutto ciò. E, come se non bastasse, si era ritrovata con la consapevolezza ancora più scomoda che era stato proprio il rifiuto di Max a provocarle quella reazione. La sua risposta avrebbe dovuto essere l'indifferenza, non la distrazione, ma era solo riuscita a dimostrare che, le piacesse o no, non riusciva a smettere di pensare a Max Lorensen.

Capitolo sette

«Allora? Nessuna grande scoperta?», disse Freja schivando un labrador con un ramo in bocca che occupava quasi tutto il sentiero. Era sabato e, come al solito, erano andate a correre a Kastellet con la promessa della colazione al bar come unica motivazione a spronare Darcy.

«No. Nada. Zilch. È frustrante. Ho trascorso gli ultimi tre giorni a leggere tutti i diari e le lettere di Trier e ti assicuro che posso anche saper leggere bene il danese ma… oddio, la sua grafia! Come può una persona così abile con il pennello essere tanto negata con la penna?».

Freja ridacchiò. «Chissà che avrebbe fatto con una pipetta…».

«Un disastro, ci scommetto! Quell'uomo era confusionario: beveva troppo, è evidente, era quasi sempre senzatetto, dormiva sulle spiagge e veniva buttato fuori dalle locande».

«Mi ricorda uno dei miei ex… ti ricordi Jasper? Orecchino al naso, cercava di sniffare la polvere di cacao…».

«Bei tempi…», rispose caustica Darcy, «ma i pittori all'epoca erano come delle rockstar, sai? La passavano liscia per queste cazzate come nessun altro. La creatività li svincolava dai normali obblighi sociali».

«Ah, quindi erano anche loro dei bastardi traditori?».

Darcy sogghignò. «Senza dubbio. Anche se, nel caso di Trier, finora non sono incappata in nessuna tresca. Niente lettere d'amore, niente appuntamenti – clandestini o meno – di cui si parli nei suoi diari. Andava a prostitute, però. Le elenca tra le spese».

«Ah!», rise ironica Freja. «Come mai non mi stupisce?».

Saltarono una pozzanghera riatterrando nello stesso istante e riprendendo la corsa perfettamente sincronizzate. Darcy le era grata per l'opportunità di stare fuori, in movimento. Per tutta la settimana era rimasta curva alla scrivania, a sfogliare miriadi di schizzi preparatori, ricevute, mappe e spese dei viaggi di Trier in Europa. Era partito dalla Danimarca per Parigi nel 1919, dove si era iscritto a una delle accademie di Belle arti, poi si era spostato nella Francia meridionale e infine in Italia. A marzo del 1920 era stato a Firenze, dove aveva ritratto i tessitori di seta e gli orafi lavorando perlopiù a carboncino e matita, con solo qualche sporadico tentativo con i colori a olio.

L'istinto le diceva che quella finestra temporale era troppo lontana dal ritratto. A venticinque anni era ancora immaturo come artista e doveva ancora trovare sé stesso. Non era tanto un problema di mano – tecnicamente era già brillante e aveva cominciato con i ritratti che tanto avrebbero attirato l'attenzione del suo futuro benefattore Bertram Madsen – ma l'occhio e la mente erano ancora ingenui e, per quanto potesse essere stato in grado di riprodurre le sembianze di quella donna, dubitava che sarebbe riuscito a coglierne l'essenza in quel momento della sua vita. I dettagli più sottili erano ancora oscurati sotto le spesse tavole di legno, naturalmente, ma aveva una certa consapevolezza nella postura, nel modo di presentarsi. Darcy lo percepiva, da donna a donna. Era un ritratto sicuro e ben fatto e non poteva essere del Johan Trier del 1920.

«Quindi secondo te potrebbe essere una di loro quella del ritratto?»

«Una prostituta? No, non penso. Si era fatto un nome ritraendo donne dell'alta società».

«Cioè, tipo John Singer Sargent?», ribatté Freja compiaciuta di quella citazione.

Darcy sorrise. «Proprio così, come lui. Si concentrava sulla moda e sulle acconciature tanto quanto sui volti e sul fisico. Le ritraeva come modelle da passerella. Come regine».

«Magari l'ha resa glamour. Potrebbe averla dipinta dopo una "sessione" quando era ancora forte lo splendore post-coitale».

«Nessuno splendore durerebbe così a lungo», ridacchiò Darcy. «I ritratti richiedono numerose pose».

«Non potrebbe averlo fatto in un'unica seduta? Una tantum?»

«Potrebbe, ma è improbabile. Le pennellate sembrano spesse, suggeriscono molteplici rivisitazioni, e tempi di attesa per consentire il tempo di asciugatura», le spiegò. «E naturalmente richiedono una programmazione, ma non c'è alcun riferimento nei suoi diari del 1919, né in quelli che ho letto finora del 1920».

Freja rimase un attimo in silenzio. «E se avesse "comprato" il suo tempo e, invece di farsela, l'avesse dipinta? Potrebbe essere il motivo per cui l'ha segnato tra le spese».

Darcy ci pensò su un attimo. «Potrebbe darsi», poi gemette. «Oddio, spero di no! Come farei a rintracciare una prostituta italiana cent'anni dopo?»

«Mmm... non ti invidio. Mi sa che avresti dovuto fare la scuola per detective».

Si separarono passando ai lati di una famigliola con due bambini sul passeggino, uno seduto e l'altro sul predellino posteriore. Il sentiero era disegnato a forma di rosa Tudor e nei fine settimana era sempre affollato, con i runner che si litigavano lo spazio con le famiglie e con chi portava a passeggio i cani. Il terreno scendeva ripidamente su entrambi i lati, con un fossato alla loro destra e le caserme dell'esercito in mattoni rossi alla loro sinistra. Freja aveva scherzato più volte proponendole di irrompere lì dentro.

«Il fatto è», disse concitata Darcy, mentre si rimettevano al passo, «che nel 1920 Trier non si dedicava ai ritratti di società. Non ancora. Non aveva contatti all'epoca, e in quel periodo in particolare in cui viaggiava per l'Europa, dipingeva solo scene di contadini e operai. Non aveva interesse per l'artificio del ritratto formale, voleva solo dipingere i lavoratori...».

«Appunto! Anche lei era una lavoratrice!».

«Sì, ma non penso sia questo il caso. Il suo abbigliamento è... discreto. Non vistoso. Il vestito è accollato, indossa gioielli semplici. Se avesse voluto ritrarre una prostituta, perché camuffarla da signora?»

«Mmm», rifletté Freja per un attimo. «D'accordo allora, diciamo che non è una prostituta, ma il ritratto di una signora. Potrebbe essere un'eccezione, un dipinto fatto per guadagnare qualcosa mentre viaggiava?»

«Sì, ma tutto considerato, il 1919 o il 1920 sembrano comunque troppo presto, artisticamente parlando, per un risultato del genere».

«Però sei sempre convinta che sia antecedente a *I suoi figli*?»

«Assolutamente sì. Non si potrebbe creare qualcosa di quel livello, un capolavoro nazionale, per poi capovolgerlo e dipingere un ritratto sul retro».

«No, non avrebbe senso», concordò Freja. «Dai, almeno la forbice temporale si restringe. Significa che dovrebbe averlo dipinto tra la metà del 1920 e l'estate del 1922».

«Già… peccato che anche con una cornice così ristretta c'è un sacco di materiale da esaminare. Il mio problema è riuscire a vederlo tutto nel poco tempo che abbiamo. In tre giorni ho ispezionato solo undici scatole. Mi sarò spostata di un metro senza il minimo risultato».

«Quanta roba c'è?»

«Allora, in questo momento la libreria sembra lunga un chilometro e mezzo», disse Darcy. «Decine di scatole ancora da guardare… e il fatto di non poter lavorare fino a tardi non aiuta».

«Perché no?», chiese spiazzata Freja.

«Non posso restare nella galleria dopo le sette. Non è permesso. A quell'ora entra in gioco la squadra di sorveglianza e attivano l'antifurto».

«Accidenti, non ci avevo pensato».

«Già. Ieri sono entrata alle sette, che è l'ora in cui arriva Viggo e apre. Almeno guadagno un po' di tempo così».

«E io che, tutto sommato, ti ritenevo fortunata».

«Ah ah ah, proprio». Darcy aveva messo a parte l'amica del suo disastroso appuntamento con Erik, quindi sapevano entrambe che la fortuna non era dalla sua parte.

«Be', quando ti trovi con le spalle al muro, ti resta una sola opzione».

«Che sarebbe?».

Erano in prossimità del ponte che ricollegava al resto del parco e Darcy sentiva la sua ricompensa sempre più vicina. Otto chilometri fatti, ne restavano due. Dopo la corsa avevano intenzione di andare al mercato dei fiori, il pomeriggio a vedere il muovo *Mission Impossible* e poi a cena con Tristan la sera. Freja aveva dovuto pregarla per accettare. Tristan voleva "legare" con lei e per Darcy questo puntava pericolosamente verso una relazione seria.

«Dovresti chiedere qualcuno che ti aiuti».

«Freja, sto cercando una faccia senza nome in una foto, un nome senza faccia in una lettera... dovrei fidarmi di qualcun altro che non si faccia sfuggire l'unico dettaglio che potrebbe sbloccare tutto».

«Ah, già, la fiducia, la tua migliore qualità».

Darcy alzò gli occhi al cielo a quell'ironia. «E poi Viggo è fantastico e di lui mi fido. Nessun altro conosce gli archivi meglio di lui. Sta facendo il possibile per aiutarmi, ma anche lui è oberato di lavoro».

«Ci credo, ma di certo può dare la precedenza a te su questo, no?»

«Non proprio. La retrospettiva comporterà un forte aumento nel numero dei visitatori della Collezione Madsen, quindi sono impegnatissimi con la loro nuova mostra. Hanno prestato tanti, tanti Trier alla Galleria nazionale per la retrospettiva, quindi si ritrovano con intere pareti vuote che andranno riempite».

«Sai, a sentire di queste complicazioni, sono sempre più felice di aver scelto una carriera nel sonnolento mondo della genomica».

Attraversarono il ponte e uscirono dal parco, dirette verso casa e il loro caffè.

«Senti, se posso azzardarmi, come sta andando con l'Ultimo Uomo?»

«Aksel il Veterinario? Ecco... sta andando, penso», rispose Darcy. «Al momento stiamo educatamente discutendo del cambiamento climatico e dell'aumento degli tsunami dagli anni Novanta a oggi».

«Wow! Tsunami, eh?»

«Già».

«Stai attenta, mi raccomando. Con uno così, parli dei maremoti e un attimo dopo ti sta differenziando l'immondizia». Si fermarono a un attraversamento pedonale, correndo sul posto in attesa che scattasse. «Ha già accennato a un incontro?»

«Ancora no. Ho il sospetto che cerchi solo qualcuno con cui parlare. Sai, per la serie "se solo potessero parlare…"».

«Argh… vai dritta al sodo e chiedigli se gli va di andare a bere qualcosa. È inutile perdere altro tempo. A te non serve qualcuno per parlare… hai me!».

«Ehm, non ne sono così sicura. C'è qualcosa di lenitivo, quasi, in una tranquilla conversazione dopo i disastri con Erik e Max. Non sarà il più dinamico dei tre, ma è intelligente, profondo e sincero».

«Proprio quello che tua nonna sceglierebbe per te».

Darcy ridacchiò.

«E lo prenderei. Non ho l'energia per i drammi ora come ora».

Il semaforo scattò e attraversarono di corsa la strada, girando poi per le ampie strade residenziali fino al King's Garden a sud. Il vento soffiava e Darcy si godeva la sensazione sul viso, il rumore del traffico, lo scampanellio delle biciclette e i richiami dei cani o dei bambini nel parco come fosse la prima volta. Immersa nel silenzio e nella penombra degli archivi a volte si sentiva una talpa…

In fondo, dove le strade diventavano più strette e tortuose, vide il caffè che custodiva la loro ricompensa. A differenza della sua amica, non era una runner nata e ogni fine settimana andava persuasa, corrotta o costretta a infilare le scarpe da running. Le rare occasioni in cui andava di corsa all'Accademia Reale non erano paragonabili a quel percorso cittadino.

«Oh, grazie al cielo!», esclamò quando Freja finalmente cominciò a rallentare, con le mani sui fianchi e il viso rivolto al cielo. Per Darcy era il segnale che anche quel sabato era sopravvissuta all'uscita.

Il telefono vibrò nella tasca della giacca e Darcy lo tirò fuori mentre Freja entrava nel bar e ordinava le loro solite consumazioni. «Oh! Che gran successo!», esclamò leggendo il messaggio incredula.

«Che c'è?». Appoggiata al bancone, Freja la guardava.

«Viggo è riuscito a farmi ottenere un permesso speciale per portar via parte del materiale e lavorare da casa.

«E perché sarebbe un gran risultato?»

«Perché di norma a nessuno è concesso portar via niente senza un permesso. Valore storico? Assicurazione?». Alzò gli occhi al cielo. «Dato che non potevo trattenermi oltre l'orario, Viggo ha detto che avrebbe provato a chiederlo, ma non nutriva grandi speranze. Avrebbe richiesto una dispensa speciale in virtù delle circostanze, ma era quasi sicuro che l'assicurazione avrebbe rifiutato, appellandosi al fatto che questa ricerca non va a diretto beneficio della Collezione Madsen».

«In che senso?»

«Be', dato che il ritratto è sull'altro lato di *I suoi figli*, appartiene alla nazione ed è appeso alla Galleria nazionale, quindi per quale motivo la Madsen dovrebbe mettere a rischio i suoi beni?»

«Ah, giusto».

«Appunto, non è sbagliata come posizione. Già mi stanno facendo un favore concedendomi l'accesso illimitato ai loro archivi. Ma questo...», si portò una mano sul cuore in un gesto calmante, dato che ancora batteva forte per la corsa. «Oddio, che sollievo. Questo fa davvero la differenza, poter lavorare anche nel fine settimana... Sono stata così stressata. Otto vuole un aggiornamento lunedì, deve riferire a Margit Kinberg, ma al momento non ho niente da dirgli. Incrociamo le dita e speriamo di trovare qualcosa – qualsiasi cosa – da potergli mostrare».

Controllò l'orologio. Le dieci e quaranta. Stringendo gli occhi fece qualche calcolo mentale. «Mmm... se vado lì ora, riuscirò a fare quasi una giornata completa e potrò raggiungervi per la cena».

«Vuoi andarci adesso? Direttamente?». Freja la guardò scettica da capo a piedi.

Darcy alzò gli occhi al cielo. «Ti assicuro che Viggo non farà una piega se mi presento lì tutta sudata. E dice che gli hanno appena consegnato i raccoglitori. Non voglio farlo aspettare in caso debba uscire».

«E dove sta?».

Darcy controllò l'indirizzo. «Vive… ah, è lo stesso indirizzo della galleria». Guardò di nuovo Freja. «Ecco spiegati gli orari improponibili in cui comincia a lavorare».

«Immagino di sì».

Darcy alzò gli occhi al tono dell'amica e si rese conto che aveva appena mandato a monte i loro piani. «Non ti dispiace, vero? Il film possiamo andare a vederlo domani?»

«Non è del film che mi preoccupo. Il lavoro viene sempre prima». Freja le passò il budino con semi di chia mentre uscivano di nuovo. «Ma verrai alla cena, vero? A tutti i costi? Tristan ti vuole conoscere come si deve ed è importante per me che andiate d'accordo».

«Promesso». Darcy la baciò sulla guancia. «E andremo d'accordo».

«Cambiati, però! Vestiti carina! Ci porta in un posto davvero sciccoso».

«Sciccoso. Capito», rispose da sopra la spalla, salutandola con la mano mentre si avviava per la strada da cui erano venute e rientrava nei giardini. Mentre camminava, sorseggiava il succo e sgranocchiava i semi, evitando i turisti che a passo svelto raggiungevano il castello di Rosenborg, sentendosi molto più in sintonia con i locali che oziavano sulle panchine o i bambini arrampicati sulle sfere di marmo sparse qua e là. Gruppi di universitari uscivano con le loro occhiaie dalle varie residenze dopo i bagordi del venerdì sera.

Darcy svoltò per Stockholmsgade in direzione della galleria, controllando i numeri civici mentre passava, fino a fermarsi davanti a un'elegante casa a schiera d'epoca: mura in mattoni rossi ricoperte di vite del Canada color magenta, con le grandi finestre squadrate di un verde scuro tendente al nero.

Suonò il campanello e attese l'ormai familiare saluto di Viggo. In meno di una settimana, tra la penombra e il caffè forte, erano diventati amici ma, ora che si trovava lì davanti, si rese conto che era ancora un enigma per lei. Una casa come quella in una delle strade più eleganti della città? Sapeva che era vedovo, ma... forse sua moglie era un'ereditiera?

Nell'attesa, guardava il parco dall'altra parte della strada: gli alberi spogli, il lago che brillava scuro contro il cielo plumbeo. Il traffico era fermo al passaggio di una pattuglia militare in divisa blu che marciava in formazione al centro della strada, incurante dei semafori. Camion, autobus, taxi... tutti fermi e in paziente attesa, mentre i ciclisti si ammassavano dietro di loro. Niente di diverso dalla guardia reale che tornava alle proprie caserme di Hyde Park, pensò.

Sentendo aprirsi la porta, si girò con un sorriso. «Cia...».

Il saluto le morì sulle labbra perché sulla soglia c'era Max Lorensen. Per un attimo, parve sorpreso quanto lei, ma fu lo spazio di un secondo. «Darcy... non ti aspettavo così presto». Si spostò per farla entrare.

Darcy rimase immobile, esterrefatta. Viggo non le aveva detto che ci sarebbe stato anche Max. Perché non l'aveva avvisata? E, comunque, perché era lì? Di sabato? C'era per caso una riunione?

«Grazie». Entrò, pentendosi amaramente di non essere passata a casa a farsi la doccia e cambiarsi prima di presentarsi lì. Il suo declino sartoriale dal loro primo incontro era stato impietoso: dallo scintillante abito scuro della prima sera, ai jeans larghi da lavoro fino al completo da corsa sudato.

Lui indossava jeans e una felpa grigia. Niente scarpe, niente calzini.

Niente calzini?

Max chiuse la porta e la guardò palesemente interdetto. «Di nuovo a correre, vedo. Devi essere un'appassionata».

«No, neanche un po'. È la mia amica che mi costringe. Lei fa triathlon».

«Notevole».

«Oh, sì, eccome. È una microbiologa. Decodifica le origini della vita umana».

«Mentre tu sveli l'identità di donne morte da anni». Il suo sguardo era intenso, sempre intenso su di lei.

«Già. Non è proprio la stessa cosa, eh?».

Max parve perplesso. «Sono entrambe attività più che valide».

Calò il silenzio mentre rimasero lì per un attimo: Darcy ripensò alla cocente delusione del loro ultimo incontro, alla noncuranza con cui l'aveva respinta e si chiese: se non ci fosse stato Erik ai piedi di quella scalinata la prima sera – se invece fosse andata a bere qualcosa da Max – quanto sarebbe stato diverso tra loro adesso? Sarebbe stato meglio o peggio rispetto a quella tirata e forzata professionalità?

Darcy distolse lo sguardo, notando per la prima volta lo splendido ingresso. Parquet antico, pannelli neri opachi alle pareti e un arazzo a tema vegetale appeso dietro un raffinato tavolino tondo di noce. Sopra c'era un grosso vaso di terracotta chiara in cui erano sistemati in pomposa abbondanza dei rametti di forsizia gialla.

«Vieni con me, i raccoglitori sono di sopra», le disse precedendola sulla scala che portava al piano superiore.

Darcy lo seguì e l'occhio le cadde sui pochi ma speciali oggetti sistemati qua e là: il disegno preparatorio di Picasso tra due porte, un uccellino di bronzo di Diego Giacometti, un tappeto Heriz consunto e sbiadito che sembrava vecchio quanto la casa. Viggo era un collezionista? Le aveva accennato che viveva da solo da quando sua moglie era morta e sapeva che certe passioni potevano compensare un vuoto. Era anche dell'idea che la maggior parte dei collezionisti avessero vite infelici. L'ossessione doveva pur concentrarsi da qualche parte.

Seguì Max in una stanza al primo piano, molto ampia, che occupava quasi per intero la parte posteriore della casa e aveva una fila di finestre affacciate su un giardino rigoglioso. A differenza della cupezza dell'ingresso, era dipinto in un denso color avorio con una cucina a vista nera al centro della stanza e un enorme tavolo a quattordici posti accanto alle finestre. Dove si trovava lei, in primo piano rispetto a tutto il resto, c'era una piccola area salotto con divani di velluto verde scuro disposti a U. Sul tavolinetto c'erano le due scatole di colore bordeaux marmorizzato che conosceva fin troppo bene… solo due?

Si guardò di nuovo intorno e riconobbe un Maria Slavona su una parete e un Max Liebermann sull'altra.

«Viggo vive qui?», chiese sconcertata.

«Viggo?». A Max sfuggì una mezza risata mentre andava verso la cucina. «Come diavolo ti viene in mente?»

«Ecco... ha detto che era riuscito a farmi ottenere il permesso di portare via delle scatole e che avrei potuto ritirarle a questo indirizzo». Di colpo tornò sui piedi nudi di Max e si sentì sprofondare.

«Ritirarle?». Max la guardò mentre prendeva un pacchetto di chicchi di caffè per macinarli. «Sono stato io a farti ottenere il permesso... e ci sono riuscito solo perché, in qualità di membro del consiglio di amministrazione, mi sono fatto garante con l'assicurazione che il materiale sarebbe stato al sicuro a casa *mia*, sotto la *mia* supervisione. Il fatto che abiti proprio dietro la galleria li ha rassicurati, ma non potrai portare via niente da qui. Le loro condizioni sono state molto rigide».

Quella era casa sua? «Vuoi dire che dovrò lavorare qui?».

Max la guardò stupito. «Qualche problema?»

«Ma è casa tua».

«Sì».

«Ed è il fine settimana».

«Sì».

Darcy rise sbalordita. «Non puoi volermi tra i piedi, a lavorare qui».

«Perché dovresti starmi tra i piedi? Lo spazio non è abbastanza grande per tutti e due?».

Tutti e due. Era una sua impressione o la scelta di parole non era casuale? «Hai capito cosa intendo. Solo perché io devo lavorare fino a tardi, non significa che debba farlo anche tu».

«Infatti non ho intenzione di lavorare, io».

«Ma...».

«Darcy, abbiamo investito tutti in una rapida soluzione di questa faccenda e, se questo può aiutare, sono felice di adattarmi».

Darcy lo guardò premere dei pulsanti e la macchina cominciò a macinare rumorosamente i chicchi.

Max la guardò negli occhi. «Come lo prendi?»

«Scusa?»

«Il caffè».

«Ah… forte e nero».

Cominciò a camminare lentamente, soffermandosi sui dettagli dell'arredamento, notando le tazze da espresso di Tiffany, un posacenere Hermès, un plaid a frange di cachemire… una casa molto adulta, totalmente opposta in stile e spirito a quella sua e di Freja che era piena di divani dell'Ikea, cibo da asporto, biancheria spaiata ad asciugare sui termosifoni e ombretto glitterato perennemente sul piano del lavandino del bagno. «Da quanto tempo vivi qui?»

«…dieci anni, pressappoco».

«Hai comprato questa roba a ventidue anni?». La domanda le uscì di getto prima di potersi fermare, e lo stesso Max ne parve sorpreso. Quale ventiduenne poteva permettersi una casa d'epoca a quattro piani in una delle strade migliori di Copenaghen?

Ripensò all'autista che lo aspettava fuori dal museo alla serata di inizio settimana, alla sua estrema disinvoltura in quell'ambiente di persone anziane e sofisticate. Come se fosse l'ennesimo martedì sera per lui. Una routine.

Ci era nato, allora.

Gli voltò le spalle per riprendersi. Era davvero solo da martedì che si conoscevano? La sua figura aveva occupato buona parte della sua coscienza ormai, come un secondo battito che palpitava dentro di lei.

«Non farti strane idee. I prezzi di Copenaghen non sono paragonabili a quelli di Londra», mormorò, premendo altri pulsanti e azionando una leva. Stavolta fu lei a restare stupita. Era forse modestia quella a cui stava assistendo?

«Hai ristrutturato molto?»

«Non tanto, più che altro ho ritinteggiato. E rifatto i bagni».

Bagni, al plurale. Chissà quanti erano. Avrebbe voluto chiedergli se ci viveva da solo, ma sembrava una domanda troppo invadente – personale – e lui aveva detto chiaro e tondo che dovevano tenersi a distanza. Tuttavia, non pensava che trovarsi nella sua cucina di sabato mattina potesse rientrare nella definizione standard di "rapporto professionale".

Max le portò il caffè e glielo porse. «Forte e nero».
«Grazie», mormorò, distratta dai piedi nudi che vedeva con la coda dell'occhio.
Allo scricchiolio che udì sulle assi del piano di sopra, Darcy alzò lo sguardo. C'era qualcun altro in casa? Guardò Max che però si era già girato e stava andando alle scatole dell'archivio.
«Allora, quanto pensi di metterci a controllare queste?».
Darcy si morse il labbro. La sua media era di tre al giorno, ma ormai era quasi ora di pranzo. «Ehm... dipende da cosa c'è dentro. Se sono cataloghi di aste, posso accelerare, se sono diapositive...», fece spallucce. «Ma cercherò di sbrigarmi, promesso».
«No, no...», si girò a guardarla, «non volevo metterti fretta. Intendevo: ti bastano per oggi o ne vuoi ancora?»
«Ah, no, queste andranno benissimo».
«Se ti servono, posso fartene mandare delle altre».
«Grazie, ma queste vanno bene». Lo guardò sorseggiare il suo caffè e sollevare il coperchio della scatola più vicina per sbirciare all'interno. Con un gesto pigro, sfogliò le carte più in cima. «Non ti invidio», disse senza neanche girarsi.
«Max, sei sicuro che non posso portarle da me? Starò attentissima, lo giuro».
L'altro, però, scosse la testa. «Qui andiamo oltre il lavoro. Ho dato la mia parola».
Darcy distolse lo sguardo con un sospiro. «Certo».
Fuori dalla porta arrivarono altri scricchiolii, sempre più vicini. Qualcuno stava scendendo le scale. Darcy riportò gli occhi su di lui in una domanda muta "Chi?", ma lui non la guardava, concentrato sul suo caffè.
«Tesoro, avevi detto che...». Una splendida brunetta si fermò sulla soglia. Era alta e magra, una modella senza dubbio, in leggings e maglione grigio di cachemire con micro UGG. «Oh, ciao».
«Ciao». Darcy le sorrise colpita, alzando la mano in un debole saluto. «Sono Darcy».
«Angelina». Non appena si presentò, però, la ragazza spostò

lo sguardo interrogativo su Max. Anche Darcy. Era sicura che non fosse quello il nome che gli aveva sentito dire al telefono, sulle scale, quella sera.

«Darcy è una mia collega. Lavora alla galleria per le prossime due settimane», spiegò lui.

«Sei una curatrice?», le domandò Angelina.

«Dottoranda all'Accademia Reale, in realtà, ma mi hanno assegnato un progetto speciale lì».

«È a proposito di quel dipinto di cui mi parlavi?», continuò Angelina mentre si avvicinava – placcava – Max cingendogli mollemente le spalle con le braccia. Con il suo metro e ottanta era di pochi centimetri più bassa di lui e, inclinandosi su un fianco, lo baciò dolcemente sulla guancia.

«Sì».

«Era così su di giri», commentò Angelina in tono beffardo guardando Darcy lì impalata con la tazza in mano. «Sembrava un bambino».

«Non credo proprio», ribatté lui districandosi dal languido abbraccio e controllando il cellulare. «È soltanto una scoperta molto rilevante per la Fondazione». Rialzò gli occhi e infilò il telefono nella tasca posteriore, osservando per un attimo le due donne. Darcy abbassò gli occhi, ben cosciente che, anche tutta in tiro, in velluto nero e con la messa in piega, non avrebbe mai vinto il confronto con Angelina.

«Sono davvero mortificata di aver interrotto così il vostro weekend», disse accennando alle scatole, «ma se c'è una stanza tranquilla dove posso lavorare, almeno mi levo di torno».

«Non sarà necessario», rispose Max.

«Sarei più contenta di non stare tra i piedi».

«Non starai tra i piedi, stiamo uscendo».

«Ah».

«I calzini!». Angelina si batté la mano sulla fronte e indicò i piedi nudi di Max. «Mi sono dimenticata che mi avevi detto di portarti giù i calzini. Lo sapevo che c'era qualcosa. La mia memoria è un colabrodo».

Darcy sorrise triste. Ecco spiegati i piedi scalzi. Li aveva interrotti.

«È stato un piacere conoscerti…».

Dall'incertezza nella sua voce, Darcy capì che avrebbe voluto aggiungere il nome, ma se l'era già dimenticato. «Piacere mio, Angelina».

Darcy non batté ciglio quando l'altra uscì dalla stanza, leggiadra come una farfalla, lasciandosi dietro un silenzio gravido di parole non dette.

«Ti vedo preoccupata», osservò Max, vedendola mordersi il labbro.

«Tu non lo sei?»

«Di cosa?»

«Davvero sei così tranquillo a lasciarmi da sola a casa tua?»

«Non dovrei?»

«Neanche mi conosci!».

«Ah, no?». Ci fu una breve pausa durante la quale lo scricchiolio delle assi al piano di sopra ricordò loro che non erano soli. Sulle labbra di Max aleggiò un piccolo sorriso. «Darcy, rilassati. Il mio istinto mi dice che al mio ritorno non troverò graffiti alle pareti o gli arredi strappati».

«Spiritoso… ma se mi conoscessi bene, sapresti anche che, dicendomi questo, mi fai venire voglia di farlo».

«Ah, sei fatta così?». Annuì. «Buono a sapersi».

Darcy sospirò. Battibeccare con lui era estenuante; le loro erano parole dense di significato, ma alla fine lo era anche il silenzio. «Almeno sai quando ritorni? Cercherò di andar via prima».

«No».

«Più o meno?»

«Darcy, fai quello che devi fare e basta. Resta pure fino a mezzanotte se serve».

«Oddio, no, non lo farei mai».

«Ma puoi, se ti serve».

«No», scosse la testa. «Devo essere altrove alle otto».

Max strinse appena gli occhi e sembrò quasi che stesse per dire qualcosa.

«I calzini!». Angelina si riaffacciò tirandoglieli dalla porta.

Max li prese al volo con una mano sola, senza mai staccare gli occhi da quelli di Darcy. «Perfetto».

«Devo fare qualcosa quando esco? C'è un allarme che devo inserire?», gli chiese mentre lui infilava un calzino, su un piede solo, in equilibrio perfetto.

«Va bene così, non preoccuparti di niente. Fatti un caffè, qualsiasi cosa vuoi. Non c'è molto da mangiare, ma in frigo trovi pere e uva».

«No, no», si affrettò a rifiutare. Non era certo andata lì per mangiare le sue cose. «Starò benissimo, grazie».

Max, di nuovo su due piedi, annuì, con le mani sui fianchi. Era così diverso in jeans e calzini. Il Max del sabato. «Bene, buona giornata, allora. Spero sia produttiva».

«Anch'io», annuì lei guardandolo uscire. Angelina gli stava porgendo il cappotto blu corto e la sciarpa grigia che lui indossò con disinvoltura.

Restò in ascolto dei loro passi sulle scale e delle voci che si allontanavano, fino allo scatto della porta principale. Per diversi secondi rimase immobile cercando di capire come diavolo avesse fatto a ritrovarsi da sola nella casa in centro di Max Lorensen all'ora di pranzo. Era un sogno o un incubo?

Con un gemito, sprofondò sul divano.

Entrambi.

Capitolo otto

Sette e cinquantadue.

Darcy sedeva al tavolo da sola, a guardare fuori dalla finestra i campi di fiori selvatici, una vera rarità in una città di mare. La sala, rivestita dai chiari toni del legno biondo era un omaggio all'eco-lusso, senza altre decorazioni a parte un antico tavolino *Shou Sugi Ban*, alcune pelli sulle sedie e piante e viticci che pendevano dal soffitto. Di certo non era un luogo in cui starsene seduti a guardare il cellulare, dove il rumore non superava mai un civile brusio. Tutti vestivano in palette di colori tenui ma raffinati e si aveva l'impressione che, a controllare le etichette, si sarebbero trovati solo Massimo Dutti, Loro Piana e Céline; una minima rouche o un accenno di rosa avrebbero stonato.

Stava cercando di non bere troppo in fretta il suo bicchiere d'acqua ma, dopo la giornata che aveva avuto, si sarebbe scolata un'intera bottiglia di vino. I minuti passavano a velocità dimezzata. I camerieri probabilmente cominciavano a pensare che le avessero dato buca. Lo sapeva che era stupido arrivare così presto, ma per tutto il pomeriggio aveva avuto l'istinto di andar via, di partire, e non era riuscita a scrollarselo di dosso neanche tornata a casa. Con suo inspiegabile sollievo, Freja non c'era – senza dubbio era andata a prepararsi da Tristan – così era riuscita a farsi una doccia e rilassarsi in santa pace.

«Oddio, siamo in ritardo?». La domanda di Freja la strappò ai suoi pensieri.

«No, sono io che sono arrivata in largo anticipo, una volta tanto», la salutò lei premendo la guancia sulla sua.

«Non dirmi che hai fame!», la prese in giro Freja fingendosi stupita.

«Come sempre».

«Ovvio». Indossava un vestito di seta verde scuro con fili d'oro che Darcy non le aveva mai visto. Nuovo?, le chiese senza parole, solo alzando un sopracciglio. Freja le strizzò l'occhio in risposta. I riccioli erano lasciati liberi e alle orecchie portava grossi orecchini d'oro, sempre nuovi. Darcy non aveva mai visto la sua amica tanto sofisticata. I loro look più che altro si alternavano tra Come Capita Capita (abbigliamento da corsa/palestra), Coma (pigiama), Basic Bitch (jeans) e Nightclub (qualsiasi cosa nera, corta o attillata).

Freja si girò, tese la mano e si illuminò in un sorriso radioso. A Darcy non sfuggì il lampo di orgoglio nei suoi occhi. «Darce, finalmente conosci Tristan. Tristan – non voglio farti pressione – ma lei è la persona più importante della mia vita».

Darcy guardò per la prima l'uomo-finora-senza-volto, quello che le aveva rubato la sua migliore amica lasciandola sola in un appartamento vuoto.

«Nessunissima pressione, direi». Tristan le sorrise e una serie di pieghe gli si disegnarono sul viso in automatico, come per abitudine. Le strinse la mano. «Ciao».

«...ciao». Darcy fu colta alla sprovvista. Non era come se l'era immaginato. Neanche un po'. Freja di solito usciva con artisti/musicisti/scrittori squattrinati, buttafuori o baristi. Quell'uomo sembrava più un legale, l'opposto della sua amica sotto ogni aspetto: leccato dove lei era sciatta; formale dove lei era rilassata; lineamenti grandi e aperti contro il suo aspetto da bambola; fisico atletico e muscoloso contro il suo magro e longilineo. Indossava un semplice completo nero e la camicia aperta, ma emanava un'aura di ricchezza e discrezione che avrebbe avuto molto da insegnare a Erik l'immobiliarista.

Ma non era questo a sorprenderla di più. Freja aveva in qualche modo dimenticato di dirle che Tristan aveva una decina, se non una ventina d'anni più di loro. Ovvio che aveva scelto quel ristorante e pagato il vino e la cena... come Freja le aveva anticipato. Poteva essere suo padre!

«Grazie per aver organizzato la serata».

«Ogni scusa è buona per me. Si mangia davvero bene. C'eri mai stata?».

Darcy soffocò una risata sconcertata. «No, mai». Buffo forse, ma il suo budget da studentessa non arrivava ai ristoranti stellati Michelin. «Sembra tutto molto buono, però». Lanciò un'occhiata invidiosa a quelli che stavano già mangiando. «Ho una fame da lupi».

«Perché così tanta?», le chiese Freja.

«Oggi non ho mangiato niente a parte la colazione».

«Che cosa? Niente di niente?». Freja sembrava scioccata. Mangiava a ogni ora del giorno ed era sempre magra come uno stecchino.

«Già».

«Ma c'era del curry avanzato in frigorifero».

«Lo so, ma non ero a casa. Sono dovuta rimanere dov'ero per lavorare. Ho scoperto di non potermi portare via niente del materiale d'archivio».

Freja era sempre più scandalizzata. «Ma Viggo non poteva farti almeno un panino?».

Darcy si morse il labbro, incerta se raccontarle tutta la storia. Da come la sua amica aveva reagito l'ultima volta, non si fidava a nominare di nuovo Max, tantomeno davanti a Tristan.

«Va bene così», minimizzò, decidendo di cambiare discorso. «Finché lavoravo non avevo fame. È stato solo dopo che l'ho sentita tutta insieme».

«Bah». Freja era poco convinta. «Hai bisogno di carburante, soprattutto visto quanto abbiamo spinto nella corsa di stamattina».

«Abbiamo spinto?», si stupì Darcy.

«Non te ne sei accorta? Sei minuti in meno del nostro record personale».

«Ammirevole», commentò Tristan.

«Non guardare me. Non ne avevo idea, ho solo cercato di starle dietro», rispose Darcy con un'alzata di spalle.

«È lo stress. Ha un effetto jet che ti spinge avanti».

«Ah». Darcy si chiese che velocità avrebbe raggiunto se fosse andata a correre l'indomani, dopo l'ultimo incontro con Max. Supersonica?

«È proprio per questo che andiamo a correre, te l'ho detto. Gestione dello stress. Serve anche quando pensi di no».

Darcy alzò gli occhi al cielo. «Hai visto con chi devo convivere? Non mi lascia mai in pace. I miei sabati mattina sono estenuanti».

Arrivò una cameriera con i menù e, automaticamente, passò la lista dei vini a Tristan. «Be', sta cercando di convincermi a partecipare a una Tough Mudder con lei», commentò lui prendendo la lista con un gesto quasi automatico. Era perfettamente a suo agio in quell'ambiente.

«Sarebbe troppo divertente!», esclamò Freja prendendogli la mano.

«Tristan, scappa finché sei in tempo», intervenne Darcy allungandosi a prendere il bicchiere mezzo vuoto. «Altrimenti, in un attimo ti giri e ti ritrovi iscritto alle Iron Man e alle ultramaratone».

«Sì, è quello che mi dice la testa», sogghignò lui. «Di contro, però, mi piace come mi sprona». Guardò Freja e si scambiarono uno sguardo così intimo che Darcy dovette distogliere il suo.

Si mise a leggere il menù, ma quelle parole le galleggiavano davanti. Dopo essere stata sola tutto il giorno, aveva aspettato con ansia quella serata, ma non avrebbe immaginato di sentirsi sola anche in loro compagnia.

Come se avesse intuito il suo disagio, Tristan ritirò la mano e si schiarì la gola. «Scusaci… siamo ancora nella fase "che fa venire il diabete a chi ci sta intorno"».

«A Darcy non importa. La sua vita amorosa è molto più eccitante. Ha la fila!», scherzò Freja.

«Peccato che non sia vero, eh, Freja?», ribatté lei in tono pungente prima di tornare a parlare con Tristan. «Grazie per le referenze su Raya, a proposito».

«È stato un piacere», minimizzò lui. «Sono contento che stia funzionando».

«Funzionare è una parola grossa. Tutto quello che vedo all'orizzonte finora è un appuntamento con un veterinario piuttosto riluttante».

«Oh, si è deciso, finalmente?», annaspò Freja.

«No, io mi sono decisa. Sono stufa di aspettare ancora». Seduta da sola sul divano di velluto di Max Lorensen uscito a pranzo con la sua modella, aveva ricevuto un messaggio di Aksel che le chiedeva se sapeva arrotolare la lingua… un fatto genetico a quanto pare, ma per Darcy era stata la proverbiale goccia che fa traboccare il vaso. "Invitami a uscire o mollami", aveva pensato mentre rispondeva: «Incontriamoci e ti faccio vedere».

«Ben fatto, mia cara». Freja guardò Tristan. «Con questo tizio ci parla da giorni», gli spiegò.

«Giorni? No, dai», commentò confuso. «Lo dici come se fosse un male».

«Perché è un male. Sono appuntamenti moderni. Si arriva a un punto in cui l'educazione senza fine diventa quasi scortesia. La vuole o no?».

Tristan sorrise ancora di più. «Forse è uno di quegli uomini che non vuole affrettare le cose. Ho sentito che ne è rimasto ancora qualcuno in giro».

«Sì, be', non mi ha ancora incontrato, ma mi rispetta per davvero», commentò ironica.

Tristan ridacchiò. «Potrebbe rivelarsi un buon partito. Non si può mai sapere».

«Allora, quando e dove vi vedete?», volle sapere Freja.

«Martedì sera, al Bastard Café». Era un locale con giochi da tavolo, perfetto per una domenica piovosa, ma Aksel sarebbe stato reperibile quel fine settimana.

«Insolito».

«Già… Ho pensato che, se la conversazione dovesse languire, almeno avremo qualcosa da fare».

«Bella idea», concordò Freja. «Emozionata?».

Darcy inarcò un sopracciglio. «Dai, mi conosci. Nessuna aspettativa, nessuna delusione».

«Ma questa è una tragedia! Siete due ciniche!», esclamò Tristan.

«Lo saresti anche tu, se uscissi con degli uomini».
Tristan rise.
«Dico davvero. Povera Darce, il suo ultimo ragazzo l'ha tradita. E quello prima ha deciso di essere bi e da allora esce solo con uomini».
«L'ho fatto diventare gay. Sono stata io!», dichiarò Darcy battendosi il pugno sul petto con uno sguardo orgoglioso che fece ridere Tristan ancora di più.
«Hai avuto una serie negativa», la consolò Freja con dei colpetti sulla mano, ridendo, «ed è proprio per questo che il vento sta per cambiare. Aksel il veterinario è tutto ciò che quegli altri due non erano. Aspetta e vedrai. Martedì sera cambierà tutto».
Darcy alzò gli occhi al cielo e scoccò un'occhiata scettica a Tristan. «Non so cosa tu le abbia fatto, ma potresti restituirmi la mia amica, per favore? Questa tipa qui accanto con gli occhi a cuoricino non la riconosco».
«Chiedo scusa», sorrise lui deliziato e tutt'altro che dispiaciuto.
In quel momento passarono due camerieri e il profumino invitante dei piatti che portavano solleticò l'olfatto di Darcy. «Oddio, cos'era quello?», domandò non riuscendo a identificarlo.
«Cervello di renna in gelatina, se non erro», rispose Tristan.
A Darcy venne da ridere. Che cosa? «Ma certo, che stupida, come ho fatto a non riconoscerlo?».
Tristan sorrise. «Come dicevo, vengo qui ogni volta che ne ho l'occasione».
«Bene, mentre io posso dire in tutta sincerità che non ho mai visto un cervello di renna, tantomeno in gelatina».
«È una delizia, più di quanto immagini».
«Mi fido sulla parola».
Tristan scoppiò a ridere.
«Ancora non riesco a credere che Viggo ti abbia fatto lavorare senza neanche una pausa», si indispettì Freja. «Eppure mi avevi detto che era tanto premuroso!».
«Infatti, lo è. Non è come pensi».
«Ah, no? E come?».
Darcy esitò, non trovando alcuna scappatoia. «È che lui non c'era».

«Eh?»

«Quando mi ha mandato il messaggio per dirmi che le scatole erano arrivate, ho dato per scontato che l'indirizzo fosse il suo, ma non era così. Tutto qua», concluse facendo spallucce.

Ovviamente non era tutto là e Freja la conosceva troppo bene. «E di chi era allora? Dove sei stata?»

«Importa?», replicò lei, con tutta la noncuranza che le riuscì.

Freja strinse gli occhi. «Sì, secondo me importa. Dove sei stata che non potevi uscire né mangiare?».

Darcy sospirò, sapendo che la sua amica non avrebbe mollato la presa. «A casa di Max, ma…».

«Max?», rispose lei in tono piatto, salvo poi restare senza fiato. «Max l'avvocato?»

«Sì».

Freja si abbandonò contro lo schienale con la mano sulla bocca.

Darcy alzò gli occhi al cielo. «Frey, non fare scenate! È esagerato perfino per te».

«Sei stata a casa sua? Ma… perché? Gli hai tolto il match!».

«Perché è stato lui a farmi avere il permesso di far uscire il materiale dall'archivio. Abita sulla stessa strada ed è nel consiglio di amministrazione, e questo è bastato a convincere l'assicurazione. Solo che non posso portare via niente. Devo fermarmi e lavorare lì».

«Di chi stiamo parlando?», chiese Tristan, confuso da quell'improvviso dramma.

«Un puttaniere che deve girarle bene alla larga», rispose Freja. «È tutto ciò che Aksel il veterinario non è. È un guaio, è tossico».

«Ma chiamate sempre le persone con la loro professione?»

«Aiuta a tenerli… bidimensionali».

Tristan inarcò le sopracciglia. «Adesso chi è tossica?»

«Non si tratta di essere tossiche, ma ragionevoli. Fino a quando non si dimostrano degni di fiducia non vengono considerate persone vere e proprie nella nostra vita».

Tristan rimase assorto per un attimo. «Quindi io chi ero? Tristan lo scienziato?».

Freja lo guardò raggiante. «In realtà, no. Ti ho salvato sul telefono come Boss Baby».

«Boss Baby», scoppiò a ridere lui. «Capisco».

«Sei il suo capo?!», esclamò scioccata Darcy.

Tristan impietrì e spostò gli occhi su Freja. «Non gliel'avevi detto?»

«Non ce n'è stata l'occasione».

«Ma come?».

Freja deglutì. «È che non avrei mai pensato che saremmo arrivati al punto da conoscere i rispettivi amici e le famiglie».

Tristan le prese una mano con dolcezza. «Come fai a essere così giovane e così cinica?»

«Sono cambiate tante cose da quando sei stato giovane tu», ribatté lei.

Tristan sorrise e Darcy colse di nuovo la complicità tra i due.

«Quanti anni avete di differenza di preciso?», chiese a quel punto, visto che erano stati sinceri sull'argomento.

«Sedici», rispose Freja. «Lui ne ha quarantadue».

«Quarantadue. Ed è il tuo capo», mormorò Darcy. «Bene».

«Non è l'ideale, lo so. Sulla carta suona malissimo», osservò Tristan che, per la prima volta da quando era arrivato, non sorrideva, «ma Freja ha ventisei anni, sa quello che vuole e nessuno dei due lo ha cercato o si aspettava che diventasse ciò che è diventato. Siamo più stupiti noi di tutti».

Darcy ne dubitava fortemente, ma non lo disse. Si chiese invece come l'avrebbero presa i genitori di Freja una volta messi al corrente della notizia. Se mai fosse accaduto. «Quindi sei divorziato o…».

«No, mai sposato. Sono sempre stato troppo concentrato sull'azienda e non ho mai avuto tempo per coltivare relazioni… finora».

«Azienda?»

«La Black Circle Labs è sua. È il fondatore».

Ora toccò a Darcy restare senza parole nel sentire il nome dell'azienda in cui la sua amica svolgeva il tirocinio. «Quindi sei il capo… dei capi. Il grande capo!».

«Sì, sono il capo di tutti tranne che di Freja. Devo ancora

riuscire ad averla vinta in una discussione… o a riprendermi il piumone la notte».

Darcy sorrise. «Figli?»

«No, niente figli. Neanche animali domestici».

«Ah, questo è preoccupante», ribatté. «Chiunque decida di vivere senza cani è chiaramente sociopatico».

«Allora prenderò un cane», rispose lui senza battere ciglio. Quell'uomo irradiava carisma. «Come sto andando? Verrò promosso nonostante i miei indubbi difetti e l'assenza di un cane?»

«Sì, penso che passerai l'esame», sorrise lei di rimando.

«È tutto? L'interrogatorio è finito?», si intromise Freja. «Possiamo tornare alla crisi attuale?». Si rivolse a Darcy. «Com'è stato rivederlo di nuovo?». Guardò Tristan. «L'ha scaricata prima ancora di cominciare. Ha detto che devono restare su un piano professionale perché lavorano insieme».

«Fino a poco tempo fa sarei stato completamente d'accordo con lui», commentò Tristan, allungando una mano a stringere la coscia di Freja.

«Be', è stato uno shock, ovvio, dato che pensavo di andare lì e trovare Viggo». Darcy si strinse nelle spalle. «Ma è stato molto… gentile su tutto. Generoso». Cercò di tenere il tono più neutrale possibile.

«Ma non ti ha messo a disagio stare lì a casa sua?»

«Non molto. Tanto non è rimasto, a parte i primi dieci minuti».

«Se n'è andato?»

«Sì, aveva impegni con la sua ragazza».

Freja rimaneva a bocca aperta a ogni nuovo colpo.

«È un'altra modella», si affrettò ad aggiungere Darcy, anticipando la sua domanda. «Angelina o qualcosa del genere. Proprio ciò che ti aspetteresti da uno così. Comunque, sono usciti e mi hanno lasciato lì, dove ho lavorato fino alle sei circa e me ne sono tornata a casa. Fine».

Darcy prese fiato.

«Aspetta, aspetta, fermati», le ordinò con forza Freja alzando le mani. «Ti ha lasciato sola a casa sua… per tutto il giorno?».

Per Darcy fu un sollievo scoprire che non era l'unica a trovarlo strano. «Sì, a lavorare».

«Ma senza mangiare».

«In realtà ha detto che avrei potuto mangiare tutto quello che volevo, ma ovviamente non l'avrei mai fatto».

«E quindi sei morta di fame per sette ore?»

«Ho bevuto un bicchiere d'acqua. Anzi, due». La macchinetta del caffè sembrava troppo costosa perché la si potesse usare. E se avesse sbagliato qualcosa e l'avesse rotta?

Freja la fissava analizzando ogni suo respiro. «Che casa ha?»

«Splendida. Una casa d'epoca a Stockholmsgade».

«Ah, ho degli amici che abitano lì», commentò Tristan interessato.

"Ovvio", pensò Darcy. Quartiere da milionari.

«Ci sono case davvero particolari su quella strada».

«Sì e la sua è sicuramente una di quelle. Ricoperta di edera, affaccio sul parco, antica. Qualche schizzo di Picasso e Matisse nel bagno del piano terra».

«Sei andata al bagno?», annaspò Freja.

«Be'… certo». Darcy alzò gli occhi al cielo. «Te l'ho detto: ho bevuto due bicchieri d'acqua e sono rimasta lì tutto il giorno».

«E dove altro sei andata?»

«Da nessun'altra parte. Solo lì».

«Solo lì? E non hai dato neanche una sbirciatina veloce alla sua camera da letto?»

«Certo che no!».

«E il salotto?»

«Freja! Non mi sarei mai messa a curiosare in giro per casa!». Rubò uno sguardo di sottecchi a Tristan che seguiva lo scambio molto interessato.

Freja la fissò sospettosa. «Pensi che abbia le telecamere?»

«Non lo so… forse». Darcy si strinse nelle spalle e abbassò la voce. «Non potevo correre rischi, no?»

«Già». Freja si appoggiò alla sedia e tamburellò con le unghie sul tavolo.

Tristan ridacchiò, divertito dall'atteggiamento di entrambe.

«Non so come hai fatto a resistere tutte quelle ore lì seduta…

da sola», la commiserò Freja. «La tentazione di vedere le sue cose… la sua vita, il suo mondo… sai?»

«Stai sentendo?», chiese Darcy a Tristan.

«Eh, sì», annuì lui. «Ecco perché le donne mi terrorizzano».

Darcy scoppiò a ridere, ma Freja ormai era partita. «Avresti scoperto un sacco di cose su di lui, però. Le case sono molto rivelatrici».

«Sicuramente ho scoperto che è ricco. Cioè, nato ricco. Vive lì da dieci anni, ha detto».

«E sta con una top model!».

«No, solo modella, ma era davvero top», ammise Darcy. «Insieme sono proprio una bella coppia».

«Già», concordò Freja, anche se non aveva visto né l'uno né l'altra.

«Quindi succede davvero?», si informò Tristan. «Di sembrare fatti l'uno per l'altra?»

«Non trovi anche tu che alcune persone, a guardarle insieme, danno l'impressione di appartenersi?».

Tristan guardò Freja. «No, in realtà, no. Non sono sicuro che io e te insieme figuriamo bene, eppure…».

«Quanto sei dolce…», mormorò Freja guardandolo dritto negli occhi. La sua espressione si inteneriva a mano a mano che lui la guardava.

Darcy si schiarì la gola per ricordare la sua presenza, lì a fare il terzo incomodo. «Vabbe', comunque non sono affari miei. Io ero lì per lavorare e quello ho fatto».

Freja ritornò al presente. «Ma non eri distratta? Non hai passato tutto il tempo a pensare che sarebbe potuto tornare da un momento all'altro?».

Darcy non avrebbe voluto ammetterlo, ma… «Sì. In un certo senso ha vanificato lo scopo di lavorare nel fine settimana». In un modo o nell'altro era riuscita a guardare le scatole e ci aveva lasciato sopra un biglietto con su scritto: FATTO TUTTO. GRAZIE, D.

Per essere precisi, avrebbe potuto dare una seconda occhiata ad alcune pagine del diario del giugno 1920, ma lo spettro del suo imminente ritorno – insieme ad Angelina – l'aveva innervosita al punto da farle venire la nausea, quindi era scappata via appena possibile. Non avrebbe mai voluto farsi trovare ancora lì al loro ritorno.

Freja la guardava di nuovo con sospetto. «Sarebbe stato meglio o peggio se fosse stato in casa?»

«Ah, peggio, senza ombra di dubbio. Non sarei mai riuscita a concentrarmi con lui vicino». Rabbrividì.

«Scommetto che ti sei pentita di non essere passata a casa a farti la doccia, eh?»

«Eh, sì», ammise Darcy. «Ma almeno adesso è finita. E non devo vederlo più. Non lavora neanche nello stesso edificio, quindi è stato un evento unico».

«Sì, certo». Freja guardò Tristan che fece spallucce.

«Che c'è?», chiese Darcy.

«Niente», rispose Freja.

«Dai, che c'è?».

Tristan fermò la cameriera che si avvicinò al tavolo a prendere le ordinazioni. «È solo che mi dispiace un po' per il veterinario».

Un caso interessante, oggi. Mi hanno portato un criceto che aveva ingoiato una biglia. Mai successo prima.

Darcy era sdraiata al buio e fissava lo schermo. Era ben oltre la mezzanotte ed era a casa da sola. Freja era andata via con Tristan dopo la cena. Perché non avrebbe dovuto? Aveva un attico a Islands Brygge.

Sei riuscito a tirarla fuori?

Alla fine sì. Ma è costato.

Quanto?

13.000 corone.

OMG. Per un criceto?

La gente fa follie per i propri pelosetti.

Darcy sorrise, si girò di fianco e si coprì le spalle con le coperte. Era una notte fredda, i vetri all'esterno erano ghiacciati.

Qual è stata l'emergenza medica più strana che tu abbia mai avuto?

Ce n'è stata più di una: un coniglio strafatto qualche settimana fa. Aveva mangiato per sbaglio uno spinello.

No! È terribile!

Il padrone ha giurato e spergiurato che non era suo 🤔 e poi un cane che continua a mangiare api e viene punto. Recidivo. Non sembra imparare la lezione.

Poverino.

Ieri è venuto un gatto con una commozione cerebrale. Ha sbattuto di testa contro un muro per inseguire il laser a infrarossi.

Ma no! E adesso sta bene?

Si riprenderà. Niente danni permanenti.

Non pensavo che la vita del veterinario fosse così varia.

Non ci si annoia mai, questo è sicuro. Come è andata la tua giornata?

Alla fine ho lavorato anche oggi, ma niente di così interessante come i tuoi casi... sono rimasta a scartabellare in una scatola di documenti da sola. Stamattina, però, sono riuscita ad andare a correre con la mia coinquilina, è già qualcosa.

Ti piace andare a correre?

Lo odio. Ma mi corrompe con il cibo.

Che distanza fate?

Di solito 8-10 chilometri. Dipende da quanto abbiamo bevuto la sera prima.

Mi sembra che andiate molto d'accordo.

Siamo molto affiatate, sì. È la mia prima vera amica in questa città. Tu vivi insieme a qualcuno?

A mia sorella. Ha tre anni meno di me e studia infermieristica.

Una famiglia di medici.

Sì, anche mio padre è medico.

Chiacchierarono per un altro po' prima di augurarsi la buonanotte. Darcy spense il telefono e restò a fissare la stanza e la finestra. Non tirava mai le tende. Sarebbe stato buio fino al suono della sveglia… anche se non aveva puntato nessuna sveglia per l'indomani. La domenica mattina era sacra e con Freja a dormire da Tristan aveva la casa tutta per sé. Poteva preparare una torta. O magari leggere quel libro che aveva comprato all'aeroporto l'estate passata e che non era ancora riuscita ad aprire. O andare a sciare sulla pista sintetica di CopenHill. O a vedere finalmente il dipinto *Interno in Strandgade 30* di Vilhelm Hammershøi alla Galleria nazionale…

O, molto più probabile, starsene sul divano a guardare Netflix mangiando i cereali direttamente dalla confezione.

Che ora era?

Gemendo, Darcy allungò la mano sul telefono, tastando alla cieca sul comodino. Lo trovò poi ancora sulle coperte, il che significava due cose: non si era minimamente mossa nel sonno e si era addormentata troppo presto, senza avere il tempo di metterlo in carica. Aprì un occhio e controllò l'ora: 9:48.

Sullo schermo era ancora ben visibile l'icona di WhatsApp. Era quello ad averla svegliata? Ci cliccò sopra anche se non c'era nessun nome accanto al numero. Non era tra i suoi contatti.

Era una fotografia: tre scatole dell'archivio. Dai codici sull'etichetta vide che erano quelle successiva alle due su cui aveva lavorato il giorno prima.

Nessun ciao, né arrivederci. Solo quattro parole: "Quando vuoi, sono pronte".

Capitolo nove

«Sono le undici e mezza».

Max era appoggiato allo stipite e Darcy fu quasi sorpresa di cogliere quel lieve fastidio nella voce. Era scocciato di trovarla lì? O era troppo tardi? «È domenica».

«Hai dormito troppo?»

«Mi sono lavata la testa».

Max si soffermò allora sui suoi capelli, molto più vaporosi rispetto alla coda di cavallo molle e umida del giorno prima. Aveva scelto un "trucco non trucco" e, dopo venti strazianti minuti davanti all'armadio, aveva tirato fuori dei jeans boyfriend, un paio di mocassini alti e il suo migliore dolcevita color crema. Era di vitale importanza non far capire di aver curato troppo il suo aspetto.

«Entra». Max si spostò da una parte e Darcy gli passò davanti per entrare nel magnifico ingresso. «Come va oggi?», le chiese. Indossava i jeans e un maglione azzurro con fasce blu intorno ai polsi. E anche i calzini, quella mattina. Il Max della Domenica era accogliente, un chiaro invito alle coccole.

Solo che non erano quelle che le stava offrendo, soltanto l'uso del divano.

«Bene, grazie. Hai passato una bella giornata ieri?».

Max la guardò mentre passava, come se percepisse la rigida formalità di quella conversazione di cortesia. «Sì». Cominciò a salire le scale senza fornire ulteriori dettagli. «A che ora sei andata via?», le chiese girandosi appena.

«Intorno alle sei. Tu quando sei tornato?»

«Alle sei e venti».

Darcy alzò gli occhi al cielo, sollevata. Si era salvata per un soffio. «Ah, bene, allora».

«Bene?»

«Che fossi già fuori dai piedi».

Max la scrutò di nuovo e intanto la guidava verso l'elegante cucina. Era grande quasi quanto l'intero appartamento che condivideva con Freja. C'era un enorme mazzo di tulipani neri freschi sul tavolo; profumavano l'ambiente, oltre al caffè appena macinato nella lussuosa macchinetta. I giornali della domenica erano sparsi sul tavolino accanto alle scatole, aperti alla pagina della finanza.

«Quando è arrivato il materiale dall'archivio?», gli chiese lei senza superare il divano, mentre lui andava a preparare i caffè.

«Alle nove, circa».

Glielo portò qualche minuto dopo. «Forte e nero».

«Grazie». Darcy strinse le mani intorno alla tazza godendosi il calore. Aveva deciso di non prendere la bicicletta, perché non voleva arrivare sudata come il giorno prima, ma aveva fatto molto freddo quella notte e la sua vanità le aveva suggerito di non mettere i calzini sotto i jeans coi risvolti. «Sai, non avevo in programma di tornare qui oggi».

Voleva essere una giustificazione, una scappatoia per lui, perfino, ma Max si adombrò. «Perché no? Hai trovato quello che cercavi?»

«No». Darcy alzò gli occhi al cielo. «Oddio, magari. No…».

«E allora?».

Ebbe un attimo di titubanza. «…Sicuro che non posso portarmene via una? Starò attentissima, la custodirò a costo della vita».

«Ma perché hai tutta questa voglia di andartene via da qui?», le chiese lui incupito.

«Non è così».

«Ah, no? Non si direbbe».

Darcy lo guardò cercando le parole giuste. Come spiegargli che era una tortura stare lì con lui, ma senza di lui? Non era per niente facile per lei averlo vicino… ma a quanto pareva il disagio non era reciproco. Max non le era indifferente. «È solo che non mi sembra giusto impormi sul tuo fine settimana in questo modo». Cercò di essere più onesta possibile.

«Non ti sei imposta. Ieri a malapena ti ho vista. Non ha fatto alcuna differenza che tu ci fossi o no».

Darcy deglutì. Sembravano parole scortesi, anche se stava solo cercando di tranquillizzarla. «Sì, ma, anche così adesso è domenica e… non devi uscire?», gli chiese speranzosa. Da sola, almeno, sarebbe riuscita a star seduta lì a lavorare e basta.

«No».

«Ah». Spostò lo sguardo in giro per la stanza, alzandolo al soffitto in cerca di segnali della presenza di Angelina al piano di sopra. Probabilmente era ancora a letto. Sonno rigeneratore.

«Lei non c'è», disse Max intuendo il suo pensiero.

«Eh?». Max però non aggiunse altro mentre lei cercava di decidere se fosse meglio o peggio essere soli in casa.

«Hai mangiato?»

«Ehm…».

«Ho notato che ieri non hai preso niente dal frigo».

«Mi pare ovvio. Non posso mica venire qui e mangiare le tue cose», borbottò lei.

Max alzò gli occhi spazientito e gli sfuggì un gemito. «Darcy…», ma si fermò di nuovo, puntandole addosso uno sguardo imperscrutabile. Quindi si girò, andò al piano della cucina e tirò fuori delle paste da un sacchetto di carta marrone. «Vieni qui».

Darcy esitò, ma poi obbedì. Non si era mai addentrata nella stanza fino a lì e le sembrava di varcare il confine tra la "professionalità" e la sfera privata. Vide dei documenti di lavoro sul piano di marmo – inviti formali, bollette, lettere – una candela profumata Acqua di Parma, un paio di guanti di pelle marrone. Nel cestino della frutta c'erano mele e melograni e, quando lui aprì il frigorifero Wolf, Darcy intravide una bottiglia ancora chiusa di Krug e una forma intera di Brie. Max prese un piatto di uva fredda e croccante, fettine di prosciutto e di Gouda.

«Fame?».

Darcy annuì, pensando di non avere motivo di restare affamata. La sera prima aveva mangiato bene ma nella fretta (e nel panico) di quella mattina, il cibo era stato l'ultimo dei suoi pensieri.

Max portò il cibo in tavola e apparecchiò per due. Lui prese posto a capotavola e spostò la sedia accanto per lei. «Siediti, mangia».

«Sissignore», gli rispose in tono militaresco e attirandosi uno sguardo furtivo. Gli sorrise, rompendo la tensione, e lui sorrise di rimando. Sembravano così rari in lui quei momenti di emozione.

«E così ieri sera sei uscita?», le chiese facendole cenno di servirsi per prima.

«Sì, sono andata a cena fuori», gli rispose mettendosi nel piatto del formaggio e del prosciutto e staccando un grappoletto d'uva.

«Dove?»

«Al Noma».

Max la guardò stupito. «Hai preso le zampe d'anatra candite?»

Le… cosa? «No».

«Peccato, sono eccezionali».

«Ah, magari la prossima volta, allora». Darcy intuì che voleva sapere con chi ci era andata. La domanda in qualche modo restava sospesa nell'aria, come la sensazione di essere osservati… distinta ma intangibile. E Darcy scoprì che non avrebbe voluto dirglielo, ma l'aveva fatto. Proprio come non voleva essere lì, ma c'era. E non voleva neanche che ci fosse lui, ma c'era. Era destabilizzante quella continua sensazione di conflitto. «Ti piace quel posto?»

«È una domanda retorica, vero?», le rispose.

Anche Darcy avrebbe voluto domandargli con chi era uscito lui, ma non lo fece. Tra loro sbocciò un silenzio carico di domande che non si potevano porre, conversazioni che non si potevano avere.

«È davvero un Liebermann?», gli chiese invece, osservando l'enorme dipinto a olio sulla parete dietro il divano. Chissà quanti altri capolavori erano appesi in quella splendida casa.

Max sorrise di nuovo, piacevolmente colpito. «Sì. Lo scambiano tutti per un Manet».

«Be', nel mio caso sarebbe grave se non lo riconoscessi». Sospirò. «È davvero sensazionale».

«È sempre stato il mio preferito», mormorò Max avvitandosi sulla sedia per ammirarlo.

«Sempre?».

Max rimase un attimo interdetto, poi si girò di nuovo verso di lei. «Era dei miei genitori. Era appeso nella sala della musica».

Sala della musica? Chi è che ha la sala della musica?

«Mio padre si era intestardito che dovessi suonare il pianoforte a un discreto livello, anche se lo detestavo e non avevo il minimo talento. L'insegnante mi bacchettava le nocche con un righello di legno ogni volta che sbagliavo... cioè, spesso».

«Veramente?!».

«Lo so, vecchia scuola». Scosse le spalle. «Le provavo tutte per saltare le lezioni. Quel dipinto era appeso sulla parete di fronte e io lo guardavo e sognavo di entrare nella tela. Ovunque pur di non essere lì. È folle, vero?»

«Non direi. Lo facevo sempre anch'io».

«Ah, sì?»

«Sì. A seconda dell'umore ero o la ragazza sull'altalena di Fragonard o la Ofelia di Millais... ero molto drammatica da ragazzina».

Max sorrise sorseggiando il suo caffè. «Hai sempre saputo di voler lavorare nel settore dell'arte?»

«Abbastanza. I quadri mi hanno sempre parlato, in un certo senso». Distolse in fretta lo sguardo. «Scusa, non vorrei sembrare presuntuosa. È che non so come altro descriverlo».

«Ti capisco».

«Davvero?»

«Ho sempre avuto un'affinità, presumo. Sono cresciuto circondato da cose belle».

«Allora che cosa ti ha spinto a scegliere legge?».

Max la guardò, indugiando sul suo viso come se la studiasse. «Le aspettative».

«Dei tuoi genitori?»

Max si strinse nelle spalle. Chiaramente non voleva parlarne ma, mentre Darcy si guardava intorno in quella casa bellissima, le era chiaro che il loro istinto era stato corretto. Come aveva detto Erik, nel settore dell'arte non girava lo stesso volume di soldi dello sviluppo immobiliare... o della giurisprudenza.

«Quindi chi è il tuo preferito?», le chiese lui guardandola mangiare. Aveva un croissant nel suo piatto, ma non sembrava particolarmente affamato e Darcy cominciò a sentirsi un po' a disagio, come se fosse entrata in quella casa solo per prendere.

«Di artista?».

Max annuì.

«Be'... Max Liebermann è proprio là, in effetti. Ma forse direi Joaquín Sorolla».

«Ah, ce l'ho un Sorolla». Spostò lo sguardo verso il soffitto.

Darcy smise di masticare. «Qui? Hai un Sorolla qui?».

Max sorrise titubante. «Non hai intenzione di derubarmi, vero?».

Darcy si appoggiò allo schienale, fissandolo. «Ieri mi hai lasciata qui da sola, una perfetta sconosciuta, con un Sorolla sulla parete di casa?»

«Ci avrei pensato due volte, se avessi saputo che eri una così grande appassionata». Sorrideva compiaciuto del suo stupore. «Tranquilla, ho i sistemi di allarme. Perché credi che l'assicurazione sia stata d'accordo con questa operazione?».

Darcy staccò un pezzo di croissant scuotendo la testa. «Solo non capisco come hai potuto farlo».

«Già».

«Qual è il titolo? Lo conosco?»

«Si intitola *Bacante*».

«Non sarà mica la *Bacante en reposo*? Quello con la ragazza sul letto?»

«Sì, proprio quello». Sembrava colpito.

A Darcy brillavano gli occhi mentre lo guardava a bocca aperta. «Le pennellate su quell'opera sono...».

«Lo so».

«E i colori! Il rosa, i rossi, quei lampi di bianco...».

«Lo so».

Non riusciva a credere che ci fosse proprio quel quadro in casa. Proprio lì. Darcy rimase titubante. Avrebbe voluto chiedergli dove fosse appeso, ma nello stesso tempo non voleva. La linea tra professionale e privato si spostava di continuo.

«È di sopra», disse lui, che evidentemente le leggeva nel pensiero.

«Ah».

Ci fu una pausa. «Se vuoi…».

«No», si affrettò a rifiutare lei, certa che glielo avesse proposto per pura cortesia e… non era già stata abbastanza invadente a fare colazione nella sua cucina? «Lo conosco. L'ho visto centinaia di volte. È meraviglioso».

«Sì». Ma non puntualizzò che non lo aveva mai visto dal vero e che vederlo su un libro o uno schermo non era paragonabile a trovarsi di fronte all'originale. Eppure, salire al piano di sopra con lui, nella parte più intima della casa, non era neanche da considerare. E lo sapevano entrambi.

Calò un breve silenzio.

«Un regalo anche quello?»

«No. L'ho acquistato a un'asta a Madrid».

«Ah».

Darcy mangiò un altro po' di croissant, ma l'appetito l'abbandonava sempre di più a ogni frase che allargava il divario tra la sua vita e quella di Max. Dopo qualche altro morso, si arrese. «Forse dovrei mettermi all'opera».

«Ma, non hai neanche…».

«Non sono venuta qui a scipparti la giornata e a fare colazione con te, Max, devo lavorare».

Lui la guardò spingere indietro la sedia e alzarsi. «D'accordo».

«Grazie per il sostentamento».

«Di niente».

Con un minimo di esitazione, prese l'iPad dal tavolo. Aveva intenzione di restare seduto lì mentre lei lavorava in fondo alla stanza? «Sicuro che non ci sia un altro posto dove posso lavorare? Uno studio? Lo stanzino delle scope?»

«Darcy», la zittì lui con un'occhiataccia. «Io farò le mie cose. Farò finta che tu non ci sia. Ignorami anche tu».

"Ignorami".

Certo.

«Io non ci sono», mormorò Max affondando sul lato opposto del divano a ferro di cavallo e prendendo l'inserto sportivo.

Darcy ascoltava il fruscio delle pagine, ben cosciente del suo corpo allungato sul divano, nella sua visuale periferica. Prese l'ennesima busta dal raccoglitore, fingendo che quella vicinanza non le facesse effetto, ma i suoi occhi lo seguivano ogni volta che era di spalle.

Aprì la busta e vi trovò dei ritagli di giornale relativi a una mostra a Torino nel 1920. A quanto pareva, Trier era riuscito a includere tre delle sue opere (la bottega di un calzolaio, una marina e un mercato). Sapeva che non vi avrebbe trovato niente di ciò che le serviva – un nome, un dettaglio da cui partire – ma non poteva neanche scartarli a priori. E se la donna del ritratto fosse stata una ricca acquirente della mostra? O una collezionista? È vero che la maggior parte delle donne all'epoca non gestiva in autonomia il proprio denaro, ma se fosse stata una vedova benestante o un'ereditiera...

Darcy cercò di mantenere gli occhi sui ritagli e la mente sul lavoro, ma lo sentiva perfino respirare. Proprio come un'ora prima, quando era sceso e dal piano di sotto le era arrivato il ronzio di un tapis-roulant, il rumore metallico dei pesi sulle presse, i suoi grugniti e i bassi della playlist di Spotify.

Altri rumori, poi, tradivano la sua presenza: quando si stiracchiava, si schiariva la gola, schioccava le dita sovrappensiero... Il pavimento del piano di sopra scricchiolava parecchio, così sentiva i suoi passi e il borbottio indistinto mentre parlava al telefono. Angelina? Chissà dov'era, se era rimasta a dormire o se era andava via la mattina presto.

Darcy raddoppiò gli sforzi di concentrazione. Le pagine erano ingiallite, il carattere minuscolo. Nessun nome era citato, salvo quelli degli artisti.

Il telefono vibrò e apparve il numero di Aksel.

Rettifico. Altra voce tra i casi veterinari più strani.

Sorridendo, prese il telefono.

Ah, sì?

Cane arrivato al pronto soccorso. Il proprietario ha cercato di castrarlo stringendogli degli elastici intorno ai testicoli: infezione urinaria e operazione di due ore stamattina.

Darcy annaspò, portandosi le mani alla bocca.
«Tutto bene?».
Alzò gli occhi su Max che la stava già guardando. «Scusa».
«Che succede?»
«Niente. Un aneddoto sconcertante da parte di un amico veterinario».
«Eh?». Max sembrava intrigato.
«Mi delizia con racconti dell'orrore dalla sua clinica».
«Capisco».
Darcy tornò allo schermo dove digitò in fretta.

Si riprenderà?

Un po' dolorante, ma sì.

Poverino.

Ho dovuto mettergli il collare elisabettiano. Adesso sì che è davvero abbattuto.

Darcy sorrise. Aksel si stava lentamente riscaldando. Ancora un po' e avrebbe cominciato a nutrire qualche flebile speranza per l'appuntamento del martedì.
Rialzò gli occhi pensando a come rispondergli e scoprì che Max la stava ancora osservando intensamente.
Proprio in quel momento, però, fu distratto dal suono del campanello e si alzò. Lo guardò sparire per le scale. Dopo l'allenamento era in tuta grigia e maglietta. Max della Domenica parte II. Tornò un attimo dopo con due buste fumanti di cibo.
«Il pranzo», annunciò, ma con un cenno di irritazione sotto i soliti modi diretti che a Darcy non sfuggì.
Si alzò e lo raggiunse mentre appoggiava le buste sul tavolo che mostravano un logo inconfondibile. Il Noma poteva essere iconico, ma Geranium era stato eletto migliore ristorante del mondo…
«Geranium consegna a domicilio?», chiese stupita.

«No», rispose lui scrollando le spalle, «ma ho un amico che lavora lì».

Sistemò le scatole senza guardarla, con movimenti insolitamente bruschi. Era indubbiamente irritato con lei. Aveva fatto qualcosa di sbagliato? Aveva approfittato troppo della sua ospitalità, nonostante i suoi migliori sforzi per rendersi invisibile? Si morse il labbro a quella contraddizione... non era stata mica lei a chiedere il pranzo...

«Max... vuoi che me ne vada?».

Sospirando, Max si appoggiò con le due mani al piano e la fissò con uno sguardo duro. «No, Darcy, non voglio che te ne vada. Voglio che mangi e la smetta di scusarti per essere qui».

Darcy lo fissò. Ora voleva andarsene davvero. Sentiva che stavano litigando e non sapeva neanche perché. «E va bene», fece spallucce, confusa. «Basta chiederti scusa, allora».

«Bene». Si chinò sul mobile basso e tirò fuori piatti e scodelle. Per un po' rimase in silenzio e cominciò a travasare il cibo. «Non sapevo cosa potesse piacerti, così ho ordinato una selezione». Molto più premuroso di Erik alla cena di qualche sera prima, che aveva ordinato senza neanche chiedere.

«L'aspetto è ottimo». E il profumo era ancora meglio. Non riusciva a credere che Geranium gli avesse consegnato il pranzo a domicilio. Era con loro che l'aveva sentito parlare al telefono poco prima? «Ma, davvero, non avresti dovuto disturbarti. Potevo uscire un attimo a prendere un panino o un hamburger».

Max le sorrise, come se avesse fatto una battuta, e Darcy sentì la bolla di tensione che aveva galleggiato in mezzo a loro scoppiare in un attimo. «No, volevo che provassi la capasanta». Aprì la scatola più piccola – chiusa da un nastrino – da cui uscì una piccola torta su un piattino di porcellana bianca scanalata.

«Oh, mi viene l'acquolina solo a guardarla!». La parte superiore era una lucida glassa marmorizzata alla vaniglia screziata di rosso.

«È buona. È fatta con semi, mele, sambuco e brandy alle mele».

Darcy gli rivolse un sorriso cospiratorio. «Sarebbe brutto cominciare da questa, vero?».

Max la inchiodò con lo sguardo. «Bruttissimo. Devi aspettare, Darcy».

«Ma sembra così buona. E se non ci riuscissi?», protestò lei fingendo di allungare una mano per prenderla.

Max gliel'acchiappò al volo. «A volte dobbiamo».

Il tono scherzoso era sparito e, quando Darcy alzò gli occhi a quel "dobbiamo", lo trovò con uno sguardo sfacciato – affamato – fisso su di lei, sulla sua bocca. Di punto in bianco fu come essere tornati a quella sera alla Galleria nazionale, quando il flirt era palese e forte e non qualcosa da negare, reprimere o ignorare come se non esistesse. Sarebbe stato così terribile se l'avesse baciata? Dopotutto, anche Freja e Tristan lavoravano insieme e, per loro, stava funzionando alla grande.

Max, però, lasciò andare la sua mano e si girò continuando a svuotare le scatole e portando a tavola.

Darcy lo seguì ed entrambi ripresero i posti di quella mattina a colazione. In silenzio, si servì di un po' di tutto.

«Per prima cosa dovresti assaggiare questo», mormorò lui avvicinandole un'unica capasanta bianca avvolta da un intreccio rosso intenso. Come la torta, anche questa era adagiata su un candido piattino scanalato, come se stessero cenando proprio in quel ristorante. «È delicatamente grigliata e servita con ribes nero e un infuso di uova di capasanta essiccate».

Darcy la osservò attentamente. «L'intreccio è ribes nero?».

Max annuì.

«Quindi non solo hai dei capolavori appesi alle pareti di casa, ma anche il tuo cibo è arte?»

«Non è così tutti i giorni, ma ho pensato che avresti apprezzato».

Per un attimo, Darcy pensò che stesse per definire quel pranzo un'occasione speciale.

Lo guardò mentre divideva con cura la capasanta in due con la forchetta e allungarla verso di lei. «Assaggia».

Darcy la guardò, titubante, perché non le stava porgendo la forchetta, ma proprio il cibo. Era un gesto intimo, ma lo sguardo di lui era imperscrutabile, così si protese in avanti e si lasciò imboccare. Non appena le sollecitò le papille gustative, chiuse gli occhi in automatico.

«Buona?»

«Oddio», mugolò lei, cercando di non ingoiare per godersi il sapore il più a lungo possibile. Riaprì gli occhi. «Bastardo... mi hai rovinato».

Max sogghignò. «Prendine ancora», e le porse un altro boccone.

«Sei uno che nutre», borbottò lei mangiando con più fame, stavolta.

Max la guardò stupito. «È evidente che non mangi abbastanza».

«Oh, mangio eccome», obiettò lei. «Solo che a singhiozzo. Alcuni giorni come un uccellino, altri come una camionista».

Max scoppiò a ridere e, vedendolo con le spalle scosse, Darcy si rese conto che era la prima volta che si lasciava andare del tutto, anche se solo per un attimo. Sembrava più giovane.

Continuarono a mangiare con appetito, dividendosi i piatti. Darcy annusava tutto a occhi chiusi, sospirava appagata a ogni boccone di assaggi diversi che lui le metteva nel piatto. «Oddio è troppo buono! Buonissimo!».

Max sembrava divertito mentre la osservava.

«Che c'è?»

«Ogni volta che c'è qualcosa che ti piace fai sempre un piccolo sì con la testa», disse lui, imitandola.

«Non è vero!». Lo faceva? Non se n'era mai accorta.

Max fece spallucce.

«E tu, allora, arricci le labbra di lato mentre leggi», contrattaccò.

Max parve scandalizzato, e aggrottò le sopracciglia. «Non arriccio niente, io».

«Oh, sì, invece».

«Darcy, io non arriccio le labbra», ribadì dopo una breve pausa.

«Lo stavi facendo proprio ora, mentre leggevi le pagine sportive». Darcy ripeté il gesto in un'imitazione perfetta.

Max rise di nuovo, ma stavolta guardandola come se gli avesse appena estorto qualcosa contro la sua volontà.

Calò un breve silenzio e quelle piccole provocazioni si spensero.

«Allora, per chi tifi? Fammi indovinare: il Copenaghen».

«In realtà, per l'AGF».

«Sul serio?»

«Sono andato a scuola ad Aarhus».

«Ah, i tuoi anni più belli?»

«Onestamente, spero di no», ribatté. «E tu? Tifi per qualche squadra?»

«Non in modo attivo. Mio fratello è un tifoso del Chelsea, quindi lo sono anch'io di riflesso, immagino».

«Hai un fratello?»

«Sì, ha tre anni meno di me. E anche un'altra sorella e con lei la differenza è di sette».

«Quindi sei la sorella maggiore», osservò.

«Lo dici in modo sinistro. Come quelli che dichiarano di essere dello scorpione o streghe».

Max ridacchiò.

«Tu?»

«Solo io. Non si capisce?».

Probabilmente sì, ora che glielo diceva: l'autosufficienza, l'evidente maturità, il controllo di sé… Non sembrava uno che avesse mai dovuto litigare per sedersi nella parte curva della vasca da bagno.

A meno che non stesse con una modella.

Sospirò, di colpo depressa da quell'immagine. «Buono?».

Intendeva il cibo, lo sapeva. Annuì. «Ottimo».

Max stava guardando la partita sul suo iPad, sul divano, con gli AirPod nelle orecchie. Di tanto in tanto trasaliva a un fallo, annaspava a un brutto placcaggio o gemeva a una decisione arbitrale, ignaro dei versi che emetteva nel silenzio.

Darcy intanto era passata alla terza scatola ed era quasi alla fine. La maggior parte del materiale era voluminosa ma inutile, più che altro cataloghi di aste che aveva potuto scorrere velocemente e scartare.

Cominciava ad assalirla un vago senso di ansia. Era ormai quasi una settimana che studiava l'archivio e non era riuscita a riesumare neanche il minimo indizio utile a svelare l'identità di quella donna.

Sospirò e si abbandonò sul divano. L'indomani mattina aveva l'incontro con Otto. Come poteva dirgli che, dopo un'intera settimana sulle cinque che aveva a disposizione, non aveva ottenuto praticamente niente? Non aveva trovato il minimo dato utile.

«Tutto bene?».

Rialzò lo sguardo: Max la stava osservando. Si era sfilato uno degli AirPod.

«Sì, credo».

Max guardò la scatola, che era palesemente il motivo del suo sconforto. «Ancora niente?»

«No».

«Troverai quello che ti serve».

«Sì, ma in tempo? Domani mattina ho una riunione con Otto e non ho niente di niente da dargli». Con un altro grande sospiro, si stropicciò il viso e fissò i raccoglitori con le mani sulle guance. Avrebbero potuto anche essere vuoti, per quanto le erano stati utili. «Oddio… e se mi escludesse dal progetto e lo assegnasse a qualcun altro?».

Max rimase in silenzio per un attimo. «Non lo farà».

Darcy inarcò un sopracciglio. Il suo referente era un uomo esigente e ambizioso. «Non puoi dirlo. Mi ha coinvolto solo perché la ricercatrice ufficiale è in maternità e la sua sostituta è troppo impegnata con la retrospettiva».

Max non rispose, ma si alzò dal divano, andò in cucina e tornò dopo un attimo con una bottiglia di vino e due bicchieri.

«No, no, devo restare lucida», fu la sua debole protesta quando Max glielo versò.

«Un bicchiere non ti farà niente. Hai bisogno di una pausa. Hai lavorato senza interruzioni per tutto il fine settimana. Di' a Otto che garantisco io. Puoi convocarmi come testimone a favore». Le passò il bicchiere e si lasciò cadere accanto a lei con il suo.

«È inutile. A Otto servono informazioni, non scuse. Le lancette girano e…».

«Bevi».

Obbedì. «Oh, che buono».

«Già».

Darcy osservò il denso color bordeaux, poi lui. «Devi sempre avere il meglio di ogni cosa?».

Max esitò per un secondo. «È un male?»

«No, certo che no».

Max non sembrava convinto, ma dopotutto neanche Darcy lo era. Era forse viziato, stracoccolato e snob? Sapeva cavarsela da solo o era abituato ad avere gente che faceva tutto per lui – pranzi a domicilio dai migliori ristoranti della città, donne di servizio, assistenti e sorveglianti a disposizione – sempre attenti a far girare bene i vari meccanismi? Il suo mondo era così vuoto e vacuo da doverlo riempire di oggetti lucidi e scintillanti come Liebermann, modelle e premier Grand cru?

Max si rimise gli AirPod e tornò alla partita. Darcy attaccò l'ultimo blocco della terza scatola della giornata; alcune lettere che Trier aveva ricevuto da un artista francese di nome Louis Moreau. All'epoca Trier si era spostato a Roma, dove viveva e lavorava in un piccolo studio a Trastevere. Darcy con il francese se la cavava, ma il difficile era decifrarne la grafia fitta fitta, tra le frequenti macchie di inchiostro che rendevano la lettura ancora più ardua.

Sorseggiando il vino, tirò le ginocchia al petto e lesse: «Caldo insopportabile… conferenza di pace… Versailles… *proposition Dessoye…*».

Darcy non riuscì a reprimere uno sbadiglio. In quel momento l'ultima cosa che voleva era leggere di politica francese… Le serviva un nome di donna. Si costrinse a concentrarsi, cercando di immaginare la faccia di Otto dietro la scrivania il giorno dopo. Le serviva qualcosa, qualsiasi cosa.

Di colpo incappò in una frase che non riusciva a decifrare e si incupì. Ritentò.

«Che c'è?».

Max la stava di nuovo osservando. «Niente… è che non riesco a capire cosa c'è scritto qui», gli mostrò la lettera. «È in francese».

«Io parlo francese. Fammi vedere».

Darcy gli porse il foglio, ma lui andò a sedersi accanto a lei sul divano. «Che punto?», le chiese sbirciando dalla sua spalla.

Darcy si immobilizzò a quella estrema vicinanza. Le loro gambe, sprofondando sul cuscino, si erano attaccate ed erano così vicini che le arrivava un vago sentore della sua pelle... acqua di colonia o bagnoschiuma, non sapeva dire.

«Qui», mormorò indicando la frase che aveva letto e riletto. A guardarlo da fuori, la stava solo aiutando, eppure Darcy percepì un cambiamento più fondamentale e profondo tra loro.

«Dice che stanno presentando una legge per una riforma elettorale che comprenda lo *scrutin de liste* e un sistema di rappresentanza proporzionale».

«Ah, ecco perché non capivo niente. Sono discorsi che a malapena riesco a seguire nella mia lingua. Siamo ben oltre il mio livello di francese qui».

Max le sorrise. «Temi avvincenti».

«Lo so. Che fortuna, eh?». Il suo viso era a pochi centimetri e Darcy lo vide abbassare lo sguardo sulle sue labbra. Per tutto il giorno – per tutto il fine settimana – c'erano state quiete scintille dietro ogni parola, ogni sguardo, anche se le avevano deliberatamente ignorate. Non appena Max riportò gli occhi nei suoi, però, Darcy, capì che stavolta sarebbe stato inutile. È vero, avevano detto di restare sul piano professionale, ma quell'attrazione reciproca non se ne sarebbe andata. Sarebbe rimasta lì, in mezzo, come un grosso gatto nero, determinato a farsi guardare, per questo non si tirò indietro quando Max si protese in avanti e, finalmente, la baciò.

Le labbra sapevano di vino, come le sue, quando entrarono in contatto dolcemente, all'inizio. Darcy si sentì avviluppare dal suo odore. Il profumo che pochi minuti prima era solo un'idea ora era deciso e inebriante. La pressione sulle sue labbra diminuì per un attimo, forse due, mentre entrambi ansimavano, sapendo che quella era stata una domanda e ciò che ne sarebbe seguito, la risposta. Darcy era travolta dalla passione, potente come una risacca, che arrivava e cercava di tirarla dentro. Di tirarli dentro entrambi.

Era perfino meglio di come lo aveva immaginato e, quando lui tornò di nuovo, il bacio si fece più profondo e appassionato. Schiuse la bocca, inclinò la testa e con la punta della lingua cercò quella di Darcy. Il cuore le batteva a velocità doppia e...

Suonarono alla porta.

Per un attimo, sentendo le mani di lui tra i suoi capelli, Darcy pensò che non avesse sentito, ma quando lo squillo si ripeté trenta secondi dopo, Max si staccò appena, ma ancora senza alzarsi. Rimasero seduti faccia a faccia nel loro mondo, senza fiato per il desiderio, gli occhi di lui inchiodati nei suoi a cercare ciò che voleva vedere; ciò che lei cercava di nascondere, senza riuscirci.

La baciò di nuovo, la loro frenesia aumentava perfino quando il campanello suonò per la terza volta.

«Non dovresti aprire?», disse lei, ancora con le labbra contro le sue, non volendo staccarsene.

«No», rispose lui rifiutandosi di lasciarla. Il bacio li aveva resi entrambi prigionieri e quell'intrusione, quella minaccia, non faceva che aumentare la loro disperazione. Darcy si sentì stringere più forte, schiacciata sempre di più contro di lui, a contatto con ogni punto del suo corpo.

Di nuovo il campanello. «Insistono».

«Non mi importa».

«Potrebbe essere importante».

«No». Max la strinse più forte, ma stavolta fu lei ad allontanarlo.

«Non lo puoi sapere».

Max sospirò, appoggiando la fronte alla sua, frustrato. «Spero che ci sia almeno qualcuno in punto di morte», borbottò tra sé, anche lui senza fiato. «Non ti muovere. Adesso me ne libero».

Si alzò e andò alla porta, ma le lanciò un ultimo sguardo carico di desiderio prima di sparire giù per le scale.

Darcy rimase seduta in silenzio per un attimo, grata per quella breve pausa. Doveva riprendere fiato. Non era mai stata baciata in quel modo prima. Non si era mai sentita dissolvere così, non aveva mai sentito la mente sopraffatta dal corpo. Non che dovesse essere dissuasa in qualche modo. Era stato lui a sconfinare, non lei, e se la cena con Tristan e Freja le aveva insegnato qualcosa era che si poteva riuscire ad andare a letto insieme e mantenere un rapporto professionale. Perché loro no? In quel momento, tra le sue braccia, le era sembrato tutto così naturale – senza sforzo e inevitabile – come lasciar scorrere l'acqua giù da una collina. Lasciare che la Natura facesse il suo corso.

Nella sua mente, sentiva già la voce di Freja dirle che lui era tutto il contrario di ciò di cui aveva bisogno ed era anche vero che, più scrutava dentro la sua vita, più vedeva le differenze tra loro. Max veniva e apparteneva a un mondo totalmente diverso dal suo.

Eppure, non gli avrebbe negato niente. Non le importava che non fossero compatibili o adatti l'uno all'altra. Freja non aveva visto la connessione che c'era tra loro. La chimica era troppo forte da poterla ignorare.

Prese il suo bicchiere di vino e ne bevve un gran sorso per calmare il nervosismo che montava in attesa del suo ritorno e di tutto ciò che ne sarebbe seguito. Lui, su quella soglia che veniva verso di lei. Per lei…

Poi la sua voce risalì dalle scale e Darcy tese l'orecchio, ma erano parole indistinte. Fino a che non si schiarirono. Una voce femminile si alzò in un tono di… frustrazione? Rabbia?

Udì anche quella più bassa di Max aumentare di volume. «Non era questo l'accordo!».

«Non possiamo essere spontanei? …Manchi! …Avresti chiamato!».

Darcy trattenne il fiato. Angelina.

«…Torna qui!».

Il cuore prese a batterle per l'improvvisa vergogna e il senso di colpa. Stavano insieme, lo sapeva anche. Che stava facendo lì, a farsi sedurre da un uomo che aveva visto con la sua ragazza solo il giorno prima?

In fretta e furia, posò il bicchiere e riprese in mano la lettera mentre sentiva dei passi di corsa su per le scale. In preda al panico, sedette rigida sul bordo del divano per non dare l'idea di sentirsi troppo a casa. Posò il mento sulla mano e si immerse nella lettura quando, un attimo dopo, la porta si aprì.

Darcy preparò un sorriso educato, ma la donna si bloccò sui propri passi nel trovarla lì.

«Cia...», la salutò Darcy, ma la voce le morì in gola.

Max comparve alle spalle della donna un attimo dopo, sulle spine. Calò un silenzio teso.

Darcy sentì il cuore precipitarle in petto. Vide Max abbassare le spalle, sconfitto, nel leggerle lo sconcerto, e lo sgomento, negli occhi.

Deglutì. «Darcy, lei è Natalia. Natalia, Darcy», borbottò.

Wow. Adottava davvero una politica da porta girevole. E lei era stata quasi sul punto di finirci dentro.

Si sentì stupida. Umiliata. Svilita.

«Ciao, *Natalia*». Sorrise benevola, meglio che poté, a quella donna alta e bionda. Una modella.

«Darcy e io lavoriamo insieme», spiegò Max quando la donna si girò di scatto fulminandolo con uno sguardo accusatorio. E a ragione. «Sta curando un progetto per la galleria».

«Ma davvero?». Il tono tradiva un marcato sarcasmo e un accento russo. Era chiaro che non credeva a una sola parola.

Buon per lei, pensò Darcy rimettendo la lettera nella scatola e chiudendo il coperchio con la mano tremante.

«Sì, ma ho appena finito», rispose non sapendo neanche bene perché gli stesse reggendo il gioco. Non gli doveva nulla. Chiaramente lui per primo non conosceva la lealtà. «Max mi ha gentilmente offerto un posto tranquillo dove lavorare».

La donna guardò lei – e i bicchieri di vino – con palese sospetto.

«Non ho accesso all'archivio quando il museo è chiuso, sai. Questioni di sicurezza. Di assicurazione... ma per oggi ho finito, quindi levo le tende». Darcy cercava di muoversi con naturalezza, ma perfino respirare le sembrava forzato. Il suo avvilimento era così feroce che l'unico modo in cui il suo corpo avrebbe voluto esprimerlo erano le lacrime... ma non lo avrebbe mai permesso. Doveva solo andarsene al più presto.

«Queste sono pronte per essere rimandate indietro, Max», disse in tono fastidioso senza guardarlo negli occhi.

Natalia la osservò alzarsi, stirare i jeans e prendere la borsa e, un attimo dopo, nel capire che non c'era alcuna minaccia, si rilassò. Sorrise perfino.

«È stato un piacere conoscerti, Natalia. Grazie, Max», salutò Darcy avviandosi alla porta, sempre evitando il contatto visivo.

«Ci vediamo...».

Quando sentì che la seguiva, si girò di scatto e alzò una mano, stavolta sì, guardandolo negli occhi. «No, non serve», disse e il suo sguardo lo gelò sui suoi passi. «Hai ospiti, Max... e io sono rimasta anche troppo. Avrei dovuto andar via molto prima».

Con lo sguardo gli comunicò che era stato un errore. Un errore doloroso. L'aveva trattata come una delle tante, ma non sarebbe successo di nuovo.

«Conosco la strada».

Capitolo dieci

Otto sedeva alla scrivania e la fissava, con le mani a piramide davanti al viso. «Sarà dura riferire quanto mi dici a Margit, Darcy», le disse con palese insoddisfazione.

«Lo so e mi dispiace. Sto davvero facendo il possibile per trovare un punto di partenza. Mi serve almeno un filo da poter tirare. Una volta trovato un nome o una fotografia più nitida di questa donna, potrò venirne a capo».

«Ma possibile che tu non abbia trovato niente di interessante finora?».

Darcy scosse il capo. «Trier è stato in viaggio appena finita la guerra. È andato a Parigi, poi in Italia. Il mio è stato un approccio molto aperto, ho anche considerato l'eventualità che quella donna fosse una prostituta. Sappiamo che utilizzava quei servizi e rientrerebbe anche nel suo interesse dell'epoca, quando ritraeva la vita contadina e la classe operaia. Magari le dipingeva e le pagava per le loro, diciamo così, sedute?». Si stava arrampicando sugli specchi e lo sapeva.

Otto corrugò la fronte, riflettendoci. «Non condivido molto questa ipotesi. Se voglio dipingere una puttana, perché vestirla da signora?». Agitò la mano. «Perdona il linguaggio, ma hai capito cosa intendo».

«Ho capito e concordo con te». Darcy sospirò. Era proprio ciò che aveva detto lei. «Sto solo cercando di non escludere niente e valutare tutte le possibilità».

Otto guardò fuori dalla finestra, profondamente assorto. «L'interesse di Trier è sempre stato sull'uomo comune. Era un socialista di lungo corso. Non è entrato nel mondo dei ritratti fino a quando Bertram Madsen non ha deciso di diventare il suo mecenate nel 1921. A quel punto i ritratti dell'alta società sono diventati il suo sostentamento, pur non essendo mai stati la sua passione. Dopo la rottura del '22 ha praticamente smesso».

Darcy si morse il labbro pensierosa. «È questo il mio tarlo… il ritratto non mi sembra una classica commissione da alta società. Non c'è uno sfondo, non è a tutta altezza, la donna non ha abiti formali…».

«Potrebbe essere un'opera giovanile, magari risale al periodo precedente al suo stile. Magari uno studio preliminare, in un esercizio per affinare la resa dei capelli, del naso o del portamento». Otto la guardò. «Immagino che avrai già controllato la lista dei suoi lavori ufficialmente riconosciuti per vedere se una delle donne già ritratta possa corrispondere?».

Darcy rimase di stucco. Era una mossa così ovvia, eppure…

Abbassò gli occhi, vergognandosi per essersi buttata così a capofitto nella ricerca della vita di Trier prima che dell'opera effettiva. «No, ancora no. Lo faccio subito e confronterò i ritratti riconosciuti per vedere se trovo qualche somiglianza». Sospirò abbandonandosi contro la sedia. «Scusa, Otto… avrei dovuto farlo subito, così come restringere il campo di ricerca fin dall'inizio… sono un'idiota».

Otto la osservò in quel suo momento di sconforto. «La diligenza non è mai un male, Darcy, e se i tempi non fossero così stretti non sarebbe un problema. Ma è già passata una settimana e non abbiamo niente da presentare. Margit è fortemente sotto pressione».

«Lo so e ti giuro che sto facendo più in fretta che posso. Sto dodici ore al giorno nell'archivio – dalle sette alle sette – e oggi voglio vedere se Viggo riesce a prolungare l'accordo di questo fine settimana per poter lavorare anche il prossimo».

Otto la guardò perplesso. «Questo fine settimana?»

«Sì, è riuscito a farmi ottenere un permesso speciale per lavorare oltre l'orario di ufficio. Sistema non ortodosso, ma ha funzionato piuttosto bene».

«"Non proprio ortodosso" in che senso?»

«Ha fatto trasferire parte del materiale – giusto un paio di raccoglitori alla volta – a casa di un membro del consiglio di amministrazione, che vive accanto alla galleria. In questo modo, non dovendo trasportarlo in giro per la città, non ci sono problemi di sicurezza, in più il dirigente ha dato la sua personale assicurazione che lo avrebbe tenuto d'occhio per tutto il tempo».

«È chi sarebbe questa persona?».

Darcy deglutì. Le costava perfino pronunciare quel nome. Stava facendo del suo meglio per non pensarci. «Max Lorensen».

«Max. Capisco».

«Lo conosci?»

«Sì, certo».

Certo. Darcy ripensò a come Max si era mosso a proprio agio durante l'aperitivo di quella settimana, a parlare con i sostenitori come fossero vecchi amici. Il suo lavoro richiedeva grandi capacità nelle pubbliche relazioni e buoni contatti, per non parlare del fatto che il coinvolgimento della Fondazione Madsen con la retrospettiva significava anche che aveva dovuto incrociarsi con Otto a un certo punto.

«Quindi l'accordo è questo? Qualsiasi lavoro fuori dall'ufficio si svolge a casa sua? La sera e nei weekend?»

«Allo stato attuale», confermò, «ma ora voglio spingere con Viggo appena torno lì. Chiaramente ci sono limitazioni temporali quando si lavora a casa di qualcun altro – non posso certo andare avanti anche di notte! – se invece riuscissi a portarmi i documenti a casa, potrei farlo senza interruzioni».

Non aveva la minima intenzione di tornare a casa di Max, per quanto vicina potesse essere la scadenza. Natalia poteva aver avuto un tempismo pessimo per lui, ma era stata una benedizione per lei, bloccandola giusto un attimo prima che si lasciasse andare, diventando un'altra delle sue tante conquiste. Freja aveva ragione. Max le avrebbe portato solo guai. Non era tagliata per un donnaiolo come lui.

«E pensi che sia possibile?», chiese scettico Otto. «Le assicurazioni sanno essere parecchio pignole».

«Sì, ma se è stato stabilito il principio che il materiale può lasciare la galleria – sotto regole rigidissime – ci sarà sicuramente margine di trattativa in merito alle condizioni. Il precedente c'è stato quindi...», sollevò le dita incrociate.

«Capisco, bene, spero che esca qualcosa di buono, sarebbe sicuramente utile per te. E se c'è qualcuno che può far accadere certe cose, è sicuramente Rask. È tenuto in altissima considerazione».

«Sì e il suo aiuto è stato inestimabile». Darcy sorseggiò il caffè con le dita ancora arrossate dalla pedalata nell'aria fredda. «Qualche novità dal recupero del ritratto?»

«Solo che le tavole stanno venendo via piano piano. Credo che Lauge sia molto più ottimista ora rispetto alla settimana scorsa».

Darcy rabbrividì. «Sono felice che non tocchi a me tirarlo fuori».

«È un lavoro estenuante. Lauge è parecchio stressato».

«Ma non si può vedere ancora niente?»

«No, ovviamente devono preservare l'integrità di *I suoi figli* prima di tutto, sembra che il ritratto sia attaccato più che bene al retro».

«Sanno dire almeno indicativamente quando riusciranno a rimuovere le tavole?»

«Dicono tre settimane».

«Ah, è già un passo avanti». Peccato che fosse poco utile per lei. Doveva lavorare alla cieca quasi fino alla fine.

«Sempre salvo imprevisti, naturalmente».

«Naturalmente». Darcy seguì con gli occhi le ombre acute di un ramo sul pavimento e sospirò, conscia che l'attendeva un'altra lunga giornata nel crepuscolo degli archivi. Allo stato attuale, usciva di casa con il buio e tornava a casa con il buio. «Bene, ora sarà meglio che vada. Ovviamente ti farò sapere non appena avrò trovato qualcosa di valido».

«Sì, mi raccomando», annuì Otto mentre Darcy si alzava. «E buona fortuna con Viggo, spero che ti possa aiutare».

«Mmm, sì, anch'io», rispose alzando gli occhi al cielo. Se pensava all'alternativa di sentiva sprofondare. «Anch'io».

«Buongiorno». Viggo la salutò con un ampio sorriso quando scese le scale. «Com'è andato il fine settimana?»

«È stato molto produttivo, grazie a te».

Viggo ne parve contento. «Davvero? Hai trovato qualcosa?»

«No, non ancora, ma almeno ho completato un altro livello di scatole».

«Bene».

Darcy tolse il cappotto e lo appese all'attaccapanni. «Vengo proprio dalla mia riunione settimanale con Otto e, diciamolo, non ne sono uscita molto bene. È abbastanza deluso che non abbia ancora trovato qualcosa di utile».

«Ma stai facendo il possibile».

Darcy fece una smorfia. «Forse sono stata troppo pignola a iniziare dai tuoi registri invece che dal periodo di tempo che avevamo concordato in precedenza. Il tempo non è dalla mia parte, e da ora in poi dovrò lavorare ventiquattr'ore su ventiquattro».

Viggo si alzò per andare a riempire il bollitore al piccolo lavello. «Be', almeno abbiamo trovato una soluzione che ti è d'aiuto».

«Sì, e a questo proposito...», allungò la parola per attirare la sua attenzione.

«Qualcosa non va?»

«No, no, affatto e ti sono più che riconoscente per quello che sei riuscito a fare con così poco preavviso».

«Ma?»

«Ma ci dev'essere un modo per ottenere il permesso di portare il materiale a casa mia...», supplicò.

«Non dipende da me, Darcy». Viggo si strinse nelle spalle.

«Ma perché questi raccoglitori dovrebbero essere più sicuri a casa di Max Lorensen che non nella mia?»

«Perché è sulla stessa strada».

«Va bene, a parte quello. Voglio dire... e se scoppiasse un incendio? Ha un sacco di vino che potrebbe agire da... accelerante! Ed è molto più probabile che vadano a rubare da lui che non da me! Ha un Max Liebermann alla parete, dei disegni di Picasso e Dio solo sa che altro là dentro!».

Viggo emise un verso e fece un gesto come a dire "naturalmente". «Per questo ha un eccellente sistema d'allarme».

«Non proprio eccellente», sbuffò lei derisoria. «Quando il sabato sono andata via, lui non c'era, nonostante avesse promesso di tenere sotto controllo il materiale tutto il tempo. E non ho neanche dovuto rimettere l'allarme uscendo. La casa non era più protetta della mia».

«Mmm». Viggo si incupì, perplesso da quell'informazione.

«Ti prego, non puoi provare a parlare di nuovo con la società di assicurazioni?»

«Darcy, non posso anteporre la comodità al rischio».

«Non è una questione di comodità, ma di produttività. Se voglio lavorare di notte, non posso, è ovvio. Se uscendo da qui andassi subito a casa di Max, non potrei rimanerci più di un'ora o due. Pensaci. Lavorare nella sua cucina dopo le nove di sera sarebbe inaccettabile, no? E poi… ogni singolo giorno? Non posso andare da lui tutti i fine settimana! Voglio dire, è stato gentilissimo ad aiutarmi in questi due giorni, ma quell'uomo ha la sua vita da vivere».

«Ah, poco ma sicuro», ridacchiò beffardo Viggo mentre metteva il caffè in polvere nelle tazze e aggiungeva il latte da un piccolo bricco a forma di mucca. Darcy si chiese se anche lui avesse visto le foto di Max sulle pagine di società dei giornali.

«È un'intrusione continua nella sua privacy e finiremmo per approfittare della sua disponibilità».

«Capisco», concordò, versando l'acqua fumante dal bollitore con aria spaesata.

«Quindi ritenterai con l'assicurazione? Perché penso che le possibilità ci siano. Facendo uscire il materiale dall'archivio hanno creato un precedente per… far uscire il materiale dall'archivio. La destinazione è una questione puramente formale». Darcy si rese conto che stava parlando più veloce del solito e con un tono leggermente più acuto.

«Un precedente, eh? E io che pensavo che l'avvocato fosse lui». Viggo le passò la tazza con un sorriso e uno sguardo che le diede l'impressione di leggere la verità dietro tutte quelle scuse. L'aveva provata anche con Otto. Max Lorensen aveva

una certa reputazione in città. Sospettavano forse le ragioni per cui voleva evitarlo?
«Ti prego, Viggo».
«Vedrò quello che posso fare, Darcy. Lascialo a me».

Serve che faccia portare una scatola stasera?

Darcy fissava il messaggio. L'aveva visto nell'anteprima, quindi risultava ancora non letto. Rimise giù il telefono e finse di non aver sobbalzato alla comparsa di quel numero; si era rifiutata di registrarlo tra i contatti. Non c'era bisogno. Non era una persona che avrebbe fatto parte della sua vita.
Tornò quindi al suo documento: agosto 1920, disegni a matita, studi e schizzi. Trier era in Puglia, a esplorare i ricchi panorami mediterranei e la luce tanto diversa dalla Danimarca del Nord. Darcy scrutò ogni viso e ogni profilo, controllò gli abiti delle donne in cerca di qualsiasi dettaglio potesse avervi inserito.
Il telefono vibrò di nuovo e, per quanto cercasse di ignorarlo, resistette solo otto secondi prima di guardare.

Io non ci sarò.

Si morse il labbro e rispose, tanto per toglierselo di torno.

No, grazie. Non serve.

Non l'aveva più cercata dopo la sera prima. Nessuna scusa o spiegazione (in fondo cosa c'era da spiegare? Non era stata fatta né infranta nessuna promessa) e a quella noncuranza su come si erano svolte le cose tra loro non faceva che aumentare il suo sollievo per essere stati interrotti. Forse il sentimento era reciproco. Una metaforica doccia fredda li aveva fatti rinsavire proprio quando il corpo stava per prendere il sopravvento sulla ragione.
Altro messaggio in arrivo.
Stavolta passarono solo tre secondi.

Non darti la zappa sui piedi solo per non darmi ragione. Io non ci sarò. Viggo ha le chiavi.

Darcy trattenne il fiato furiosa, indignata da quel messaggio. Come osava pensare che avrebbe sabotato il proprio lavoro solo per non vedere lui?!

Era così, ma come si permetteva di pensarlo?

Senza rispondergli, tornò agli schizzi in carboncino, concentrandosi sulle distese di ulivi, il monte Dauno, un asino da soma, i trulli, un fabbro con l'incudine... cercando disperatamente di fingere che Max non esistesse.

Sempre a caccia di un fantasma.

E ora, intenta anche a schivarne un altro.

Capitolo undici

Nel sentire chiudersi la porta di casa, Darcy smise di girare il sugo e si voltò verso la sua coinquilina che comparve dietro l'angolo un attimo dopo. Freja era tornata dal lavoro correndo – la sua tenuta da jogging faceva venire l'emicrania: leggings verde petrolio, gilet imbottito azzurro, calzini rosa Barbie e scarpe gialle. A giudicare dalle buste della spesa, però, si era chiaramente fermata strada facendo.

«Be', felice di rivederti, straniera!», la canzonò Darcy. «Ormai pensavo di vivere da sola».

«Avresti una grande fortuna. Ti sono mancata?»

«Se mi sei mancata? Miss Petals e io non parliamo d'altro».

Freja ridacchiò e posò la busta di peso sul bancone per poi sbirciare nella padella. «Che stai cucinando?»

«Pasta à la Darce… ma ce n'è abbastanza per due se ne vuoi un po'. O sei solo di passaggio?».

Con un gemito, Freja si abbandonò contro il bancone. «Amica mia, ho bisogno di una notte intera di sonno. È un mese che non dormo più di quattro ore per notte…».

«Perfetto, grazie tante!», si piccò Darcy. «Giusto per ricordarmi che sono single».

Freja si appoggiò con la testa al suo braccio, con un gemito stanco. «Ora so come si sentono i neogenitori…».

«Non mi fai pena. Se vuoi sesso sfrenato senza fine con il tuo ricco boss e compagno, devi pagare pegno».

«Tu aspetta», la rimproverò Freja. «Hai il tuo appuntamento bollente domani sera. Vediamo quanto sarai pimpante mercoledì mattina».

«Bollente? Semmai tiepido».

Freja si tirò su e andò al frigorifero per prendere una bottiglia di vino. Se ne versò un bicchiere e riempì quello di Darcy. «Non avevi detto che andava meglio?»

«Sì, ma l'asticella era già in partenza molto bassa».

«Come pensi di vestirti?»

«Immagino come andrò al lavoro domani».

«Cioè, ci vai direttamente da lì? Non torni prima a casa?»

«Non ho tempo. Ci vediamo alle sette e mezza e io devo sfruttare fino all'ultimo minuto utile alla galleria. Entro alle sette, esco alle diciannove. È tutto ciò su cui posso lavorare. Uscire prima dal lavoro non sarà possibile fino a dopo Natale».

Pensierosa, Freja cominciò a svuotare le buste della spesa e a riempire il frigorifero. «Posso azzardarmi a chiederti come sta andando?»

«No, non puoi».

«Ah».

«Ho avuto la riunione con Otto stamattina e diciamo che in questo momento non sono sul suo libro d'oro».

«Ah». Freja lasciò delle arance nella cesta della frutta e saltò a sedere sul piano. «E come è andata ieri da Max l'avvocato?».

Darcy deglutì, mescolando il sugo più in fretta. «È... andata».

«Nulla da segnalare?».

Darcy si strinse nelle spalle. «Nessuna svolta».

«Non è questo che ti ho chiesto e lo sai».

Darcy smise di mescolare e la guardò. Si morse il labbro. «Tu sapevi che Geranium consegna a domicilio?»

«Eh?»

«Sì, ha ordinato il pranzo lì».

«Ha ordinato un pranzo da asporto da Geranium?», ripeté Freja incredula. «Aspetta che lo racconti a Tristan».

«Non lo farei. A quanto pare Max ha un amico che lavora lì. Penso che sia stata pura ostentazione perché gli avevo detto che eravamo stati al Noma la sera prima». Alzò gli occhi al cielo. «È un tale narcisista!».

«Sì, quello lo avevamo capito subito», concordò Freja osservandola attentamente mentre affettava i peperoni con accurata ferocia. «Quindi ieri è rimasto a casa?»

«Sì».

«E c'era anche la sua ragazza?»

«No. Almeno non fino a più tardi. E comunque quella che è arrivata era una diversa. A quanto pare non ha rispettato la tabella oraria degli appuntamenti e lui era piuttosto scocciato».

«Ha una tabella oraria per gli appuntamenti?»

«Ma certo, Freja! Come altrimenti potrebbe gestire tutte quelle modelle?». Trasudando sarcasmo, Darcy sollevò il tagliere e versò le verdure nella padella.

«L'hai proprio scampata bella con la decisione di mantenere le cose su un piano professionale».

«Mmm». Darcy distolse in fretta lo sguardo, ma qualcosa nel suo atteggiamento mise in allerta l'amica.

«Perché... hai mantenuto le cose su un piano professionale, vero... Darcy?».

Darcy deglutì, conscia che non poteva nascondersi alla sua amica. Neanche lo voleva. «D'accordo, va bene, ci siamo baciati. Ma è finita lì».

«Oh, mio Dio, lo hai baciato?»

«Ma è finita lì».

«Perché...?», con l'intonazione, Freja la invitò a proseguire. «Hai smesso tu? È stato lui? Che è successo? Ho bisogno dei dettagli».

«È arrivata la modella. Senza preavviso. Ci ha messo i classici bastoni fra le ruote».

«Merda».

«Già. A quel punto me ne sono andata. Ovviamente».

«Ovviamente».

«E questo è quanto».

«È finita così? Non ti ha richiamato? Non ha implorato perdono?»

«Certo che no. Solo un WhatsApp oggi pomeriggio per chiedermi se avevo bisogno di altre scatole a casa sua per lavorare fino a tardi stasera».

«No! Che persona... fredda».

«Anche di più! Quando gli ho detto che non mi servivano, mi ha risposto che lui non sarebbe stato in casa e – senti questa – di non darmi la zappa su piedi!».

«Non mi dire!», annaspò Freja. «Oddio quanto lo odio!».

Darcy annuì con foga. «Lo so! È di un'arroganza senza paragoni!».

«E tu come gli hai risposto?»

«L'ho appena ignorato». Darcy fece spallucce. «Non ci torno più a casa sua, che lui ci sia o no».

Freja prese un sorso di vino, dondolando le gambe. «...Ma non hai bisogno di tempo in più?»

«Viggo proverà a trovare una soluzione. Ne abbiamo parlato oggi e ho insistito per farmi consegnare il materiale qui. Ha capito e, con un pizzico di fortuna, domani mattina dovrei avere buone notizie. Nel frattempo, almeno ho una serata libera».

«Incrociamo le dita, allora».

«Già».

Freja la guardò girare il petto di pollo e mescolare il sugo. «...È stato un bel bacio?».

Darcy si girò di scatto inchiodandola con lo sguardo. «Perché me lo chiedi?»

«Perché non dovrei? Facciamo sempre le autopsie dei baci!».

«Sì, ma in questo caso non c'è motivo di pensarci e ancora meno di parlarne».

«Va bene, ma almeno dammi un segno con le dita. Un voto da uno a dieci».

Darcy la fulminò con gli occhi, ma Freja ricambiò senza battere ciglio. Lentamente, Darcy alzò due mani... e un piede.

«Oh, merda! Così tanto?»

«Be', è normale, no? È esperto. Fa molta pratica». Diede uno scossone alla padella. «Ne prendi un po'?».

Freja sorrise nervosa. «Solo se sei sicura che ce ne sia abbastanza. Non vorrei aggiungere al calderone anche la fame».

Darcy prese due ciotole e divise la cena tra loro due. Non era proprio abbastanza, ma tanto non aveva appetito e diede la porzione più grande all'amica.

A Freja non sfuggì. «Prendine di più tu».

«Non ho tanta fame. E poi è evidente che ti devi mantenere in forze». Le strizzò l'occhio.

Portarono piatto e bicchiere sul divano e sedettero a gambe incrociate ai loro soliti posti, una di fronte all'altra. Darcy mangiò in modo svogliato, registrando i sapori a malapena.

«Allora, cosa fa Tristan stasera?», le chiese in tono meccanico.

«Una trasferta ad Antwerp. Torna domani, ma visto che stasera è comunque un'interruzione, mi costringerò a passare due notti senza di lui. Solo per dimostrare che ce la posso fare».

«Wow, ben due notti filate! Sei un'irriducibile», scherzò Darcy. «Non ti sta già mandando al manicomio, vero?»

«No, ma diamogli tempo», disse Freja puntando la forchetta davanti a sé. «Sono sicura che in un altro paio di settimane…».

«Lo hai già detto settimane fa!».

A Darcy vibrò il telefono. «Aksel», disse guardando lo schermo. «…Oh, no!», gemette.

«Che c'è?»

«Ha annullato l'appuntamento di domani. Uno dei soci anziani del suo studio ha indetto un incontro con il municipio».

«Accidenti».

«Mi chiede se possiamo spostare a mercoledì sera».

«Be', va bene, no?».

Darcy si strinse nelle spalle.

«Mi sembri delusa».

«Immagino di sì. Non vedevo l'ora di… sovrascrivere gli eventi di ieri sera».

«Intendi che prima baci qualcun altro e meglio è?»

«Esattamente».

«Be', almeno sta solo cambiando giorno. Non è una buca totale. Ed è un bene anche che tu ti senta un po' giù. Significa che un pochino ti piace davvero».

«Non l'ho ancora neanche incontrato!».

«Ma siete connessi. Parlate quasi ogni giorno da una settimana ormai, avete cominciato a conoscervi. Quando finalmente vi troverete faccia a faccia, vi sentirete vecchi amici».

«Forse».

«Sicuramente! E poi mercoledì è un giorno più sexy rispetto al martedì. Di fatto è l'inizio del fine settimana».

Darcy sogghignò? «Dici?»

«Ottimismo, amica mia!», esclamò Freja toccandosi la tempia. «Aksel ti darà una mano, me lo sento».

«Ci sono novità, Viggo?», chiese allegra Darcy entrando nella galleria la mattina seguente alle sette in punto. Fuori era ancora buio come a mezzanotte e non si aspettava di trovare il vecchio archivista al piano di sopra. Mancavano ancora due ore all'apertura al pubblico, ma lui, armato di un piccolo cacciavite elettrico, stava fissando sulla parete un'etichetta trasparente con la descrizione del dipinto.

Contento di vederla, addrizzò la schiena con gesti rigidi. «Darcy, altra levataccia per te».

«Necessità», alzò le spalle lei, sciogliendo la sciarpa dal collo. Era arrivata di nuovo in bicicletta e aveva le mani e le guance arrossate dal freddo. «Al momento ogni minuto conta».

«Sì...», le rivolse un sorriso di scuse, «...a questo proposito...».

«Oh, no!», si lamentò lei, intuendo cosa stava per dirle.

«Ho chiamato gli uffici centrali ieri pomeriggio e ho perorato la tua causa».

«E hanno detto di no?»

«È un no. O il materiale viene scortato a breve distanza lungo la strada e supervisionato da un membro del consiglio di amministrazione – in questo caso Lorensen – o non si muove affatto». Aprì le braccia in un gesto sconsolato. «Mi dispiace, ci ho provato».

Frustrata, Darcy si stropicciò il viso. «Lo so e apprezzo il tuo impegno».

«Non va così male, no? Max Lorensen ha lasciato qui un mazzo di chiavi in più, così puoi andare da lui ogni volta che vuoi».

«No, non lo farò», si oppose lei scuotendo la testa lentamente.

Viggo ebbe un attimo di esitazione, come se non sapesse come continuare. «Capisco che dev'essere un po' strano lavorare a casa di qualcun altro, ma se ti può aiutare, ho sentito che sarà via questa settimana».

Darcy si tirò su. «Davvero? E dov'è?».

Viggo si strinse nelle spalle. «La sua assistente non l'ha detto».

«Va bene. E quanto torna?».

Altra alzata di spalle. «A quanto pare starà via per qualche giorno questa settimana. È tutto quello che so».

Darcy si fermò a riflettere. Una cosa era non voler lavorare in sua presenza, ma se davvero lui non era in casa... Se le avessero garantito che sarebbe stato via per qualche giorno, non cogliere l'opportunità di qualche ora in più di lavoro sarebbe stato un autogol... o una zappa sui piedi.

Osservò Viggo armeggiare con il successivo pezzo in mostra. Si trovavano nella sala Madsen Heritage, un piccolo salotto sul retro della galleria che raccontava la storia della famiglia di filantropi che tanto aveva fatto per l'arte danese. Sulle pareti era stata dipinta una linea temporale, con immagini color seppia e in bianco e nero che mostravano vecchie fotografie. Da lontano, sembravano come tutte le altre ricche dinastie danesi dell'epoca: gli uomini con barba ben curata e abiti a tre pezzi, le donne anziane ancora con i capelli acconciati secondo il vecchio stile Gibson Girl...

Darcy camminava lentamente dietro Viggo, guardando quegli scatti con vaga curiosità. Non aveva mai visitato il piano superiore da quando lavorava lì, o perché c'erano sempre i turisti in giro o perché lei aveva troppa fretta di raggiungere gli scaffali. Ma era rilassante vagare nella calma e nella quiete prima dell'apertura delle porte o dell'arrivo del resto del personale della galleria. Viggo attaccava le targhette ai piccoli pali di ottone già posizionati nel muro; tutto era stato misurato settimane prima, il testo era stato controllato e ricontrollato prima di essere mandato in stampa.

Darcy si fermò davanti alla gigantesca fotografia in bianco e nero che dominava la sala e la fissò in silenzio, augurandosi che quei ritratti potessero parlare. Avevano le risposte che tanto bramava?

La prima era una fotografia della famiglia riunita davanti a un'aranciera con le pareti ricoperte di rampicanti, le donne erano sedute su eleganti sedie Lloyd Loom e, alle loro spalle, gli uomini guardavano dritti verso la macchina fotografica. Al centro della fotografia sedeva un uomo anziano su una sedia a dondolo. Aveva i capelli bianchi e un monocolo, con la mano nodosa stringeva il bracciolo e aveva un piccolo libro di pelle sulle ginocchia. Darcy controllò la targhetta informativa sul lato che confermò la sua intuizione: Bertram Madsen, 1918. I due giovani ai lati erano i suoi figli, Frederik e Casper.

Stando a quanto le aveva raccontato Viggo durante uno dei loro caffè, Madsen Senior era stato un brillante chimico, candidato perfino al Premio Nobel, e aveva costruito la fortuna della dinastia. Ma era stato il figlio maggiore, Frederik, a trasformare la famiglia in un tour de force sociale, creando, non da ultima, la Fondazione. Frederik non era un uomo attraente, con quegli occhi leggermente sporgenti e la mandibola pronunciata, ma aveva uno sguardo severo e orgoglioso impossibile da ignorare. Suo fratello, Casper, era più esile e aveva i capelli più scuri e gli occhi attenti. Il fratello minore riservato e ribelle? L'erede di scorta?

Sedute su un divano accanto a Bertram, di fronte ai fratelli, c'erano la madre e la figlia, Gerde e Lotte Madsen, con le mani pudicamente giunte in grembo. La ragazza, simile a una bambola e così pallida da sembrare di porcellana, doveva avere quindici o sedici anni. Come sua madre, aveva capelli e occhi chiari e sembrava così gentile nei modi che Darcy sospettava che nessuna delle due avesse mai assistito nella vita a qualcosa di più arduo di un uovo rotto o di un orlo scucito.

Passò alla foto successiva. Anche questa ritraeva madre e figlia in un giardino, ma Lotte sembrava leggermente più giovane: giugno 1915, diceva la didascalia. Nell'immagine c'era anche una ragazzina con loro e, sullo sfondo, si vedeva un giardiniere lavorare in un'aiuola con un paio di cesoie nella mano tesa. Gerde era seduta su una sedia a sdraio, le ragazze su una coperta da picnic ai suoi piedi con dei libri intorno. La fotografia aveva un che di reportage, poiché le bambine erano leggermente sfocate, come se avessero alzato lo sguardo nel sentirsi chiamare. Erano scalze, indossavano abiti estivi di cotone e stavano creando coroncine di fiori. Si stava avvicinando la mezza estate? Darcy sapeva dai racconti di sua madre sulla sua infanzia che Sankt Hans Aften, la sera di san Giovanni, era una ricorrenza molto sentita: si accendevano falò sulla spiaggia secondo un'antica tradizione vichinga...

La fotografia mostrava una scena idilliaca, senza alcun accenno alla guerra che in quel momento imperversava in Europa o agli uomini che morivano nelle trincee. Il trisavolo di Darcy era morto a Ypres; era uno dei cinque fratelli di una famiglia di nove figli, stroncato nel fiore degli anni. E, nel frattempo, quelle bambine ricche intrecciavano coroncine di fiori in giardino. Darcy si voltò, sentendosi turbata anche allora dall'ingiustizia di tutto ciò: alcuni vivevano sofferenze atroci e altri prosperavano. Altri ancora giocavano.

Ma la vita non era giusta e non lo era mai stata. Semplicemente, alcune persone avevano tutte le fortune.

Il giorno trascorse con il suo consueto ritmo pacato: il fruscio costante delle pagine, il mormorio di Viggo al telefono, passi felpati sul pavimento, il brusio di sottofondo dei visitatori al piano di sopra. Darcy aveva lavorato anche durante l'ora di pranzo, totalmente immersa nei diari di Trier, ora che aveva appurato che nessuna delle donne sul suo catalogo ufficiale di opere somigliava a quella del dipinto nascosto. Era stato un gran sollievo avere la conferma di non aver sprecato un'intera settimana.

«È ora», annunciò Viggo avvicinandosi al tavolo in fondo alla libreria dove stava lavorando. Si era già infilato il lungo cappotto e stava mettendo il morbido cappello di feltro.

«Davvero? Di già?», si stupì Darcy. Il tempo le era sfuggito di nuovo. Le sembravano solo le cinque, ma era difficile regolarsi senza la luce del sole.

«Temo che Jens sia già qui». Jens, cioè il responsabile della sorveglianza che coordinava una squadra di tre uomini e due cani.

«Sempre puntualissimo», ironizzò lei, sistemando i fogli in una pila ordinata che ripose nella scatola dell'archivio.

«Com'è andata oggi? Non ho sentito nessun "eureka"».

«No, niente, purtroppo. Però ho trovato un bozzetto a matita che mi ha fatto guardare Trier sotto una nuova luce».

«Davvero?»
«Sì. Lo si potrebbe definire omoerotico». Guardò Viggo. «Era gay?»
«Se lo era, non certo pubblicamente. Le relazioni omosessuali sono state legalizzate solo nel 1933».
«Magari era solo uno scarabocchio. Se gli piacevano gli uomini, questo non gli ha impedito di frequentare le donne. Penso che pagasse più per andare con le prostitute che per mangiare».
Darcy riposizionò la scatola al suo posto sullo scaffale. Ormai era a una sola colonna dalla fine della libreria. Se non un risultato, almeno era un progresso.
Prese cappotto, sciarpa e borsa e si avviò su per le scale insieme a Viggo. La galleria aveva chiuso al pubblico alle sei e il personale del negozio e dell'accoglienza non si fermava mai per più di mezz'ora. Tutte le luci erano spente e l'unica che filtrava dal tetto a cupola di vetro era quella fioca del crepuscolo.
Camminare nella galleria dopo l'orario di chiusura per Darcy era da sempre una sensazione speciale, sacra, perfino. Lo spazio le appariva immacolato, niente immondizia o confusione, naturalmente; niente di così fragile e umano. Nel silenzio e nel buio, invece, quelle sale in un certo senso respiravano, come se le anime delle vite passate fossero rimaste bloccate dietro la pittura sulle tele. Occhi che seguivano i suoi passi, sorrisi che indugiavano sulle labbra. Biancheria stesa che restava a mezz'aria nel vento. La galleria non era un luogo morto, ma dormiente. Aveva un suo personale battito. Tra quelle mura si coglieva un senso di immortalità, perché quelle figure scomparse ormai da tempo non morivano mai del tutto finché c'era qualcuno a guardarle.
«Hai programmi per stasera?», chiese Darcy a Viggo mentre camminavano per quelle sacre sale.
«Stasera ho il club degli scacchi».
Darcy non si aspettava una risposta positiva. «Ah, non sapevo che giocassi a scacchi».
«Oh, sì, è il mio pallino. La scorsa settimana ho provato un'apertura Bird, ma mi si è ritorta contro. Questa settimana quindi, ho deciso di aprire con un gambetto Elephant».

«Non ti seguo proprio, Viggo, mi dispiace».

Jens era seduto al bancone della reception, con il cane acciambellato nella cuccia. Darcy non sapeva come si chiamasse, ma non aveva molto senso chiederlo. Non era un animale da compagnia. Il cane sollevò la testa quando si avvicinarono e li seguì con lo sguardo, ma senza fare nulla. Non senza le istruzioni del suo padrone.

«Buona notte, Jens», disse Viggo quando gli passarono davanti. «Ci vediamo domattina».

«Buonanotte, Viggo. Dottoressa Cotterell». L'uomo aveva un mazzo di carte disposto davanti a sé, pronto a cimentarsi in un solitario. «...Oh, a proposito, dottoressa?».

Darcy si fermò sulla porta e si girò.

«La scatola è pronta al ritiro?»

«Al ritiro?», ripeté spiazzata.

«Sì, da casa del signor Lorensen. Non abbiamo ancora ricevuto il modulo di riconsegna».

Darcy lo fissò. Non era stata abbastanza chiara nel suo messaggio a Max che non ne aveva bisogno? «Ma... gli avevo detto che...».

«Ah, temo che questo sia un errore mio». Il tono di Viggo era leggermente agghiacciato quando si girò a guardarla. «Chiedo scusa. Quando abbiamo stilato il programma della settimana, Max Lorensen ha chiesto che gli venisse consegnata una scatola ogni sera dopo aver chiuso qui. Temo di aver dimenticato di cancellare la consegna di ieri dopo aver saputo che non saresti andata».

«Vuoi dire che la scatola è rimasta lì da ieri sera e per tutto oggi?»

«Sì, ma...». Viggo era visibilmente scosso e, all'improvviso, dimostrava fino all'ultimo dei suoi settantatré anni. «Oh... Oh, cielo».

«Viggo, è tutto a posto», lo rassicurò Darcy posandogli una mano sul braccio vedendolo impallidire. Il materiale negli archivi era un tesoro per lui e prendeva molto sul serio la sua salvaguardia.

«Ci vado subito».

«No», Darcy scosse la testa. «Vado io. Tu hai gli scacchi».
«Ma non è stato un errore tuo».
«Lo so, ma io stasera sono libera. Controllo che sia tutto a posto, compilo il modulo e lo rimando indietro. Non lo saprà nessuno». Diede un'alzata di spalle.
L'anziano archivista sembrava soffrire davvero per quell'errore. «...Sei sicura?»
«Certo. Non ci saranno problemi». Si voltò allora verso Jens. «Come faccio a farvi sapere che potete passare a prendere la scatola?»
«Mi mandi un messaggio». Scrisse al volo il numero su un pezzo di carta e glielo passò. «Ci lasci una mezz'ora di tempo dopo averlo inviato. L'ora di arrivo dipende se sono o meno di pattuglia».
«D'accordo, restiamo in contatto». Darcy e Viggo uscirono all'esterno. Il freddo era pungente e Viggo si strinse addosso il cappotto. «Sei sicuro che Max stia fuori al momento?»
«Sì, perché?».
Darcy guardò la strada, verso i fanali di coda delle macchine che si affrettavano a casa. «Mi fermerei un'altra oretta lì, allora», considerò prima di girarsi di nuovo verso di lui. «Mi conviene, visto che devo passarci comunque. E se ho la certezza di non stargli tra i piedi...».
«Tieni». Viggo tirò fuori una chiave da sotto il cappotto. «Me l'ha data lui. Il codice è P-E-D-E-R».
«Peder?»
«Esatto».
La versione danese di Peter/Pietro? «Perfetto, grazie... goditi gli scacchi. Non preoccuparti di nulla. Andrà tutto bene».
«Mi chiamerai, vero, se ci sono problemi?»
«Certo», gli sorrise lei.
«Molto bene. Allora ci vediamo domani, Darcy», la salutò lui avviandosi sul marciapiede.
«Di buon mattino», sorrise lei girando a sinistra.
Camminava a passo svelto, il respiro si condensava in nuvolette fredde. Di tanto in tanto soffiava sulle mani per scaldarle; pedalando si sarebbe riscaldata di più, ma il noleggio di bici-

clette più vicino era a cento metri nella direzione opposta e non valeva la pena prenderne una per una distanza così breve.

Dieci minuti dopo era davanti a casa di Max. Stava diventando un pellegrinaggio familiare. Non voleva entrare – il semplice trovarsi lì era una specie di sconfitta – ma si ripeté che lo faceva per Viggo. Dentro comunque non c'erano luci accese; il buio la rassicurava: la casa era vuota. Max non avrebbe mai saputo che era tornata.

Salì i gradini e inserì la chiave nella toppa. Quasi subito partì il ticchettio di un allarme pronto a scattare, ma Darcy inserì la password che gli aveva fornito Viggo sulla tastiera digitale posizionata sulla parete in alto e il ticchettio si interruppe. Niente casini. Nessun dramma.

Accese le luci non appena si richiuse la porta alle spalle e si ritrovò sulla scena del crimine. Fredda bellezza. Dura eleganza. Proprio come le donne che frequentava, pensò.

Avanzò in casa e salì le scale verso la cucina, dove accese la luce e rimase per un attimo in contemplazione di quello spazio maestoso. Era davvero abbagliante. Provò a immaginare Max dare feste e cene intorno al grande tavolo, ma le era impossibile concepirlo perché non riusciva a figurarsi che genere di amici potesse avere. Banchieri internazionali? Gestori di fondi speculativi?

Il raccoglitore era sul tavolino tra i due divani di velluto verde, con un modulo sopra.

«Visto? Niente danni», borbottò tra sé e sé. Ma poi perché avrebbero dovuto esserci? Quali erano le reali possibilità di un furto o di un incendio? La preoccupazione generale per la sicurezza del materiale d'archivio rasentava la paranoia, secondo lei, e, se non avesse dovuto passare di là Jens a ritirare la scatola, se la sarebbe portata a casa per lavorare da lì.

Darcy sospirò e si guardò intorno nella cucina, più rilassata. Una felpa blu era appesa a uno sgabello; un paio di scarpe da corsa infilate sotto un mobile. I giornali della domenica ancora ammucchiati sul divano da quando se n'era andata da lì due sere prima. Una cravatta di seta era arrotolata sul bancone... Tutti piccoli segnali di vita, ma dicevano solo che la donna delle pulizie non passava tutti i giorni. A differenza della galleria, non c'era battito in quell'edificio.

In quel momento le brontolò lo stomaco e si rese conto di avere fame. Fame e sete. Pensò alla bottiglia di sauvignon blanc nel suo frigorifero, pronta ad accoglierla al suo ritorno a casa quella sera... lui invece aveva un frigorifero per il vino con vetro oscurato, rifornito da cima a fondo. Le sembrava quasi di sentirlo, con quel suo leggero tono di rimprovero, invitarla a "bere solo un bicchiere", spazientito dalla sua affettata riservatezza. Invece, si tolse il cappotto e la sciarpa, ordinò la cena con Uber Eats e si sedette per iniziare a lavorare. Quei minimi atti di resistenza erano una piccola ribellione contro la generosità di quell'uomo. Un rifiuto verso chi l'aveva presa in giro.

La scatola, una volta aperta, rivelò un miscuglio di materiale. In cima c'erano alcune lettere, legate insieme con un laccio da scarpe marrone. Le lesse il più velocemente possibile: erano indirizzate alla madre di Trier a Odense, ma la calligrafia era sciatta e frettolosa come sempre e il suo tono colloquiale le rendeva difficile una rapida lettura. Era il novembre del 1920, Trier era tornato in Danimarca e sembrava più che altro lamentarsi del freddo, ora che si era abituato al caldo mediterraneo; di tanto in tanto chiedeva notizie di Sannie, forse un animale domestico, e dello zio Malthe.

Il suono del campanello, che le riportò alla mente ricordi amari, la sorprese. Immersa nel suo lavoro, era convinta che fossero passati solo pochi minuti da quando si era sistemata, invece, secondo il suo telefono, ne erano passati quarantacinque. Prese la cena dal corriere – hamburger, patatine fritte e mezzo litro di sauvignon blanc – e mangiò seduta sul divano mentre lavorava, sperando di non impregnare il velluto con l'odore e tradire così la sua presenza. Per il vino dovette andare a prendere e usare uno dei suoi bicchieri, ma optò per il primo disponibile – un bicchiere da acqua sul tavolo – piuttosto che rovistare nei pensili. Entrare nella sua cucina era come entrare nella sua vita e Darcy era decisa a starne alla larga.

Si rannicchiò in un angolo del divano, con le gambe raccolte sotto di sé, mentre sorseggiava il vino e continuava a sfogliare le lettere. Al genio creativo di Trier con il pennello non corrispondeva un'abilità nella scrittura, quindi le sue lettere erano pompose e poco interessanti. Darcy le leggeva annoiata, sperando che il foglio successivo o quello dopo ancora le fornissero la svolta che desiderava.

Ma non avvenne con nessuno di essi.

Sfogliò il catalogo di una mostra in una galleria di Aarhus dove, però, non sembrava aver esposto direttamente. Era stato solo ospite? Sotto c'era una pila di fogli: altri schizzi, acquerelli stavolta. Studi botanici. Darcy se ne meravigliò. Ovviamente, gli artisti esplorano diversi temi e mezzi espressivi a vari livelli di successo, ma quelli non sembravano in linea con Trier come artista: non solo in generale, ma soprattutto in quel momento, in cui aveva iniziato a lavorare più con gli oli che con i carboncini. Li sparse sui cuscini, sperando in una visione più obiettiva. Aveva fatto studi in formato A4 di lillà, margherite, foglie di faggio europeo, quercia peduncolata… La margherita era il fiore nazionale della Danimarca. Segni della sua terra natale? Aveva nostalgia di casa?

Ma che importanza aveva, comunque? Non le fornivano alcun nome. Si lasciò cadere sul divano, fissando assorta il Liebermann sulla parete opposta, mentre sentiva svanire le sue speranze e crescere la frustrazione. Era difficile cercare di ricostruire le vicende di un uomo vissuto un secolo prima setacciando i resti della sua vita. Se avesse potuto prevedere che le lettere banali e lamentose che scriveva a sua madre sarebbero state un giorno utilizzate per inquadrarlo come persona, le avrebbe rese migliori, più vivaci, più gentili? Darcy, stanca per la seduta interminabile e il silenzio costante, a stomaco pieno e assonnata per il vino, sentì gli occhi farsi pesanti e lo sguardo sprofondare nei colori audaci dell'olio come le dita dei piedi nella sabbia. Provava quasi la sensazione di scomparire nella pittura. Di fuggire.

Era così stanca…

Cedette al peso delle palpebre e le chiuse.

Solo per un minuto.

Capitolo dodici

Darcy sbatté le palpebre. Le luci erano ancora accese, ma il dilagante silenzio dentro e fuori casa le dava l'impressione di essere nel cuore della notte. Senza fiato, controllò l'ora sul telefono: l'una e ventisette.

«Oddio», annaspò tirandosi su a sedere e cercando di orientarsi. Gli studi botanici erano ancora sul divano, molti stropicciati sotto il braccio che le era caduto mentre dormiva. Li stirò meglio che poté. Quanto aveva dormito? Com'era successo? Doveva tornare a casa sua, non poteva restare lì.

Nello stesso tempo, però, si rese, conto, non poteva andarsene e basta.

In fretta e furia scrisse un messaggio a Jens e firmò il modulo, pronta alla riconsegna del materiale.

«Ti prego, fai in fretta», disse rivolta allo schermo del telefono, maledicendosi per essere stata così stupida da addormentarsi... un'altra mezz'ora di attesa, sveglia, era l'ultima cosa di cui aveva bisogno in quel momento. Pensò di prenotare un Uber ma, non sapendo quanto ci avrebbe impiegato Jens, decise di no. Meglio resistere e aspettare che arrivasse.

Lavò il bicchiere, infilò il cappotto e portò al piano inferiore la scatola dell'archivio e le buste della cena da asporto, spegnendo le luci strada facendo. Sedette sull'ultimo gradino ad aspettare nel buio dell'ingresso.

Aspettò e aspettò, il mento appoggiato sulla mano, i gomiti sulle ginocchia. Gli occhi continuavano a chiudersi, il sonno cercava di reclamarla di nuovo. Doveva solo arrivare a casa...

Si era addormentata di nuovo? Sentì il rumore di passi all'esterno e si tirò su. «Grazie al cielo», mormorò tra sé e sé, alzandosi in piedi con la scatola… proprio mentre sentì il rumore delle chiavi nella toppa.

Non ci fu tempo di reagire. Un attimo dopo, la porta si aprì ed entrò Max.

Se Darcy era sconcertata, Max lo fu ancora di più. Lo vide perfino sobbalzare nel rendersi conto che c'era qualcuno seduto al buio alla base delle scale di casa sua. Aveva con sé un borsone e un portaabiti e indossava un pesante soprabito e una sciarpa.

«Max, sono io!», si affrettò a dire, nel timore che potesse scambiarla per un intruso e aggredirla. O qualcosa del genere.

«…Darcy?», esclamò sbalordito.

Oddio… ecco una situazione in cui non avrebbe mai voluto trovarsi.

«Mi sono addormentata qui mentre lavoravo. Scusa, non volevo. Stavo giusto andando via. Stavo aspettando che Jens venisse a riprendere i documenti. Dovrebbe essere qui a momenti». Le parole le uscivano a raffica, come se parlasse in corsivo.

Max guardò la scatola che teneva in mano e, senza dire una parola, lasciò i bagagli e andò a togliergliela di mano. «Ci penso io».

Era la prima volta che lo rivedeva dopo il bacio e, da vicino, si accorse di quanto fosse stanco anche lui. «Sicuro?»

«Sì».

Darcy diede un'alzata di spalle. Prima se ne fosse andata, meglio era. «D'accordo, grazie». Gli passò davanti, ma lui la seguì.

«Dove stai andando?»

«A casa?»

«Darcy, è notte fonda».

«Appunto. Devo andare a casa. Come ti ho detto, non avrei dovuto essere ancora qui. Mi sono addormentata».

«Darcy, non ti lascio andare in giro per le strade a quest'ora della notte!».

Darcy lo sguardò stupita. Chi era, suo padre? «Non vado mica a piedi. Prendo un Uber».

Max sospirò. «Va bene, ma almeno aspetta dentro intanto che arriva».

«No, sto bene fuori», ribatté con noncuranza, cominciando a scendere i gradini.

Max la guardò andar via in silenzio.

«...Non hai diritto di essere arrabbiata con me», le disse dalla soglia mentre lei, di spalle, cercava la macchina.

Darcy si girò a metà, incredula. «Non sono arrabbiata con te», disse lei, con rabbia.

«Mi ignori da quando si è presentata Natalia».

«Che strano... non ricordo di aver ricevuto qualche tuo messaggio che possa aver ignorato», rispose in tono aspro.

«Intendevo che hai ignorato il mio messaggio riguardo alla scatola».

«Non è vero, ti ho risposto».

«Sì, ma solo quando ti ho detto chiaro e tondo che non ci sarei stato».

Darcy non smentì.

«...E comunque avevi detto che non saresti tornato e invece eccoti qua».

Si girò con la voglia di dirgli che andare lì era l'ultima cosa che avrebbe voluto fare, ma che non aveva voluto creare problemi a Viggo. «Il mio programma è cambiato all'ultimo momento e mi è sembrato sensato approfittarne dato che non c'eri... va bene? Dovevi essere via!».

«Infatti! Sono stato via, per due giorni: lunedì e martedì».

E adesso erano le prime ore di mercoledì. Darcy alzò gli occhi al cielo, voltandogli di nuovo le spalle. Che importava ormai? Controllò lo schermo. Il cerchietto continuava a girare: *Looking for drivers.* Sbrigati!

«Quindi sei venuta qui solo perché io non c'ero?».

Darcy scosse la testa. Era troppo stanca per litigare a quell'ora.

«Quindi sei arrabbiata».

«No», mentì, perché come poteva ammettere ciò che provava davvero? Da lui voleva più di quanto le offrisse, ecco qual era il punto. Non era stata lei a voler tenere il rapporto su un piano professionale tanto per cominciare e, quando si erano baciati, aveva provato tutte le emozioni che cercava di tenere a bada. Era stato così bello, naturale, perfino, ma proprio lì era il pericolo: rischiava di innamorarsi e lui no.

«Mi stai evitando, anche se la cosa con Natalia è cominciata prima che conoscessi te e... non è come tra noi due...».

Darcy si girò di scatto. Sapeva benissimo com'era tra loro due. Lei lo desiderava, pur sapendo che sarebbe stata per lui solo l'ennesima conquista. La comparsa di Natalia l'aveva solo messa davanti alla verità fornendole... una scappatoia. Freja aveva avuto ragione fin dall'inizio: doveva stargli lontana, anche se non voleva.

«Lo so, Max, tra noi il rapporto è strettamente professionale. Ti sei dato molto da fare per metterlo in chiaro e l'ho capito. E comunque non ti sto evitando, è solo che non ti conosco. Non siamo amici».

Max s'incupì. «Non mi conosci? Hai trascorso il fine settimana a casa mia!».

«No, sono rimasta seduta sul divano a lavorare, come su una qualsiasi panchina nel parco. O a un tavolo in biblioteca».

Max scese un gradino. «Abbiamo fatto colazione e pranzato insieme!».

Darcy soffocò una risata. «Non erano una colazione e un pranzo».

«Come, scusa?»

«Solo una versione stilizzata».

Max sembrava esasperato e anche molto stanco. «Non so neanche che cosa significa».

«Significa che tu vivi la vita come se avesse un filtro!», esclamò. «Non c'è niente di reale nel tuo mondo. È tutto perfetto, tu sei perfetto! Le tue ragazze sono modelle! Vivi in una casa da...». Si bloccò, ma era già tardi. Aveva detto troppo.

Calò un silenzio tra loro che le mostrò quanto quel suo sfogo lo avesse colto alla sprovvista.

«Salve?». Entrambi si girarono verso la strada dove una figura si avvicinava a piedi. Jens stava camminando a passo spedito, ma aveva rallentato e li guardava con una certa preoccupazione. Era notte fonda e loro stavano alzando la voce. Era impossibile che non li avesse sentiti.

«Oh, Jens, ottimo, sei arrivato», disse Darcy con un filo di voce. «Max ha… ha lui la scatola».

«Hai lavorato fino a tardi», commentò Jens mentre Max scendeva le scale e gli consegnava il materiale con uno sguardo omicida. «Aspettavo il messaggio ore fa».

«Sì, non avrei dovuto restare qui così tanto», ripeté a beneficio di Max. «Non volendo, mi sono addormentata, ma Max è appena rientrato e ha detto che te l'avrebbe consegnata lui così che potessi tornare a casa… se il mio Uber arriverà mai», borbottò a denti stretti scrutando di nuovo lungo la strada.

«Ah». Jens spostò lo sguardo dall'uno all'altra, cogliendo la tensione. Né lei né Max riuscivano a tenerla nascosta a quell'ora. «Ma… dobbiamo consegnare la prossima domani?»

«No», si affrettò a rispondere lei, guadagnandosi un'occhiataccia da Max. «No, non sarà necessario… grazie, comunque».

«D'accordo», rispose lui con un certo imbarazzo. «Bene, buonanotte, allora».

Nessuno dei due rispose e Jens se ne ritornò a piedi verso la galleria. Era un uomo tra i cinquanta e i sessant'anni, sovrappeso, in uniforme nera, manganello alla cintura e nessun'altra arma. Se qualcuno avesse fatto irruzione nel museo, solo il cane li avrebbe fermati. Strano che l'assicurazione la considerasse una linea di difesa adeguata per i tesori custoditi nella Fondazione.

Darcy controllò di nuovo il telefono. Il tempo di ricerca era scaduto. Alzò il telefono per controllare il campo – tre tacche – e rinnovò la richiesta. «Torna dentro, Max. Fa freddo, è tardi e non è un problema tuo», aggiunse girandosi.

Ci fu un attimo di pausa, ma poi udì i passi sui gradini e la porta richiudersi di scatto facendola sussultare. Sapeva che si stava di nuovo dando la zappa sui piedi, ma non poteva farne a meno. Odiava rendersi conto che per lui non era niente, quando per lei era tutto.

Con un sospiro, si strinse addosso il cappotto e, rabbrividendo, attese. Dovevano essere meno cinque gradi, forse meno sei.

Di tanto in tanto controllava il telefono. Macchina trovata. A undici minuti.

Undici? A quell'ora della notte?

Si sedette ad aspettare sul marciapiede, con le braccia strette intorno al corpo e il mento infilato nel collo del cappotto come un piccione sul trespolo. Di colpo un fascio di luce la investì tutt'intorno e, alzando gli occhi, vide che veniva da una delle stanze al secondo piano. La camera da letto?

Distolse subito gli occhi, per non essere sorpresa a guardare. Lasciamolo andare a letto. Le era sembrato molto stanco, e con quella barba lunga non sembrava neanche più tanto creato dall'intelligenza artificiale come al solito. Una crepa nella sua impeccabile facciata.

Il freddo del marciapiede era pungente, filtrava dal cappotto e le intorpidiva il sedere mentre stava lì ad aspettare il passare dei minuti. Avrebbe voluto controllare la posizione della macchina sulla mappa, ma faceva troppo freddo per tirare fuori le mani. Così si rannicchiò il più possibile su sé stessa, cercando calore tra i suoi vari strati.

Passarono otto minuti.

Nove...

Ormai tremava come una foglia. Era assurdo. Erano le due di notte passate e stava seduta su un marciapiede a una temperatura sotto lo zero. Di lì a cinque ore doveva già essere di nuovo alla galleria. Alla fine avrebbe fatto meglio ad andare a piedi. Sarebbe stata già a metà strada ormai e, camminando, si sarebbe almeno riscaldata.

Non sentì l'auto avvicinarsi – era elettrica – ma vide direttamente i fari comparire in fondo alla strada. Alzò gli occhi, sollevata.

«Oh, grazie al cielo», sussurrò rialzandosi intirizzita.

Aprì lo sportello del passeggero e, nello stesso momento, si aprì anche la porta di casa. Spostò lo sguardo.

Sulla soglia c'era Max, con la bocca aperta come se avesse appena detto qualcosa, o stesse per farlo. Indossava un pigiama a scacchi e una maglietta bianca. Scalzo. Il Max privato.

Max richiuse la bocca quando Darcy prese posto sul sedile

posteriore. Richiuse lo sportello e appoggiò la testa indietro, senza più guardarlo mentre la macchina scivolava via nella notte.

«Cominciavo a preoccuparmi», l'accolse Viggo quando scese le scale. Erano quasi le nove e il personale della galleria al piano di sopra era in fermento per l'ormai prossima apertura al pubblico.

«Scusa, non mi sono svegliata».

«Sì, Jens mi ha detto che hai fatto tardi ieri sera».

Darcy deglutì, chiedendosi cos'altro gli avesse raccontato il sorvegliante quella mattina, staccando dal turno di lavoro. Aveva riferito anche della discussione al chiaro di luna con Max sui gradini di casa? «Mi sono addormentata sul divano. Colpa mia». Si tolse il cappotto godendosi la piacevole temperatura stabile lì sotto. Era ancora infreddolita dalla notte passata, il gelo le era penetrato nelle ossa. «Com'è andata con gli scacchi?»

«Be', mi sono fatto onore. Gli ho mangiato gli alfieri, le torri e la regina, prima che lui potesse attaccare il mio re».

«Sembra… subdolo», annuì Darcy, con la mente ancora distratta dallo scontro della notte precedente.

«Sì, ma, soprattutto, com'è andata con il materiale?»

«Benissimo. Non era passata neanche la governante».

«Che sollievo», sospirò lui. «Non posso credere di aver dimenticato una cosa così importante. La mia memoria…».

«Viggo, la tua memoria è ottima. È stata una semplice svista, può capitare a chiunque… e comunque continuo a pensare che tutti questi "timori sulla sicurezza" siano esagerati», aggiunse, cogliendo l'occasione di tornare alla carica. «Le probabilità che si verifichi un incidente di qualche tipo sono davvero bassissime». Lo guardò in modo eloquente. Non potevano accordarsi loro due in privato? Max Lorensen e l'assicurazione non dovevano neanche essere coinvolti. Poteva portarsi un raccoglitore a casa senza che nessuno lo venisse e a sapere. Viggo di sicuro si fidava di lei…

«Non mi guardare così», ribatté lui agitandole un dito davanti. «La posizione di Max Lorensen è stata chiarissima».

Darcy aggrottò la fronte. «Di Max? Vorrai dire dell'assicurazione?».
Viggo esitò. «Certo».
«Ma hai appena detto Max».
«Perché è lui che tiene i contatti».
«Pensavo fossi tu».
«Io e lui. Tutti e due».
Darcy era sempre più insospettita – perché non gli credeva? – ma l'archivista si alzò e si avviò come al solito al bollitore dell'acqua.
«Altro vicolo cieco con la seduta di ieri sera?», le chiese.
«Sì… e no», si corresse ripensandoci.
«Ah. Ci sono sviluppi?».
Darcy lo guardò versare il caffè istantaneo nelle tazze. «Viggo, non è possibile che tra i disegni di Johan Trier siano finiti per qualche motivo quelli di qualcun altro, vero?».
Viggo addrizzò la schiena con lo scatto di un ventenne. «Assolutamente no. È stato Harald Morgensen in persona ad archiviare il materiale quando è stata creata la Fondazione ed era un uomo scrupolosissimo. Al limite della pignoleria, direi».
«Giusto», sospirò lei.
«Perché me lo chiedi?»
«È solo che ci sono degli studi ad acquerello che non coincidono con il modus operandi di Trier, così mi chiedo se per caso non appartengano a qualche altro artista e siano stati riposti male. Voglio dire, accadrà di tanto in tanto, no?»
«Mai. Solo due persone hanno mai archiviato qualcosa lì dentro: Harald e il sottoscritto». La fissò severo, come se avesse appena visto messa in dubbio la sua integrità morale.
«Be', non potrei mai dubitare di nessuno di voi due». Darcy accettò il suo caffè del mattino con un sorriso e un brivido, stringendolo tra le mani per scaldarsi.
«Hai freddo?»
«Sono un po' infreddolita, sì».
«Se c'è una cosa che ti posso assicurare», riprese Viggo rimettendosi a sedere, «è che qui non sono stati mai commessi errori. Tutto è dove dovrebbe essere. Se quegli acquerelli sono

nel suo fascicolo, allora sono suoi. Cosa ti ha fatto pensare il contrario?»

«Perché non ho mai visto studi di botanica da parte sua, tanto per cominciare. E neanche acquerelli».

Viggo si pensò su. «Hai ragione, nessuno dei due sono la sua specialità. Forse ha sperimentato la tecnica e il soggetto e ha capito che non sarebbe riuscito a raggiungere il livello che voleva?»

«Mmm, però erano buoni. Non credo che li avrebbe abbandonati per mancanza di talento».

«Mancanza di interesse, allora? Hai trovato qualcosa di più incoraggiante?», chiese speranzoso.

«Purtroppo, no», sospirò già sfinita, nonostante la giornata fosse solo all'inizio. «Più scavo e più mi sembra di allontanarmi dal risultato. Hai presente quel gioco in cui devi cercare qualcosa e quando ti avvicini all'obiettivo gli altri dicono "fuoco"?»

«Sì».

«Ecco, io sono prossima al congelamento».

Capitolo tredici

Darcy controllò il proprio riflesso nella vetrina del ristorante. I capelli erano voluminosi ed era riuscita ad applicare l'eyeliner alla perfezione nel piccolo specchio del bagno al piano terra della galleria. Ricordandosi del tanto atteso appuntamento con Aksel, quella mattina aveva avuto l'accortezza di indossare i suoi nuovi jeans bianchi invernali, gli stivali marroni da equitazione e un maglioncino pesante verde muschio sotto il cappotto.

«Carino ma comodo», aveva commentato allo specchio del bagno mentre Freja si lavava i denti. Ormai tornava a casa la mattina solo per il cambio d'abiti.

«"Carino ma comodo" non grida esattamente "scopami nei bagni del locale"», aveva risposto Freja sputacchiando dentifricio ovunque.

«Giochiamo ai giochi da tavolo, sarà già una fortuna se mi bacia con la lingua». Darcy alzò le braccia al cielo. «Con la fortuna che ho, sarà già tanto se mi bacia!».

Scese saltellando le scale che portavano al seminterrato dell'edificio giallo e aprì la porta del caffè. Freja l'aveva portata lì per la prima volta poco dopo che si erano conosciute, dicendole che, se il buonumore potesse essere un locale, sarebbe stato proprio quello. Aveva l'atmosfera conviviale dei pub della sua città e di cui Darcy sentiva la mancanza, pieno zeppo di divani, sedie e tavoli di varie dimensioni e scaffalature a tutta parete che scricchiolavano sotto il peso di quasi duemila giochi da tavolo. Era sempre affollato e Darcy, per sicurezza, aveva prenotato un tavolo. Quando entrò e si guardò intorno cercando il suo appuntamento, il brusio di sottofondo era già alto.

Scoprì di essere arrivata per prima, così lasciò il nome con una sensazione di profonda delusione alla bocca dello stomaco. Aveva insistito lei per quell'incontro, lei aveva prenotato e Aksel aveva già annullato una prima volta. E adesso era in ritardo? Non prometteva bene.

«Ecco qua», disse il cameriere accompagnandola a un piccolo tavolo posizionato tra due più grandi, occupati da gruppi di amici. Erano già piuttosto turbolenti, le sedie grattavano sul pavimento e le voci si alzavano a ogni lancio di dado.

Almeno avrebbero mascherato eventuali silenzi imbarazzati, pensò lei, sprofondando nella sedia e aprendo l'app per ordinare da bere nell'attesa.

«Darcy?».

Alzò gli occhi stupita. Doveva essere proprio dietro di lei. «Aksel», gli sorrise confrontandolo mentalmente con le sue foto. Freja sosteneva che gli uomini sulle app di appuntamenti aggiungevano sempre cinque centimetri alla loro altezza e uno zero al reddito. Una volta era andata a cena con un ragazzo che nelle foto aveva i capelli biondi da surfista e si era ritrovata davanti un uomo di quindici anni più vecchio, completamente calvo. Se n'era andata subito, indispettita non per la calvizie, ma per la bugia.

Aksel, invece, era persino meglio di quanto suggerissero le foto. Carnagione olivastra, capelli scuri e arruffati, il mento leggermente sporgente, denti bianchissimi e quegli occhi espressivi che l'avevano attratta fin dal primo momento. Ed era gentile con gli animali, pensò quando lui si chinò a darle un delicato bacio sulla guancia.

«Sono appena arrivata», disse mentre lui si toglieva il giaccone e le si sedeva di fronte, lasciando intravedere uno scorcio di addominali tonici. Era anche alto, appurò quando urtò il tavolo con le ginocchia.

«Lo so, ti ho vista davanti a me per strada. Quando hai svoltato qui, ho sperato che fossi... tu». Le sorrise imbarazzato. «Scusa, sarei voluto arrivare prima, ma è entrato un paziente all'ultimo minuto».

«Succede spesso?»

«Sempre, ma quando capita che sei già sulla porta è davvero frustrante».

«Immagino. Era un caso preoccupante?»

«Per la proprietaria, sì. Il cane si era mangiato l'anello di fidanzamento che aveva lasciato sul lavandino».

«Oh, no!».

«Un diamante da due carati, a quanto pare».

Darcy trasalì. «E tu hai risolto con…?»

«Una dieta ad alto contenuto di fibre per tre giorni».

Darcy sogghignò. «Oh, carino».

«Succede sempre», sorrise lui scuotendo la testa. Si guardò intorno. «È grandioso questo posto. Non riesco a credere di non esserci mai stato».

«Sì, ottimo anche per le domeniche piovose».

«Segnato», annuì e guardò verso il bancone. «Vado a prendere da bere».

«Ah, non preoccuparti, ordino dall'app, così non dobbiamo fare la fila e ci portano da bere e da mangiare direttamente al tavolo. I nachos e le patatine al chili sono da urlo».

«Ah, sì? Sto morendo di fame. Ho finito per lavorare anche durante la pausa pranzo. Un cacatua epilettico».

Darcy soffocò una risata. Era simpatico anche senza volerlo. «Bene, allora ordiniamo subito anche da mangiare».

«Sei sicura? Non voglio affrettare i tempi», le sorrise. «Ora che sono qui mi sembra di aver già sprecato troppi giorni».

Darcy sorrise a quel complimento inaspettato. «Bene, sono felice che siamo riusciti a organizzare».

«Già, io non sono molto da appuntamenti online. È la prima volta che uso la app».

«Ah, e come sei finito su Raya?»

«Il mio migliore amico lavora per la Goldman Sachs. Ci ha pensato lui, ma non credo di essere quello che cercano le donne lì dentro. Penso che vogliano qualcuno che gestisce grossi fondi, non un tizio che passa le giornate con le dita infilate nel retto dei gatti».

Darcy sputacchiò. «Ma… sei un professionista. Quanto dura la laurea in veterinaria?»

«Sei anni».

«Ecco fatto. Sei più qualificato di un banchiere. Lo sanno tutti che sono solo degli improvvisatori».

Aksel sogghignò. «E che mi dici di te? Chi ti ha messo su Raya?»

«Il compagno della mia coinquilina. Senza dirmi niente».

«Ahia! E hanno selezionato anche me senza dirti niente?»

«No», rispose Darcy con un sorriso ritroso. «Lì ho fatto tutto da sola».

«Ah, meno male», sorrise. «Non avrei mai voluto saperti qui sotto coercizione».

«Ti ho proposto io di vederci, ricordi?»

«Sì». Si guardarono negli occhi per un attimo e Darcy provò un'ondata di sollievo nel ritrovarsi a flirtare davvero. Non aveva nutrito grandi speranze, soprattutto visto lo sconforto in cui l'avevano gettata gli scambi con Max.

«Allora, raccontami le tue storie precedenti», propose, «leviamoci subito il pensiero. Che cosa ti ha portato a stare qui con me stasera, pronto a cimentarti in un'agguerrita partita a Scarabeo?».

Aksel si strinse nelle spalle. «È una storia abbastanza breve in realtà. Sono stato insieme a una ragazza per cinque anni, per quasi tutta l'università».

«Era veterinaria anche lei?»

«No, è analista aziendale adesso».

«Cinque anni è tanto tempo. Che è successo?».

Aksel esitò prima di rispondere. «Se devo essere totalmente onesto, penso di aver sempre avuto la sensazione che non saremmo andati troppo lontano. L'amavo, ma sapevo anche di non volerla sposare».

«Ahia».

«Già. È brutale. Mi sento uno stronzo in effetti, anche se stavo solo cercando di essere sincero. Pensavo davvero che fosse la scelta migliore per entrambi, e lo penso ancora, ma ora ho paura a farmi coinvolgere troppo».

«Non mi stupisce. Però dopo un periodo così lungo… vi sentite ancora?»

«Un po'... non molto. Ora sta insieme a un altro. Si sono fidanzati».

«E a te va bene?»

«Quando me l'ha detto ci sono rimasto un po' male, ma comunque non vorrei essere in lui, se capisci cosa intendo. Ho solo avuto la conferma di aver preso la decisione giusta».

«Già, molto meglio chiudere subito, prima di arrivare al matrimonio e ai figli. A casa ho un'amica che ha già chiesto il divorzio».

«Davvero?»

«Eh, già. Matrimonio durato dieci mesi. E la cosa triste è che lo sapevamo tutti che sarebbe finita così. Nessuno pensava che si sarebbero dovuti sposare. Suppongo che lei volesse solo la cerimonia».

«Ce ne sono un sacco così», commentò Aksel alzando gli occhi al cielo. «E tu, vuoi sposarti?».

Darcy si portò una mano sul cuore. «Santo cielo, ci siamo appena conosciuti ma, certo, perché no?».

Aksel rise e si appoggiò allo schienale mentre il cameriere arrivava a portare da bere. «Venti minuti e arriva anche da mangiare», annunciò.

«Perfetto, grazie. Be'... alla nostra», disse lei toccando il bicchiere di birra con il suo. Bevve sentendosi già rilassata, anche se Aksel sembrava bere la sua birra a grandi e nervose sorsate.

«Raccontami la tua storia, ora», disse un attimo dopo, posando la sua pinta mezza vuota.

«Oh, è un po' più contorta della tua», sospirò. «All'università ho avuto una relazione durata tre anni. Sono stata single per un po' durante il master e poi ho avuto un'altra relazione per diciotto mesi. Dopodiché ho avuto una storia che doveva essere solo un'avventura e che invece è durata un anno. Mi sono trasferita qui in estate, determinata a rimanere single, ma sul lavoro ho incontrato un ragazzo, cioè, la mia seconda settimana, e siamo stati insieme per due mesi. Continuo a cercare sesso spensierato, ma non succede mai. In un modo o nell'altro mi ritrovo sempre in una relazione».

«Ahia», fece una smorfia. «Avrò qualche avvisaglia o rischio di svegliarmi un giorno e ritrovarmi sposato con te e padre di tre figli?»

«Cercherò di avvisarti», sogghignò lei.

«Perfetto, grazie». La guardò di nuovo negli occhi e Darcy si sentì a suo agio, come non le era accaduto né con Erik, né con Max. Il primo l'aveva innervosita spingendo per una conclusione che lei non era pronta a dare e Max… non ci si poteva rilassare con lui. Con lui sentiva sempre l'anima andare a fuoco.

«E come mai sono finite queste relazioni?».

Darcy storse la bocca. «Avrei preferito che non me l'avessi chiesto. Almeno non prima di qualche bicchiere».

«Perché?»

«Perché non ci faccio una bella figura».

«No?». Aksel aggrottò le sopracciglia, in attesa di spiegazioni.

Dopo un gran sospiro, Darcy cominciò a contare sulle dita: «Il ragazzo dell'università aveva un'altra. Quello del master ho scoperto che era sposato. Eh già, fantastico! Quello con cui sono stata un anno ha capito di essere bi, con una spiccata preferenza per gli uomini. E quello di Copenaghen… mi ha messo le corna».

«Ah».

«Già, me li scelgo proprio bene!».

«Sì, si direbbe che il tuo radar sia un po' sballato», osservò lui titubante, «ma ora sei qui con me, quindi un pizzico di gusto ce l'hai».

Darcy rise sotto i baffi.

«Lo sai, vero, che se gli uomini ti tradiscono la brutta figura la fanno loro e non tu?»

«Be', grazie per averlo detto, ma quando la situazione si ripete, cominci a pensare che forse sei tu che stai facendo qualcosa di sbagliato».

«Non sei tu, Darcy».

Si guardarono di nuovo negli occhi. Era così facile con lui. Era sincero, diretto, sicuro.

«Quindi sei qui a Copenaghen da questa estate?»

«Sì, da cinque mesi. Mi sembra incredibile».

«E ti piace?»

«La adoro. Vorrei solo che il tempo rallentasse un po'. Ho paura che, quando arriverà il momento, non sarò ancora pronta per tornare a Londra».

«Non puoi prolungare il soggiorno?»

«Potrei. Sono stata dirottata su un progetto speciale che, al momento, mi toglierà tempo per la tesi quindi probabilmente mi posticiperanno la scadenza».

«Ah, è vero, me ne avevi parlato! Il dipinto nascosto di cui scrivevano i giornali?»

«Sì, sta a me scoprire l'identità della donna del ritratto. All'inizio del nuovo anno ci sarà questa grande retrospettiva su Trier alla Galleria nazionale, quindi stanno facendo di tutto per poter dare il grande annuncio in quell'occasione». Storse il naso. «Niente affina la mente più di una scadenza da rispettare per il grande pubblico danese».

Aksel trasalì. «E come sta andando?»

«Non sta andando», alzò gli occhi al cielo, «ma sono ancora i primi giorni e sto cercando di non deprimermi. Così è la vita per una storica dell'arte: i morti a volte sono riluttanti a confidarti i loro segreti».

«È così diverso dal mio lavoro... io ho a che fare con quello che ho sul tavolo. Lì, in quel momento».

«È questo che speravi quando hai deciso di fare il veterinario?»

«Sicuramente c'è molta più interazione con i clienti di quanto avessi presunto. Non sono gli animali il problema, ma i loro proprietari».

«Non hai mai paura? Ne vedrai anche di pericolosi».

«Sì, molto spesso. E perfino l'animaletto più docile può diventare imprevedibile se soffre o si spaventa. In effetti mi becco qualche morso un paio di volte a settimana».

«Wow».

Aksel fece spallucce. «Ci sono dei trucchi del mestiere che aiutano, però; i soci anziani sono molto utili perché è lì che conta l'esperienza. Però non amo i serpenti e mi sento sempre sprofondare quando li vedo sulla tabella degli appuntamenti».

«Riesci ad avere un rapporto con gli animali che vengono da te regolarmente?»

«Certo. Ho un debole per una cagnolina che mi è stata portata quando era ancora cucciola. I padroni l'avevano abbandonata legandola a una staccionata in mezzo a un campo isolato. Lasciata lì a morire, una cosa che, al giorno d'oggi, trovo ancora inaccettabile. Per fortuna alcuna passanti l'hanno vista e me l'hanno portata. Non so come abbia fatto a sopravvivere, a essere sincero. Era completamente disidratata e denutrita, quando l'ho vista la prima volta. Praticamente pelle e ossa. Non ci guardava, non mangiava. Durante la pausa pranzo, e ogni volta che avevo un po' di tempo libero, entravo nella sua gabbia per leggerle qualcosa a voce alta... si calmava».

«Che carino. E cosa le leggevi?»

«Qualsiasi cosa trovassi in giro: vecchi numeri del "National Geographic", le pagine sportive, studi medici...». Diede un'alzata di spalle. «Non importava. Era solo per abituarla alla mia voce e farle capire che non le avrei fatto del male. Alla fine veniva a sedersi contro le mie gambe e mangiava dalla mia mano. Si è ripresa del tutto ma, cavolo, quanto ho sofferto quando abbiamo dovuto lasciarla al rifugio. Con tutto il rispetto per la mia ex, ma mi è costato di più separarmi da lei che dalla mia ragazza».

«Dev'essere rimasta frastornata quando l'hanno portata via».

Aksel scosse la testa, sofferente. «Ho resistito quattro giorni, poi sono andato al rifugio per adottarla», fece una smorfia, «solo per sentirmi dire che una famiglia l'aveva scelta proprio il giorno prima».

«No!».

«Colpa mia, ho aspettato troppo. Sono un procrastinatore cronico». Prese un altro sorso di birra. «Ma è stato per il suo bene e comunque la vedo di tanto in tanto. La famiglia la porta in visita da noi, così tocca a me farle i vaccini annuali. Le infermiere sanno che devono darle l'appuntamento quando sono di turno».

«Che dolce».

«È un rischio del mestiere, innamorarsi dei pazienti».

Darcy sorrise. «Be', di certo non è un problema che mi riguarda!».

«No? Niente colleghi supersexy?».

Nella mente le si riaffacciò l'immagine di Max, fermo sulla porta la sera prima. Non contava come collega. Non contava niente.

Scosse la testa. «Ora come ora passo le giornate con un settantatreenne vedovo. Non fraintendermi, è una compagnia eccezionale, mi ci trovo benissimo, ma... no, il mio cuore è al sicuro».

«Buono a sapersi», le sorrise appoggiando la pinta e protendendosi in avanti. «Allora... a cosa giochiamo?»

«Ti chiamo», disse Aksel chiudendo lo sportello e guardando la macchina scomparire lungo la strada mentre Darcy lo salutava dietro il finestrino.

Era andato tutto bene come pensava? Provava una strana sensazione di incertezza. Avevano parlato e riso con disinvoltura per tutta la serata, senza punti morti nella conversazione. In realtà, non le era sembrato affatto un primo appuntamento. Aksel era intelligente e apparentemente onesto. Aveva flirtato quanto bastava e non c'erano stati segnali di allarme evidenti; il suo passato sentimentale era molto meno movimentato del suo. Era stato rispettoso... forse troppo? Non aveva fatto alcun tentativo di toccarla, tantomeno di baciarla. A differenza di Max Lorensen, che aveva assunto un atteggiamento possessivo pochi secondi dopo averla incontrata... No, lui era un gentiluomo. Una persona perbene. Aveva pagato la cena senza esitare ma, a differenza della maggior parte degli uomini – Erik – non aveva dato tacitamente per scontato che sarebbero tornati a casa insieme. Aksel le aveva semplicemente dato un bacio sulla guancia e le aveva detto che si era divertito molto, ripensò mentre l'Uber si fermava davanti al suo appartamento.

Darcy pescò le chiavi dalla borsa ed entrò nel palazzo, con la mente in piena modalità di valutazione. Sulla carta era stato un appuntamento fantastico. Era filato tutto liscio. Era andata lì senza grandi aspettative, e ne era uscita piacevolmente sorpresa. Non avrebbe finto che fosse stato sconvolgente: non erano rimasti solchi infuocati tra loro, ma si erano trovati sulla stessa lunghezza d'onda. I loro valori coincidevano. Era un solido inizio.

Inserì la chiave nella toppa ed entrò in casa. Freja si stava lavando i denti in bagno, con una maschera al carbone sul viso e i capelli intrecciati sotto una cuffia da notte per tenere sotto controllo l'effetto crespo. Fece capolino dalla porta, con gli occhi sbarrati.

«Sei tornata presto», commentò un attimo dopo vedendola da sola.

«Sei qui!?», esclamò Darcy fingendo di cadere scioccata contro lo stipite della porta.

«Giorno due della mia pausa, ricordi?». Freja alzò il pollice. «Te l'ho detto: vado alla grande!».

«Ottimo lavoro», commentò Darcy sfilando cappotto e stivali.

«Allora, com'è andata… se posso osare chiedertelo». Freja alzò di nuovo il pollice, ma stavolta tenendolo a metà come un imperatore romano.

Darcy lo alzò del tutto. «Benissimo».

«Evvai! Ma… lui dov'è?»

«Su un Uber di ritorno a casa sua. È un gentiluomo».

Freja si incupì. «Ma gli hai proposto di venire qui?»

«No, né lui ha fatto allusioni, ma mi va bene così». Ripensò alla proposta di un bicchiere che le aveva fatto Max sulla scalinata del museo. Così sicuro di sé, così deciso. Esperto… «Non c'è fretta. Abbiamo chiacchierato bene, come se ci conoscessimo da anni. È bravo ad ascoltare, anche. È andata benissimo».

«C'è stato imbarazzo?»

«No, nessuno».

«Mmm».

Darcy corrugò la fronte. «Perché dici così?»

«Un po' di imbarazzo ci vuole. Indica tensione, sai? Chimica sessuale».

Darcy esitò. «Ma tra noi c'era tensione», ribatté sulla difensiva.

«Davvero?»

«Sì, è molto attraente. E intelligente».

«Be', è un veterinario».

«Appunto». Darcy si appoggiò allo stipite della porta mentre Freja tornava in bagno per sputare nel lavandino. «Ci vediamo anche domani sera per andare a bere qualcosa».

«Oooh, questo sì che è appassionante! Fissare il prossimo appuntamento quando siete ancora al primo».

«Te l'ho detto, è andata bene».

Il telefono di Darcy vibrò – di già? – e lei lo controllò con un sorriso. Un messaggio di "buonanotte" era sempre il benvenuto…

Solo che vide comparire il banner di Revolut e un addebito di 392 corone.

Che cosa?

Era la metà del conto! Darcy lo guardò allibita. Da come aveva preso il conto senza neanche guardarla e da come aveva consegnato la carta di credito, aveva presunto che pagasse lui. L'aveva anche ringraziato! Non aveva neanche accennato a…

«Quindi è un gentiluomo, intelligente e attraente. Che altro?», chiese Freja tamponandosi la bocca con l'asciugamano.

Darcy la guardò, lasciandosi cadere contro la parete. «Anche femminista, accidenti!».

Capitolo quattordici

Un'altra busta.

Darcy non era più al tavolo in fondo alla libreria, ma seduta a terra, a gambe incrociate, con l'ennesima scatola aperta accanto. Era al giro di boa, letteralmente, aveva terminato la prima libreria e iniziato quella sull'altro lato. Ecco i passi da formica con cui misurava il proprio lavoro.

Girò la busta. Non era sigillata, così l'aprì…

«Bella felpa… Quel colore ti dona». Quando rialzò gli occhi in fondo alla scaffalatura c'era Max che la guardava. Era leggermente controluce per via delle lampade sui tavoli in fondo, ma perfino la sua sagoma era bella. «Hai dimenticato questa». Aveva la sua sciarpa arrotolata in una mano. «Era sul divano».

«Ah…», non si era neanche accorta di averla lasciata lì. Si alzò in piedi, mentre lui le andava incontro per porgergliela. «Grazie».

Ripensò con un certo disagio alla loro ultima interazione, il litigio di notte, sulle scale di casa. Le creava imbarazzo. Quella sera erano entrambi stanchi. «…Sarei una pessima ladra d'appartamento», commentò cercando di alleggerire l'atmosfera.

Max sorrise appena e infilò una mano nella tasca dei pantaloni. «Sì… c'erano altri segnali del tuo passaggio».

Lo guardò interrogativa.

«Alcune patatine a terra».

«Sul serio?».

Max annuì e Darcy trasalì, spiazzata. Cercò una battuta per sciogliersi dall'imbarazzo. «Be', se avessi un cane, non le avresti trovate».

Max parve sorpreso – come lei stessa – di quel commento. «Pensi che dovrei avere un cane?»

«Aspirapolvere gratis», balbettò. «Per non parlare del fatto che ravviverebbe un po' la casa».

Seguì un silenzio perplesso. Era una svolta del tutto inaspettata della conversazione. «Lavoro sempre fino a tardi. Non sarebbe corretto».

«No, forse no», borbottò Darcy abbassando lo sguardo e stringendo la sciarpa nella mano. Non aveva la più pallida idea del perché avesse tirato fuori la storia del cane. Fissò la sua felpa celeste. Davvero pensava che quel colore le stesse bene?

«Un gatto sarebbe meglio?».

Stava forse cercando di salvarla dall'impaccio? Lo guardò negli occhi. «Se ti piacciono i gatti…».

«Devo intuire che a te no?».

Darcy diede un'alzata di spalle. «Di solito si sceglie tra i due e io sono per i cani».

Max si appoggiò alla libreria incrociando una caviglia sull'altra. «Capisco».

Almeno non avevano ripreso la discussione dei gradini. «Grazie per questa, ma non avresti dovuto disturbarti. È solo una sciarpa».

«Sì, so che avresti preferito perdere la sciarpa che rimettere piede in casa mia». Darcy incrociò il suo sguardo e sentì un pugno allo stomaco per ciò che vi lesse.

«Max…».

«Dovremmo parlare».

«No, davvero non c'è niente da…».

«Invece penso di sì, Darcy». La fissò per un lungo istante. «Non avrei dovuto baciarti domenica. Ho sbagliato e mi dispiace».

Deglutì. Ogni parola era come uno schiaffo… perché a lei non era sembrato affatto sbagliato. Non erano queste le scuse che voleva. Non voleva che gli dispiacesse averla baciata; voleva che si scusasse per la presenza di Natalia nella sua vita, per aver fatto andar via lei e aver fatto restare Natalia… Max, però, lui non si pentiva di quello, solo di averla baciata. «È tutto a posto».

«Invece no. Abbiamo concordato di mantenere un rapporto professionale e io sono andato oltre». Aprì la bocca per aggiungere altro, ma la richiuse. «Non mi scuserò per questo. L'ho fatto e basta...».

Per quanto ricordava lei, erano stati in due a farlo.

«...e non ti biasimo se non vuoi più lavorare in casa mia. So di averti reso il lavoro ancora più difficile quando eri già molto sotto pressione», Max deglutì, a disagio, «così sono venuto qui a dirti che se hai bisogno di lavorare fino a tardi, io resterò fuori casa fino a quando non sarai pronta ad andar via. Mi mandi un messaggio quando hai finito e io girerò alla larga finché non sarai uscita».

Darcy lo fissò, vedendo quanto fosse pronto a evitarla. «Non mi sembra ragionevole. È casa tua», replicò. «Siamo entrambi adulti e professionali... e poi è stato solo un bacio».

«Sì, ma...». Si fermò di nuovo e stavolta Darcy sapeva cosa avrebbe voluto dire: non sarebbe stato "solo" un bacio. Si erano fermati lì sono perché si era presentata Natalia. Sapevano entrambi che, tempo qualche istante, e si sarebbero persi del tutto l'uno nell'altra. «Avrei dovuto dimostrare più autocontrollo. Ti assicuro che non succederà più».

Darcy distolse lo sguardo con un piccolo sbuffo ironico. «Oh, lo credo bene. Sarai senza dubbio il paradigma della virtù». Non avrebbe voluto suonare così sarcastica, ma non riuscì a trattenere il dolore che quelle parole le provocavano e come la facessero sentire esposta: ma non capiva che lei provava tutto quando lui non provava niente? Rimase immobile diversi secondi, cercando di ricomporsi. «Devo riprendere a lavorare», bofonchiò passandogli davanti, ma lui l'afferrò per il gomito.

«Aspetta».

Darcy sentì sfuggirle di mano la sciarpa e la busta.

«Cosa?». Lo guardò e nei suoi occhi c'era lo stesso sguardo che trovava sempre nonostante le parole dicessero tutt'altro. «Che cosa c'è, Max? Hai già detto quello che sei venuto a dirmi».

Max fece per parlare ma, per una volta, sembrava a corto di parole.

«È tutto a posto tra noi, davvero», ripeté. Altra bugia. «Se ho bisogno di ore extra, farò quello che c'è da fare. Non devi stare fuori casa tua solo per fare un piacere a me. Sono adulta e so ba...».

Le parole le morirono in gola quando vide a terra il contenuto della busta che si era rovesciato sul pavimento. Lì, come un serpentello, c'era una collanina.

Ma cosa...?

Visto quel repentino cambiamento, Max le lasciò andare il braccio. «Darcy?».

Darcy si era già chinata a raccoglierla. Era un filo di perline di legno rosso, piuttosto piccole, con una chiusura a gancio e solo una al centro dipinta d'oro.

Darcy era perplessa. Cosa c'entrava quella con Trier? Era un regalo? Per sua madre, magari? Corrugò la fronte, stringendola nella mano mentre qualcosa le frullava nel cervello.

Un ricordo. Il ricordo di... un'immagine. L'avvicinò agli occhi per studiarla meglio.

«Che cosa c'è?», le chiese Max.

«Mi sembra di averla già vista da qualche parte». La sua voce era poco più che un mormorio mentre si immergeva nella sua mente, setacciando e dragando il materiale che aveva guadato negli ultimi dieci giorni. Tantissime fotografie, diapositive, incisioni, studi...

«Aspetta», bisbigliò. Era un ordine dato a sé stessa, non parlava con lui, ma Max rimase comunque immobile lì dov'era mentre Darcy si tirava su. «Devo...».

Attraversò di corsa il corridoio verso il suo tavolo di lavoro in fondo alla sala e aprì il suo blocco di appunti. Ancora penosi per quanto erano scarsi, ricostruivano poco più che una cronologia dei movimenti di Trier tra il 1918 e il 1920; un elenco di nomi delle donne presenti nelle sue opere ufficialmente riconosciute... ma la stampa a colori che le aveva dato Otto era ancora piegata a metà. La aprì, fissando il ritratto. Era come guardare attraverso il vetro di una bottiglia sporca: la luce ultravioletta riusciva a rivelarne solo una parte attraverso la spessa barriera del cartoncino di supporto, quindi i colori erano una macchia indistinta e brunastra. C'erano solo contrasti di toni e sfumature su cui lavorare ma, intorno al collo della donna, parzialmente oscurato dalla camicetta (o dal vestito), si intravedeva un sottile filo di perle. A giudicare dalla forma e dalla dimensione Darcy aveva pensato a perle vere, ma la particolare luminosità di quella centrale suggeriva una tangibile differenza di colore o materiale.

Darcy osservò di nuovo il girocollo che aveva in mano. L'appoggiò sulla stampa. Era fuori scala, ovviamente, ma…

Alzò gli occhi su Max che l'aveva raggiunta. «Secondo te è lo stesso?».

Max strizzò gli occhi per mettere meglio a fuoco. «Oddio, potrebbe… difficile dirlo con certezza non avendo il riferimento del colore, ma quella perlina dorata lo rende abbastanza riconoscibile».

Darcy si girò allora verso il corridoio. Viggo era alla sua scrivania? «Viggo?», lo chiamò, correndo in fondo alla stanza con la collana e la stampa in mano. «Vieni a vedere!».

L'archivista, che stava lavorando al computer nell'ala est, si affacciò da dietro uno scaffale. «Cosa c'è? Hai trovato qualcosa?»

«È saltato fuori questo girocollo». Lo raggiunse in un attimo e gli mostrò l'immagine e la collanina. «Guarda questa qui», disse indicando la perlina dorata. «Seconde te può essere la stessa?».

Viggo riposizionò gli occhiali sulla punta del naso e studiò l'immagine come già avevano fatto lei e Max. Le prese di mano la collanina, accarezzò con delicatezza le perline rosse quasi assorto e si rialzò lentamente con la fronte aggrottata.

«La riconosci?», chiese Darcy osservandolo. «L'hai mai vista prima?». Non c'erano informazioni identificative sulla busta, niente che indicasse a chi fosse appartenuta – o dovesse appartenere – tantomeno su chi l'avesse mai indossata.

Ma se era della donna nel ritratto… era qualcosa che potevano associare a lei. Il primo segnale del suo passaggio nella vita di Trier.

Per la prima volta, Darcy sentì sbocciare la speranza. Finalmente aveva qualcosa su cui lavorare!

Viggo era ancora immerso nei suoi pensieri, lo sguardo fisso sulla scaffalatura opposta, ma senza vedere niente. Non era lì, nella penombra di quei locali sotto il museo in cui camminavano i turisti; era…

«…di sopra».

«Cosa?», chiese Darcy, ma Viggo stava già salendo le scale. Gli andò dietro, seguita da Max. Viggo aprì la porta con il badge di sicurezza che teneva appeso al cordino e uscirono alla luce del giorno. Le gallerie erano affollate come sempre, ma Viggo si muoveva come un gatto esperto, con passo felpato e sicuro tra i visitatori, seguendo una direzione ben precisa.

A Darcy batteva forte il cuore. Avevano trovato il loro primo indizio! Qualcosa da dare a Otto e Margit.

Viggo li condusse verso la sala Madsen Heritage dove Viggo aveva lavorato qualche giorno prima. Si avvicinò a un angolo dove erano esposte alcune fotografie in bianco e nero della famiglia e si fermò davanti a una in particolare, osservandola attentamente, quindi si allontanò con un cenno soddisfatto.

Darcy si avvicinò, lo sguardo vagava sulle quattro figure ritratte. Riconobbe immediatamente i giovani Madsen, Frederik e Casper in abiti estivi di lino che giocavano a croquet, ma le due donne, una bionda e una bruna, le erano sconosciute. "Luglio 1921", diceva la targhetta accanto.

«Chi sono?», chiese, con lo sguardo già concentrato sul collo della donna dai capelli scuri.

Viggo le indicò con grande sicurezza. «Sofia, la moglie di Frederik», disse indicando la donna bionda. «E Lilja, quella di Casper».

Darcy si soffermò su Lilja Madsen. Indossava un ampio abito di cotone bianco con pieghe e ricami scuri sulla gonna, e una scollatura che tagliava dritta la clavicola, scendendo fino alle maniche ad aletta. Era magra, con lunghi capelli sciolti, fatta eccezione per un pettine di perle che le teneva indietro le ciocche anteriori. Sul collo sottile era chiaramente visibile una collana scura di perline, con una dorata che brillava luminosa al centro.

Darcy si coprì la bocca con le mani. Non credeva ai suoi occhi. Dopo giorni e giorni senza alcun progresso, di colpo era arrivata la soluzione? Così, di punto in bianco? L'enigma era stato sciolto grazie a un filo di perline rosse e a una fotografia che era sempre stata appesa alla parete sopra le loro teste?

Con una risata sbalordita, incrociò lo sguardo di Max che era rimasto più indietro. Anche lui era senza parole. «Riesci a crederci?», gli chiese.

«No...».

Era allibito, la sicurezza che sfoggiava sempre svaniva a mano a mano che la situazione si sviluppava.

Darcy tornò a guardare la fotografia, studiando i dettagli di un viso che fino a quel momento non era stato che un'ombra sfumata. La silhouette e il portamento – il mento abbassato, la testa leggermente inclinata – erano gli unici indicatori del suo atteggiamento dai quali Darcy aveva presunto che si trattasse di una sofisticata signora dell'alta società. La donna in quella fotografia, invece, era molto più giovane di quanto si fosse aspettata, anzi, sembrava poco più che una bambina. Aveva lineamenti delicati e fini, ma nei suoi occhi c'era una sorta di sfida. Impugnava il bastone da croquet con noncuranza, come se il risultato della partita le fosse totalmente indifferente. O forse aveva già vinto, o perso? «Davvero era sua moglie? Sembra così giovane!».

«Altri tempi», commentò Viggo con un'alzata di spalle.

Darcy continuava a osservare la foto. Era stata scattata in un giardino rigoglioso, con alberi da frutto e ciuffi di betulle argentate che punteggiavano le zone più lontane del prato; si intravedeva appena il pilastro di un cancello in mattoni e uno specchio d'acqua – un lago? – luccicava sullo sfondo in alto a destra. La compagna e cognata di Lilja, Sofie, guardava verso la macchina fotografica, come gli uomini, mentre lo sguardo di Lilja era leggermente distolto verso qualcosa al di sopra della spalla del fotografo. Un bambino? Un cane? Una macchina? Le possibilità erano infinite e perfino lì la donna, per quanto immortalata in un istante preciso, sembrava in movimento. Sfuggente.

«Ovvio, non dobbiamo saltare subito alle conclusioni», azzardò cauto Viggo. «Non è detto che la Lilja in questa fotografia sia la donna del ritratto solo perché indossa la stessa collana. Magari erano amiche».

Darcy annuì. In effetti poteva anche darsi che Lilja avesse prestato il gioiello a un'amica durante le pose per il ritratto o che glielo avesse regalato in seguito a un complimento casuale. O magari era l'esatto contrario ed era stata Lilja ad averlo ricevuto in regalo o in prestito dalla donna del ritratto. Se Lilja era la moglie di Casper Madsen, il figlio del mecenate di Johan Trier, era sicuramente entrata in contatto con le donne ritratte dal pittore, giusto? Avrebbe potuto perfino averlo raccomandato alle sue amiche.

«Concordo», mormorò Darcy. Doveva prendere in considerazione tutte le ipotesi. «Non facciamoci trasportare dall'entusiasmo. Potremmo non essere alla fine dell'enigma, ma nel mezzo. Dobbiamo capire dove ci portano le prove», guardò Viggo con un sorriso eccitato, «ma almeno non siamo più inchiodati sulla linea di partenza».

«Infatti».

Quella collanina le aveva fornito un nome ed era un buon inizio, ma aveva bisogno di altre informazioni per ricostruire la storia.

Si chiese in che giardino fosse stata scattata la foto. Chiaramente non era a Copenaghen. Doveva scoprire dove.

«Devo dirlo a Otto».

Dietro di loro Max non diceva nulla. Non condivideva il loro fervore da studiosi, era un uomo d'affari, preoccupato solo di profitti e guadagni. Per lui il nome di quella donna era una semplice aggiunta alla leggenda di un dipinto che costituiva un bene nazionale. Per Darcy, invece, era una vita riscoperta. Una donna, che per un secolo era rimasta quasi letteralmente murata al buio, ora sentiva di nuovo l'aria sul suo viso dipinto. Darcy ripensò a una cosa che aveva letto una volta: i morti vengono dimenticati nel momento in cui si pronuncia il loro nome per l'ultima volta.

Bene, quella donna non era ancora morta. Stava tornando in

vita e poteva anche darsi che Johan Trier le stesse per fare dono dell'immortalità.

«Piacere di conoscerti, Lilja», mormorò. «Era ora, accidenti».

«Grazie, Christoff», mormorò Max. «All'Accademia Reale».

L'autista annuì, chiudendo lo sportello con un tonfo sonoro.

Darcy si guardò intorno nell'elegante abitacolo: pelle chiara, vetri oscurati, rifiniture in noce. I sedili posteriori erano separati da una console con acqua in bottiglia e una plancia degna di un A380.

Max diede una rapida occhiata al telefono e lo infilò nella tasca della giacca. «Helle ci raggiunge lì». Mentre Darcy parlava con Otto, aveva fatto anche lui qualche telefonata.

«Davvero?». Aveva già i nervi a fior di pelle così com'era: non si aspettava una riunione d'urgenza per quella probabile identificazione. Già le bastava che Otto avesse convocato Margit, senza aggiungerci anche l'attento scrutinio di Helle Foss. Max la scortava perché stava prelevando del materiale d'archivio. «Perché?», gli aveva chiesto tenendo in grembo il raccoglitore che le aveva consegnato Viggo. «Non è una questione che riguarda la Madsen. E non c'è nessuna conferma ancora; Lilja Madsen potrebbe non essere la donna del ritratto, potrebbe anche trattarsi di un falso allarme».

«O magari no. In quel caso è coinvolto anche il nome dei Madsen e abbiamo il diritto di saperlo».

Darcy lo spiò di sottecchi, ripensando a quando Otto l'aveva messa in guardia: volevano tutti la stessa cosa, ma giocavano per squadre diverse. «Vuoi il ritratto?»

«Voglio tutto ciò che continui a far crescere, guidare e proteggere il nome e il marchio dei Madsen. Nessuno può negare che questa scoperta – con o senza *I suoi figli* – rientri nei nostri interessi», aggiunse sostenendo il suo sguardo senza battere ciglio. Il suo modo di fare, così calmo e imperturbabile, era silenziosamente intimidatorio e Darcy non immaginava come potesse essere sedersi di fronte a lui in riunione, ma poi lo rivide nella sua cucina, mentre beveva caffè e leggeva i giornali; in tuta e calzini, mentre guardava il calcio sul suo iPad... Cercò di ricordare a sé stessa che anche lui aveva un lato umano.

«È da qui che nasce il tuo ingiustificato interesse nei progressi del progetto, vero?»

«Ingiustificato?».

Darcy deglutì. «So che non è l'assicurazione a insistere per farmi lavorare a casa tua. Sei tu».

Il suo sguardo non vacillò. «Cosa te lo fa pensare?»

«Se l'è lasciato scappare Viggo mentre parlavamo».

Max distolse di nuovo lo sguardo, fissando fuori dal finestrino. «Capisco». Non negava.

«Allora, è così? Continui a tenermi d'occhio perché non puoi fare il tuo lavoro finché io non ho finito il mio?».

Max rimase in silenzio per qualche altro istante. «Esatto, Darcy», borbottò. «È proprio per questo».

Calò di nuovo il silenzio mentre la macchina si immetteva nel traffico e Darcy guardava fuori, cercando, per una volta, di distogliere il pensiero da lui. Doveva concentrarsi. Doveva pensare ai prossimi passi della sua ricerca sulla giovane moglie di Casper Madsen. Margit non voleva dettagli, ma un piano.

Darcy guardava la città scorrere al di là del vetro, silenziosa e sotto una luce di bronzo. Sembrava tutto diverso da lì dentro, come se fossero sigillati ermeticamente in un mondo parallelo.

Accanto a lei, Max guardò l'orologio.

«Abbiamo mezz'ora di tempo prima di essere lì», mormorò come se pensasse a voce alta. «Hai qualcosa in contrario se facciamo una piccola deviazione?»

«Dove?»

«Al mercatino di Natale. Devo prendere qualcosa per Sara».

Darcy deglutì alla sua sfacciataggine. *Da non credere!*

«È la mia assistente», specificò come se le avesse letto nel pensiero. «Ha sessantatré anni, sposata da trentotto, con sette nipotini».

«Non mi importa in che rapporti siete», ribatté lei in tutta fretta, nonostante il battito accelerato del cuore raccontasse tutt'altro. Era così evidente il suo sgomento? «Fermati pure, se vuoi. Sono sicura che abbiamo tempo».

Max strinse gli occhi alla sua noncuranza. «A Højbro Plads, per favore, Christoff».

«Certo, signor Lorensen».

Il silenzio nell'abitacolo parve infittirsi, ma Darcy non aveva alcuna voglia di parlare. Non c'era un terreno neutro tra loro, a quanto pareva; non dire nulla era l'unica opzione sicura.

La macchina accostò sulla piazza dopo qualche minuto e Max la guardò. «Vieni?».

Darcy guardò verso il mercatino. Stava già calando il crepuscolo – non si sarebbe mai abituata a quanto fossero corte le giornate lì – e i tetti rossi e gli alberi di Natale erano tutti illuminati da lucine sfavillanti che gettavano un chiarore dorato sull'intera piazza. Era uno spettacolo davvero suggestivo. La piazza pullulava di clienti e turisti, la musica riecheggiava dagli altoparlanti.

«No, va bene. Ti aspetto qui».

Max rimase perplesso, ma non disse nulla, si lasciò soltanto sfuggire un sospiro a malapena udibile. Sbatté lo sportello facendola sussultare. Darcy deglutì, strinse i pugni, consapevole di essere stata di nuovo meschina e sdegnosa, ma…

Di colpo lui le aprì lo sportello e si affacciò all'interno. «Vieni con me… Che fai altrimenti?».

Darcy avrebbe voluto rispondere che sarebbe rimasta a controllare le email, ma qualcosa nello sguardo di Max la mise in guardia dal fare giochetti. Le tese la mano che Darcy prese in silenzio, rabbrividendo appena nel freddo pungente.

«Vedo che hai di nuovo dimenticato la sciarpa».

Ah, sì? Con tutta la frenesia e l'eccitazione… «Ah».

Max scosse il capo a quelle piccole distrazioni così tipiche di lei. «Di qua».

Girò a sinistra, verso la zona più alta della piazza. Le persone si muovevano lentamente, a passeggio, senza fretta – di sicuro non avevano riunioni a cui presenziare – ma, a giudicare dal passo di Max, sembrava non ne avesse neanche lui. Le camminava accanto, non davanti, la mano a sfiorarle appena la schiena, proprio come aveva fatto la sera dell'aperitivo alla Galleria nazionale. Si girò a guardarlo nel momento esatto in cui lo fece anche lui. Stava pensando la stessa cosa? Non ne aveva idea. Era quasi impossibile interpretarlo, le sue emozioni non superavano mai un certo limite. Neanche quando si contraddiceva – diceva una cosa e ne faceva un'altra – la sua facciata crollava mai.

Forse voleva solo fare il galantuomo, si ripeteva mentre lui faceva strada, proteggendola dalla folla. Lo faceva con tutte: Kristina, Angelina, Natalia. Sara.

Passarono davanti a stand che vendevano maglioni, giocattoli di legno, *flødeboller* di marzapane, ceramiche variopinte, perfino cioccolata artigianale a forma di attrezzi: ingranaggi, lucchetti, forbici e chiavi inglesi…

«Che forza!», sorrise stupita.

Max sembrava sapere esattamente dove stesse andando e si fermò qualche minuto dopo in uno stand che vendeva decorazioni natalizie in feltro. C'erano terrier sugli sci, orsi polari con il cappello di Babbo Natale, omini di pan di zenzero con le calze di dolci in mano. Darcy lo guardò colta di sorpresa. Non l'avrebbe mai detto il tipo da queste cose.

«È una tradizione», le spiegò lui continuando a guardare quel vasto assortimento, come se avesse percepito il suo sguardo indagatore. «Ogni anno a Sara ne regalo uno per il suo albero». Continuò a cercare per qualche secondo e alla fine scelse un orsetto vestito da Schiaccianoci e guardò Darcy come a chiedere conferma.

Darcy non poté fare a meno di ridere. «Vuoi la mia opinione?»

«Certo. Pensi che abbia un disperato bisogno di un orsacchiotto vestito da schiaccianoci da appendere all'albero quest'anno?».

Darcy sogghignò alla sua intonazione. «Be', non conosco Sara, quindi non è così facile dirlo, ma… chi non lo vorrebbe?».

Max sorrise sincero. «Allora siamo d'accordo… una volta tanto». Lo passò all'addetto e prese di tasca il portafoglio mentre quello lo incartava.

«Non ne compri uno anche per il tuo?», gli chiese Darcy mentre lui porgeva la carta di credito.

«Io non faccio l'albero di Natale», mormorò.

Darcy se ne meravigliò. «Non fai l'albero di Natale?»

«No».

«Cioè... proprio mai?»

«No».

Il bip del lettore segnalò la transazione eseguita e il venditore gli restituì la carta di credito e l'addobbo ben confezionato dentro una bustina di cartone.

«Come fai a non avere un albero di Natale?», le chiese spiazzata mentre lui riprendeva a camminare, Darcy dovette quasi correre per raggiungerlo.

«Perché io non festeggio il Natale»

«Perché no? Motivi religiosi o per la loro mancanza?»

«Non festeggio il Natale e basta».

Non era una risposta, ma era anche evidente che non aveva intenzione di condividere con lei il suo pensiero sulla Santa Trinità. Proseguirono la passeggiata tra gli stand in silenzio, ma Max appariva emotivamente distante. Le stava comunque vicino, la sua mano sempre dietro la schiena, ma a malapena la toccava.

Darcy ebbe un brivido che a lui non sfuggì. «Freddo?».

Darcy annuì e vide che lui indossava la stessa sciarpa che gli aveva passato Angelina nel fine settimana. Cashmere, senza dubbio. Probabilmente conservava ancora il profumo di lei.

«So io come riscaldarti», le disse. Darcy gli lanciò un'occhiataccia, ma Max era già diretto allo stand di bevande calde. «Una cioccolata calda», ordinò, poi si voltò verso di lei. «Con panna?».

Darcy annuì.

«Quanti anni hai? Dieci? ... Ci vuoi lo zucchero?», chiese allora, stupito.

Darcy si strinse nelle spalle. «Zucchero. Tequila. Metanfetamine... Le mie giornate sono molto lunghe in questo periodo».

Sogghignando, Max si rivolse al venditore. «Con panna *e* marshmallow».

A Darcy cadde l'occhio sulla bancarella lì accanto e mentre preparavano la bevanda si avvicinò per ammirare le lampade in ceramica che vi erano esposte: cupole bianche opache tempestate di minuscoli intagli a forma di angeli e stelle, da cui filtrava la luce.

«Ecco», mormorò lui, raggiungendola pochi istanti dopo.

«Grazie».

Ricominciarono a camminare, ma più lentamente ora, passeggiando tra le bancarelle, lungo viali disseminati di alberi di Natale in vendita e piccole giostre.

Passarono davanti a figure di renne più grandi del naturale, realizzate interamente con luci. Max indicò una elaborata carrozza di Cenerentola, rotonda come una zucca e illuminata come una torta di compleanno, dove le persone pagavano per farsi fotografare.

«Dovresti farti fare una foto. Immortalare questo giorno per sempre», disse asciutto.

«Non sono sicura che debba essere questo il ricordo del mio unico Natale a Copenaghen», rispose lei con altrettanto cinismo.

Lui la guardò con aria severa. «Cosa intendi con "unico"?»

«Be', sono qui per un anno. Tornerò a Londra in estate… Lo sapevi, no?»

Max rimase in silenzio per un attimo. «Sì, certo… Non ci stavo pensando».

Darcy lo osservò. Quanto avrebbe voluto leggergli nel pensiero e scoprire se, almeno così, sarebbe riuscita a decifrare l'enigma che era.

«Attenta!», esclamò lui all'improvviso, prendendola sottobraccio e tirandola via dalla traiettoria di un uomo che veniva verso di loro a passo svelto con un fusto di birra in spalla. «… Stai bene?»

«Certo», annuì lei. Ma quando ripresero a camminare e Max non le tolse il braccio dalla vita, si abbandonò al sogno ad occhi aperti che stava cercando di ignorare: stare con lui lì, non per lavoro ma per scelta, loro due che giravano insieme di sabato, in jeans e non in abiti formali, Max con il braccio pigramente appoggiato sulla sua spalla, che le baciava i capelli mentre facevano acquisti per il tranquillo Natale che avrebbero trascorso insieme a casa sua… Perché era così impossibile, quando sapeva che l'attrazione era reciproca?

Darcy finì la cioccolata e si guardò intorno alla ricerca del cestino più vicino. Riluttante a staccarsi da quell'abbraccio casuale, andò comunque a gettare il bicchiere, e i suoi occhi si posarono su un'altra bancarella di lampade: queste, però, erano di legno e ruotavano lentamente. Darcy si accucciò per guardarle, incantata per un momento.

Max le si avvicinò. «Ti piacciono?»

«Le adoro! Da piccola avevo una piccola lampada a forma di giostra. Non ne vedevo una da anni».

Guardò l'esposizione: erano tutte in larice non verniciato con figure di legno disposte a 360 gradi. Alcune raffiguravano animali del bosco: orsi, cervi, conigli; un paesaggio marino con onde increspate e navi a vele spiegate; cavallini di una giostra a carosello… Si accovacciò davanti a una scena invernale con renne, alberi di Natale e stelle.

Allungò una mano e controllò il cartellino del prezzo. Ahia. Ritirò la mano e si rialzò in piedi.

«Com'era la tua?», le chiese lui, osservandola mentre lo guardava.

«Oh, non certo bella come queste. Era di metallo argentato e aveva delle farfalle che giravano con il calore della candelina che si metteva al centro… Ero sempre molto nervosa da bambina e a volte avevo difficoltà a prendere sonno, ma riuscivo sempre a addormentarmi guardando le ombre delle farfalle sulla mia parete».

«Ce l'hai ancora?»

«Oddio, no», rise lei.

«Che fine ha fatto?»

«Una volta che abbiamo litigato, mio fratello ha staccato tutte le farfalle e mia madre non è più riuscita a riaggiustarla», raccontò in tono noncurante, ma ricordava bene quanto aveva sofferto a vederla finire nella spazzatura.

«Ah… i fratelli».

«Già», gli gettò un'occhiata. «Sei fortunato a non averne. È stato l'assillo della mia vita fino ai sedici anni».

«Che è successo quando hai compiuto sedici anni?», le chiese Max dopo una pausa.

«Hanno cominciato a piacergli le mie amiche», spiegò con un sorrisetto ironico. «Quindi doveva trattarmi bene».

Max sorrise. «Perché non te ne compri una se ti piacciono così tanto?».

I suoi occhi ricaddero sul cartellino del prezzo e lei scosse rapidamente la testa. «No». Ma si chinò di nuovo per dare un'ultima occhiata alla scena che ruotava. Poteva solo immaginare quanto sarebbe stata abbagliante di notte, in una stanza buia, mentre proiettava ombre dorate sulle pareti. Il movimento costante e perpetuo delle forme aveva un effetto ipnotico, e le suscitò forti ricordi di meraviglia infantile, quando Babbo Natale era ancora reale ed esisteva il lieto fine.

Un paio di mani entrarono nel suo campo visivo e lei alzò lo sguardo di scatto quando vide il venditore toglierla dallo scaffale. Si rialzò, tornando al presente. «Comunque, ora sarà meglio anda…».

Si voltò appena in tempo per vedere Max che porgeva di nuovo la carta di credito.

«Max? Che cosa stai facendo?», chiese davanti alla lampada inscatolata dentro una busta.

«Te la compro».

«No! Non lo puoi fare!», protestò.

«Perché no? Ti piace così tanto!». Aggrottò la fronte e scrollò le spalle. «Buon Natale».

«Tu non festeggi il Natale».

«Io no, ma tu sì».

Darcy lo fissò e lui allargò le braccia. «Che c'è?», le chiese.

«Io non ti capisco! In che modo questo rientra nell'essere "professionali"? I colleghi di lavoro non si fanno regali di Natale».

Max sollevò la busta con l'orsetto per Sara.

«Lei è la tua assistente. È diverso. Gestisce la tua vita».

Max riabbassò la mano, ma non rispose subito. «Bene… allora consideralo un regalo di scuse».

«Scuse?»

«Non voglio che mi odi».
«Ma… io non ti odio», disse lei stupefatta.
«No?»
«Max, sei l'uomo più frustrante che abbia mai conosciuto, ma questo non significa che ti odio. Non è necessario. Ti sei già scusato per il bacio».
«Non è per quello».
Darcy si incupì. «Per cosa, allora?».
Max la guardò negli occhi e lei vi lesse tutto il suo conflitto – pensieri che non avrebbe espresso, intere conversazioni che Darcy non avrebbe mai ascoltato – pur con quell'attrazione che tirava tra di loro…
Il venditore si schiarì la voce interrompendoli e Max gli prese di mano la busta.
«Sarà meglio tornare», disse allora guardando l'orologio. «Merda, adesso rischiamo di fare tardi», aggiunse brusco e, per la prima volta, le camminò avanti tra la folla a un passo spedito che la costrinse a trotterellare per non restare indietro. Si fecero strada tra la gente con una fretta che poco prima non avevano, fino a che non individuarono l'auto ferma in sosta vietata lungo il marciapiede.
«Eccoci». Max arrivò per primo alla macchina e le porse la busta che però Darcy non fece alcun gesto di prendere. Max la guardò interdetto.
«Dimmi per cosa ti scusi, se non è per il bacio». Voleva sentirgli pronunciare il nome di Natalia.
«Perché non diciamo che è per tutto quello che ho sbagliato con te?», sviò lui.
«Perché non è una risposta».
«Ma è la migliore che posso darti».
Darcy alzò gli occhi al cielo. Le faceva venire voglia di urlare! «Allora non la voglio».
«Che cosa?»
«Mi hai sentito».
Si guardarono in cagnesco, litigando senza che Darcy neanche sapesse per cosa.
«Da non crederci». Max sbuffò ironico e le aprì lo sportel-

lo, appoggiando un braccio al tettuccio mentre aspettava che entrasse. «Sai, sei la prima e unica donna che abbia mai conosciuto che non accetta un regalo in segno di scuse».

«Distinzione discutibile. Forse dovresti riconsiderare il tipo di donne che frequenti», ribatté.

A Max sfuggì un mezzo sorriso. «No».

«No?»

«Sono prevedibili».

«Ed è questo che vuoi, giusto? Donne prevedibili?»

«Assolutamente sì». Il suo sguardo non vacillava. «Mi piacciono le entità conosciute e i risultati gestibili».

«Wow. Una vita vissuta secondo un foglio di calcolo». Alzò gli occhi al cielo e gli passò accanto. «Almeno hai un cuore che batte?».

Max l'afferrò per il polso inchiodandola con lo sguardo. Conoscevano entrambi la risposta.

Tra loro passò un attimo di silenzio mentre la fissava come aveva fatto domenica sera. Invece di baciarla, però, le porse la busta. «Prendila, Darcy. Può essere un regalo di Natale, di scuse… quello che vuoi tu».

Solo che lei non poteva essere quello che voleva lui.

Prevedibile.

Capitolo quindici

«Sono tutti in sala riunioni. Entra pure, Darcy. Salve, signor Lorensen. Vi stanno aspettando», disse allegra Ida, accennando ad alzarsi dalla sedia. A Darcy non sfuggì lo sguardo con cui la giovane seguiva Max. Arrivati alla porta, Darcy fece un profondo respiro flettendo le dita. Un tic nervoso.

«Tutto bene?», le chiese lui che, a quanto pareva, lo notò anche se le camminava accanto rilassato, con la sicurezza di chi si trova nel proprio elemento.

Darcy annuì, ma era nervosa. Max allungò il braccio verso di lei.

«Andrà tutto bene», le disse piano sfiorandole la mano. «È il tuo momento». E, guardandola dritto negli occhi, le aprì la porta.

«Ah, signorina Cotterell. Max», li salutò la direttrice della Galleria nazionale vedendoli entrare. Margit e Otto erano protesi avanti, i gomiti sul tavolo, come se fossero immersi nella conversazione. «Prego, sedetevi».

«Scusa il ritardo, Margit», Max le tese la mano. «...Otto»,

«Max», salutò lui mentre si stringevano la mano a loro volta. Parevano tutti molto a proprio agio tra loro.

Margit era seduta a capotavola, Otto alla sua destra e sembrava una scelta politica che Darcy prendesse posto accanto a lui. Max si accomodò alla sinistra di Margit in una scelta di campo più che evidente.

Sorridendo a Otto, Darcy sistemò la busta con la lampada di legno ai suoi piedi e la cartellina sul tavolo. Viggo le aveva dato un raccoglitore chiuso per trasportare il materiale. Darcy si sentiva quasi il capo di gabinetto con la sua valigetta portadocumenti.

«Helle sta arrivando. Ha detto di essere a pochi minuti da qui», annunciò Max sbottonandosi la giaccia del vestito e prendendo posto. Non sembrava lo stesso uomo che, un quarto d'ora prima, aveva comprato un addobbo di feltro a forma di orsacchiotto.

«Anche Helle?», sorrise Margit. «Dev'essere proprio una scoperta sensazionale». Lo disse con un tono lievemente beffardo. Darcy guardò Max per capire se l'avesse percepito anche lui, ma Max era seduto al suo posto con espressione impassibile.

«Ecco, stiamo cercando di rimanere cauti in questa fase», esordì Darcy rammentando la prudenza auspicata da Otto, «ma è sicuramente grandioso avere una notizia da darvi, finalmente».

«In effetti sono state due settimane molto lunghe». Il sorriso di Margit era fisso, una pura formalità; il tono era gelido e Darcy non si faceva illusioni su quanto quella donna desiderasse risolvere il mistero. In fretta. Erano stati diramati i comunicati stampa e la notizia aveva portato a un incremento nelle vendite dei biglietti.

Si aprì la porta. «Ah, grazie, Ida», mormorò Otto. «Lascia pure qui i caffè».

La donna fece come gli era stato detto, rubando un altro sguardo a Max e poi girandosi controvoglia per uscire. Se Max l'aveva notato, non lo diede a vedere, ma Darcy provò comunque una stilettata di gelosia. Doveva succedergli molto spesso.

Margit fece da padrona di casa, sebbene solo Otto si servì di tazza e piattino. Darcy era troppo nervosa per il caffè e Max sembrava interessato solo a sistemarsi i gemelli.

«Deduco che tu eri alla galleria, Max, quando è stata fatta la scoperta?», gli chiese Margit.

«Sì».

«Che felice coincidenza».

Darcy si irrigidì cogliendo un sottinteso in quella osservazione. Era forse girata voce di un rapporto non proprio professionale tra loro due? Jens aveva forse riferito del loro scontro come di un litigio tra innamorati? Se non era quello, non era stato neanche il contrario.

«Infatti», rispose lui in tono incolore. «Mi sono affacciato proprio al momento giusto».

Darcy rimase a occhi bassi, sulla lampada incartata ai suoi piedi. E pensare che era partito tutto da una sciarpa dimenticata...

«Come stanno andando le operazioni di recupero?», chiese lui.

«A rilento», sospirò Margit. «Il collante sul retro è tenace. E ovviamente i restauratori non devono deformare o tirare via le tavole. Ora pensano che quando il ritratto è stato nascosto non si era ancora asciugato...». Darcy corrugò la fronte ma, proprio in quel momento, la porta si riaprì e si precipitò dentro anche Helle Foss, con una borsa di pelle carica di documentazione. «Traffico».

«Spero non ti sia stato di troppo disturbo, Helle», commentò Margit guardando la donnina sedersi accanto a Max.

«No, no, niente affatto», rispose lei, a quanto pare ignara dell'ironia di Margit.

«Bene», riprese Margit tirandosi indietro, «ora che ci siamo tutti... tocca a te, Darcy».

Darcy inspirò a fondo cercando di ignorare, tra tutti gli sguardi che si posarono su di lei, quello che più pesava. «Stamattina mi sono imbattuta in questa collanina». Aprì il raccoglitore e lo sollevò. «Era in una busta, senza appunti o annotazioni identificative. All'inizio ho pensato che fosse un regalo comprato da Trier per qualcuno o che aveva tenuto lui stesso come ricordo, ma la perlina al centro è piuttosto caratteristica. Mi ha ricordato questo».

Sollevò la stampa del ritratto presa sotto la luce ultravioletta. «Ovviamente non possiamo valutare i colori da questa immagine, ma il contrasto di questa perla in particolare lascia presupporre un materiale o un colore diverso. In sé e per sé non sarebbe sufficiente a fare passi avanti, ma Viggo Rask, quando gli ho mostrato il girocollo, si è ricordato di questa fotografia nella sala della Madsen Heritage».

A quel punto mostrò una copia della fotografia in bianco e nero dei Madsen che giocavano a croquet e indicò Lilja: delicata e sprezzante allo stesso tempo. «Anche qui non abbiamo i colori su cui basarci – solo una differenza di chiari e scuri – ma è evidente che indossi una delicata collanina con al centro una perla diversa dalle altre. Ora, dal momento che è una fotografia e non un dipinto, non si tratta di una somiglianza, ma dall'effettiva riproduzione del girocollo di cui possiamo attestare forma, dimensioni e perfino il numero di perle; possiamo identificare quell'unica dorata al centro e concludere che quello della fotografia è lo stesso che ho in mano».

Margit Kinberg aveva intrecciato le dita con tale forza che le nocche erano diventate bianche. «Quindi, chi è la ragazza?»

«Si chiama Lilja. Era la moglie di Casper, il figlio minore di Bertram Madsen».

Margit si irrigidì. «È una Madsen?».

Darcy guardò Helle, che ascoltava con grande attenzione, gli occhi socchiusi in concentrazione. Sembrava compiaciuta.

«Sì, anche se è ancora troppo presto per essere certi che sia anche la donna del ritratto».

«Be', ma è ovvio, no? Non indossano lo stesso girocollo?», chiese Helle.

«È molto probabile. Hanno gli stessi lunghi capelli neri, ma non possiamo avere un'esatta corrispondenza del viso da un'immagine in bianco e nero di bassa qualità e un ritratto attualmente nascosto sotto un pannello di legno. Dobbiamo tenere conto di altri scenari che potrebbero alterare i risultati».

«Del tipo?», chiese Helle aggrottando la fronte.

«Potrebbe aver preso in prestito la collana in questione. Potrebbe non essere sua». Darcy sollevò la stampa e la fotografia. «O forse sì, ma potrebbe averla prestata alla donna del ritratto. Per una spruzzata di colore o un tocco finale, magari. Un ornamento. Potremmo trovarci di fronte a un unico accessorio, ma a due donne. O anche a due diverse collane…». Darcy osservò il suo pubblico che l'ascoltava rapito. «Ma concordo con l'ipotesi che la nostra ragazza potrebbe essere proprio Lilja Madsen».

Helle e Max si scambiarono uno sguardo. Margit si appoggiò allo schienale con un'espressione imperscrutabile. Con i gomiti aperti, stringeva le mani e intanto rimuginava su quelle informazioni. «Abbiamo davvero qualcosa in mano». Rimase un attimo in silenzio, assorta nelle proprie riflessioni. «Quindi... Lilja Madsen. Una dei vostri», concluse poi guardando Helle. «Forse puoi dirci qualcosa di più su di lei, dato che siamo tutti qui?»

«Oh, molto poco in realtà, temo», rispose Helle con l'intonazione inaspettata di chi vorrebbe minimizzare. «Solo a grandi linee. Come ha già ben detto Cotterell era la moglie di Casper, il più giovane dei fratelli Madsen, una sorta di rinnegato dalla famiglia e... una pecora nera, si potrebbe dire. Ha messo su una piccola fortuna durante la Grande Guerra, ma...», lasciò la frase in sospeso, come se non ci fosse nient'altro di significativo da aggiungere.

«In che modo ha fatto fortuna?», chiese Darcy, incuriosita da come la donna aveva storto il naso sdegnata. Helle parve irritata dalla domanda. «Era un "barone del gulasch"», rispose come se fosse una parolaccia. «Ma, naturalmente, è stato Frederik a istituire la Fondazione nel '61 e a prendere le redini della filantropia e del mecenatismo delle arti. Casper era morto da tempo allora, quindi non abbiamo mai dedicato molta attenzione né a lui... né a sua moglie. Sono entrambi morti giovani».

«Come è successo?», volle sapere Darcy.

«Be'... lei è annegata».

«Oh!», sussultò Darcy. La colpì la notizia che quella giovane donna di cui aveva appena appreso l'esistenza fosse incorsa in una morte così tragica, prematura e angosciante.

Helle e Max si stupirono della sua reazione emotiva. «Già... una tragedia, resa ancora più triste dal fatto che anche Casper morì tre giorni dopo. Crepacuore. Era innamoratissimo di lei». Helle si strinse nelle spalle. «Ma questo è davvero tutto ciò che posso dirvi di questo ramo della famiglia. Sono fatti avvenuti una quarantina di anni prima dell'istituzione della Fondazione e, come dicevo, ne è sempre stato Frederik la forza trainante. Casper è stato poco più che una parentesi nelle nostre operazioni».

«Non vi preoccupate», intervenne Otto, nel suo consueto tono placido. «Sta a Darcy scoprire i dettagli. È una ricercatrice eccezionale. A volte penso che potrebbe fare la detective».

Darcy gli sorrise perplessa. Era lusingata dal complimento, oltre che sbalordita. Otto di solito non era incline alle lodi. Darcy aveva il sospetto che fosse più per comunicare qualcosa a Foss che per esaltare i suoi pregi.

«Bene, grazie per questa panoramica. Da questo momento in poi mi concentrerò su Lilja e, se tutto va bene, ora che abbiamo un'identità su cui lavorare, potremmo averne conferma in tempi rapidi e redigere una biografia».

«Ottimo». Margit spinse indietro la sedia, come se la questione fosse chiusa. Era chiaro che volesse chiudere la riunione al più presto. A differenza di Helle e Max, non sembrava contenta di quella rivelazione.

Max si schiarì la voce. «Naturalmente, se si dovesse dimostrare che la donna nel ritratto è davvero Lilja Madsen…», ora la sua attenzione era tutta su Margit, «non farà che rafforzare il nostro diritto a reclamare *I suoi figli*».

Quelle parole furono accolte da un silenzio attonito.

«Diritto?». La voce di Margit era un sibilo.

«Sì. Come sapete non abbiamo mai nascosto la nostra ambizione di acquistare *I suoi figli*, ma in base alle informazioni che sono appena emerse, intendiamo presentare una richiesta di restituzione nelle prossime settimane».

Che cosa? Darcy si girò di scatto. In macchina non aveva accennato a nessuna azione legale. Max continuava a guardare fisso Margit.

«La scoperta fatta oggi da Darcy conferma che il ritratto nascosto è di grande interesse per noi, come acquisizione separata, naturalmente. È un Johan Trier e il soggetto, come ora siamo portati a credere, è di un membro della famiglia Madsen. Se dobbiamo continuare a ritenere che tale ritratto non possa essere separato da *I suoi figli*, allora dovremmo presupporre che entrambi i dipinti debbano tornare alla Fondazione Madsen».

«Tornare?», sbuffò ironica Margit. «*I suoi figli* non è mai appartenuto ai Madsen. Non credo ci sia bisogno di ricordarvi che Trier rifiutò di venderlo al vostro benefattore».

«Ovviamente no», intervenne Helle, «ma gli artisti sono molto volubili; altamente irrazionali, come ben sappiamo. Trier l'ha venduto per capriccio a uno sconosciuto di passaggio perché voleva dimostrare a sé stesso di non essere il burattino di Bertram Madsen». Fece spallucce. «Ha chiarito il proprio punto di vista, ma a quale costo? Ha venduto il dipinto all'estero senza sapere, all'epoca, che non lo avrebbe mai superato, che sarebbe stato riconosciuto come la sua opera più grande, il suo capolavoro». Storse la bocca. «Credo che gli animi si siano placati da allora e che oggi vorrebbe *I suoi figli* accanto alla sua produzione completa».

«Be', ciò che tu pensi possa volere lui conta poco, temo», tagliò corto Margit. «Come ho già ribadito in innumerevoli occasioni – a prescindere dai politici su cui fate pressione – *I suoi figli* non è in vendita. Per quanto riguarda invece questa pretesa di restituzione...».

Helle prese alcuni fogli dalla borsa, mentre Max appoggiava un braccio sul tavolo. Era incredibilmente calmo. Troppo.

«Sono appena tornato da una serie di riunioni a Zurigo», disse Max.

Zurigo? Era stata lì la trasferta all'inizio della settimana? Darcy lo osservò, ascoltandolo illustrare la propria strategia e sentendosi come sott'acqua: senza fiato, la prospettiva distorta. E dire che aveva pensato che fossero più vicini che mai.

«Abbiamo incaricato un esperto forense di indagare sulla provenienza di *I suoi figli*».

«La provenienza?», ripeté incredulo Otto. «Ma è attestata ormai da anni».

«Fino a un certo punto».

Margit contestò rabbiosa. «Fino in fondo, invece! Trier l'ha venduto direttamente a Walter Fleishman, un banchiere tedesco, nell'agosto del 1922 ed è rimasto in suo possesso fino alla vendita avvenuta nel 1940. Ha fatto parte di una collezione privata per dodici anni, quando nel 1952 è stato venduto di nuovo in un'asta a Düsseldorf e riacquistato per conto dello Stato danese».

«Esatto».
«C'è anche una carta che lo dimostra».
«Concordo».
Interdetta, Margit sbatté gli occhi. «Allora temo di non capire quale sia il problema».
Max si prese il suo tempo prima di rispondere, senza alcuna fretta di spiegarsi. «È ormai da tempo nostra convinzione che la transazione del 1940 sia stata una vendita forzata. Walter Fleishman fu "costretto" dai nazisti a cedere il dipinto in cambio di un lasciapassare per la Svizzera».
«Che cosa?», esclamò Otto oltraggiato, ma Max girò a malapena gli occhi nella sua direzione. Il suo obiettivo era Margit. «Le carte vennero falsificate per farla sembrare una vendita legale, ma, sotto ogni punto di vista, Fleishman aveva una pistola puntata alla testa. In tali circostanze e sotto l'egida dei principi di Washington, riteniamo che la transazione debba considerarsi nulla e non valida».
«Assolutamente no», decretò Margit. «Queste sono solo ipotesi».
«Il nostro esperto ha elaborato un'argomentazione molto persuasiva – oserei dire convincente – a sostegno di questo scenario».
«E come?», continuò a insistere Otto. «Finora non è mai stato suggerito niente di simile».
Stavolta Max lo guardò negli occhi. «È riuscito a dimostrare che quell'ufficiale delle SS era stato implicato in almeno altre due vendite forzate in quello stesso periodo».
«"Implicato" non dimostra nulla», insistette Otto in tono glaciale.
Nel silenzio che seguì, tutti rifletterono sulle parole. Margit fissava Max come un leone avrebbe valutato una tigre. «Anche se venisse dimostrato che si trattò di vendita forzata, la Fondazione Madsen non avrebbe maggior diritto a tenere l'opera di quanto non ne abbiamo noi. Dovrebbe tornare agli eredi di Fleishman».
Da parte di Max ci fu un unico battito di ciglia. «Esattamente ciò che pensiamo noi, motivo per cui li ho già incontrati»,

aggiunse come se avesse sperato che Margit dicesse proprio quello. Sembrava godere per ogni punto messo a segno. «Sono pronti a presentare domanda di restituzione».

Margit si appoggiò alla sedia con un'espressione pietrificata mentre l'implicazione di quanto affermava Max si faceva sempre più evidente. Era un *fait accompli.* «Ah, e nel momento in cui ne entreranno in possesso, saranno pronti a venderlo a voi». Non gli staccò neanche per un attimo gli occhi di dosso, neanche volesse leggergli nel pensiero. «Ci mettete davanti al fatto compiuto. Avete già concordato il prezzo».

Max diede una minima alzata di spalle. Aveva la metà degli anni di Margit, eppure agli occhi di Darcy erano due avversari navigati.

Per qualche istante nessuno fiatò. La tensione nella stanza era densa come vernice.

«Ovviamente, sarebbe molto meglio se non fosse necessario presentare tale richiesta». Helle ruppe il silenzio e appoggiò sul tavolo i documenti che aveva tirato fuori dalla borsa. «Ci ritroveremmo tutti coinvolti in costose controversie legali per anni, che ingrasserebbero solo gli avvocati. È stato commesso un terribile torto nei confronti di un uomo innocente, anche se gli altri anelli della catena di provenienza hanno agito in buona fede, ma ora che l'ingiustizia è venuta alla luce non sarebbe meglio per tutti fare la cosa giusta, piuttosto che esserne costretti?»

«*I suoi figli* appartiene al popolo danese», sentenziò Margit.

«Il tuo è solo romanticismo nazionalista, Margit».

«Ha parlato il capitalista difensore della Fondazione della famiglia del patron del pittore», ribatté secca Margit.

Helle sbatté lentamente le palpebre, come un gatto che sta valutando se dormire o attaccare. «Dal punto di vista etico, appartiene ancora alla famiglia dell'uomo che l'ha acquistato direttamente dall'artista con denaro onesto. E non credo che il popolo danese sosterrebbe la vostra scelta di intraprendere una costosa e lunga battaglia legale per qualcosa che, si è appurato, è stato ceduto sotto costrizione, minacce di violenza e persino di morte. È questo che siamo? Scegliere di sostenere la corruzione farebbe diventare corrotti anche noi. Ripariamo il torto, invece, e facciamo la cosa giusta».

«Questo non ha nulla a che vedere con la cosa giusta o sbagliata!», esclamò Margit. «Questo è il testo che vuoi inserire nel comunicato stampa! Sai, forse troverei tutto quanto più accettabile se non aveste già concordato il prezzo con i Fleishman».

«Avranno finalmente il risarcimento dovuto, dopo un tempo infinito», affermò semplicemente Max. Come se fosse semplice.

«Pensaci in termini reali, Margit», insistette Helle. «La proprietà è solo carta. Di fatto il quadro sarà appeso a un chilometro e mezzo di distanza rispetto a ora e resterà di pubblico dominio. Sempre meglio che in una collezione privata in Germania, no?»

«Non presentarlo come un favore alla società», ribatté freddo Otto. «Andrà tutto a vostro vantaggio».

Max aprì le mani in un gesto tranquillizzante. «Non lo nego. In questo modo, con il capolavoro di Trier restituito alla sua collezione omonima, la missione del nostro fondatore sarà compiuta. Questo però non ci rende i cattivi. È il sogno di ogni artista e l'ambizione di ogni mecenate».

Margit fece un verso disgustato. «Vi siete preparati per anni, in attesa di questo preciso momento».

«Non ho mai fatto segreto delle nostre speranze, Margit, ma questa particolare circostanza – un legame diretto con Lilja Madsen – non era prevedibile. È stato un puro colpo di fortuna». Inclinò lievemente la testa verso Darcy, a sottintendere il suo inconsapevole ruolo nella vicenda. Si era ritrovato al posto giusto nel momento giusto per causa sua, per restituirle una sciarpa, scusarsi per un bacio, proprio nell'attimo in cui lei aveva urtato la tessera del domino che aveva fatto cadere tutte le altre.

«Vorrei risolvere la questione in via amichevole, Margit, ma dovreste sapere che gli eredi di Fleishman vorrebbero vedere *I suoi figli* insieme alla collezione completa delle opere di Johan Trier della Fondazione Madsen. Sono già pronti con i propri avvocati a presentare richiesta di restituzione allo Stato danese già la prossima settimana».

«La prossima settimana?». Margit era quasi fuori di sé.

Sgomenta, Darcy guardava prima l'uno e poi l'altra. Vide Otto stropicciarsi il viso. Erano accerchiati da ogni lato e si rese conto che, mentre lei chiamava emozionata il suo relatore per riferirgli della scoperta, Max doveva aver avvisato non solo Helle, ma l'intero comitato di finanziatori che gli aveva dato la piena approvazione per presentare le sue minacce. Avevano preso in scacco il re del museo.

Darcy lo guardò attonita. «È il tuo momento», le aveva detto entrando lì, pur sapendo che sarebbe stato il suo.

Helle si protese in avanti e tamburellò sui fogli che erano sul tavolo. «Leggi questi e ne riparliamo, Margit», disse a bassa voce. «Sono certa che troveremo una soluzione che soddisfi entrambe le parti».

Margit la fissò con ostilità. «Mi permetto di dissentire».

«Le prove sono schiaccianti», ribadì Helle imperterrita, richiudendo la borsa. «Nel frattempo, mentre l'intera pratica verrà revisionata, desideriamo essere messi al corrente di tutti i prossimi sviluppi».

«Assolutamente no!», si indispettì Margit. «Il quadro non è ancora vostro!».

«No, ma state utilizzando i nostri archivi per la ricerca», intervenne freddo Max. «Per non parlare del fatto che vi abbiamo generosamente prestato un buon numero di opere per la retrospettiva».

Darcy trattenne il fiato di colpo. Stava davvero minacciando, oltre a tutto il resto, di proibirle l'accesso? Di sospendere il prestito delle opere per la mostra? Max trasalì alla sua reazione sbalordita, ma non la guardò neanche.

Margit strinse gli occhi minacciosa. «Ci stai ricattando, Max?»

«Sto semplicemente ricordando che questo progetto è in collaborazione. Se collaborate voi, collaboriamo anche noi. Qualsiasi cosa dovesse scoprire Darcy, dovrà mettercene a parte. Non mi sembra una richiesta irragionevole, dato che abbiamo tutti un interesse personale».

Darcy lo fissava e, all'improvviso, capì cosa gli aveva letto negli occhi al mercatino. Max sapeva esattamente cosa era andato a fare lì. Viggo l'aveva messa in guardia su che tipo fosse, ma qui si andava oltre la prepotenza. Si era illusa di aver colto uno scorcio dell'uomo che era realmente, dei suoi lati più teneri, di carne e sangue sotto la corazza… invece si stava rendendo conto che non c'era niente di tenero in lui, fino all'anima di gommalacca. Aveva tradito la sua fiducia e ora Darcy si sentiva schiacciata dal senso di colpa per averlo portato lì con lei quel giorno. Un lupo in mezzo alle pecore.

«Come ha detto Helle, riparliamone quando avrete avuto modo di leggere il fascicolo». Max fece per alzarsi in piedi. «Darcy, hai i miei contatti. Mi auguro di sentirti», disse rivolgendole uno sguardo fugace. Darcy, però, non riusciva a celare i propri sentimenti come faceva lui e, pallida e ammutolita, lo guardò alzarsi con i suoi colleghi e lasciare la stanza.

Vide Ida in corridoio tentare di nuovo di incrociarne lo sguardo e, stavolta, lui le rivolse un cenno. La ragazza arrossì, guardandolo allontanarsi con gli occhi spalancati dall'emozione.

Darcy distolse lo sguardo.

Entità note. Risultati gestibili. Guardò la giostrina nella busta ai suoi piedi. Non era per scusarsi di ciò che era già successo, ma di ciò che sarebbe avvenuto. *Non voglio che mi odi*. Non poteva fare il suo lavoro finché Darcy non portava a termine il proprio.

Non siamo amici, gli aveva detto quella sera sui gradini di casa. Solo in quel momento, però, si rese conto che, a conti fatti, erano veri e propri nemici.

Capitolo sedici

Darcy passeggiava avanti e indietro nel cortile. Il lungo silenzio che era calato dopo l'uscita di Helle e Max era stato assordante e Margit – non c'era da stupirsene – aveva chiesto di parlare da sola con Otto. Darcy aveva colto al volo l'opportunità di fuggire e prendere fiato. Il selciato era ghiacciato e sdrucciolevole, ma non le importava. Sentiva ancora lo shock di quanto appena accaduto vibrarle nelle ossa e non riusciva a scacciarlo. Doveva muoversi, scrollarsi di dosso la notizia, senza permetterle di fermarsi o restarle attaccata. La bella novità era stata dirottata in un modo per lei del tutto imprevedibile, imbastita in un piano con conseguenze molto più significative dell'assegnare un nome a un viso e attaccare una biografia sul muro. "È il tuo momento", le aveva detto pochi secondi prima di trasformarsi da amico in nemico. Darcy aveva sofferto quel voltafaccia a livello personale, ma sapeva bene che non era mai stato lo stesso per lui. Era così che si facevano gli affari ad alto livello: cogliendo la minima opportunità senza esitazione. Colpendo a morte. Pugnalate alle spalle e complotti, minacce dietro falsi sorrisi: rientrava tutto nel gioco per vincere. Troppo tardi, Darcy si ricordò della sua biografia: "Ama sciare, bere vino e *vincere*".

Si sentiva un'idiota, una nullità di fronte allo squalo che era Max. Ripensò alle ore che avevano trascorso insieme negli ultimi dieci giorni. Mentre lei perdeva tempo in pensieri tutt'altro che professionali su cosa avrebbe potuto succedere o non succedere tra loro, lui era sempre rimasto concentrato sul lavoro. L'aveva spiata tutto il tempo. Ecco il vero motivo per cui aveva insistito a farle effettuare le ricerche nei loro archivi prima e a casa sua dopo. Ecco perché l'aveva aspettata la sera del cocktail party, con la mano sulla sua schiena, lasciando che il corpo prendesse il sopravvento sulla mente. Aveva manipolato l'attrazione che provava per lui fin dall'inizio. Gliel'aveva letta dentro.

A un certo punto, la porta si aprì e ne uscì Otto, invecchiato di dieci anni, la sua solita spavalderia trasformata in una rabbia che gli aveva arrossato le guance. Le bastò un'occhiata per capire che era meglio non fare domande. Otto attraversò il cortile a grandi passi, diretto verso la strada. Darcy non aveva idea di dove stesse andando e forse nemmeno lui; forse anche lui aveva solo bisogno di muoversi.

Camminava con un vigore che tradiva la sua collera e Darcy dovette allungare il passo per stargli dietro. Lo vide infilare la mano nella tasca del cappotto blu scuro, tirare fuori una sigaretta e accenderla. Non sapeva neanche che fosse un fumatore, ma forse quel giorno lo erano tutti. Dovevano pur sfogare la tensione.

«Allora?», chiese con trepidazione mentre camminavano per la strada.

«Allora, non ho mai visto Margit così infuriata. Sta telefonando al ministro della Cultura, sta muovendo le sfere più alte possibili… Non vuole dargliela vinta».

«Davvero?». Si era aspettata che capitolasse.

Otto le gettò un'occhiata in tralice. «Perché ti stupisce?».

Darcy aprì la bocca per parlare, ma ebbe un attimo di esitazione. «Be', è che questo cambia la situazione, no? Ora che sappiamo che il dipinto è di legittima proprietà di una vittima dell'Olocausto…».

Otto le lanciò uno sguardo furioso. «Peccato che, però, non lo sappiamo. Queste sono solo le loro accuse. Non credere che alla Fondazione Madsen non siano pronti a mentire pur di raggiungere i loro obiettivi. Non pensare che non pagherebbero per una firma su una relazione falsificata. Quella è gente con le tasche profonde e quasi tutti hanno un prezzo. Questo è solo il modo in cui gli piace iniziare una negoziazione».

Prese un tiro dalla sigaretta e rallentò il passo. «E comunque abbiamo agito sempre in buona fede, abbiamo la coscienza a posto perché sappiamo che la nostra acquisizione è stata legale e onesta. Toccherà agli avvocati discuterne i termini di prescrizione. Quasi nessuna delle vittime originarie è ancora in vita, quindi non si tratta più di una viscerale perdita personale, quanto piuttosto di una questione di principio e di risarcimento. In fin dei conti sono passati quasi ottant'anni da quella vendita... dove finisce la responsabilità morale?».

Darcy fece un'alzata di spalle. «Se pensiamo ai marmi di Elgin, non finisce».

«Sì, ma quella è una questione di patrimonio nazionale», mormorò. «Si tratta di restituire qualcosa alla sua giusta collocazione. Ma *I suoi figli* è già nella sua giusta collocazione: qui, a Copenaghen, in custodia e a beneficio del popolo danese. Se gli eredi dei Fleishman hanno firmato un accordo con Madsen prima ancora di presentare richiesta di restituzione, allora il loro interesse principale è di natura finanziaria e non possiamo escludere il rischio che possano cambiare idea, che potrebbe presentarsi qualcun altro con un'offerta più vantaggiosa. A quel punto il dipinto finirebbe per lasciare la Danimarca per una collezione privata chissà dove».

Darcy si chiese di che cifre stessero parlando. Cinquanta milioni? Cento? Una somma del genere avrebbe tappato molti buchi nel bilancio del ministero della Cultura.

Otto sospirò. «Allo stato attuale, siamo i legittimi custodi di questo tesoro nazionale e, nonostante tutti i loro proclami, l'ultima cosa che alla Fondazione Madsen vogliono è che la questione finisca in tribunale. Lorensen ha fatto ciò che sa fare meglio, intimidire, ma sa bene come lo sappiamo anche noi che ci vorrebbero anni prima che un caso del genere finisca davanti al giudice; e se c'è una cosa che gli investitori finanziari non amano quando si tratta dei loro soldi, sono le indagini a tempo indeterminato. E con la società madre che sta cercando di quotarsi in Borsa, vorranno un risultato rapido».

«Quindi secondo te sta bluffando?»

«Sta solo stringendo la morsa. Gli riesce bene».

Stavano camminando lungo Nyhavn ora, con le sue famose e variopinte casette portuali, le alte navi a vela ormeggiate nel canale e i turisti avvolti nei cappotti a mangiare e bere nei caffè sul lungomare.

«C'è qualche possibilità di avvicinare i Fleishman e fare una controfferta?», chiese Darcy.

Otto scosse la testa. «Madsen sarà andato ben oltre il valore di mercato per assicurarsi l'affare. Inoltre, agli eredi probabilmente è stata presentata come l'occasione di vedere il quadro riunito alla maggior parte delle opere di Trier. Si saranno convinti che si tratta di una mossa altruistica».

«Pensi davvero che Helle saboterebbe la retrospettiva?».

Otto si rabbuiò a quella domanda. «Lo ritengo altamente improbabile. Se lo facessero, minaccerebbero la fattibilità dell'intera mostra e la notizia finirebbe sui giornali. Immagina che scandalo se si venisse a sapere che ci stanno ricattando».

«Allora forse si dovrebbe sapere», mormorò Darcy.

«Sarebbe allettante», concordò lui, «ma troppo complicato. Ora come ora non gioverebbe a nessuno se la questione diventasse di dominio pubblico. No, Helle e Max stavano solo gonfiando i muscoli, ma giocano sporco e non si tireranno indietro, puoi starne certa. Dovremo tutti stare all'erta». Le lanciò un'occhiata. «Non farti abbindolare da Max, Darcy. È affascinante quando gli fa comodo, ma temo che non potrai fidarti di nessuno che abbia a che fare con loro. Rask compreso».

«Viggo?», esclamò lei. «Ma lui non farebbe mai…».

«Oh, lo farebbe eccome. È un simpatico vecchietto e un ottimo archivista, ma alla fine dei conti lavora per loro, non per noi», concluse Otto con fermezza. «E dopo tutti questi anni di servizio, non c'è dubbio che la sua lealtà vada prima di tutto alla Collezione Madsen».

«Ma non posso nascondergli quello che sto facendo. Siamo solo noi due là sotto. Può vedere quello su cui sto lavorando in qualsiasi momento!».

«E va bene così, basta che tu non lo coinvolga nelle tue ulteriori considerazioni. Se per Helle e Max l'identificazione di Lilja Madsen come la donna del ritratto rafforza la loro rivendicazione su *I suoi figli*, sfrutteranno ogni minimo vantaggio possibile. Puoi stare certa che Helle lo sta già mettendo al corrente mentre parliamo».

Darcy sospirò, detestando di dover ricorrere a simili sotterfugi. Era una studiosa, non un agente segreto! La collaborazione e il supporto di Viggo erano stati preziosi fino a quel momento.

«Non ti angustiare troppo. So che oggi Viggo ti ha aiutato con l'identificazione, ma ci saresti arrivata prima o poi anche da sola», affermò Otto, che sembrava riuscire a leggerle i pensieri. «Abbi fiducia nelle tue capacità, Darcy. Sei una ricercatrice brillante. Sei stata tu a collegare la collana al ritratto».

«Tu pensi che sia davvero Lilja Madsen la donna del ritratto?»

«Purtroppo sì».

«Anch'io», mormorò lei. Si fermarono per lasciar passare un uomo in bicicletta con due bambini piccoli rannicchiati all'interno di una grande cassa di legno fissata alla parte anteriore: a metà tra un cestino e un passeggino.

«Otto... cos'è un "barone del gulasch"?»

«È il termine che si usa per indicare quelli che si sono arricchiti speculando durante la Grande Guerra».

«Ma pensavo che la Danimarca fosse rimasta neutrale...».

«Infatti, ma la neutralità politica non esclude i guadagni finanziari. È un termine generico, ma in origine si riferiva a quelli che hanno fatto fortuna vendendo carne in scatola a basso costo alle truppe tedesche».

«E cosa c'è di sbagliato?», chiese Darcy, perché l'atteggiamento disgustato di Helle Foss le era sembrato eccessivo.

«La qualità era vergognosa. Era prodotto per i soldati che combattevano in prima linea, ma era composto da intestini, cartilagini, ossa macinate in salsa... A volte anche ratti. Il loro benessere non aveva alcuna importanza, contavano solo i margini di profitto».

«Ah».

«Già, non era esattamente un'impresa nobile. Ma d'altra parte, le grandi fortune raramente si accumulano in modo elegante e i Madsen non sono stati né la prima né l'ultima famiglia ambiziosa a usare l'arte e la cultura per ripulire la propria reputazione. Guarda i Vanderbilt e il Metropolitan Opera House». Le lanciò un'occhiata. «Mai sottovalutare l'importanza della reputazione, Darcy. I Madsen ora sono al vertice, ma non è sempre stato così. Puoi stare certa che a Helle non piacerà l'idea di riportare il figlio ignobile sotto i riflettori».

Svoltarono di nuovo a sinistra e si stagliò davanti a loro il maestoso palazzo di Charlottenborg, sede dell'Accademia Reale. Avevano fatto il giro dell'isolato a passo svelto, ma Otto ora sembrava essersi calmato.

«Come pensi che reagirà il direttore dell'Accademia a questa notizia?». Era ancora a New York, ma quell'aggiornamento somigliava sempre di più a un problema che meritava la sua attenzione personale.

«Come ho reagito io. Ma almeno posso dirgli che non ci arrenderemo e non accetteremo la situazione. Se Max Lorensen vuole la guerra, che guerra sia».

Max, in effetti, stava entrando in guerra con lo Stato danese, eppure Darcy sospettava che non avrebbe perso il sonno per questo. Avrebbe dormito della grossa... o, anzi, non avrebbe dormito affatto, rigirandosi tra le lenzuola con una top model fino alle prime luci dell'alba... Darcy chiuse gli occhi, scacciando l'immagine che le era subito balzata in mente, chiara e definita.

Max era il nemico. Avrebbe fatto bene a tenerlo a mente.

«Ciao».

Viggo rialzò la testa dal suo lavoro. Stava sostituendo delle terrecotte dentro la vetrinetta. Dal suo atteggiamento rigido si capiva che era già stato aggiornato da Helle, come aveva previsto Otto. «Darcy, ciao».

Darcy avanzò con un sorriso forzato. Dovevano comportarsi da nemici anche loro? Quando era uscita da lì, poche ore prima erano amici. Colleghi. Collaboratori che lavoravano fianco a fianco accumulando risorse. «Quindi...».

«Quindi...». Viggo deglutì, smarrito, guardandola accarezzare con fare distratto il sottomano in pelle, senza che nessuno dei due sapesse cosa dire o fare. Non erano fatti per i grandi affari. Erano lì per amore della materia. Darcy lo guardò dritto negli occhi e nei suoi trovò qualcosa di simile alla paura. Chi lo aveva chiamato e di cosa era stato minacciato? Era un uomo anziano, che svolgeva in silenzio un lavoro tranquillo. Le conseguenze delle sue azioni non avrebbero dovuto sfociare in cause legali contro lo Stato danese.

«Be'... che giornata movimentata», disse lei alla fine, rompendo la tensione con un eufemismo.

Viggo rise sollevato. «In effetti... Sono contento che tu sia tornata. Temevo di non rivederti più».

«A essere sincera, è un'ora che gironzolo al piano di sopra».

Viggo sembrava ferito. «Avevi paura di scendere?»

«No, non proprio», ammise lei, sapendo che non sarebbe mai stato un nemico, checché ne dicesse Otto. «Mi sono fermata nella sala Madsen Heritage lungo la strada. Volevo guardare di nuovo la foto che mostrava la collana, ma alla fine sono stata distratta da un'altra».

«Ah, sì? Quale? Si vede sempre la collana?»

«No, ma...». Gli mostrò sul cellulare la foto che aveva appena scattato, la stessa che aveva visto anche qualche giorno prima, con Gerde e Lotte Madsen in giardino. «La bambina che è con loro». Indicò la figuretta dai capelli scuri sulla coperta. «Sai chi è? La biografia sulla targa riporta solo madre e figlia: Gerde e Lotte Madsen, giugno 1915».

Viggo si sistemò gli occhiali sul naso, assumendo la sua consueta espressione concentrata. «Sai, ho guardato questa fotografia molte volte nel corso degli anni, ma non ho mai pensato di chiedermi chi fosse».

«Perché no?»

«Perché contavano solo i Madsen», rispose lui stringendosi nelle spalle. «È la loro galleria, la loro fondazione e questa solo una bambina senza nome in una foto».

Darcy si morse il labbro. «Pensi che potrebbe essere Lilja?».

Viggo si stupì di quella domanda. Esitò a lungo, osservando la foto più da vicino, prima di rispondere. «Be', ora che me lo dici, sì, c'è una somiglianza, anche se è piuttosto sfocata per poterlo dire con certezza. Una bambina dai capelli scuri assomiglia a qualsiasi altra bambina dai capelli scuri.

Almeno ai miei occhi». Guardò Darcy. «Cosa ti fa pensare che sia lei?»

«C'è qualcosa nel suo portamento. È il modo in cui sta... Mi chiedo se non fosse stata un'amica di Lotte Madsen».

«Sembrano coetanee».

«Magari una compagna di scuola?»

«No, Lotte aveva un'istitutrice».

«Allora forse una compagna di giochi?»

«Sì, forse», concordò Viggo. «O magari solo la figlia di una famiglia benestante o perfino di qualche bracciante della proprietà».

«Quanti anni potrebbero avere?».

Viggo si sistemò di nuovo gli occhiali, scrutando più da vicino l'immagine sullo schermo. «Dieci? Ma te lo posso confermare, almeno per Lotte. Che data riporta la foto?»

«Giugno 1915».

Viggo attraversò la stanza e si avvicinò al registro rosso sul tavolo. Lo consultò, scorrendo il dito lungo la pagina, prima di sparire nella prima libreria. Darcy lo seguì, osservandolo aprire una cartellina. Era piena di certificati: nascite, morti, battesimi, matrimoni.

«Questi sono i documenti di famiglia», disse, tirando fuori un foglio con il nome di Lotte. «Sì, guarda qui: è nata nel maggio 1904, quindi lì aveva undici anni».

Darcy guardò di nuovo la foto sullo schermo. L'altra bambina, dai capelli scuri, era più minuta, più esile... forse era un po' più giovane? Il suo vestito non aveva i bordi di pizzo come quello di Lotte, ma era comunque di cotone con nastri e ricami a punto croce sulle spalle. Se Lotte aveva undici anni, lei non poteva averne di più... una decina, molto probabilmente.

Darcy si morse il labbro, scrutando quella bambina dai capelli scuri e un corpo fragile come quello di un uccellino. Una foto a colori sarebbe stata sicuramente più rivelatrice, ma i delicati toni di grigio e bianco ne attenuavano i lineamenti e il risultato era un'impressione piuttosto che una rappresentazione diretta. Era solo una bambina dai capelli scuri, una delle tante, come aveva sottolineato Viggo. Se solo avesse avuto un dente mancante, un naso adunco, un terzo orecchio… un tratto caratteristico…

Darcy si perse nei suoi pensieri. Se era Lilja ed era stata amica di Lotte prima di diventare la moglie di Casper, forse si era trattato di un matrimonio combinato?

«Posso dare un'occhiata?», gli chiese indicando la scatola che Viggo aveva ancora in mano.

«Certo». Viggo le posò una mano sul braccio. «…Caffè?».

Darcy gli sorrise grata. «Magari».

Mentre lui riempiva il bollitore e, accompagnata dal tintinnio del cucchiaino contro le tazze, Darcy prese a sfogliare i certificati di famiglia, estraendo tutto ciò che riportava i nomi di Lilja o Casper.

Li dispose tutti sul piccolo tavolo da lavoro; erano più di quanti si aspettasse. Li studiò con la fronte aggrottata, cercando di compilare una cronologia lineare da ciò che rivelavano. Eppure, dagli eventi che piano piano le si depositavano nella mente – un matrimonio, due nascite, tre morti – non era facile ricavarne una narrazione. Anzi, quei fogli sollevavano altre domande, come bolle che risalgono dal fondo sulla liscia superficie di uno stagno.

Tormentandosi il labbro con i denti, tentò di capire cosa stesse cercando di dirle quella raccolta di documenti. Tragedia, sofferenza, orrore…?

"Oddio, Lilja", pensava tra sé e sé mentre Viggo trafficava in sottofondo. "Che cosa ti è successo?".

Capitolo diciassette

22 novembre 1918

Tutti sono di buon umore ora che siamo di nuovo al completo. Non ha smesso di piovere per giorni, ma è come se il sole lo avessimo in casa. Mamma è così contenta che l'ho sentita cantare nel parlatorio questa mattina e mi ha promesso dei nuovi nastri per il cappello blu non appena il tempo migliorerà.

Naturalmente Papà è sempre molto occupato, a volte penso che non si sia ancora reso conto che la guerra è finita. Lascia il suo studio raramente, ma dal modo in cui osserva la tavola a cena e annuisce tra sé e sé, capisco che è contento di avere di nuovo suo figlio a casa. Con Frederik non fa che parlare della gestione dell'azienda, ora che i tempi sono migliori, ma Mamma vorrebbe tanto che smettessero di parlare sempre di lavoro.

Si parla anche di dare una festa. Casper ne è entusiasta e sta cercando di persuadere Mamma a fissare una data, nonostante mi sia stato detto di non nutrire troppe speranze. Mamma dice che c'è molto da organizzare e la signorina Holm disapprova, penso. Dice che tanti hanno remore a festeggiare la pace quando ci sono stati così tanti morti.

Mi dispiace molto per le persone che hanno perso la vita, ma penso anche che loro ci vorrebbero felici a organizzare una festa. Se ci sarà, indosserò il mio nuovo abito rosa. È rimasto sempre appeso nell'armadio in attesa dell'occasione felice e i vestiti quotidiani ormai li abbiamo consumati tanto che sono quasi ridotti in stracci. Mamma dice che anche Lilja ha bisogno di nuovi indumenti. Sta crescendo in fretta; è così alta e secca che sembra uno stecchino. Ho chiesto a Mamma se possiamo farle fare un abito giallo, perché è il suo colore preferito e farebbe risaltare il colore dei capelli.

Sua madre alla fine ha scritto e penso che avranno il permesso di tornare non appena sarà passata la confusione. Lilja ne è stata molto felice. Le manca molto la sua famiglia e spesso di notte la sento piangere, ma a volte penso anche che non voglio che tornino. So di essere egoista e nelle mie preghiere chiedo perdono a Dio per questi pensieri cattivi, ma quando torneranno lei se ne andrà e io perderò la migliore amica del mondo.

Che cosa farò senza di lei? Ci raccontiamo tutto. Io le ho detto di quando Henrik mi ha passato il biglietto in chiesa e lei che lo ha visto guardarmi quando ero girata. Lilja vede tutto. Ci consideriamo sorelle e Casper mi prende in giro. Mi dice di stare attenta a ciò che desidero, e che due fratelli bastano e avanzano. Secondo lui molte cose sono cambiate da quando è partito e a volte lo trovo a guardarci mentre seguiamo le lezioni e lo vedo triste. La guerra ha reso tristi molte persone, ma altre anche molto ricche, quindi dobbiamo essere grati per la nostra fortuna.

29 novembre 1918

La festa è stata accordata! Papà ha detto sì e ieri mattina sono stati spediti gli inviti. Mamma ci ha portato dalla sarta che ha preso le misure a Lilja e a me è stato concesso di prendere dei nuovi calzettoni di pizzo che io abbinerò al mio vestito rosa. Lilja ha scelto il giallo, come immaginavo. Continuava a ridere e piroettare mentre la povera signora Harlang cercava di fissare il tessuto con gli spilli tra le labbra.

Mamma ha ordinato una torta a tre strati per il centrotavola e i fiori li fa venire direttamente da Rotterdam. Vuole che tutto torni a essere bellissimo. C'è una famosa banda di Parigi che verrà qui solo per suonare alla festa e Frederik continua a ripetere che chiunque sia qualcuno a Copenaghen parteciperà. Penso che l'unica a non essere d'accordo sia la signorina Holm, ma Casper dice di non preoccuparsi di lei e che tutte le istitutrici sono infelici per natura e che diventano istitutrici proprio perché le famiglie non le sopportano e nessun uomo le vuole.

Inoltre Casper ha comprato una nuova autovettura e ha portato me e Lilja a fare un giro. La gente si fermava a guardarci mentre noi salutavano come se fossimo il re e la regina. Dice che possiamo tornarci anche domani, se non piove.

13 dicembre 1918

Sono tutti nervosi. Mamma oggi ha pianto due volte perché le dalie non sono della giusta tonalità di lilla e i mirtilli hanno stinto macchiando la glassa della torta. Papà è di pessimo umore perché dice che non sono problemi che ci riguardano, ma che cosa ne sa lui del mondo femminile? Mamma glielo chiede in continuazione e gli ripete che come lui ha la sua sfera, lei ha la propria. Papà è andato su tutte le furie ed è rimasto chiuso nello studio da allora. Ha perfino pranzato lì e mamma non fa che star lì a torcersi le mani.

Lilja e io ci siamo tenute bene a distanza. Se ci vedono troppo eccitate potrebbero cambiare idea e decidere che, in fondo, siamo troppo piccole per partecipare. Sarebbe una tragedia dopo tutti gli sforzi che abbiamo messo nel prepararci e Lilja muore dalla voglia di esserci. Dopo la lettera del mese scorso non ha più avuto notizie da sua madre, ma dice che sarebbe proprio da lei presentarsi a sorpresa alla festa. Lei adora le sorprese e gli ingressi trionfali!

Ci è permesso di restare solo per la prima ora, ma secondo Casper nessuno farà caso a noi una volta iniziate le danze. Gli ho fatto presente che sarà compito della signorina Holm di supervisionarci, ma io e Lilja pensiamo che abbia un debole per Casper e lui ha promesso di corteggiarla un po' e forse perfino di chiederle di ballare, così da farci restare un po' più a lungo. Ha anche aggiunto che dovremmo assaggiare il nostro primo champagne, ma Frederik l'ha sentito e ha detto di no. È un vero guastafeste! Pensa che, ora che è fidanzato e prossimo alle nozze con Sofie, debba diventare serioso come Papà.

Frederik ha anche ingaggiato un fotografo per poter ritrarre tutti gli ospiti al loro arrivo e ci sarà anche un grande libro su cui ognuno scriverà il proprio nome, così da ricordare questa serata per sempre. Spero che facciano una fotografia anche a noi due. Il vestito di Lilja è davvero grazioso e se davvero sua madre tornerà a sorpresa dalla Germania, sarà la nostra ultima serata da sorelle (spero che non venga).

Sento mamma che mi sta chiamando, ma ti riscrivo stasera dopo la festa!

13 dicembre 1918

È stato forse soltanto un sogno? Non credo di aver mai conosciuto una simile felicità prima di stasera. Tutti i miei desideri si sono avverati. Il mio vestito è stato molto ammirato e la signorina Holm ha perso la cognizione del tempo, grazie a Casper che continuava a versarle lo champagne, così sono riuscita a restare nel salone per un'ora in più. Ho ballato il foxtrot con Frederik e con papà, mentre Casper ha ballato con Lilja per non farla sentire esclusa. Mamma era radiosa nel suo vestito e c'erano tutti quelli che contano. Ci sono stati così tanti complimenti che mi sono ritrovata costretta ad arrossire per tutta la serata. Ho anche sentito alcune signore parlare dell'ingresso in società a Londra dove le debuttanti possono concordare ottimi matrimoni. Ne parlerò a mamma domani. Ho sempre desiderato andare a Londra. Magari potrei sposare un duca o un conte.

Naturalmente la mamma e il papà di Lilja non hanno fatto nessun ingresso trionfale. Non mi stupisce, ma lei è rimasta aggrappata alla speranza fino a che non è stato evidente che era vana. È scappata via durante il foxtrot. Ora la sento piangere nell'altra stanza e vorrei tanto andare a consolarla, ma preferisce essere lasciata sola quando è triste. Domani le coglierò alcune rose di Natale per il tavolo della colazione e chiederò a Casper di portarci a fare un altro giro in automobile. Come dice sempre mamma, domani è un altro giorno.

Ora sono stanca e se la signorina Holm mi trova ancora sveglia si arrabbia. Spero solo di riuscire a dormire.

Darcy posò il diario, si appoggiò allo schienale della sedia e fissò le venature del legno della scaffalatura, lasciandosi riempire la mente dalle immagini evocate dal diario di Lotte. Almeno aveva una risposta. Anche se, a quanto pareva, Lilja non aveva tenuto un diario, era comunque utile leggere dei suoi spostamenti per procura. Le due ragazze avevano entrambe quattordici anni nel 1918 (Lilja forse qualcuno meno) ed erano entusiaste di diventare donne. Feste, vestiti, ragazzi… La guerra era finita e la vita era tornata a essere vissuta in pieno.

Darcy non sapeva ancora se Lilja fosse la donna del ritratto che stava cercando, ma ora era sulla strada giusta per scoprirlo. Le fotografie e i diari le avevano già confermato che era stata amica di Lotte Madsen e che, con Casper tornato dalla guerra, la sua storia d'amore stava per iniziare…

Filo dopo filo, la trama si stava tessendo. Ci sarebbero state delle lacune nel racconto: senza la voce di Lilja, il materiale su cui Darcy doveva lavorare era frammentario, incompleto e imperfetto, costituito dalle verità di altre persone. Ma Lilja Madsen stava tornando in vita. Lo sentiva.

«Sei fantastica!».

Darcy rimase perplessa da quel complimento inaspettato. «Davvero?». Era arrivata direttamente dall'archivio e, a differenza del suo ultimo appuntamento, non ci aveva messo alcun impegno, a parte un velo di balsamo per le labbra. Era ancora infastidita dalla storia del conto e non perché non fosse d'accordo a pagare la sua parte della cena, ma dal modo in cui lui l'aveva gestito. C'era qualcosa di meschino nel passarti metà fattura sotto il tavolo in quel modo, quindi aveva già deciso che quella sera sarebbe rimasta solo per un bicchiere.

«Sì, hai le guance rosse». Anche lui, notò Darcy. «Sei venuta a piedi?»

«In bicicletta», lo corresse sfilando il cappotto e la sciarpa, la stessa che, non volendo, aveva portato al colpo di fortuna di Max quello stesso giorno. Aveva un odore non familiare, come se avesse assorbito il profumo di Max mentre se ne stava lì a casa sua, come un gatto traditore.

Sorridendo, Aksel la guardò toglierla di mezzo infilandola dentro il cappotto. «Stai benissimo».

Stava mettendo in campo il proprio fascino? Aveva intuito di aver fatto un passo falso? «Grazie», gli rispose lei, cauta.

Aksel aveva preso un tavolo in fondo al bar e si era seduto sulla panca. Il galateo degli appuntamenti cui era abituata prevedeva che a sedersi sulla panca dovesse essere la donna, mentre l'uomo sulla sedia, ma forse lui aveva scelto la panca per avere una vista migliore della sala, in modo da vederla arrivare? Darcy gli sedette di fronte e notò la bottiglia di sauvignon blanc già aperta e i due bicchieri.

«Ho ordinato una bottiglia», spiegò lui, prendendo il bicchiere vuoto e versandovi del vino. «Spero che ti vada bene. Ho pensato che ci avrebbe risparmiato innumerevoli viaggi al bar».

«Ottima idea». Darcy inclinò il bicchiere mentre lui lo riempiva, ma esagerò e schizzò il vino sul tavolo.

«Oops», esclamò Aksel con una smorfia, tamponandolo con un tovagliolo di carta. «Hai fame? Qui servono anche stuzzichini e snack».

«In realtà posso restare solo per un drink».

Aksel parve così deluso che il suo viso si rabbuiò in modo evidente. «Davvero?»

«È stata una giornata infernale», si scusò lei. «A essere sincera, non sono sicura di essere la compagnia migliore… Avrei fatto meglio a disdire piuttosto che sottoporti a…».

«Sono contento che tu non l'abbia fatto», si affrettò ad aggiungere lui. «Raccontami cosa è successo. Ha qualcosa a che fare con il tuo progetto di ricerca?». Sembrava un interesse sincero, ma Darcy non poteva dire una parola sulla questione vera e propria: le manovre dietro le quinte di Max Lorensen riguardo alla proprietà di *I suoi figli* erano un argomento strettamente riservato.

«…Sì, in parte. Ho trovato una collana identica a quella indossata dalla donna nel dipinto e da lì si è innescato un effetto domino: la collana poteva essere collegata a una fotografia della collezione, che poi ci ha fornito un nome, quindi ho passato tutto il pomeriggio a ricostruire la vita di questa donna».

«Allora, sembra che sia stata una buona giornata, no?»

«Ecco… ci sono state anche altre cose, ma…». La sua voce si affievolì. La deviazione al mercatino di Natale sembrava lontana anni luce e lei aveva lasciato la giostrina, ancora incartata, sul suo tavolo da lavoro nell'archivio. Non aveva voluto portarla con sé quella sera e non era nemmeno sicura di volerla portare a casa. L'ultima cosa di cui aveva bisogno era un promemoria di Max in camera da letto.

«Sì, ma una collana, un nome… È praticamente fatta!».

Darcy si stupì dell'entusiasmo di Aksel di quella sera. La sera prima non aveva mostrato alcuna grande emozione.

«Be', non ho ancora la certezza assoluta che la donna su cui sto facendo ricerche sia quella del dipinto. È probabile, ma devo mantenere la mente aperta; seguire le prove e non limitarmi a ipotizzare cosa sia successo».

«Sembri una patologa».

«Buffo, oggi mi hanno paragonata anche a una detective. Ottime opzioni da tenere a mente, se la cattedra non dovesse andare in porto, immagino».

«Certo che andrà in porto. Ti aspetta un futuro brillante!», affermò lui con sicurezza.

Darcy lo guardò. Sembrava diverso. Più assertivo, quasi presuntuoso. «In realtà, ho una domanda a cui forse potresti rispondere», disse, ripensando a un dettaglio letto poco prima nei fascicoli, tra l'altro l'unico motivo per cui non aveva annullato l'appuntamento di quella sera. «È una questione medica e, so che sei un veterinario, ma prima bisogna studiare la biologia umana, no?»

«Sì… spara», rispose lui puntandole contro le dita a pistola.

«D'accordo. Allora, purtroppo, è annegata, la mia signora».

«Ah», trasalì lui. «Spoiler del finale».

In un attimo di esitazione, Darcy abbassò gli occhi sulla bottiglia di vino. Era già vuota per più della metà. «Lo so, scusa, ma a quanto pare, suo marito è morto tre giorni dopo. Cioè, no, non a quanto pare: è effettivamente morto tre giorni dopo. Un uomo sano e piuttosto giovane…». Batté il dito sul tavolo. «Non lo trovi un po' troppo per essere una coincidenza?»

«Quanti anni aveva?»

«Trentaquattro».
Aksel si impensierì. «Di certo pochi per morire all'improvviso. Sai qual è stata la causa ufficiale di morte?»
«Sul certificato è descritta come cardiomiopatia da stress».
Aksel parve sinceramente sorpreso. «Davvero? Interessante».
«Che significa? Aveva problemi di cuore?»
«È anche conosciuta come sindrome da crepacuore».
Darcy spalancò gli occhi. Helle Foss aveva ragione? «Quindi esiste davvero?».
Aksel annuì mentre beveva altro vino. «È raro, ma può succedere: uno stress improvviso e acuto indebolisce il muscolo cardiaco. Una volta ho avuto una golden retriever che ne ha sofferto quando il suo compagno è morto investito. È caduta in una profonda depressione ed è morta pochi giorni dopo. I proprietari erano distrutti».
«Oh, no».
Aksel si strinse nelle spalle. «Il dolore non va mai sottovalutato e può chiedere un conto molto pesante al fisico».
Il dolore. La reputazione. Troppe cose da non sottovalutare, pensava Darcy. «Quando me l'avevano detto all'inizio, che potesse essere morto di crepacuore, ho pensato che stessero solo inventando un finale da favola».
«Perché, si muore nei finali da favola?»
«Touché», sorrise Darcy.
«Com'è annegata la donna? In casa?»
«Cioè, intendi nella vasca da bagno?». Darcy fece spallucce. «Ah, bella domanda. Ancora non lo so».
«Che storia triste».
«Già». Darcy aveva in mano il bicchiere, ma solo allora si rese conto che era vuoto. Il lavoro di ricerca metteva sete.
«Un'altra?», le propose lui speranzoso.
Darcy incrociò il suo sguardo, quegli occhi profondi, sinceri. Gentili. Aperti. Che importanza aveva un pizzico di avarizia di fronte all'arroganza, alla spietatezza, alla vacuità emotiva e all'ossessione per il potere?
«Certo», sorrise, appoggiandosi allo schienale della sedia. «Perché no?».

Barcollavano lungo le strade, tra le luci natalizie riflesse nelle pozzanghere e frammenti di conversazioni che filtravano dalle porte di bar e ristoranti che si aprivano e chiudevano. Era tardi, la luna era sottile ma luminosa nel cielo scuro. C'era aria di festa in città, come se nessuno fosse pronto per andare a letto. Darcy invece sì. Passarono accanto a una coppia che si baciava sotto un portone e lei guardò Aksel piena di aspettativa. Avevano finito la bottiglia di vino, poi anche un'altra, mangiando solo olive per "sostentarsi" e ora si sentiva stordita, sferzata dall'aria fredda della notte. Si sentiva giocosa e sciolta, tutta la tensione accumulata era finalmente svanita. Max Lorensen ormai era solo una nota a margine della sua giornata.

Il sorriso di Aksel era sempre più sbilenco. Era un ubriaco simpatico, chiaramente incapace di reggere l'alcol e un po' barcollante. Un Uber le passò vicino, troppo, nella stradina stretta. Le passò vagamente per la testa che stava camminando sul lato esterno del marciapiede, mentre secondo il galateo avrebbe dovuto essere lui a stare sul lato del traffico. Non che quei dettagli avessero importanza, lo sapeva. Solo che sarebbe stato carino...

«Cazzo, si gela», si lamentò Aksel con la voce impastata, stringendosi il collo della giacca imbottita quando arrivarono all'incrocio e fu investito dal vento. Rimasero fermi al semaforo, in attesa di attraversare Kongens Nytorv.

«Lo so», gemette lei, sperando che lui cogliesse l'occasione per stringerla a sé. Aksel però non lo fece. Quell'uomo era cieco ai segnali. «Vuoi la mia sciarpa?», gli propose allora, togliendosela e avvolgendogliela al collo prima che lui potesse rispondere.

«Sei sicura?», le chiese mentre gliela annodava.

«Sì...», biascicò lei, guardandolo. «Puoi tenerla. Non la rivoglio indietro».

«Perché no?».

Il semaforo scattò e attraversarono la strada «Semplicemente non mi piace», rispose lei in modo teatrale. Era proprio ubriaca. «Ora è tua».

«Non avrai freddo?»

«...Ci sono sempre altri modi per riscaldarsi», lo provocò,

avvicinandosi e cingendolo con le braccia fino a ritrovarsi premuti l'uno contro l'altra. Darcy si fermò. Non avevano senso certe sottigliezze con lui. «Baciami».

«Qui?». Aksel si stupì a quel comando. Erano di fronte all'Hotel D'Angleterre con le sue sfarzose luminarie sulla piazza illuminata a festa e un enorme albero di Natale scintillante al centro. I fari delle auto davanti a loro si muovevano lentamente, altre esistenze le passavano accanto dirette verso altri luoghi, altri destini. Darcy aveva la sensazione che la vita le pulsasse intorno ma senza toccarla davvero, come se un campo di forza la tenesse lontana e, così, di colpo, provò un desiderio disperato di essere toccata, di rimanere sveglia tutta la notte. Voleva essere avventata. Spensierata. Libera da responsabilità. Trascorreva le sue giornate con i morti, ma era davvero più viva di loro?

Aksel si chinò a baciarla, titubante all'inizio. Aveva le labbra fredde, ma lei lo riscaldò rapidamente mentre sentiva le sue braccia muoversi su di lei, tirandola più vicino. Fu un bel bacio. Non il migliore che avesse mai ricevuto. Non come quello con…

Gli infilò le mani tra i capelli, gli tracciò le labbra con la lingua, assaporando il vino che avevano bevuto entrambi. Poi si staccò. «Chiama un Uber e portami a casa», gli sussurrò, biascicando all'orecchio.

Aksel sembrò avvizzire. «…A c-casa mia? O tua?», chiese, frugando nella tasca alla ricerca del telefono.

«A casa tua».

L'auto arrivò in quattro minuti e per le undici erano già nel letto. Era sfatto, con lenzuola blu scuro, pantaloni e calzini sparsi sul pavimento. «Non mi aspettavo che succedesse», si scusò lui mentre barcollavano nella sua stanza, spogliandosi.

«Ancora meglio», sorrise lei, slacciandosi il reggiseno mentre lui iniziava a baciarle il collo. Chiuse gli occhi e sospirò arrendendosi al piacere. Era affamata, ubriaca e sola e lui era un brav'uomo. Un uomo gentile.

Doveva bastare.

Capitolo diciotto

La città si era risvegliata spolverata di bianco. La neve scendeva in fiocchi grossi e asciutti, di quelli che ti restano sul naso finché il calore del corpo non opera la sua magia.

Il calore del corpo.

L'appartamento di Aksel era freddo, così Darcy aveva trascorso quasi tutta la notte rannicchiata contro di lui. Almeno era caldo, una roccia bollente sotto le coperte.

La mattina si svegliò prima di lui – per un mal di testa che stava solo peggiorando – e se n'era andata prima ancora che lui si girasse. Un'uscita discreta sarebbe stata una grazia per entrambi, dopo la serata precedente.

Erano quasi le otto e mezza: troppo tardi per tornare a casa a cambiarsi, ma Viggo non ci avrebbe fatto caso, né gli sarebbe importato di rivederla con gli stessi abiti del giorno prima. Aveva solo bisogno di aria fresca, caffè, toast e un analgesico contro i postumi della sbronza.

Salì le scale della galleria con passo pesante. Le luci erano accese, il personale all'ingresso già all'opera a sostituire i rotoli degli scontrini nella casse o a sistemare l'altezza degli sgabelli tra una chiacchiera e l'altra.

«Buongiorno», sorrise fiacca, ormai un volto familiare mentre si puliva le scarpe sul tappetino e sbottonava il cappotto.

«Santo cielo, nevica forte adesso!», esclamò una di loro, notando lo stato dei suoi capelli. Darcy si guardò e li scoprì ricoperti di neve.

«Eh, sì». Non ci aveva fatto caso in realtà, mentre attraversava i parchi assorta nei propri pensieri. «Immagino di sì…».

«Dev'essere stata dura! Sei bianca come uno straccio!».
«Ehm... sto bene...», fu la sua debole protesta. Niente che i costanti caffè di Viggo non potessero curare. «Buona giornata». Attraversò l'atrio con lo sguardo nella borsa per cercare il badge, quindi non si accorse che qualcuno stava già uscendo.
Scattò all'indietro perché la porta si aprì di scatto rischiando di colpirla. «Ehi!».
La mancò di pochi millimetri e, dall'altra parte c'era Max, colto di sorpresa quanto lei. «Darcy!».
Darcy deglutì, travolta dai ricordi del giorno prima. Di tutte le persone che doveva incontrare... proprio lui e proprio quella mattina.
«Non ti avevo visto».
«A quanto pare». Darcy abbassò gli occhi e notò la punta delle sue scarpe di pelle: tirate a lucido alla perfezione. Nessun graffio, nessuna piega. Tale scarpa, tale uomo. «Deduco che sei già stato aggiornato sul mio lavoro di ieri pomeriggio», osservò gelida, senza neanche tentare di mascherare l'ostilità nel tono di voce o la freddezza dello sguardo.
Ci volle qualche istante perché Max cogliesse la situazione in cui ormai si trovavano. Non colleghi. Né amici. Tantomeno qualcosa di più... Davvero aveva pensato che quella giostrina potesse servire a non farsi odiare dopo ciò che aveva fatto?
Darcy non era in condizioni di sostenere conversazioni, tantomeno litigi, così fece per superarlo. Max si fece da parte per farla passare, con lo sguardo fisso prima sulle guance esangui e poi sul resto del corpo.
«Bella felpa», le disse con un filo di voce. «Quel colore ti dona».
Darcy si girò di scatto all'eco del complimento del giorno prima. Capiva benissimo cosa le stesse dicendo – cosa aveva capito – e, sotto il suo sguardo intenso che si protrasse in silenzio per diversi secondi, sentì le guance in fiamme. Non era uno sguardo freddo. Era ardente. In ebollizione.
Era arrabbiato. Darcy lo vide allontanarsi senza aggiungere altro. Pessimo inizio di giornata per entrambi.
Quando Darcy arrivò di corsa per il pranzo tardivo, Freja era già al loro tavolo preferito. Come sempre, il locale era af-

follato, l'attaccapanni in cima alle scale era carico di cappotti, le finestre appannate dal vapore delle cioccolate calde e delle incessanti conversazioni. Non c'era mai un momento di tranquillità al caffè Paludan: il servizio della colazione si fondeva senza interruzioni con il pranzo e il tè pomeridiano, e gli studenti si riunivano a tutte le ore per assumere l'indispensabile dose di caffeina e carboidrati. Darcy era contenta di tornare all'università, lontano dalla portata dei Madsen.

La neve cadeva fitta gocciolando dai cappotti appesi agli schienali delle sedie e sciogliendosi in piccole pozzanghere sul pavimento.

«Ho già ordinato il chili», le annunciò Freja mentre Darcy l'abbracciava e si sedeva di fronte a lei.

«Grazie. Sto morendo di fame».

«Doposbronza?»

«Ovvio».

«Un altro buon appuntamento, allora?»

«Siamo stati al bar Poldo, lo conosci?»

«Certo», rispose Freja. «Gran movimento. Ottime olive».

«Sì, esatto! Le olive erano ottime!», concordò Darcy con un po' troppo entusiasmo.

A Freja, però, non interessavano gli stuzzichini. «E?», la incalzò, andando dritta al punto. «Hai concluso?»

«Siamo andati da lui, se è questo che intendi», tagliò corto Darcy.

«E com'è andata?». Gli occhi di Freja lampeggiavano di malizia. «Non me lo dire... dopo tutti quei giochetti a fare il timido, tra le lenzuola è un animale!».

Darcy si morse il labbro. «Se per animale intendi un bradipo colpito da un tranquillante, allora sì».

«Eh?».

Darcy si guardò intorno furtiva, per essere certa che nessuno sentisse. «Diciamo che la volontà c'era, ma...», sussurrò inarcando un sopracciglio.

«Ha fatto cilecca?», annaspò Freja.

«Avevamo bevuto troppo». Darcy si strinse nelle spalle. «E poi è praticamente svenuto».

Freja la fissava perplessa. «Ti prego, dimmi che è uno scherzo».

«L'unico scherzo qui è la mia vita sentimentale, Frey».

Ci fu una lunga pausa. «È la cosa più triste che abbia mai sentito».

«Lo so. Sono condannata alla solitudine, questo Natale… per non dire tutta la vita».

«Smettila», l'ammonì Freja. «Non tollero scoraggiamenti. Finché avremo fiato in corpo e imbottitura nel reggiseno, ci sarà sempre speranza… Non ti ha mandato il conto stavolta, vero?».

Doveva essere una battuta ma a Freja non sfuggì l'espressione dell'amica. «E vaffanculo! Non può averlo fatto di nuovo!», esclamò.

«Invece sì». Darcy sentì una risata risalirle in gola. Era così assurdo che faceva quasi ridere. Aveva perfino stentato a crederci quando aveva visto arrivare la fattura insieme al primo dei tanti caffè di Viggo. «Non solo: mi ha messo nel conto una bottiglia che si era bevuto prima che arrivassi io!».

«Che faccia di…!», strillò Freja. «Spero che tu non abbia pagato».

«Argh, non me la sono sentita. Era così messo male che penso che neanche si ricordi chi ha fatto cosa».

«Ma almeno si ricorda che…», Freja fece una smorfia.

«Non ne sono sicura. Me ne sono andata prima che si svegliasse e non mi ha ancora scritto. Non so se si è offeso per la mia fuga o se è imbarazzato». Darcy scrollò le spalle.

«Non capisco perché sia così furtivo. Perché non dividere il conto come ogni persona normale?».

Darcy fece spallucce. «Non lo so, ma ormai è così tra noi… strano. È lo schema che ha fissato: mi manda il conto, io pago senza fare storie e nessuno dei due ne parla più».

«È un tabù», sussurrò Freja.

«Esatto. L'ultimo tabù», ridacchiò Darcy. «Quindi temo che sia arrivata la fine del nostro grande esperimento. L'accordo di Natale è saltato. Tre strike, sono fuori».

«No! Davvero?»

«Certo. Erik è archiviato».

«E Max…».

Darcy alzò gli occhi al cielo. «Non farmi parlare di lui».

«Preferirei di no, ma a giudicare dal tuo sguardo, immagino che sia successo dell'altro. Che ha fatto stavolta?»

«Cosa non ha fatto, vorrai dire. Proprio stamattina ha sgamato la mia notte brava. Come se avesse diritto di parola!».

«Spero che tu non gli abbia detto che non hai concluso niente».

«Certo che no». Darcy sorrise soddisfatta. «Mi è sembrato davvero scocciato».

«Quindi gli importa, eh?»

«Ecco fin dove arriva il suo ego. Non accetta che ciò che vale per il re vale pure per la regina».

Quando arrivò la cameriera con il pranzo, rimasero per un attimo a scaldarsi il viso con il calore che saliva dal piatto.

«Comunque, molto presto sarà solo uno spiacevole ricordo. Ho una grande novità sul ritratto».

«Non mi dire!». Freja restò senza fiato.

«Già. Abbiamo un nome, quindi posso procedere rapida e, prima finisco, prima eviterò di dover rivedere la sua faccia».

«Evviva! Urrà!», esclamò lei simulando un brindisi con una forchettata di chili. «Quindi chi è la nostra donna del mistero?»

«La moglie del più giovane dei fratelli Madsen».

«Ah». L'entusiasmo di Freja si smorzò. «Dopo tutto quello che c'è voluto, alla fine era solo un'altra Madsen?»

«Capisco cosa vuoi dire, ma se c'è una cosa che di sicuro non si può dire è che la sua storia sia noiosa. Ho passato tutto ieri pomeriggio negli archivi di famiglia e so per certo che quella donna sarà stata anche ricca, ma di sicuro non fortunata».

«No?»

«Non ha un fascicolo personale perché fa parte della famiglia solo per aver sposato il figlio "di riserva". Tra l'altro, era considerato la pecora nera, quindi hanno fatto di tutto per non metterlo in luce e lui ha avuto la cortesia di morire giovane».

Freja si adombrò. «Cavolo. Cosa aveva fatto di tanto male?»

«Hai mai sentito parlare dei "baroni del gulasch"?»

«Certo. La versione edoardiana dei broker che hanno speculato sull'Undici settembre. Arricchirsi su una tragedia».

«Bene, lui era uno di quelli».

«D'accordo, discutibile sul piano morale, ma parliamo del bue che dice cornuto all'asino! Non è niente in confronto a quello che ha fatto il vecchio!», protestò Freja con la bocca piena. «Era sicuramene il peggiore di tutti».

«In che senso? Bertram Madsen è stato perfino candidato al premio Nobel!».

«Certo, vero. Un brillante scienziato. Il suo fertilizzante ha aiutato i contadini ad aumentare il raccolto e a nutrire milioni di persone; per questo ha ricevuto la candidatura al Nobel per la chimica, nel 1912 mi pare. Così si è fatto il nome, ma non i soldi. Soldi veri, intendo. Quelli sono arrivati solo quando ha "diversificato" la produzione durante la guerra». Freja fece il sarcastico segno delle virgolette con le dita.

«Diversificato, come?»

«La sua azienda di ingegneria chimica ha prodotto i gas tossici usati a scopo militare».

Darcy restò a bocca aperta. «Intendi l'iprite, il gas mostarda?»

«Sì. E anche ammoniaca, cloro e bromo».

Darcy la fissò interdetta. «E tu come lo sai?».

Freja alzò gli occhi al cielo. «Darce, sono una scienziata. È il mio mondo. Il vecchio Bertram Madsen è il padre della guerra chimica».

Darcy era allibita. «E perché nessuno lo sa?»

«Lo sanno, lo sanno». L'amica si strinse nelle spalle. «Non è un segreto. Lo so io, lo sanno gli scienziati, è solo che il mondo è andato avanti. Al cittadino medio non importa più chi ha fatto cosa. Hanno ripulito la sua reputazione e creato un marchio. Adesso, quando la gente sente nominare i Madsen pensa alla famosa collezione d'arte, alla galleria nella capitale, a un'ala dell'ospedale pediatrico, al padiglione di chimica dell'università… non alla guerra di trincea sulla Somme».

«Giusto», convenne Darcy assimilando quelle informazioni e ricordando lo sdegno di Helle Foss per Casper.

«Comunque, stavi dicendo…», la incalzò Freja con una certa autorità. «La nostra eroina tragica. Dimmi qualcosa di lei. Perché così triste?»

«Ah, be', credo che i genitori l'abbiamo affidata ai Madsen

durante la Grande Guerra, quando era ancora una bambina. Era amica della sorella più piccola, Lotte. Ci sono diverse fotografie che le ritraggono insieme e, da quanto scrive Lotte nel suo diario, sembra che i genitori di Lilja e i Madsen fossero molto amici. Stando al certificato di matrimonio, il suo cognome da nubile era Von Braun, che è tedesco, quindi penso che i suoi genitori siano tornati in Germania a sostegno del Kaiser dopo lo scoppio della guerra. Ho trovato qualche accenno a dei Von Braun – in un bollettino del tribunale – nella cerchia ristretta del Kaiser».

«Von Braun è un nome aristocratico», concordò Freja. «Il "von" davanti indica origini nobili».

«Ecco, appunto. Quindi forse quei Von Braun erano proprio i genitori di Lilja che, dopo la fine del conflitto, si sono trovati dalla parte sbagliata e sono finiti in prigione. Lilja quindi è rimasta lì con i Madsen. Da quanto ho capito, non ha mai più incontrato i genitori e ha finito per sposare il fratello più giovane». Fece una pausa. «E bada bene che ho detto "più" giovane, non giovane e basta».

Freja rialzò lo sguardo.

«I sedici anni di differenza tra te e Tristan non sono poi così male, dato che l'hai conosciuto a ventisei, ma la nostra ragazza ne aveva, senti bene, quattordici quando ha sposato un uomo di sedici anni più grande».

A Freja sfuggì la forchetta che tintinnò sul piatto. «Ma è uno schifo! E non dire di no!».

«Non ci penso proprio, ma Viggo dice che non era così raro a quei tempi. A quanto pare fino al 1971 l'età considerata accettabile per sposarsi qui era dodici anni! Secondo lui fu un matrimonio combinato. Sai, l'unione dei due patrimoni, magari qualche scrupolo residuo di custodia, i Madsen che si sentono in obbligo con i genitori di prendersi cura della bambina e di concederle il figlio minore…».

«Ma una quattordicenne e un trentenne!», rabbrividì Freja.

«Ti immagini insieme a Tristan a quell'età?».

Freja storse il naso. «No, ti prego».

Darcy diede un'alzata di spalle e ripresero a mangiare in silenzio per qualche minuto. «Uscite stasera?»

«Stasera no. Devo fare le valigie». Le strizzò l'occhio. «Mi porta ad Amsterdam per il fine settimana».

«Eh, no!», si lamentò Darcy appoggiandosi allo schienale della sedia. «E non mi dici niente!».

«Me l'ha comunicato solo ieri. Ha voluto farmi una sorpresa».

«Mi posso accollare?». Darcy giunse le mani in preghiera. «Ho sempre desiderato vedere Amsterdam».

«E non ti ho detto il meglio».

«C'è altro?». Darcy cercò di non piagnucolare.

«Mi ha dato la sua carta di credito per comprarmi un vestito, cioè, un vestito speciale».

«Freja!», protestò lei. «Siamo donne moderne! Noi non andiamo a fare shopping con la carta di credito di un uomo. Quello è *Pretty Woman*. Noi non...».

«Mi ha detto di andare da Valentino».

Darcy restò a bocca aperta. «Che cosa?!».

«C'è una cena di gala per un premio la prossima settimana e il nostro laboratorio è in lizza in tre categorie. Vuole che sia io ad accompagnarlo».

Darcy la fissò stupita. «Quindi vuole mostrarti in pubblico?»

«In pubblico, a livello ufficiale. Davanti all'intera azienda. Vuole che vada con lui, mi sieda accanto a lui, tutto il pacchetto».

«Cazzo», sibilò Darcy.

«Lo so». Anche Freja aveva gli occhi spalancati dallo stupore.

«Il tuo capo lo sa? Intendo il tuo diretto superiore».

«Non ancora». Freja ora era nervosa. «Stiamo stati attentissimi a non lasciarlo trapelare, ma Tristan dice che è arrivato il momento di smetterla di nascondersi».

Darcy la guardò preoccupata. «Freja, so che ti sembra tutto molto emozionante, ma state insieme solo da qualche settimana».

«Quasi sei».

«D'accordo, sì, sei. È una rivelazione bella grossa da fare davanti all'intera azienda, soprattutto visto e considerato che sei in tirocinio. Complicherà la situazione con il tuo superiore. Perché questa fretta?».

Freja ora appariva intimidita. «Perché non è poi così affrettato come pensi… Nutrivamo un sentimento reciproco già da prima che succedesse qualsiasi cosa tra noi».

Darcy strinse gli occhi con sospetto. «Da prima, quanto?»

«Dal primo giorno in cui ho cominciato a lavorare lì».

«Da settembre?!», esclamò Darcy. «Ma non mi hai mai detto niente!».

«Certo che no! Era il grande capo e io pensavo fosse solo un'infatuazione. Mai, neanche per un attimo ho pensato che potesse succedere qualcosa tra noi», si protese verso di lei abbassando la voce, «ma ogni volta che lo vedevo, dentro di me partivano gli allarmi: sirene, lampeggianti blu. A malapena riuscivo a respirare in sua presenza, Darce!».

«Per favore, preferisco amiche che respirano».

«Poi, la prima volta che siamo andati a una conferenza ho solo presunto che fosse un'avventura. Me la sono goduta per quello che era. Mi conosci».

«Questo è sicuro», concordò Darcy.

«Ma il fatto è che… non è un'avventura. Comincio a pensare che sia la storia seria». Freja lo ammise con un certo nervosismo, come se fosse un segreto sconcio. «È quello giusto, Darce».

«Smettila di parlare per frasi fatte», la prese in giro Darcy. «Non esiste quello giusto. Tu stessa mi hai detto che ce ne sono a bizzeffe».

Freja, però, la guardava con compassione. «È vero quello che si dice: quando lo sai, lo sai. Il corpo lo sa. Lo sa sempre. Qui», si toccò all'altezza del cuore, «lo senti prima che qui», e si toccò la testa.

«Si chiama desiderio. Passerà».

«Darce, tu mi conosci, sono una scienziata, una persona razionale. Vivo di regole e misure. Non sono una di quelle. Eppure…». Lasciò la frase in sospeso.

«Eppure adesso è tutto cuoricini e poesie?»

«Esatto», sogghignò Freja. «Sparami ora».

«Ne ho tutta l'intenzione», borbottò Darcy riprendendo il suo chili con appetito. «Be', almeno finché non vorrai che sia felice per voi».

Freja scoppiò a ridere. «Comincio a temere che il tuo crepacuore e il tuo nubilato mi rovinino il buonumore! Possiamo sempre selezionare un'altra terzina su Raya, se vuoi».

«No!», rispose Darcy in fretta e furia. «Ho fin troppo da fare in questo momento e con questi primi tre ho già avuto una dose sufficiente di drammi».

«Vero… Non riesco ancora a credere che hai incassato tre strike».

«Grazie». Darcy le alzò i pollici in modo ironico. «Allora, il vestito… lo hai già preso?»

«Ci puoi scommettere. Ero a provarlo prima ancora che finisse di dire "…lentino"», squittì di gioia Freja.

«Descrivimelo».

«Abito lungo, seta rossa. Aderente. Un po' drappeggiato davanti e lascia scoperta una spalla».

«Bene… discreto e delicato, eh? Nessuno ti noterà».

«Se devo comprare un vestito di Valentino, che sia un vestito di Valentino fichissimo. Non ne avrò mai un altro in vita mia».

«Be', a meno che non sposi il gr…». Darcy rialzò gli occhi di scatto incrociando quelli dell'amica. «Oddio… non è che…? Amsterdam…?».

Freja era a bocca aperta. «No», corrugò la fronte. «No… cioè… non può… vero?»

«Potrebbe». Darcy inspirò. «È vecchio, ricordatelo».

Freja le lanciò un fagiolo.

«Ti ha detto qualcosa che ti ha fatto drizzare le antenne?»

«No… non penso. Ma non è che prendessi appunti».

«D'accordo, allora probabilmente non lo farà», concluse Darcy con noncuranza. «Ci stiamo preoccupando per niente. Non fasciamoci la testa. È solo un romantico fine settimana all'estero. Una gita».

«Vero», mormorò Freja. Aveva lo sguardo fisso sul piatto di chili, ma sembrava aver dimenticato come si mangia.

Capitolo diciannove

Darcy era in piedi vicino alla finestra a innaffiare Miss Petals e a guardare i turisti e gli innamorati che passavano sulla strada sottostante. La neve cadeva a tratti, non così fitta da attecchire al suolo, ma abbastanza da imbiancare i tetti, le panchine del parco, le statue e i pompon dei cappelli. La sua giornata era trascorsa tranquilla e, con il calare del crepuscolo, cominciavano ad accendersi le luci negli edifici vicini.

La musica suonava leggera e Darcy camminava per l'appartamento vuoto con una tuta pulita e una pedicure appena fatta. Con Freja ad Amsterdam insieme a Tristan, aveva la casa tutta per sé, garantito. Era un lusso raro – in effetti era la prima volta che rimaneva sola per tutto il fine settimana – e aveva deciso di godersela al massimo visto il precedente weekend di lavoro, e tutte le levatacce e le notti in bianco che lo avevano preceduto e seguito.

Quella mattina aveva dormito fino a tardi, aveva saltato la tortura della corsa e seguito invece una lezione di Pilates Reformer. In seguito, dopo essersi concessa una pedicure sulla strada di casa, aveva fatto meditazione e concluso con una doccia "completa" che le aveva richiesto quasi due ore: maschera per i capelli, maschera per il viso, scrub per il corpo, depilazione con rasoi nuovi… Non aveva trascurato nemmeno un centimetro del suo corpo e, per finire, aveva applicato l'autoabbronzante e asciugato i capelli con il nuovo Airwrap di Freja. Era acconciata e coccolata, levigata, lucida e splendente, con davanti a sé una serata sul divano a poltrire, senza altro da fare che decidere quale serie guardare.

Stava tirando fuori un filetto di spigola dal frigorifero quando il suo telefono squillò. Darcy lo fissò stupita. Non squillava mai. Nemmeno i suoi genitori la chiamavano, semmai usavano WhatsApp. Non era nemmeno sicura che fosse la sua suoneria. Ma continuava a squillare, insistente ed esigente.

«...Pronto?», chiese, perplessa.

«Darcy? Grazie al cielo hai risposto. Dove sei?»

Darcy corrugò la fronte. «Otto?»

«Sì. Dove sei?»

«A casa...».

«Quindi sei in città?».

Sempre più perplessa, Darcy notò quanto fosse agitato. «Otto, va tutto bene?»

«No, non proprio. Dimmi: hai programmi per stasera? E se sì, puoi cambiarli?»

«Ecco...». Non sapeva come rispondere finché non avesse saputo a cosa stava andando incontro. Non era da lui sembrare così in ansia. «Otto, cosa c'è che non va? Che è successo?».

Lo sentì prendere fiato. «Scusa se ti chiamo così all'ultimo momento, ma ci manca una persona per il gala di beneficenza reale di stasera all'Hotel D'Angleterre. Potresti venirci tu?»

«Gala reale?»

«Sì, ci saranno il re e la regina. È un'importante raccolta fondi di beneficenza per il nuovo ospedale pediatrico del Rigshospitalet a cui Margit prenota sempre un tavolo. Ovviamente è un evento formale: asta, cena, drink, balli... Inaspettatamente divertente una volta superate le formalità. Sarebbe dovuta venire mia moglie, ma è appena caduta e...».

«Oddio, sta bene?»

«Sì, sta bene. Si è solo slogata una caviglia, ma non può appoggiarci il peso e non posso procurarmi le stampelle prima di domani. Non possiamo davvero lasciare un posto vuoto. Ogni tavolo costa quindicimila euro. Quindi Margit ha suggerito di proporlo a te».

«Davvero?»

«Certo. È stata contenta dei tuoi progressi questa settimana.

Ha pensato che potresti apprezzare la visibilità. Ma se hai già altri impegni...».

«Ehm...». Darcy esitò. Non era così che aveva immaginato la sua serata. Cenare con la famiglia reale danese non rientrava nei suoi programmi. Di contro, però...

Si guardò allo specchio. Per un puro colpo di fortuna era pronta per uscire. E sarebbe stata l'occasione perfetta per indossare di nuovo l'abito di velluto nero della settimana precedente. *Buttati!* Le sembrava quasi di sentire la voce di Freja incoraggiarla.

Otto approfittò dell'assenza di un no secco. «Ti manderei un'auto a prenderti. Sarebbe da te tra mezz'ora». Era quasi disperato.

«Va bene, Otto», accettò scuotendo la testa quasi incredula. «Mi farò trovare pronta».

«Perfetto! Ottima notizia! Ti aspetto nella hall. La sicurezza è molto rigida, come puoi ben immaginare, e non c'è tempo per cambiare i nomi sulla lista degli ospiti. Dovrai fingerti la signora Borup finché non li avremo superati».

«Non preoccuparti. Ci vediamo tra poco».

«Oh!», esclamò Darcy quando l'usciere le aprì la porta dell'hotel regalandole uno scorcio dello spettacolo che si celava all'interno. Fuori, la città era grigia e spoglia, ma la hall era stata trasformata in un paesaggio invernale delle meraviglie, con un tappeto bianco e cumuli di neve finta. C'erano renne di salice intrecciato – alcune in piedi, altre in ginocchio – disposte in piccoli branchi qua e là e gruppi di abeti in vaso spruzzati di neve istantanea. Quasi quasi ci si aspettava di vedere gli scoiattoli saltare tra i rami e gli uccelli in volo. A Darcy sembrava quasi di essere entrata nella sua giostra, quella che aveva lasciato avvolta nella carta velina da quando era tornata a casa. Si rifiutava di scartarla, perché a godersela le sarebbe parso di perdonare Max per quello che aveva fatto e non ne aveva intenzione. Non lo avrebbe perdonato.

Vide il suo relatore in piedi vicino alle scale, intento a scrivere un messaggio, e si avvicinò, consapevole del ronzio e dello scatto di un fotografo che da qualche parte la stava immortalando mentre avanzava. «Ciao, Otto».

L'uomo alzò lo sguardo e subito inarcò le sopracciglia sorpreso nel vederla, così diversa dal suo solito look da studentessa. Aveva i capelli raccolti in uno chignon elegante, un trucco minimale e il rossetto rosso. «Sei riuscita a fare tutto questo in mezz'ora?»

«Diciamo solo che oggi siamo stati tutti fortunati dal punto di vista del tempismo».

«Il rosso è chiaramente il tuo colore».

«Grazie». Calciò via l'orlo dai piedi, sentendosi terribilmente in colpa per ciò che stava facendo. L'abito rosso era aderente, con la scollatura leggermente drappeggiata descritta da Freja e una spallina attorcigliata che le scendeva dalla spalla destra. Era semplice, ma di gran lunga il capo più incredibile che Darcy avesse mai indossato e non riusciva a immaginare quanto potesse costare. Cinquemila? Diecimila? Lo aveva provato solo per disperazione, quando si era resa conto che Freja aveva portato ad Amsterdam quello di velluto nero che condividevano. Non c'era nient'altro nei loro guardaroba che potesse soddisfare il dress code richiesto per un gala reale in abito da sera.

Darcy aveva provato a chiamare l'amica, ma rispondeva solo la segreteria telefonica; a quanto pareva, Freja era "in altre faccende affaccendata" e, a pochi minuti dall'arrivo dell'auto, era stata costretta a prendere una decisione. Non le piaceva farlo senza permesso, ma o indossava quel vestito o avrebbe dovuto richiamare Otto e disdire l'impegno. Non era proprio come *La scelta di Sophie*, ma comunque una situazione spinosa, come l'avrebbe definita suo padre. Aveva accuratamente nascosto il cartellino del prezzo all'interno e, durante il tragitto in taxi, era rimasta il più dritta possibile per evitare di sgualcirlo. Aveva intenzione di muoversi con tutta la delicatezza di una bambola di porcellana quella sera e, con un pizzico di fortuna, Freja non lo avrebbe mai saputo.

«Be', stai davvero bene», commentò galantemente Otto offrendole il braccio e guidandola verso il Palmeharen. Sulla porta, c'erano gli addetti alla sicurezza in abito nero con gli auricolari, a osservare la folla con sguardo vigile e palesemente sospettoso. Prima di loro c'erano un paio di donne in lunghi abiti neri semplici, con in mano dei tablet.

«Il signore e la signora Borup», li annunciò Otto, stringendole la mano contro il braccio, come a chiederle scusa per la piccola bugia.

Trovati i loro nomi sulla lista, li fecero passare quasi subito. Darcy era vagamente consapevole delle teste che si giravano mentre entravano. Non appena Otto allentò la presa, si sentì come una studentessa accompagnata dal padre al ballo di fine anno. Otto stava parlando con disinvoltura di alcune delle persone che avrebbe potuto incontrare quella sera. Non fece alcun riferimento ai loro problemi avuti con la Fondazione Madsen all'inizio della settimana.

Un cameriere si fermò davanti a loro con un vassoio di bicchieri di champagne e solo allora, mentre prendevano un calice ciascuno, Otto le lasciò andare il braccio e si addentrarono nella folla.

Darcy si guardava intorno, cercando di assorbire la festa per gli occhi che era stata allestita in quello spazio: un miscuglio di abiti di raso, velluto e seta dai colori vivaci si rifletteva all'infinito in una sala a specchio. Rigogliosi rami di betulla argentata erano disposti a ventaglio in enormi urne davanti a ogni specchio, intrecciati con delicate lucine bianche. Era un incantevole giardino invernale; sembrava di entrare a Narnia.

La gente si muoveva quasi scivolando sul pavimento, i piedi nascosti sotto gli abiti lunghi, i gioielli scintillanti. I tavoli rotondi erano apparecchiati con tovaglie di lino bianco e ricchi addobbi floreali ornavano alti piedistalli scanalati. Le candele diffondevano una luce calda e tremolante, mentre la musica melodiosa di un quartetto d'archi sovrastava il languido brusio delle conversazioni e le risate vivaci. Il personale di sicurezza stava sull'attenti lungo il perimetro, osservando attentamente gli ospiti bere e socializzare. Darcy sorseggiava nervosamente il suo champagne mentre riconosceva molti volti di persone che non conosceva direttamente. Gente di altri mondi: politica, spettacolo, alta finanza, nonché l'élite del mondo dell'arte.

Erano presenti molti di quelli che erano già stati al ricevimento al museo. Vide i Salling in fitta conversazione con il ministro dell'Interno e della Salute.

«Otto, che piacere vederti».

Darcy girò – e abbassò – lo sguardo su Helle Foss, in piedi davanti a loro al braccio di un uomo che doveva essere il marito.

Si irrigidì all'istante. Non le era neanche passato per l'anticamera del cervello che potesse esserci anche lei.

«Helle, Mikkel, come state?», salutò Otto. «Mikkel, non penso che tu abbia ancora avuto il piacere di conoscere Darcy Cotterell. È con noi da Courtauld per un anno».

«Piacere», disse Mikkel con una tiepida stretta di mano. Uguale freddezza passò anche nel cenno di saluto tra lei e Helle.

«Ma dov'è la cara Martine?», chiese Helle interdetta, come se nella loro ultima riunione non avesse lanciato minacce di cause legali e tracciato linee nemiche.

«Impossibilitata, mi duole dirlo», rispose Otto. «Poche ore fa è inciampata nel cane provocandosi una brutta slogatura.

«Oh, poverina».

«Già. Si rimetterà in un paio di giorni, ma sedersi a tavola con il piede sollevato in presenza dei reali non ci sembrava ottimale».

Helle sorrise alla battuta. «Direi. Quindi dobbiamo a questo il piacere di avere qui Cotterell, giusto?».

Era come una vecchia gatta nera, segnata dagli anni ma ancora in grado di sferrare un affondo con gli artigli affilati. Lentamente, guardava Darcy dall'alto in basso, sorridendo sorniona. «Che bel vestito. Il mondo accademico paga meglio di quanto ricordassi, eh, Otto?».

Darcy la trovò una battuta di cattivo gusto e forse anche Otto, perché si limitò a un sorrisetto in risposta.

A quel punto Helle aggrottò la fronte a qualcosa alle spalle di Darcy. «Oh, cielo, non sembra felice», sospirò. «Che sarà successo?»

«Chi?». Otto si voltò.

Si voltò anche Darcy e vide Max farsi strada tra la folla per raggiungerli. Teneva lo sguardo fisso su di lei che raddrizzò la schiena in automatico, colta alla sprovvista nel trovarselo lì.

Indossava lo stesso smoking della sera in cui si erano conosciuti ed era bello da togliere il fiato. Se Darcy avesse saputo che ci sarebbe stato anche lui, ci sarebbe andata?

No di certo.

Vedendolo così arrabbiato, si preparò psicologicamente finché non li ebbe raggiunti.

«Max...», cominciò Otto in tono gentile.

«Cosa ci fa lei qui, Otto?», chiese senza giri di parole. «Il suo nome non è sulla lista».

Darcy deglutì, sentendosi respinta dalle sue parole brusche. Nessun saluto, ovviamente.

«Gliel'ho chiesto io», rispose Otto. «Martine si è slogata una caviglia e non può stare in piedi. Darcy ha gentilmente accettato di sostituirla con pochissimo preavviso».

Max deglutì e parve rinsavire. «Mi dispiace, spero che si riprenda presto...».

«Grazie».

«...Ma come sai ci sono protocolli di sicurezza per la lista degli ospiti di stasera e, in qualità di presidente dell'evento...».

«Sono consapevole che questo ti metta in una posizione difficile, ma non è stato possibile informarti per tempo. Ho pensato che, date le circostanze, fosse meglio avere un tavolo completo piuttosto che un'assenza così evidente. E dato che Darcy è un membro del team che sta attualmente lavorando a stretto contatto con la Fondazione Madsen, ero certo che avresti accettato di buon grado questo cambio dell'ultimo minuto».

Darcy si stizzì, infastidita che la sua presenza dovesse in qualche modo avere il benestare di Max. Se solo avesse saputo... «Posso anche andarmene, Otto», bisbigliò a testa bassa. «Non ho bisogno di stare qui».

«Sì, invece», fu la pronta risposta di Otto. «Sarebbe una violazione del galateo avere tavoli vuoti davanti al re e alla regina. E poi non è un problema. Se Max si fida di te al punto da concederti libero accesso alla sua casa, per quale motivo dovrebbe preoccuparsi di averti seduta al tavolo?».

Stava parlando a Darcy, ma era chiaro a tutti che la domanda era rivolta a Max. Era evidente che Darcy non rappresentasse alcuna minaccia per gli ospiti d'onore. Semplicemente, Max non la voleva lì, le sue obiezioni erano personali e non professionali. Darcy ricordava bene il loro acido scambio alla galleria la mattina precedente. Lui non aveva alcun diritto di essere arrabbiato – non era forse quella l'accusa che le aveva lanciato sui gradini di casa sua? – eppure, dal modo in cui la guardava ora, era chiaro che la cosa lo aveva infastidito. Darcy lo fissò a sua volta, conscia che ogni tentativo di fragile amicizia era completamente svanito; a lui non importava più se lei lo odiava. I loro sforzi per essere "professionali" erano falliti e ora non restava che l'ostilità.

Con sua grande sorpresa, a Darcy non dispiaceva. In qualche modo, era più facile da gestire. Fingere che potesse essere altrimenti si era rivelata una farsa estenuante.

«Stasera siamo qui per raccogliere fondi per l'ospedale pediatrico e, a quanto pare, per divertirci», riprese Otto, con un'occhiata interrogativa all'uno e all'altra mentre continuavano a fissarsi. «Quindi perché non lo facciamo?»

«Eccoti qui!», disse una voce suadente. Alle spalle di Max sì avvicinò una donna che non era né Angelina né Natalia. Abbronzatissima, come se fosse appena uscita dalla spiaggia di Ipanema, indossava un abito di seta dorata così stretto e succinto che si vedeva il piercing all'ombelico. Era stupenda e vagamente familiare. «Ti ho cercato dappertutto».

Max serrò la mascella per l'irritazione. «Scusa», mormorò, ma non sembrava affatto dispiaciuto, mentre inclinava leggermente la testa verso di lei, senza distogliere lo sguardo da Darcy. Era come ritrovarsi di nuovo nella sua cucina la domenica sera precedente, con la differenza che stavolta Darcy si rifiutò di distogliere lo sguardo. Altra notte, altra donna? Patetico. L'altro giorno nell'ufficio di Margit aveva fatto il prepotente. Aveva calpestato il suo momento di gloria. Per lui non contavano niente e nessuno. Le aveva ripetuto più e più volte chi era, glielo aveva dimostrato, ma solo ora Darcy gli credeva. E non avrebbe nascosto il suo disprezzo.

La mano della donna gli sfiorò il braccio, accarezzandolo. «...Mi hanno incaricato di dirti che sono pronti», disse con voce quasi intima. «Vogliono che tutti prendano posto».

«Bene», rispose, ma non si mosse.

Perplessa, la donna seguì il suo sguardo, che si posò sull'abito di Darcy e lo riconobbe subito come un capo di alta moda. «Splendido vestito», disse senza calore.

«Grazie… Anche il tuo è molto bello. Sembri proprio una modella», rispose Darcy in tono piatto.

«Be', sono una modella», ribatté lei socchiudendo appena i meravigliosi occhi nocciola.

«Davvero?», esclamò sarcastica Darcy. Evitò deliberatamente di guardare Max, ma ne percepiva la sua rabbia: aveva capito perfettamente cosa voleva dire.

Otto le prese il braccio. «Vieni. Se non ci sono altre obiezioni, andiamo a sederci», disse con tono rigido. «Sappiamo tutti quanto sia importante rispettare il programma stasera… In bocca al lupo, Max».

La condusse rapidamente via, al riparo tra la folla.

«Si può sapere che sta succedendo tra voi due?», le chiese con voce così bassa da sembrare quasi un ringhio.

«Non capisco cosa intendi». Darcy si rese conto che le batteva forte il cuore per quell'incontro inaspettato con Max, ma era stata una grande soddisfazione poterlo affrontare alla fine. Gli aveva dimostrato che non era una pedina da muovere a suo piacimento sul tabellone.

«Voi due vi stavate azzannando. Sembrava che vi odiaste a vicenda».

Lei deglutì, voltandosi leggermente. «Immagino di sì…».

«Ma perché? È successo qualcosa tra voi?».

Darcy fece una risatina stupita. «Me lo stai chiedendo davvero, dopo quello che lui e quell'altra serpe hanno fatto durante la riunione dell'altro giorno?».

Otto sospirò. «È un modo molto sgradevole di fare affari, sono d'accordo, ma non è una questione personale, Darcy. Hanno un obiettivo e cercheranno di raggiungerlo con ogni mezzo possibile. Ciò non significa che vinceranno. Personalmente, cerco di non farmi coinvolgere nei loro giochetti».

Era un chiaro rimprovero. Aveva appena mostrato i denti, ma erano davvero il luogo e il momento giusto? Intanto avevano raggiunto il loro tavolo e, senza colpo ferire, Otto le presentò il marito di Margit, un uomo dall'aspetto mite e l'aria di chi avrebbe preferito di gran lunga essere sul campo da golf. In quel momento, lo avrebbe preferito anche Darcy. Rendendosi conto che il suo champagne era rimasto intatto nel bicchiere per tutto quel tempo, lo bevve rapidamente prima di sedersi.

Tutti iniziarono a chiacchierare in attesa dell'ingresso reale e Darcy cercò di scacciare Max Lorensen dalla mente. I bicchieri di vino furono riempiti e lei sedette, sorseggiandolo in fretta mentre ascoltava la conversazione che rimbalzava intorno al tavolo, senza prestare attenzione a una sola parola.

Qualche minuto dopo, uno squillo di tromba riportò il silenzio nella sala e tutti furono invitati ad alzarsi in piedi per l'inno nazionale. La coppia reale entrò, accompagnata da un uomo e una donna che Darcy immaginò fossero alti dirigenti dell'ospedale pediatrico. Nonostante il nervosismo, provò un piccolo brivido di eccitazione per tutta quella pompa magna; non era mai stata alla presenza di reali prima di allora. Guardò le Loro Maestà prendere posto al tavolo centrale, ma la sua eccitazione svanì immediatamente quando si rese conto che al tavolo d'onore erano seduti anche Max e Helle.

Com'era ovvio, d'altronde.

Darcy prese un altro sorso di vino.

Alla sua sinistra, Otto le si avvicinò. «Tutto bene?», le chiese.

Forse stava bevendo troppo, troppo in fretta?

«Perché loro sono seduti lì?», bisbigliò in risposta.

Otto seguì il suo sguardo. «La Fondazione Madsen è lo sponsor principale di questa serata».

«Perché? Cosa c'entra un produttore di fertilizzanti con un ospedale pediatrico?», sibilò.

«La Madsen Holding non è solo un'azienda biochimica, Darcy. Da anni ormai si sono allargati nel campo biomedico», le sussurrò Otto. «E questo è uno degli eventi di maggiore rilievo per…».

«Stanno ripulendo la loro reputazione, vuoi dire», obiettò lei, rimediando un'occhiata severa, proprio mentre il presidente dell'ospedale si alzava per il suo discorso. Parlò a lungo del progetto da trecentocinquanta milioni di dollari, reso possibile solo grazie alla generosità dei loro finanziatori e di tutti i presenti quella sera. Darcy distolse lo sguardo, rigettando l'idea che Max o Helle potessero mai essere dipinti come "brave persone". Si distrasse guardandosi intorno nella sala, osservando i volti famosi, gli abiti eleganti, qualsiasi cosa potesse distogliere la sua attenzione dall'unica persona che occupava i suoi pensieri... Impresa impossibile quando la sua accompagnatrice era seduta a pochi tavoli di distanza, dondolando con impazienza una gamba ben tornita accavallata sull'altra. Darcy cercò di non pensare a Max che più tardi l'avrebbe portata a casa sua e le avrebbe sfilato quel vestito dorato...

«...Salutiamo con calore il presidente di questa serata, Max Lorensen della Fondazione Madsen».

Darcy lo guardò alzarsi in un applauso scrosciante. Otto le scoccò un'occhiata in tralice nel rendersi conto che non si era unita, ma a Darcy non importava passare per scortese. Max non si era fatto scrupoli a usarle scortesia poco prima, quando aveva minacciato di cacciarla.

La sua voce risuonò attraverso il microfono, riempiendo la stanza e Darcy chiuse gli occhi: detestava quel suono. Max non aveva fogli davanti, ma parlò comunque in modo forbito e tranquillo ai dignitari presenti nella sala, ringraziandoli per il loro continuo sostegno, in particolare nella lotta contro il sarcoma di Kaposi, il tumore raro e aggressivo che aveva...

Oddio.

...che aveva portato alla morte suo fratello Peder.

Sgomenta, Darcy guardò il filmato che veniva proiettato sullo schermo e che mostrava la metamorfosi di un ragazzino lentigginoso – che giocava tra le onde con suo fratello, gareggiava in una competizione di atletica, coccolava il suo cane – in un ragazzino emaciato e scavato, disteso su un letto d'ospedale con tubi che entravano e uscivano dalle braccia e dalla gola.

Fissò con orrore Max che era girato come a seguire le immagini, ma da quella sua angolazione si capiva che gli occhi puntavano oltre lo schermo. Non riusciva a guardare. Era per questo che non la voleva lì? Non voleva metterla a parte di un qualcosa di meno che perfetto nella sua vita? Alle fotografie fecero seguito i dati: istogrammi, grafici a torta, a linee, tutti mostravano statistiche e percentuali, un preoccupante aumento dei tassi di malattia. Non potevano fermarsi lì. Avevano bisogno di più fondi per ulteriori ricerche. Nessun altro doveva soffrire come aveva sofferto suo fratello.

Darcy studiò il suo modo di parlare e muoversi, scivolando sul dolore come se fosse sepolto sotto il ghiaccio, la voce priva di emozione come se non avesse mai conosciuto quel bambino o quel ragazzo. Testa alta, sguardo distaccato... tutto ciò che aveva scambiato per arroganza la prima volta che aveva posato gli occhi sul suo profilo. Era bellissimo, ma ora era anche invulnerabile.

Terminato il filmato, Max si girò di nuovo verso la sala e, con un sorriso smagliante in netto contrasto con il gelo di poco prima, invitò gli ospiti a fare offerte "con foga sfrenata" all'asta silenziosa. L'asta sarebbe terminata entro un'ora; i tablet per le offerte erano disponibili su ogni tavolo.

Nils, l'uomo seduto alla sua destra – un Amico della Galleria nazionale – stava già sfogliando il catalogo, così anche Darcy diede un'occhiata ai premi: dieci giorni a Harbour Island in una villa per otto persone con personale completo; uso illimitato di un elicottero per una settimana; una visita privata alla cantina di Bill Koch; una vacanza a Necker; una sessione di registrazione con il produttore dei Coldplay; una cena con l'ex modella di Victoria's Secret Veronique Huillier...

Veronique Huillier? Darcy guardò la ragazza che era con Max. Ecco perché le era sembrata familiare...

Richiamata da un altro applauso spostò lo sguardo su di lui giusto in tempo per vederlo riprendere posto. Max rivolse immediatamente la propria attenzione alla donna alla sua sinistra, una signora sulla sessantina adorna di smeraldi, e assunse quel contegno affascinante ma impenetrabile cui si era abituata nelle ultime settimane.

Lo osservò con emozioni contrastanti per ciò che aveva scoperto quella sera. Non voleva capire perché fosse così, non voleva provare tristezza per lui perché aveva perso suo fratello (tantomeno voleva ripensare a ciò che gli aveva detto al mercatino di Natale: «Sei fortunato a non averne». Ricordava fin troppo bene il silenzio che ne era seguito).

A ogni modo, Max non avrebbe voluto la sua pietà, questo Darcy lo sapeva bene, ma non poteva nemmeno fingere che ciò non influisse su determinati aspetti.

«Il miglior discorso di sempre», borbottò Otto controvoglia prendendo un panino. «Qualunque opinione tu abbia di lui, non si può dire che non sia un professionista».

«Otto, non mi hai mai detto che ha perso un fratello», ribatté Darcy in tono sommesso.

L'uomo parve spiazzato da quel rimprovero. «Perché avrei dovuto?».

Cosa rispondergli? Che ciò spiegava tante cose di lui? «Quando è successo, lo sai?»

«Nove o dieci anni fa».

«È terribile».

«Sì, credo che fossero molto uniti».

Darcy deglutì. Non riusciva a immaginare il dolore di Max. Lei adorava suo fratello, non poteva neanche immaginare di perderlo. «È lodevole che faccia tutto questo in sua memoria».

Otto concordò. «Al dolore ognuno reagisce a modo suo e, a quanto pare, Max ha reagito agendo. Ha istituito una borsa di studio in memoria del fratello e, attraverso la Fondazione, sfrutta eventi di questo tipo per raccogliere milioni all'anno per l'ospedale… Ora, non si può negare che sia un bastardo sul lavoro, ma iniziative di questo genere rendono difficile disprezzarlo del tutto. A volte mi fa perfino pena… per quanto assurdo possa suonare per un uomo che gode di ogni genere di dono e privilegio».

«In che senso?»

«Be', alla fine ha solo questo. Ecco perché è così bravo nel suo lavoro. La sua carriera è anche la sua vita».

«E il resto della famiglia?».

Otto scosse il capo. «Helle una volta mi ha confidato – in una delle sue giornate buone – che i genitori sono morti in un incidente stradale quando Max e Peder erano ancora piccoli. Li ha cresciuti una zia – hanno qualche cugino – ma poi li ha mandati in collegio». Otto la guardò dritta negli occhi. «Ora capisci perché è un uomo così riservato oggi».

Al suo altro fianco, Nils si protese verso di loro indicando il tablet. «Mi serve un parere», li interruppe senza farsi troppi scrupoli. «Cosa pensate sia meglio per mio figlio? Sta per compiere diciassette anni. La sessione con il produttore dei Coldplay o la cena con la modella di Victoria's Secret?»

«Questa è facile: la cena con una modella è il sogno di ogni adolescente, no?», rispose subito Darcy dato che Otto non si era pronunciato.

«Di ogni adolescente e del loro papà», ridacchiò Nils presentando la propria offerta. «Chissà se mi posso unire anch'io?».

Darcy sorrise, ma sapeva benissimo chi avrebbe realizzato quel particolare sogno dopo solo qualche ora.

Si riaccomodò con un'espressione di cortese interesse mentre Nils e Otto iniziavano a discutere dei pregi del vino che veniva servito, ma sentì il peso di uno sguardo posarsi su di lei e alzò gli occhi su Max che la osservava dall'altra parte della stanza.

Un brivido la percorse sotto quello scrutinio di cui aveva capito subito l'origine.

Il corpo lo sa. Lo sa sempre.

La gente ballava. L'asta silenziosa si era chiusa e i reali erano andati via appena terminata la cena. Gli affari per quella serata di gala erano conclusi e cominciava la parte divertente, sotto l'effetto del buon vino e del buon cibo. L'atmosfera si era subito vivacizzata con l'uscita dei reali e i modi erano rilassati. La banda suonava e la pista era affollata, con Veronique che dava spettacolo sculettando e agitando i capelli come una gatta selvatica.

Darcy stava parlando con un uomo del tavolo dietro il loro. Le aveva dato un colpetto piuttosto audace sulla spalla non appena erano stati "sganciati" dalla cena. Nils era andato a vedere se la sua offerta aveva vinto e Darcy si era ritrovata leggermente in trappola. Il suo interlocutore era un produttore televisivo sulla quarantina e, nel tentativo di tenerla con sé, stava cercando di formulare al volo una proposta per una serie sugli Antichi Maestri. «Si tratta di renderla… rilevante e… viva», continuava a insistere, con grande sforzo. «E chi meglio di una persona… con il tuo aspetto?»

«Non si tratta del mio aspetto», obiettò lei, «ma di raggiungere un pubblico che considera l'arte solo per i ricchi e dimostrare che invece ci può essere…».

Non riuscì a concludere la frase. Qualcuno alle spalle dell'uomo cercò di passare e lui, troppo concentrato solo su di lei, sussultò. Darcy vide il mezzo bicchiere di merlot schizzare via dal calice di cristallo e, disegnando un arco in aria, atterrare quasi a rallentatore sul suo vestito.

Ci fu un attimo di silenzio orripilato in cui perfino il colpevole si rese conto del disastro che aveva provocato.

«Oh…», mormorò mentre Darcy faceva istintivamente un passo indietro, con le braccia spalancate e guardando l'abito rovinato. Le mancò perfino il respiro. «Mi dispiace tanto», borbottò l'altro mentre Darcy continuava a indietreggiare. Che cosa aveva fatto? Che cosa aveva fatto??? «Permettimi di…».

L'uomo prese la brocca d'acqua sul tavolo, ma Darcy si era già girata facendosi strada tra gli ospiti. La gente si apriva al suo passaggio, consapevole che fosse in preda al panico, alcuni perché avevano assistito alla scena e altri che la guardavano allibiti lasciare la sala in fretta e furia.

Sentitasi libera dalla gente, corse lungo il corridoio, in cerca dei bagni.

«Oh, cielo!», esclamò una donna anziana con un filo di perle al collo quando le passò davanti, comprendendo la situazione all'istante. «Laggiù, a destra». Le indicò la strada e Darcy si precipitò nel bagno delle signore, insinuandosi in un gruppetto di donne che usciva.

«Oh, no, quello splendido vestito!», sentì esclamare a una di loro alle sue spalle.

«È rovinato!».

Non appena le porte si chiusero dietro di loro e vide quelle interne tutte aperte, Darcy ebbe conferma di essere da sola. Indietreggiò e si guardò orripilata allo specchio, dove l'entità del danno era evidente. Era perfino peggio di quanto avesse pensato. Non solo c'era la chiazza sul davanti, ma il vino era colato anche sulla gonna. Sembrava che l'avessero pugnalata. Il vino era come sangue.

Sale, vino bianco... ecco i rimedi per rimuovere le macchie di vino rosso, lo sapeva, ma quella era troppo grande e irregolare e il tessuto troppo delicato. Neanche un lavaggio a secco specializzato gliel'avrebbe restituito immacolato, e su un abito da cinquemila euro come quello non c'era spazio per le imperfezioni.

Oddio. Come le era venuto in mente di andare lì quella sera indossando il tesoro di qualcun altro? Non avrebbe mai potuto ripagarlo.

Si appoggiò al bancone e, a capo chino, si sentì schiacciare da tutto il peso di quella disastrosa situazione. Gli occhi le si colmarono di lacrime, il respiro si frammentava... Quell'abito doveva accompagnare il grande momento di Freja quando lei e Tristan avrebbero annunciato la loro unione... e ora Darcy gliel'aveva tolto!

«Oddio», gemette sentendo il cuore accelerare. Troppo. «Oddio». Cominciò il formicolio alle mani. Che cosa poteva fare? «Oh, no...». Sentì cadere la prima lacrima, così si raddrizzò e guardò il soffitto cercando di riprendere il controllo di sé.

Le lacrime, però, continuavano a cadere. Non c'era modo di evitare ciò che sarebbe accaduto, di disfare ciò che aveva già fatto. Freja non l'avrebbe mai perdonata!

Cominciò a camminare avanti e indietro disegnando degli otto sul pavimento e tormentandosi i capelli con le mani: non aveva scampo.

La porta del bagno si aprì e Darcy attese, di spalle, il rumore di passi all'interno. Non ce ne furono. Nonostante i suoi sforzi, le sfuggì un singhiozzo che le scosse le spalle.

«Darcy...».

Che cosa?

Si girò di scatto, colta alla sprovvista da quel richiamo, dal timbro profondo di quella voce, lì dentro.

«No… tu no». Scosse la testa mentre Max la fissava, prendendo atto dell'enorme chiazza sul vestito, delle guance rigate dal mascara sciolto. Di tanta gente che non voleva vedere… «Vattene», gli intimò brusca. «Non dovresti essere qui».

Max parve sofferente. «Ho visto quello che è successo e…».

«Non m'importa. Vattene!».

«Ti voglio aiutare».

«E io non voglio il tuo aiuto!», esclamò. «Sei l'ultima persona da cui vorrei farmi aiutare! Vattene!».

Max assistette alle sue lacrime che divennero singhiozzi, alle mani a coprire il viso nel tentativo di nascondersi da lui. «È solo un vestito. Possiamo rimedia…».

«Tu non capisci!», strillò allora Darcy. «Non è solo un vestito! È il vestito della mia amica! Il suo splendido vestito nuovo che ha comprato per un'occasione speciale! Solo che adesso è via e io volevo solo aiutare Otto! Stavo cercando di fargli un favore e non avevo altre opzioni. Pensavo che non importasse, che non l'avrebbe mai saputo!». Si guardò e il suo viso si spense ancora una volta di fronte al danno. I singhiozzi la travolsero come un vento impetuoso.

Oddio. Come avrebbe fatto a dire a Freja ciò che aveva combinato? Come avrebbe mai potuto rimediare?

Doveva uscire da lì, ma non riusciva… non riusciva a respirare normalmente. Le sfuggì un altro singhiozzo impossibile da fermare e allora si rese conto che il suo respiro era troppo accelerato, troppo superficiale e… si sentiva soffocare. Corse ad appoggiarsi di nuovo al piano con lo sguardo fisso tra le sue braccia.

Poi sentì una mano sulla schiena che la avvicinava a sé. Protettivo. Territoriale. Sicuro.

«Darcy, hai un attacco di panico», le disse a bassa voce. «Devi respirare lentamente, d'accordo? Cerca di controllare il respiro».

Lei sentiva le sue parole, sapeva che aveva ragione, ma il corpo non le obbediva. Era un treno in fuga, che schizzava su binari oliati.

Max la staccò dal piano, la girò verso di lui e la prese tra le braccia. «Shhh», mormorò tenendole i polsi con una sola mano, stringendola a sé, la testa contro il suo petto.

D'istinto, Darcy chiuse gli occhi. Sentiva il battito del cuore, batteva anche il suo, ma più lentamente e quel ritmo regolare in qualche modo la calmò. Era un ritmo che poteva seguire.

Era grata che qualcuno l'aiutasse, ma perché proprio lui? Perché il terreno sotto i loro piedi continuava a cambiare? Amante, cattivo, eroe?

Con l'altra mano Max stava facendo altro, ma Darcy lo capì solo quando sentì la sua voce baritonale contro l'orecchio.

«Christoff, porta qui la macchina».

Lo sentì rimettere il telefono in tasca e accarezzarle i capelli con delicatezza. «Andrà tutto bene, Darcy. Troveremo una soluzione. Adesso però respira lentamente con me. Piano piano».

Pian piano il respiro riprese il giusto ritmo, la mano di lui sui capelli come una bacchetta da direttore d'orchestra a controllarne la velocità, a rallentarla. E il suo corpo rispondeva.

Non seppe dire per quanto tempo rimasero così; sentì la porta aprirsi e chiudersi più volte, ma non entrò nessun altro, sentiva solo il brusio di voci nel corridoio.

Alla fine, quando Max giudicò che si fosse tranquillizzata a sufficienza, si staccò. «Bene», disse guardandola. «Hai portato un cappotto?».

Darcy esitò, confusa. L'aveva portato? Scosse la testa.

«No? Neanche la tua giacca da corsa?». Il sorriso storto che le rivolse la stupì: la stava provocando. Era un ricordo della sera in cui si erano conosciuti. Un gesto gentile. Una tregua tra le ostilità. «Va bene, allora, ti accompagno fuori da qui fino all'atrio. Il mio autista ti sta aspettando. Ti riaccompagnerà a casa».

Darcy lo guardò. L'attacco di panico non l'aveva ancora abbandonata del tutto. «Non tu?».

Max deglutì e un'ombra gli passò nello sguardo. Era vicino e lontano allo stesso tempo. «Ho degli impegni qui stasera… devo restare».

Darcy si ritrasse, sentendosi esposta – come se gli avesse mostrato ciò che non doveva in un momento di debolezza – e fece per allontanarsi, ma Max le strinse i polsi più forte, trattenendola.

«Se le cose fossero diverse...», sussurrò sfiorandole la testa con un bacio.

Fu un contatto così lieve, così tenero, che Darcy avrebbe perfino potuto pensare di averlo immaginato, se non lo avesse visto riflesso nello specchio. E lì i loro occhi si incrociarono, indugiando, indugiando...

La porta si aprì di nuovo, un leggero fruscio li avvertì che non erano più soli e Max le lasciò le mani. «È ora di andare».

Quando gli passò accanto, Max distolse lo sguardo e, in silenzio, si incamminarono lungo il corridoio, sfilando davanti al gruppo di donne che Darcy aveva visto uscire dalle toilette, alle candele rosse sui tavolini lucidi, ai festoni sempreverdi che si snodavano lungo le pareti, ai camerieri che si affrettavano avanti e indietro con i vassoi.

«Ci guardano tutti», sussurrò lei notando le conversazioni interrotte di colpo al loro passaggio. La lucida compostezza di Max sembrava solo accentuare il contrasto con il suo mascara sciolto e il vestito rovinato.

«Sei sempre la donna più bella qui dentro», mormorò lui.

Darcy lo guardò sorpresa, ma Max continuava a camminare verso il piazzale innevato dove l'autista era già in attesa, con gli occhi fissi davanti a sé. Max la stava proteggendo nell'unico modo in cui poteva – o che conosceva – e Darcy sentì di nuovo la sua mano sfiorarle la schiena.

Un calore che prometteva di scaldarla, se solo si fosse posato.

Capitolo venti

«Ciao». Sul pianerottolo c'era Aksel con un sorriso trepidante.

«Aksel!». Stupita nel vederselo lì con una bottiglia di vino, un mazzo di fiori e un pacchetto di mais per popcorn, Darcy si sentì sprofondare. «Che cosa ci fai qui?»

«...Ho deciso, per una volta, di essere spontaneo e vedere come andava a finire». La guardò a disagio. «Ecco... ehm... mi vergogno un po' per l'altra sera. Ecco perché non ti ho richiamato. Scusami».

«Oh, no, tranquillo, è tutto a posto. Lo capisco», si affrettò a sminuire lei, cogliendo la sua difficoltà. «Avevamo entrambi bevuto troppo».

«Già...». Sorrise timido. «Mi credi se ti dico che non mi era mai successo prima?»

«Ma certo!», mentì lei. «Comunque non importa. È un dramma più per l'uomo che per la donna».

Aksel si strinse nelle spalle e alzò gli occhi al cielo. «Avrei dovuto immaginare che non sarebbe stato un problema per te. Avrei dovuto richiamarti, solo che...».

«Basta», gli sorrise lei, nel disperato tentativo di rassicurarlo... oltre che di cambiare discorso. «È tutto a posto, davvero».

«D'accordo, va bene, allora».

Restarono a guardarsi in imbarazzato silenzio per un po' e Darcy si sentiva sempre più scoraggiata. Le sue scuse erano state gradite, ma non era proprio dell'umore di socializzare. Solo che lui era arrivato fino a lì con dei regali e poteva solo immaginare quanto gli fosse costato incontrarla a quattr'occhi dopo la défaillance del giovedì sera. «Vuoi entrare?».

Aksel parve sollevato. «Ecco… solo se non hai da fare. Non ero neanche sicuro che fossi in casa…».

Darcy si fece da parte nel piccolo ingresso prendendo i regali con un sorriso grato. «La mia coinquilina è via per il fine settimana, quindi mi sto godendo la casa tutta per me… Oddio, devo avere un aspetto orribile», mormorò, rendendosi conto di non essersi ancora nemmeno guardata allo specchio.

«No. Sei… accogliente», rispose osservando i suoi piedi nudi (almeno erano curati), i pantaloni del pigiama scozzesi e la vecchia e morbida camicia blu che aveva lasciato Lars e che lei non aveva alcuna intenzione di restituirgli; pensava di tenerla come una sorta di risarcimento.

Sapeva che quello di Aksel era solo un complimento di cortesia. Non aveva chiuso occhio, vanificando tutti i benefici dei trattamenti del giorno prima. Era così tesa che non riusciva a calmarsi; talmente agitata da non poter neanche mangiare; era esausta ma non riusciva a riposare; l'appartamento non era mai stato così pulito. Freja aveva finalmente risposto alle sue chiamate con un solo messaggio: "Scusa! Sono stata occupata 😉 Ti aggiorno quando torno" e Darcy aveva passato tutta la notte a fissare il soffitto, chiedendosi come diavolo avrebbe potuto sistemare le cose. L'unica soluzione che le veniva in mente – aumentare il suo fido e comprare un altro vestito – era imperfetta. Non poteva fare nulla subito, di domenica, e ci sarebbero voluti un paio di giorni per ottenere il fido, il che significava che non ci sarebbe mai riuscita prima del ritorno di Freja. Avrebbe dovuto prima confessare ciò che aveva fatto e poi rimediare. E comunque quello risolveva il problema al cinquanta per centro.

Era l'altro cinquanta l'aspetto peggiore. Il vero problema era aver tradito la fiducia e, con quella soluzione, Freja l'avrebbe saputo. Aveva indossato il suo vestito senza permesso; a conti fatti, l'aveva rubato, aveva preso qualcosa di prezioso come se nulla fosse e l'aveva distrutto.

Il non sapere di preciso quando Freja sarebbe tornata non aiutava. Quella notte? L'indomani? Riposare era impossibile e Darcy continuava a guardare la porta a ogni rumore che udiva, come se i vicini che entravano e uscivano fossero diventati di colpo una minaccia.

«La apro, va bene?». Sollevò la bottiglia di vino con una certa apprensione. Era l'ultima cosa di cui aveva bisogno, o forse l'unica. L'avrebbe distratta dalle sue angosce? E lui?

«Perfetto».

«Ti spiacerebbe toglierti le scarpe?», gli chiese da sopra la spalla mentre si avviava all'angolo cottura. «Freja è un po' fissata con i germi che potrebbero entrare in casa dall'esterno. È una microbiologa, quindi è piuttosto ferrata in materia».

«Giusto». Aksel, con i soli calzini, la seguì nel salotto vagando con lo sguardo sui due grandi divani blu dell'Ikea uno di fronte all'altro, con i cuscini schiacciati e non sprimacciati, la televisione accesa senza audio, il camino a gas effetto legna, batuffoli di cotone e smalto sul tavolino. «Carino qui».

Darcy prese i bicchieri da vino dalla credenza. «A noi piace molto. È caldo, che è la cosa principale. E l'acqua calda non manca mai».

«Fondamentale. Qualche mese fa da noi c'è stata una perdita e hanno chiuso l'impianto per tre settimane. Dovevo fare la doccia, lavarmi i denti, preparare il caffè con l'acqua in bottiglia. Un incubo».

«Immagino», commentò accendendo il forno e rovesciando i popcorn nella teglia coperta.

«Da quanto abiti qui?».

Darcy stappò e versò il vino, chiedendosi se potesse essere un vantaggio avere lì Aksel nel caso Freja fosse tornata quella sera e non avesse trovato più il vestito appeso all'anta dell'armadio. (Darcy lo aveva nascosto in fondo al suo. Non riusciva nemmeno a guardarlo.) Le avrebbe impedito di dare di matto e buttarla fuori?

«Ehm… da agosto…».

«Bene».

Darcy arrivò con i bicchieri. «Ci mettiamo comodi?»

«Perfetto». Era ancora nervoso, si capiva.

Si sistemarono sullo stesso divano, vicini ma senza toccarsi.

Darcy si accovacciò, girandosi verso di lui. Alle sue spalle, la televisione continuava a trasmettere immagini in modalità silenziosa.

«Allora, cin cin», disse Aksel alzando il bicchiere.

«Cin cin».

Nella stanza cadde il silenzio mentre entrambi sorseggiavano.

«Allora, hai passato una buona settimana?», gli chiese lei appoggiandosi il bicchiere sulla coscia. Fu una domanda un po' rigida, come se si fossero appena conosciuti.

«Intendi a parte sentimi un idiota di prima categoria per aver fatto cile…».

«Aksel!», lo sgridò. «Dimenticatene».

Aksel alzò gli occhi al cielo. «Decente, direi, a parte che è tornato il cane. Sai, quello della castrazione casalinga per mano del proprietario?»

«Quello che gli aveva stretto gli elastici a…».

«Esatto. Be', è morto. L'infezione ormai si era estesa e non siamo riusciti a tenerla sotto controllo».

«Oh, no! Ma è tristissimo!».

«Lo so. Quel tizio ha voluto risparmiare e non ha fatto altro che causare sofferenze atroci al suo amato amico a quattro zampe e alla fine l'ha perso».

«Non so come fai a non gridare in faccia a queste persone», disse lei, «sono dei veri idioti».

«Insultare i clienti non è ben visto, purtroppo, ma certa gente se lo meriterebbe». La guardò. «La tua?»

«Mmm, ne ho avute di migliori».

«Come procede con la donna misteriosa?»

«Diventa sempre meno misteriosa».

«Davvero? Racconta», chiese lui dopo un altro sorso di vino. Quasi mezzo bicchiere, in realtà.

Darcy sospirò stancamente. Davvero voleva saperlo? «Bene, adesso so che viveva con i Madsen dal 1915, così mi sono immersa nelle fotografie e nei diari di famiglia di quel periodo che almeno mi danno un'idea della sua adolescenza con loro». Con sua grande frustrazione, non sembrava che Lilja avesse tenuto un diario proprio. Era Lotte, la sua migliore amica e compagna, la principale fonte di informazioni sui suoi spostamenti e ubicazioni.

Pensierosa, Darcy guardò Aksel. «In effetti, mi potresti aiutare a chiarire alcuni punti».

«Di nuovo?», sorrise. «Dovrò cominciare a fatturarti le consulenze».

Darcy rise, ma non era sicurissima che fosse una battuta. «Allora, sembra che la mia donna misteriosa abbia partorito un maschietto nell'agosto del 1919 e ci sono un mucchio di fatture mediche prima e dopo il parto. A quanto pare hanno acquisto ingenti quantità di bromuro di potassio… a cosa serve?»

«Be', una volta era il protocollo standard per il trattamento dell'epilessia».

«Davvero?», chiese lei, interessata.

«Sì. Aveva anche altre applicazioni, ovviamente. Di sicuro saprai che l'esercito britannico somministrava alle sue truppe tè al bromuro per placare l'eccitazione sessuale al fronte… lo sanno tutti!». Alzò gli occhi al cielo. «Fino agli anni Dieci e Venti del secolo scorso, però, era la cura principale per l'epilessia. Lo usiamo ancora oggi per i cani».

«Giusto», mormorò lei assorta.

«Ma non mi avevi detto che era affogata? Forse è per questo che è successo? Può aver avuto un attacco nella vasca?»

«No, non era lei a essere epilettica», lo corresse Darcy. «Credo fosse il bambino».

«Ah», trasalì Aksel.

«Sì, sembra anche piuttosto grave. Tutte le prescrizioni cominciano dopo la nascita e si interrompono di colpo proprio in concomitanza con la morte del piccolo, sette mesi dopo».

«Che tristezza».

«Penso sia stato devastante per lei. Anche la nascita dev'essere stata traumatica. Nei registri ho trovato qualche riferimento all'eclampsia».

«Ah, be', questo spiega tutto. L'eclampsia è molto pericolosa. Può causare svariate conseguenze a madre e figlio. Quasi sicuramente ha avuto un parto prematuro… ed è stata anche fortunata a essere sopravvissuta». Aksel bevve un altro sorso.

«Non so se si possa parlare di fortuna riguardo a lei, purtroppo», si incupì Darcy. «Ma perché ad alcune donne capita e ad altre no?»

«Intendi l'eclampsia?». Aksel si strinse nelle spalle. «Ci sono una serie di fattori di rischio: diabete, obesità, gravidanza gemellare, età…».

«Età?»

«Sì, se si è fuori età per la gravidanza, le probabilità aumentano».

«Cioè? Qual è l'intervallo di tempo?».

Aksel ci pensò su. «Prima dei diciassette e dopo i trentacinque».

«Lei dev'essere stata molto giovane. Non so precisamente quanto, ma viste le fotografie dell'epoca, ed essendo all'incirca coetanea di Lotte, ho calcolato che dovesse avere circa quattordici anni».

Aksel trasalì di nuovo. «Mmm. La gravidanza delle adolescenti può essere ad alto rischio. Dipende dal soggetto, dal corpo che potrebbe non essere pronto o non totalmente sviluppato. Il pube troppo stretto… La gravidanza è un carico enorme per tutti gli organi e apparati, e un corpo immaturo potrebbe non sopportarlo».

Darcy si appoggiò allo schienale, riflettendo su come un unico evento avesse scatenato una serie di disastri collegati l'uno all'altro: gravidanza precoce, eclampsia, epilessia.

Un bambino morto perché nato troppo presto da una madre troppo giovane.

Darcy sospirò, appoggiò la testa e cercò di calarsi nella quieta prospettiva di Viggo sulla condizione di sposa bambina di Lilja. *Altri tempi, Darcy.*

Eppure la sua rabbia non si placava.

Accanto a lei, Aksel finì il vino e cambiò posizione. «Per cambiare discorso… che fai venerdì sera?».

Darcy cercò di pensare. «Non ho programmi al momento, non mi pare. Perché?»

«Lo sai che è santa Lucia?»
«Ah, no, non lo sapevo».
«Be', è una cosa grossa qui. Ci saranno processioni in tutto il paese, tranne che qui. In città facciamo qualcosa di un po' diverso».
«Cioè?»
«La processione sarà sull'acqua. Si esce tutti in canoa. Si parte da Nyhavn, si cantano le carole, si mangia e si beve e si rema fino alla stazione successiva dove si ricomincia. E così via. C'è sempre tantissima gente, sia sull'acqua che sulle banchine, ma in acqua è più divertente. Ti va di andarci insieme?»
«Non sono molto brava a pagaiare».
«L'esperienza non serve. È nei canali, senza maree né correnti».
«È sicuro?»
«Sicurissimo. È ben illuminato e ci saranno addetti alla sicurezza ovunque. Se finisci dentro, ti assicuro che vieni ripescata nel giro di pochi secondi».
«Gelata, però».
«Ci penso io a scaldarti», le disse ammiccando, posandole una mano sulla sua. «E comunque affitteremo anche la muta insieme alla canoa».
Darcy già si vide arrivare la fattura.
«Che ne dici? Ci stai?».
Deglutì un nodo in gola. «Ma sì, perché no?». Non aveva altro da aspettare all'orizzonte.
Aksel si illuminò. «Perfetto! Vedrai che ti piacerà, ne sono certo». Le prese la mano, gliela strinse, il suo sguardo si fece più profondo e l'atmosfera mutò.
Si protese a baciarla con delicatezza, una volta, due… Darcy chiuse gli occhi, senza bloccarlo ma neanche abbandonandosi. Non sapeva bene come si sentisse, bloccata nella sua testa e non nel corpo. Non era certo una santarellina, non era proprio il momento giusto. Come poteva dirglielo, però, quando il fantasma dell'altra notte era ancora presente? Era sicura che potessero superare l'incidente solo sovrascrivendolo. L'autostima di Aksel aveva bisogno di togliersi il dubbio una volta per

tutte. Il bacio si fece più appassionato, il suo entusiasmo – e la sicurezza alimentata dal vino – aumentò e Aksel cominciò ad assumere il controllo. Si staccò per toglierle il bicchiere di mano e, sotto lo sguardo assente di Darcy, li appoggiò entrambi sul tavolo. Quindi ricominciò a baciarla e, con entrambe le mani ora libere a vagare sul suo corpo, e ad attirarla a sé.

Il bacio non era male, ma la sua mente era a pezzi per altri motivi così, quando lui cominciò a sbottonarle la camicia e scoprì che era nuda, non ci fu la classica fiammata di desiderio, ma solo un'ansiosa consapevolezza: avrebbe dovuto farlo da sobria.

Aksel si allontanò per togliere la felpa che si portò dietro anche la maglietta, ma non era sicura che lo avesse fatto apposta. «All'improvviso fa molto caldo», sorrise lui, di colpo mezzo nudo in mezzo al soggiorno.

Le baciò il collo, la sdraiò sul divano ma... una serie di scoppiettii li fecero sussultare. Si guardarono immobili come suricati cercando di dare un senso a quel rumore.

«Ah! I popcorn!». Si ricordò di colpo Darcy cercando di non sembrare troppo sollevata da quell'interruzione. «Sarà meglio tirarli fuori prima che brucino!». Scivolò via da sotto di lui e andò in cucina. Infilò i guanti da forno ed estrasse la teglia. All'interno i chicchi di mais scoppiavano impazziti come i suoi nervi.

«...Faccio io?».

Alzò gli occhi e vide Aksel che accennava alla porta d'ingresso mentre si versava dell'altro vino. «Eh?»

«Hanno bussato».

Avevano bussato? Oddio!

Darcy si immobilizzò, ancora con i guanti e la padella in mano. Era tornata Freja, quindi sarebbe successo tutto molto prima di quanto si fosse aspettata. Era il momento.

Sentì un'ondata di panico attraversarla di nuovo da capo a piedi e gettò un'occhiata alle due camere da letto. Era forse meglio prendere il vestito e spiegare subito la situazione? Non sarebbe stato peggio aspettare che Freja entrasse a cercarlo?

«Darcy?».

Darcy lo guardò, ancora immobile. «Ehm… sì, sì, se non ti dispiace. Dev'essere la mia coinquilina Freja… perde sempre le chiavi». Non era vero. Era stata lei una volta a perderle.

«Ah, capita sempre anche a me», disse lui alzandosi dal divano e, bicchiere alla mano, sparire nel piccolo ingresso. «Salve…».

Darcy restò ferma, a occhi chiusi, in attesa dello stupore dell'amica nel vedersi aprire la porta di casa propria da un uomo bellissimo a torso nudo.

Non sentì Freja però. Fu di nuovo Aksel a pronunciare un «Grazie?», in tono di domanda.

«Aksel, chi è?», chiese allora Darcy posando la padella e accorrendo alla porta. Girò l'angolo ancora con i guanti da forno alle mani e…

«…Max?». Fu poco più di un respiro, come se le mancasse il fiato completamente.

Aksel teneva in mano un lungo porta abiti. Bianco con un logo inconfondibile. Valentino. Si girò a guardarla disorientato. «Credo che questo sia per te».

Darcy, però, non stava guardando ciò che gli porgeva. Non riusciva a staccare gli occhi da Max. Non sapeva come spiegarsi ciò che vedeva, nonostante fosse piuttosto ovvio.

Max le restituì lo sguardo distaccato e impenetrabile che aveva imparato a conoscere e che però le trasmetteva forte e chiaro che la scena che si era trovato davanti – lei spettinata, con la camicia sbottonata e Aksel a torso nudo sulla porta – l'aveva interpretata più che bene.

In quel preciso istante, Darcy percepì l'intimità che per pochi istanti la sera prima si era creata tra loro sbocciare di nuovo; la tenerezza in un pugno. Il pensiero di ciò che aveva fatto per lei, salvandola da una pubblica umiliazione, le si era posato dentro come un carbone ardente che rifiutava di raffreddarsi. Per quanto si sforzasse di odiarlo, lui continuava a mutare forma, a risvegliarle desiderio, empatia, gratitudine…

«Ma… come hai fatto a…?», balbettò. Non si spiegava come fosse possibile trovarselo sulla porta di casa, tantomeno perché avesse fatto tutto quello per lei. Troppe domande le si affollarono in gola e sapeva che qualsiasi cosa avesse detto sarebbe stata inadeguata, sgarbata. La presenza di Aksel complicava tutto. Avevano un pubblico e non poteva parlarle liberamente.

«Non è niente di speciale. Ho solo fatto una telefonata». La voce di Max era asciutta e piatta.

«Io… te lo devo pagare», aggiunse cercando di dire qualcosa, qualsiasi cosa potesse trasmettere il suo sollievo. L'aveva salvata!

«Non serve. È un omaggio».

Darcy spalancò la bocca. Non poteva accettare in regalo un abito da cinquemila euro!

«Scusate, che sta succedendo?», chiese Aksel spiazzato, spostando lo sguardo da uno all'altra per poi fermarlo su di lei.

Ci volle qualche istante prima che Darcy riuscisse a riportare l'attenzione su di lui. Stava cercando di capire come avesse fatto Max a conoscere il suo indirizzo, ma… certo, l'aveva riaccompagnata Christoff la sera prima! Lentamente, spostò lo sguardo sul suo ospite, l'uomo che solo un attimo prima le aveva toccato il seno senza però riuscire a toccarle l'anima. «Ehm… ho macchiato di vino un abito durante una serata di lavoro ieri… e non era mio. Max mi sta salvando la pelle».

«Molto carino da parte sua», osservò Aksel in tono cauto.

I due uomini si guardarono negli occhi, finché Max non li riportò su Darcy. «In realtà io non ho fatto niente. La mia ragazza ha dei contatti lì. Le regalano abiti in continuazione. Io sono solo il fattorino».

«Bene. Wow», commentò Aksel appoggiandosi allo stipite con la disinvoltura di chi è sempre lì.

Max si irrigidì appena. Fu quasi impercettibile, ma a Darcy non sfuggì. «In ogni caso, ora devo andare», borbottò.

Voltò loro le spalle e in Darcy suonò ogni genere di allarme per come si stava svolgendo la vicenda. Per la sua reazione innaturale davanti ad Aksel. Ma non c'era niente che potesse dire per trattenere Max. Non avrebbe potuto ringraziarlo come si deve per un'impresa che, lo sapeva, doveva essere stata titanica da parte sua per rimediarle quel vestito, per quanto sostenesse il contrario. Non ci credeva che glielo avessero dato gratis. Non credeva che non fosse stato difficile. Anche se Veronique – o Angelina o Natalia – erano modelle dell'atelier, anche se chiudevano le sfilate, era pur sempre domenica. Come c'era riuscito?

Rimpiangeva amaramente di essersi trattenuta per tutta la mattina dal mandargli un messaggio e ringraziarlo di averla riaccompagnata a casa la sera precedente, risparmiandole altro imbarazzo. Ogni volta che aveva preso il telefono, lo aveva rimesso giù, ripetendosi che era stata solo una gentilezza in un momento di crisi e che, a crisi ormai passata, non era più un suo problema. Non erano amici, anche se lui l'aveva aiutata.

E la stava ancora aiutando, nonostante la guardasse come se ricordasse a malapena il suo nome. Non aveva sorriso neanche per un istante. Aveva respinto ogni ringraziamento. Non ci sarebbe mai stato alcun contatto, se non i pugni.

Eppure, Darcy ricordava bene il battito costante del suo cuore contro l'orecchio, o come aveva chiuso gli occhi quando le aveva baciato i capelli.

Nessun ciao. Nessun arrivederci.

Eppure…

Capitolo ventuno

23 giugno 1920

Stamattina, appena varcati i cancelli di Solvtraeer, ho avvertito un cambiamento dentro di me. Avevo dimenticato cosa si provasse a stare lontani dalla città. Credo di essermi abituata troppo al trambusto costante di quel luogo: persone che vengono a trovarci ogni giorno, feste e pranzi. Anche una passeggiata nel parco è un'occasione sociale. E poi, naturalmente, c'è il rumore. Il traffico sembra aumentare di giorno in giorno.

Qui, invece, si può davvero sentire il vento tra gli alberi e il canto degli uccelli. Le lancette dell'orologio sembrano sempre ticchettare più lente a Hornbæk. È la prima volta che Henrik viene qui, ma posso dire che già lo adora. Lilja è stata molto gentile riguardo alla notizia del nostro fidanzamento e ho capito che stava cercando di essere felice per noi. L'ho trovata molto meglio di quanto mi aspettassi. Quando ha lasciato Copenaghen, era come una bambola di pezza svuotata dall'imbottitura, piccola e floscia, invece ora ha le guance più piene e ha riacquistato un po' di colore. Dice che è merito delle sue passeggiate quotidiane sulla spiaggia. Quando siamo arrivati, era a piedi nudi sul prato, a parlare con il vecchio Sally che estirpava le erbacce, e devo ammettere che era uno spettacolo curioso da vedere; ma dobbiamo ricordare che qui le cose sono diverse rispetto alla città, ed è proprio questo stare a proprio agio che, secondo il dottor Beck, avrebbe aiutato a lenire il suo spirito.

Spero che questa permanenza faccia rapidamente effetto. La mamma ha sotto controllo l'organizzazione del matrimonio e il ministro ci sposerà nella cattedrale tra tre settimane. Lilja è mia sorella nello spirito e anche secondo la legge, e non sopporterei di non averla presente, ma è ancora molto fragile ed è probabile che non sarà abbastanza in forze da partecipare. La ricorderò nelle mie preghiere da stasera in poi, perché si rimetta. Casper tornerà appositamente da Londra e, dopo tutta la tristezza che hanno sopportato, qualsiasi occasione di festa sarebbe terapeutica per entrambi.

So che la mamma pensa che non sia giusto che Lilja trascorra la convalescenza qui senza compagnia; da questo punto di vista, il mio fidanzamento è capitato in un momento terribilmente inopportuno. Ma lei e papà sono così presi dai loro impegni in città che è quasi impossibile anche per loro allontanarsi. Lilja mi assicura che la solitudine le fa molto bene, ma lei è sempre stata stoica. Ho deciso che cercherò di venire qui almeno altre due volte prima del matrimonio. Se riesco.

14 luglio 1920

È piena estate qui a Solvtraeer! Lilja sta facendo un pisolino e finalmente ho un momento per mettere nero su bianco questi preziosi ricordi. Siamo appena tornate da una passeggiata sulla spiaggia, che mi ha rallegrato il cuore. Dimentico sempre quanto sia forte il sole qui e Lilja ha dovuto ricordarmi di portare l'ombrellino, per evitare che tra cinque giorni mi ritrovi a percorrere la navata con le guance bruciate! A lei non importa essere scura come una bacca e ha perfino ricominciato a portare le trecce, come facevamo da bambine. Dice che con la brezza marina sono più facili da gestire rispetto a un'acconciatura bouffant e devo ammettere che, al nostro ritorno, ho dovuto sistemare i vari pettinini, ma mi sembra un peccato ricadere in modi da bambine dopo aver desiderato così a lungo di essere giovani donne alla moda.

La sua convalescenza sembra procedere bene, ad ogni modo. Legge, dipinge e cuce quasi tutti i giorni; papà ha deciso di farle una sorpresa e mandare qui un pianoforte, così da poter suonare a suo piacimento. Le piaceva molto quando prendevamo lezioni insieme e, come dice sempre mamma, quando c'è la musica qualsiasi casa diventa un focolare.

È la prima volta da anni che Solvtraeer viene abitata di continuo durante i mesi freddi. Questo vecchio posto è sempre apparso trascurato e desolato quando lo visitiamo in estate, mentre adesso sembra quasi che la casa si sia risvegliata da un lungo sonno e stia di nuovo respirando a fondo. Lilja è diventata piuttosto abile nell'arte di comporre bouquet. A giorni alterni il vecchio Sally porta canestri di fiori nella sala di taglio, così ora ci sono mazzi e bouquet in ogni stanza. Il profumo è davvero sorprendente e ho deciso di fare lo stesso nella nostra nuova casa a Toldbodgade dopo il matrimonio. Henrik desidera che io coltivi qualche hobby, quindi penso che questo piacerà a entrambi.

Tuttavia, non posso fingere che vada tutto bene. Come temevo, la mia amata sorella non verrà al matrimonio. Non che non voglia, ma il dottor Beck lo ha sconsigliato. La sua costituzione non è ancora robusta e la malinconia si sta rivelando difficile da superare. Alcuni giorni non si alza neanche dal letto e la signora Sally deve portarle il cibo su un vassoio. Lilja dice che quei giorni sono sempre più rari, ma che quando capitano – e non è in grado di prevedere quando – è piuttosto impotente. È spaventoso pensarla in quelle condizioni e so che mio fratello è turbato di non poter sostenere sua moglie come vorrebbe, ma dobbiamo ricordarci che sono passati solo pochi mesi. Arriveranno tempi migliori.

«Che cosa ci fai seduta al buio?», chiese Viggo scendendo nell'ufficio ovale. Aveva una busta con la sua cena; quella sera c'era il club del bridge e non avrebbe fatto in tempo a fare la spesa più tardi.

«Niente, solo guardando le mille e una diapositive di come viveva l'altra metà del mondo negli anni Venti del secolo scorso», rispose con un sospiro, girandosi e ruotando sulla sedia per guardarlo. Era nell'ala Ovest, accanto alla vetrina, con la luce spenta. Aveva puntato il proiettore contro la parete bianca lì in fondo e lo mandava avanti con il telecomando.

«Il confronto toglie la gioia, Darcy, ricordatelo sempre», la ammonì Viggo mentre appendeva il cappotto e controllava l'acqua nel bollitore. «Trovato qualcosa di interessante?»

«Definisci "interessante". È un miscuglio assortito che riesce a mostrarmi tutti tranne le due persone che vorrei vedere: ci sono foto della nuova casa dei Madsen, dei loro cani, del matrimonio di Lotte con Henrik, alcune di Bertram e Gerde a non so che corsa di cavalli...».

«Probabilmente il Derby del trotto di Charlottenlund. Un evento molto prestigioso».

«Mmm. Comunque, mi sono spostata sulle fotografie scattate, mi auguro, a Solvtraeer. Finora ce ne sono un mucchio del giardino e della spiaggia, quindi immagino di essere sulla buona strada».

«Cosa speri di trovare a Solvtraeer?»

«A quanto pare Lilja si è trasferita lì dopo la morte del figlio. Era la casa estiva dei Madsen sulla costa».

«Sì, lo so, a Hornbæk. È a un'ora da qui».

«Be', il dottor Beck le aveva consigliato aria buona ed esercizio fisico e, stando ai diari di Lotte, sembra che quel luogo le abbia giovato più della città».

«E forse si sentiva anche più a casa, visto che è lì che erano state da bambine durante la guerra».

«È vero, non ci avevo pensato». Darcy si fermò a riflettere qualche istante, ripensando alla foto sulla coperta da picnic in giardino. Giugno 1915. «Sai, ho la brutta sensazione che non abbia più rivisto i genitori. Temo che sia morta prima che venissero scarcerati».

«Se sono stati scarcerati», precisò Viggo. «Metto su l'acqua».

Darcy si girò e passò alla diapositiva seguente. Ritraeva una giovane donna in riva al mare, con un lungo abito bianco. Era di spalle e fissava l'orizzonte.

Darcy annaspò, avvicinandosi alla proiezione. Anche senza vedere il viso, senza parole, quella fotografia le parlava.

«È senz'altro lei», mormorò ed era ancora concentrata sull'immagine diversi minuti dopo, quando Viggo arrivò dal corridoio con i caffè.

«Come fai a esserne così sicura?», le chiese passandole una tazza.

«Vedi i capelli?». Indicò la treccia. «Ne parla Lotte nel diario. Lo considerava un passo indietro per Lilja non acconciarli secondo la moda delle signore dell'epoca. Ma quella poveretta piangeva un figlio… che le poteva importare dei capelli?».

Darcy fissò la schiena di quella ragazza. Anche di spalle si capiva che era molto giovane. In quel preciso scatto doveva avere sì e no sedici, forse diciassette anni. Ed era, a tutti gli effetti, già orfana. Già moglie. Già madre. Già in lutto.

Chi aveva scattato quella fotografia? Lotte? Casper? Chiunque fosse stato, aveva a sua volta percepito lo spirito a pezzi… un cuore che non sarebbe mai guarito?

Di colpo, le tornò in mente un dettaglio e si rivolse a Viggo. «Viggo?».

Al suo richiamo, l'uomo si girò. «Sì?», chiese cauto. Sapevano entrambi che non dovevano collaborare.

«Sai qualcosa in merito alle circostanze in cui è morta Lilja?»

«Sì. È annegata».

«Lo so, ma sai come? Era nella vasca? Nuotava in un laghetto?».

Viggo parve esitare. «Ha importanza? Il risultato non cambia».

«Forse è vero», rispose lei con noncuranza, «ma se devo scrivere la sua biografia, devo conoscere i dettagli, non credi?».

Viggo era visibilmente a disagio e, per la prima volta, Darcy ebbe l'impressione che non volesse risponderle.

«Viggo, ti prego», insistette. «Dimmelo. È solo un dato come un altro, no?».

Gli occhi limpidi di Viggo si fermarono nei suoi. «Non proprio».

Darcy si accigliò. «In che senso?»

«La morte è stata registrata come annegamento accidentale».

«Ma…?», lo incalzò quando tornò in silenzio.

«Giravano voci…», ora Viggo sembrava sofferente, «che fosse entrata lei in acqua».

«Lilja si è uccisa?», annaspò Darcy. Irrigidita, guardò Viggo annuire. «Ma non può essere!».

«Perché no?».

Darcy recuperò i tre certificati che aveva selezionato: uno di matrimonio, due di nascita, tre di morte. «Aveva appena avuto un altro figlio».

«È proprio per quello che hanno voluto evitare speculazioni».

Darcy lo fissò. «Mi stai dicendo che i Madsen hanno nascosto la verità?»

«Sto dicendo che non l'hanno detta per intero», chiarì lui con circospezione. «Erano altri tempi…».

Quelli dell'età del consenso? Dei matrimoni combinati tra bambine e uomini fatti? Di gravidanze di adolescenti che portavano a traumi o alla morte? Erano quegli "altri tempi"? Poteva essere stato uno di quelli – se non tutti – il motivo per cui Lilja aveva compiuto un simile gesto?

«Devi capire che c'era un forte stigma sul suicidio a quei tempi», si affrettò a precisare Viggo. «Un simile gesto era fonte di grande vergogna all'epoca. Devono aver pensato a quale fosse la scelta migliore per la bambina, cosa sarebbe venuta a sapere una volta cresciuta. Senza contare che Casper morì solo pochi giorni dopo e la famiglia sapeva che, visto il loro alto profilo, una simile doppia tragedia sarebbe stata oggetto di volgari pettegolezzi, non solo nella capitale, ma in tutto il paese. Era già abbastanza dura aver perso due giovani rappresentanti della nuova generazione. Avevano bisogno di piangere i loro morti. Se si fosse venuta a sapere la verità, alla tragedia si sarebbe aggiunta la vergogna. Li avrebbe seguiti ovunque…».

Darcy non riusciva a immaginare la vastità di una disperazione che spingeva a entrare in mare e restare sott'acqua. Lasciare una bambina senza la madre…

«Alla fine quella poveretta è annegata. Come e perché non è affare di nessuno». Viggo la guardò negli occhi. «Non trovi?».

Darcy annuì. *Mai sottovalutare l'importanza della reputazione.* Così le aveva detto Otto.

Distolse lo sguardo, infastidita da ciò che aveva appena scoperto, sapendo che doveva consultarsi con Otto. Qualunque fossero le migliori intenzioni della famiglia all'epoca dei fatti, rivelare le reali circostanze della morte di Lilja non era forse la cosa più giusta e onorevole da fare? Certo, poteva ben immaginare quale sarebbe stata la reazione di Helle Foss a quella scoperta.

Mandò avanti la diapositiva e rimase a fissare distratta un giardino in piena fioritura.

«Che peccato che queste foto non siano a colori», osservò Viggo. «Sembrerebbe Giverny, ne sono certo. Il vecchio Sally sapeva il fatto suo. Nessuno li fa più così i giardini, oggi. Dicono che riusciva a far fiorire qualsiasi cosa».

Darcy recuperò la concentrazione. «Il vecchio Sally era il giardiniere?»

«Sì, ha lavorato a Solvtraeer per più di cinquant'anni. Con lui ha lavorato anche il figlio, una volta tornato dalla Grande Guerra».

«Ma la Danimarca non era neutrale?», chiese, interdetta.

«Sì, ma i Sally venivano da Schleswig, al confine con la Germania. La questione si complica un po', qui. Hanno sentito che fosse un loro dovere andare a combattere».

«Ah».

«Alla fine della guerra Sally piccolo è tornato ed è rimasto a Solvtraeer per il resto della vita. Non si è mai sposato. Era gente fedele e bravissima nel proprio lavoro. Il giardino era diventato una sorta di attrazione nella zona. Si avvicinava così tanta gente ai cancelli solo per vederlo che Sofie Madsen, la moglie di Frederik, decise di far pagare una quota di ingresso al giardino per un'ora ogni mattina, da maggio a luglio».

Darcy inarcò un sopracciglio. «Cioè una ricca signora faceva pagare la gente per ammirare i suoi fiori?».

Viggo sorrise. «I soldi andavano in beneficenza».

Darcy lo fissò scettica. «Alla Fondazione Madsen?».

Viggo scoppiò a ridere e lei sorrise all'atmosfera che si era alleggerita tra loro. Mandò avanti le diapositive. Ce n'erano tantissime del giardino – aiuole disordinate, carriole piene di terra, ceste di fiori recisi. Darcy si chiedeva chi potesse aver scattato fotografie tanto caotiche, così in contrasto con le immagini formali e stilizzate della famiglia ottenute a Copenaghen.

La risposta le arrivò dall'immagine successiva. Doveva essere un errore: sfocata, ritraeva grossi fili d'erba ma l'accenno di un piede nudo – dita delicate, unghie a conchiglia – sulla parte bassa, suggeriva che fosse Lilja ad avere lo scatto facile.

Darcy ripensò alla fragile, giovane donna che fissava il mare, i capelli intrecciati sulla schiena, le dita sepolte nella sabbia. Cercava la felicità nella natura.

La bellezza del mondo esterno.

La gioia nelle piccole cose.

Darcy non l'aveva ancora vista in faccia con chiarezza, ma già sentiva il suo spirito entrarle dentro, farsi conoscere, finalmente.

Capitolo ventidue

«Be', non è stato facile, ma l'ho messa», annunciò Darcy spalancando le braccia. Indossare la muta nel minuscolo bagno della caffetteria era stato come lottare con un polipo ma, contro ogni pronostico, aveva vinto lei. «Devo dire che non è proprio il massimo come outfit da festa».

Sogghignando Aksel la guardò lì in piedi con le mani sui fianchi. «Be', rimedio subito. Tieni, metti questo». Le porse il giubbotto salvagente che Darcy infilò dalle braccia per poi attendere, come una bambina ubbidiente, che lui lo chiudesse. «La sicurezza prima di tutto».

«Adesso mi sento l'omino Michelin con un corsetto», borbottò.

Aksel scoppiò a ridere. «Non è vero! Aspetta che abbia aggiunto il tocco finale».

Lo vide tirare fuori dallo zaino un festone rosso che le intrecciò al busto. Quindi frugò di nuovo nello zaino lasciandole intravedere il luccichio di un tappo dorato. «E per la vittoria...», e sistemò delle corna da renna sulle loro teste. «Visto? Lampeggiano», esclamò, accendendole.

«Oddio», gemette lei sghignazzando. «Meno male che non mi vede nessuno che conosco».

«Io ti conosco».

«No, non è vero. E se pensi di vedermi qui adesso, ti sbagli».

Aksel si protese a baciarla: le sfiorò appena le labbra, ma c'era una crescente intimità in quei gesti ora. Non c'era più bisogno di chiederglielo prima con gli occhi. Stava cominciando a considerarla sua e covava una tacita aspettativa che quella sera sarebbe stata la "terza volta buona". Il loro appuntamento estemporaneo di domenica aveva subito un secondo e fatale colpo mortale con il rientro a casa di Freja pochi minuti dopo che Max era andato via: per pura fortuna, Darcy aveva appeso subito il vestito nuovo all'anta dell'armadio di Freja e aveva avuto bisogno di qualche momento per sé stessa per elaborare ciò che era appena successo. L'espressione sconsolata dell'amica al suo arrivo, però, aveva spinto Aksel a togliere il disturbo quasi immediatamente: alla fine, ad Amsterdam Tristan non le aveva chiesto di sposarlo. Freja aveva capito quanto lo avesse desiderato solo quando non era successo.

Darcy si guardò intorno. C'erano centinaia di persone in giro che, perlopiù, cercavano un posto lungo le banchine mentre gli altri canoisti camminavano lungo il corso d'acqua con zaini e remi in spalla. «Allora, qual è il programma?», chiese nervosa, sfregandosi le mani.

«Andiamo in acqua, pagaiamo fino a Nyhavn, cantiamo qualche canto di Natale, pagaiamo fino a Christianshavn e facciamo lo stesso. Stessa cosa a Blox e Højbro e alla fine torniamo qui». Fece spallucce. «Ci vorrà un'oretta e mezza, e a ogni tappa per i canti troveremo vino e *aebleskiver* per scaldarci. E, alla fine, serviranno panini e bouillabaisse».

«Bene! Sembra divertente».

«Lo è! Accende davvero lo spirito del Natale».

«Ecco, me ne servirebbe proprio un po'. Non abbiamo ancora fatto neanche l'albero», aggiunse rabbrividendo e saltellando sul posto un paio di volte.

«Hai freddo?»

«Da che l'hai capito?»

«Dai, prendi un sorso, ti scalda da dentro», disse estraendo una fiaschetta dallo zaino.

«Cos'è?»

«Brandy». A giudicare dal peso, era mezza vuota.

«Ah», trasalì sentendo bruciare la gola. Un pochino l'aveva scaldata, ma più che altro bruciava. Aksel la prese e ne mando giù una buona sorsata. Nessun brivido, nessun disagio, scese come acqua.

Da un altoparlante cominciarono ad arrivare degli annunci e Aksel li ascoltò con attenzione mentre insieme agli altri canoisti scendevano i gradini per entrare in acqua.

«Bene», disse riavvitando il tappo e mettendo la fiaschetta nella borsa, che chiuse con la cerniera. «Aspetta qui. Metto questi negli armadietti», annunciò e Darcy rimase obbediente ad aspettare che li registrasse al bar dei canoisti.

«Ehm... ho un po' di paura», ammise con un pizzico di agitazione quando Aksel tornò da lei qualche minuto dopo.

«Andrà tutto benissimo», la rassicurò lui, infilandosi al collo una specie di sacchetto grigio impermeabile. «Ci ho messo entrambi i nostri telefoni», disse. «Non si sa mai».

Darcy fece una smorfia. Se il suo telefono fosse caduto nel canale... «Sei sicuro che sia impermeabile?»

«Ne sono certo. Lo uso sempre... E questo è il tuo foglio con le canzoni». Le porse un piccolo opuscolo. «Con i testi. Mettilo nella parte anteriore del giubbotto di salvataggio».

Darcy obbedì senza smettere di tremare. Anche con la muta, era una notte gelida.

«Eccoci, siamo noi», la chiamò Aksel quando venne chiamato il loro numero. «Seguimi».

Aksel la precedette sui gradini e gli organizzatori misero in acqua i kayak successivi. Lui salì per primo. "Alla faccia della cavalleria", pensò Darcy, aspettando il proprio turno.

Uno degli assistenti tenne la prua mentre lei si calava con cautela, cercando di non guardare l'acqua scura che si muoveva a pochi centimetri da lì. L'imbarcazione dondolò precariamente da una parte all'altra e lei strillò spaventata. Si sbrigò a mettersi seduta, non convinta che fosse quello il modo di entrare nello spirito natalizio. A suo giudizio, una *mince pie* era molto più efficace.

«Tutto bene?», le chiese Aksel, mentre Darcy veniva allontanata dai gradini e si ritrovava a galleggiare accanto a lui. Con ogni canoa decorata da lucine, il canale era illuminato a giorno. Sopra di loro erano illuminati anche gli aceri sulle sponde e gli alberi maestri, tanto che Darcy percepiva ogni singolo viso che la scrutava. Davanti a loro, e anche dietro, la moltitudine di kayakisti già in assetto aspettava solo l'ordine di partire.

«Che meraviglia! Non ho mai visto niente di simile». Alcuni kayakisti avevano piccoli alberi di Natale legati alle spalle; altri indossavano mantelli di velluto e corone, come i magi in viaggio verso Betlemme.

I loro kayak venivano delicatamente urtati dai nuovi arrivati che si accodavano, spinti a loro volta verso chi era già davanti, ma non importava. Darcy si sentiva al sicuro. L'atmosfera era rilassata e felice. Nessuno aveva fretta di arrivare da qualche parte.

Ben presto giunse il comando e, come una ola molto, molto lenta, i remi sbucarono dall'acqua e cominciarono a muoversi. L'applauso della folla accompagnava i kayak illuminati che cominciavano a scivolare lungo il canale, un'immensa massa di luci che percorreva le vie d'acqua della città.

Darcy sorrideva. Era assurdo, ma geniale! Sarebbe stato impossibile organizzare un evento del genere sul Tamigi. Forse sul lago Serpentine di Hyde Park... ma era minuscolo in confronto a quel percorso e si sarebbe potuto solo girare in tondo.

Aksel le sorrideva e remava con facilità. Darcy non aveva mai visto la città da quella prospettiva. L'aveva immaginata fredda e buia, invece appariva luminosa come se si trovassero intorno a un falò. Ovunque guardasse, la gente parlava e rideva, pagaiando con disinvoltura, come se fosse un normalissimo modo di passare un venerdì sera decembrino.

Si sentì felice, almeno finché non lasciarono il molo protetto per le acque aperte. Aksel non aveva detto che non c'erano maree? Eppure una leggera brezza sollevava piccole onde che però dal kayak sembravano grandi; era anche più buio, visto che l'unica illuminazione erano le lucine dei kayak. Per fortuna era circondata da moltissima altra gente. Si ripeteva che i grandi numeri sono una sicurezza, anche se rendevano difficile seguire Aksel che era andato avanti senza rendersi conto di remare molto più veloce di lei.

«Aksel!», chiamò, senza troppa convinzione. Non voleva apparire spaventata di fronte a tutta quella gente. Aksel non la sentì, ma lei riuscì comunque a non perderlo di vista, anche grazie alle corna lampeggianti che le permettevano di individuarlo facilmente.

Decise allora di pagaiare allo stesso ritmo del kayak che aveva davanti – una scelta logica, le sembrava – ma quando, venti minuti dopo, arrivarono al famoso porto di Nyhavn, era senza fiato e con le vesciche alle mani.

Erano tornate a brillare le luci, immergendoli in un bagliore dorato, e il contingente smise di remare come un sol uomo, lasciando riposare le braccia mentre la folla radunata sulla riva acclamava il loro arrivo. Era stata più dura di quanto aveva previsto.

«Darcy! Quaggiù!».

Seguendo il grido, vide Aksel che si sbracciava. Era a sette kayak di distanza dal suo, in lunghezza, e non fu facile raggiungerlo ora che erano tutti fermi.

«Scusate... scusate», mormorava a disagio ogni volta che urtava qualcuno o si spingeva verso di lui. La gente l'aiutava a spostarsi gettandole occhiate infastidite.

«Allora, come ti è sembrato?», le chiese allegro quando finalmente lo raggiunse. «Abbiamo avuto un po' di vento contro, quindi è stata un po' più dura del solito».

Darcy lo guardò allibita. «Aksel, sei andato avanti senza di me!», sibilò cercando di non far trapelare quanto fosse infastidita. «Mi hai lasciata indietro!».

«Davvero? Pensavo fossi proprio dopo di me», si incupì lui.

«Come facevo a stare dietro di te se ho appena dovuto superare tutta questa gente!».

«Ah...».

Darcy cercò di non tradire la paura. Non voleva passare per piagnucolosa o imbranata. «Aksel... non l'avevo mai fatto prima e te l'avevo detto che non ero proprio tranquilla... Non puoi abbandonarmi così».

«Non ti ho abbandonato!», protestò lui con un po' troppa veemenza. «Non è che puoi sbagliare strada o perderti! Andiamo tutti dalla stessa parte! Probabilmente non ci sarebbe neanche bisogno di remare, perché avanzeresti seguendo lo slancio degli altri».

Darcy distolse lo sguardo a quelle parole. Se voleva tranquillizzarla, stava fallendo miseramente. La gente sulle banchine li guardava. Si capiva che stavano litigando? Era imbarazzante sentirsi osservata, lì in mezzo al gruppo.

Darcy sentì il kayak indietreggiare, affiancando l'altro; si erano allontanati un po'. «Ehi, mi dispiace», riprese Aksel. «Davvero, non volevo lasciarti indietro così. Mi sono lasciato trasportare, a volte non ci penso».

«Non fa niente», mormorò lei, ma il buonumore si era in qualche modo guastato, parte della gioia si era smorzata. Poteva fidarsi del fatto che lui l'avrebbe seguita nel tratto successivo o sarebbe di nuovo scomparso nella notte? Tutte quelle minime infrazioni dell'etichetta su cui aveva cercato di soprassedere pesavano molto di più in un contesto in cui non si sentiva sicura. Aveva bisogno di potersi fidare di lui, ma Aksel non la faceva sentire al sicuro.

«Ehi, ti sei illuminato», osservò lei indicandogli il sacchetto intorno al collo.

Aksel abbassò gli occhi. «Ah... che tempismo». Aprì la chiusura lampo e tirò fuori il telefono.

Solo che non era il suo quello con lo schermo illuminato.

La guardò. «È il tuo. Lo vuoi?».

Darcy tentennò. Erano in acqua. Bastava una mossa falsa e... «Guardi solo chi è?». Se fosse stata sua madre o Freja...

«Certo. È...». Darcy aspettò che controllasse. «Otto».

«Otto?». Perché Otto la stava chiamando di venerdì sera, quando tutta la Danimarca era occupata nelle processioni? «Merda». Alzò gli occhi al cielo. «È il mio capo, sarà meglio che risponda».

Aksel le passò il telefono e Darcy richiamò Otto. Le sembrava surreale stare seduta in un kayak illuminato a Nyhavn, sull'acqua scura, a fare una telefonata.

«Otto, ciao. Mi hai chiamato?»

«Darcy, devi venire subito». Sembrava senza fiato, come se camminasse a passo svelto.

Darcy fece una smorfia spazientita. Un'altra emergenza? «Otto, stavolta non posso, mi dispiace».

«Come no?!», si stizzì lui. «Sei all'estero?»

«No, certo che no, ma...».

«E allora devi venire. Hanno rimosso le tavole».

«Che cosa?». Per la sorpresa, quasi le sfuggì di mano il telefono. «Ma… è molto prima di quanto avevano detto».

«Lo so, stanno andando tutti all'Accademia in questo momento. Cerca di arrivare il prima possibile. Non puoi mancare a questa riunione».

«Ma…». Darcy si guardò intorno. Non poteva capitare in un momento peggiore. Guardò Aksel, che subito entrò in apprensione. «Otto, sono a Nyhavn. Sul canale. In un kayak, in acqua».

«Allora scendi e prendi un taxi. Conserva la ricevuta».

«Ma, Otto…», protestò. «Otto?».

Aveva riattaccato.

«Brutte notizie?», chiese Aksel in tono piatto.

«È all'Accademia Reale. Insiste che ci vada anch'io, subito… Sono riusciti a liberare il ritratto».

Ad Aksel cedettero le spalle. «Subito subito? Non possono aspettare un'ora, almeno?»

«Mi dispiace, ma hanno convocato una riunione e devo esserci».

Aksel rimase per un attimo in silenzio, quindi fece spallucce. «Be', mi dispiace per loro, ma non puoi».

Darcy lo fissò. Forse non aveva sentito bene. «Cosa?»

«Ho detto che non puoi. Dovranno aspettare. Abbiamo un programma… guardaci!». Accennò alla fin troppo evidente situazione.

«Lo so, Aksel, gliel'ho detto… ma devo andare comunque».

«E io dico di no». La inchiodò con un'occhiata dura.

Darcy rise incredula, incerta se fosse o meno una battuta. Neanche lei avrebbe voluto andar via, ma come poteva pensare Aksel di avere il benché minimo diritto di trattenerla lì? «Stai scherzando?»

«Ti sembro uno che sta scherzando?». Il suo sguardo ora era diventato gelido, quegli stessi occhi che Darcy aveva sempre trovato profondi, ora la fissavano vuoti.

Seguì un lungo silenzio.

«Scusa», disse infine lei. «Mi dispiace doverti lasciare qui così, ma non ho altra scelta. Hanno bisogno di me».

«Che cazzo, non ci posso credere!», sibilò lui scuotendo la testa.

Darcy si stupì di quel livello di risentimento da parte sua. «Cosa?»

«Sono sempre drammi con te, Darcy. Riunioni d'emergenza a cui non puoi mancare! Coinquiline depresse che vogliono parlare da sole con te! Fattorini che consegnano vestiti guardandomi come se volessero prendermi a pugni!».

Darcy lo fissò. E questa da dove saltava fuori? «Ti sei presentato a casa mia di sorpresa! E, se ben ricordo, il dramma maggiore lo hai inscenato tu a metà settimana!».

Una fiammata di rabbia gli passò sul viso. «Ah, ecco fatto! Lo sapevo che l'avresti tirato in ballo prima o poi! Stavi solo aspettando l'occasione per rinfacciarmelo!».

«Non è vero!», annaspò lei, interdetta da quello scatto d'ira. «Sei tu che…».

«E allora, vattene! Vaffanculo!», sbottò di punto in bianco, spingendo via con rabbia il kayak di Darcy dal suo. Solo che lo afferrò da una strana angolazione e quello oscillò pericolosamente, tanto che Darcy dovette aggrapparsi ai bordi per non sbilanciarsi. Lanciò un grido di terrore, certa di stare per cadere nel canale nero.

«Ehi! Ehi!». Alzò gli occhi e vide uno degli addetti alla sicurezza che li indicava. «Smettetela! Conoscete le regole di comportamento!».

«Che cazzo fai, amico!?», gridò un uomo dal kayak accanto a Darcy guardando fisso Aksel. «Hai rischiato di farla ribaltare!».

Darcy cercò di riprendere fiato, scossa nel profondo da ciò che era appena accaduto. Tutt'intorno la gente li guardava accigliata. C'erano dei bambini. Famiglie intere…

Darcy sentiva le guance in fiamme, la sua mente in preda allo shock la faceva tremare. La situazione era degenerata troppo in fretta. Non riusciva a credere che Aksel avesse cercato di spingerla in acqua!

Gli lanciò un'occhiata e vide che la guardava con un'espressione che le gelò il sangue nelle vene. Allora capì: doveva allontanarsi da lui. «P-Posso uscire, per favore?», chiese in tono disperato.

L'addetto la guardò, poi spostò gli occhi su Aksel e li riportò su di lei. Il suo aspetto – la sua voce – tradivano la paura che provava? L'uomo annuì, facendole cenno di remare verso i gradini.

Darcy non degnò Aksel di uno sguardo mentre gli passava accanto, né lui fece alcuna mossa per trattenerla o per scusarsi. Voleva solo allontanarsi da lui e tornare sulla terraferma il più in fretta possibile. Era rimasta profondamente scossa dal suo scatto d'ira. Non immaginava che potesse trasformarsi in quel modo e non osava pensare a cosa sarebbe stato capace di fare se fossero stati da soli.

Qualcuno al porto gridò e ci fu un sonoro fruscio di carte mentre Darcy si dirigeva verso la piattaforma di attracco. Intorno a lei, tutti cominciarono a cantare in coro *Astro del ciel* e l'eco delle voci sull'acqua dava l'idea di essere in una cattedrale.

L'addetto alla sicurezza si avvicinò, afferrò la prua e la guidò accanto al molo. «Tutto bene?», le chiese. Si chinò ad assicurare la barca con una mano e ad afferrarle il polso con l'altra per tirarla a riva.

«Adesso sì», rispose lei tremante.

«Cos'è successo?»

«Ho solo detto qualcosa che non gli è piaciuto». Non avrebbe dovuto dirlo, pensò tra sé e sé. Doveva immaginare che fosse un argomento delicato. A nessun uomo piace che gli si ricordi quel genere di fallimento.

«Ha bisogno di un medico? Del pronto soccorso?»

«No, no…».

«Vuole sporgere denuncia?»

«No». Darcy strinse gli occhi e prese fiato, cercando di rimanere calma. Composta. Voleva solo andarsene da lì. «Cosa devo fare con il kayak?»

«Non si preoccupi, ce ne occupiamo noi», rispose l'uomo con aria preoccupata. «Tornano tutti nello stesso posto».

«Va bene». Darcy si gettò un'occhiata dietro le spalle: Aksel era solo tra la folla che galleggiava sull'acqua. Non la guardava, ma fissava cupo davanti a sé. Come aveva potuto prendere un simile abbaglio con lui? Darcy ora tremava un po', aveva il fiato corto per la paura. E un forte desiderio di piangere.

«Non può restare qui, signora», le disse l'uomo con gentilezza. «Deve risalire in strada».

«Va bene, sì». Darcy si voltò verso i gradini, dove era assiepata la gente che si allontanava di qualche passo mentre lei cercava di sgattaiolare senza dare nell'occhio, nonostante fosse ingombrante e niente affatto agile con il suo equipaggiamento di protezione.

Il telefono vibrò: un altro messaggio di Otto che le diceva di sbrigarsi.

Si voltò indietro un'ultima volta, ma il canale, e Aksel, già non si vedevano più. Cliccò sulla app di Uber e si diede alla fuga.

Cigolava mentre camminava. Gli addetti alla sicurezza avevano riso quando aveva dato il proprio nome all'ingresso. Era assurdo presentarsi in quella prestigiosa istituzione rivestita di neoprene e festoni natalizi.

Quando il cigolio annunciò il suo arrivo, tutti si girarono. Margit Kinberg la guardò allibita; Helle Foss strizzò gli occhi; Otto si accigliò come se non gli avesse detto chiaro e tondo che era in kayak a Nyhavn quando l'aveva chiamata.

«Prego, non si vesta elegante per noi», fu la frecciatina di Helle.

«La mia roba è ancora chiusa nell'armadietto», replicò lei in tono sommesso. L'avvilimento per il litigio in acqua le era penetrato nelle ossa e non riusciva a scrollarselo di dosso. Si sentiva abbattuta e avrebbe solo voluto infilarsi sotto le coperte. «Eravamo già partiti quando avete chiamato e non avrei avuto il tempo di tornare indietro». Non si era neanche tolta il giubbotto salvagente. Non avrebbe saputo dove lasciarlo, con il rischio di smarrirlo. L'indomani avrebbe restituito il kit e recuperato i suoi vestiti.

Guardò Max. La fissava come se fosse un enigma (o forse uno scherzo della natura). Fin troppo tardi si ricordò delle corna che ancora lampeggiavano sulla sua testa. Aveva capito che era uscita con un uomo? Sapeva che era lo stesso che si era ritrovato davanti sulla porta a torso nudo con un bicchiere di vino? Di certo non poteva immaginare cosa fosse appena successo con quel mite veterinario dagli occhi profondi che, si era scoperto, aveva problemi a gestire la rabbia, il sesso e l'alcol.

Max distolse lo sguardo dopo un attimo; indossava jeans e maglione. Il Max del weekend. Non aveva programmi per quella sera? Ovviamente non festeggiava il Natale, ma non aveva nemmeno una festa di Santa Lucia a cui partecipare? Una modella da rimorchiare? Non aveva risposto al suo messaggio di ringraziamento la domenica sera, né aveva risposto il lunedì quando lo aveva chiamato, decisa a pagare il vestito. La stava ignorando.

«Sono arrivata qui il prima possibile». Era sull'orlo delle lacrime e forse traspariva anche dalla sua voce, perché Otto le mise una mano sulla spalla.

«Va tutto bene, Darcy. Eravamo comunque impegnati a esaminarlo. È la prima volta che prendiamo fiato... Dai un'occhiata».

Fece un passo indietro, creando uno spazio per lei attorno al tavolo, proprio come aveva fatto un paio di settimane prima in occasione di una chiamata simile, solo che nell'occasione attuale la lampada UV era spenta, non più necessaria. *I suoi figli*, delicatamente sostenuto da una pinza speciale, era girato e lì, fissato sul retro, c'era il ritratto di Lilja Madsen.

Darcy restò senza fiato nel posare gli occhi sul quadro, su di lei, per la prima volta senza barriere. Si portò le mani alla bocca mentre studiava il dipinto scoperto. Subito guardò tutti gli altri stupita: lo vedevano anche loro? La guardavano tutti con espressioni vacue.

«Osservala bene, Darcy», la invitò Margit. «Abbiamo bisogno della conferma che sia lei».

Darcy ebbe un attimo di esitazione. Dicevano sul serio? Non riuscivano a vedere... Non avrebbe però mai disobbedito alla direttrice della Galleria nazionale, così si chinò in avanti, con la muta che scricchiolava in modo ignobile, e si ritrovò occhi negli occhi con la donna del ritratto.

I colori erano molto più vividi di quanto si aspettasse, l'incarnato soffuso di ocra gialla, come nei Vermeer, per aggiungere luminosità e infondere un senso di radiosità e giovinezza.

L'abito era verde con delicati boccioli rosa e aveva una stretta balza di pizzo al collo. Dietro, si vedeva la collana rossa, ammiccante attraverso i merletti, con la sola perla centrale dorata ben visibile al centro, all'altezza della gola. E, sulla sua spalla, Darcy vedeva ora ciò che prima era indistinto: non una stola di volpe, come aveva ipotizzato Otto, ma un pettirosso bello grosso, con il petto color pomodoro.

Lo sfondo era incompiuto, ma sembrava voluto, come se rafforzasse il fatto che l'unico punto focale del dipinto era il volto di questa giovane donna. La decise pennellate di terra verde suggerivano degli alberi: un esterno.

«Eccoti qui», sussurrò Darcy, guardandola finalmente negli occhi. Erano rotondi e marrone chiaro, con piccole schegge d'oro. Aveva anche le lentiggini e una discreta abbronzatura e, nonostante la treccia morbida che le tratteneva i capelli, alcuni ciuffi infantili le spuntavano dalle tempie, a suggerire un refolo di vento. Era appena rientrata da una delle sue passeggiate sulla spiaggia?

La resa era di una bellezza straordinaria. Ora che poteva vedere i dettagli e non solo le sagome, il dipinto offriva una narrazione molto più ampia. Capiva che la Lilja lì raffigurata era diversa dalla Lilja della fotografia in riva al mare; era più matura, sì, ma soprattutto era sopravvissuta a qualcosa di terribile. Aveva vissuto un dolore e una perdita inimmaginabili. L'inclinazione della testa era sempre stata evidente anche nel solo contorno, ma ora che Darcy era in grado di vedere lo sguardo nei suoi occhi, capiva che si trattava di una Lilja più adulta, più saggia, più forte. Doveva avere circa diciotto anni, ma aveva già sofferto tanto. La ragazza era diventata una donna. Stava entrando in contatto con sé stessa.

E allora? Cos'era successo per indurla a entrare in acqua? Darcy notò la data appena accennata nell'angolo in basso a destra: agosto 1922.

Si incupì. Lilja sarebbe morta alla fine di quello stesso mese.

Qualcuno – Max? – si schiarì la gola con impazienza, come a ricordarle di darsi una mossa, che era venerdì sera per tutti. Darcy si rialzò lentamente. «Sì, è senza dubbio Lilja Madsen».

A giudicare dalla faccia delusa di Margit, non era la risposta che avrebbe voluto. «Come fai a dirlo con tale certezza?»

«La collana, tanto per cominciare. C'è una fotografia in cui la indossa. La pettinatura, anche».

«Che c'entra la pettinatura?»

«Lotte Madsen racconta nel suo diario che Lilja portava la treccia. Il che dimostrava mancanza di raffinatezza per una donna sposata, e la difficoltà di andare al di là della mera sopravvivenza durante la malattia».

Margit sospirò. «C'è altro?»

«Sì, il pettirosso». Lo osservò di nuovo, come a confermare le proprie riflessioni. «Lilja era uscita fisicamente indebolita dal parto e gravemente depressa dopo la morte del bambino. La mandarono in convalescenza nella casa in campagna di Madsen, a Hornbæk. La cura prevedeva aria di mare e passeggiate sulla spiaggia, ma a quanto pare il suo rifugio divenne il giardino. Ha scattato tantissime foto mentre era lì».

«Ma perché il pettirosso dovrebbe indicare che è Lilja?»

«Perché è considerato amico dei giardinieri. Credo che sia stato inserito come simbolo a indicare la sua fonte di forza in quel periodo».

Otto e Margit si scambiarono un'occhiata silenziosa. Helle e Max ascoltavano con attenzione.

«Capisco, grazie, Darcy», concluse Margit compunta.

Darcy guardò prima lei, poi Otto. Fissò anche Max che, per una volta, sembrava a corto di parole.

Nel rendersi conto che nessuno di loro aveva intenzione di affrontare l'imbarazzo, scoppiò in una risatina incredula. «Ehm… Vogliamo affrontare la sconvolgente rivelazione ora che il dipinto è finalmente visibile?».

Gli altri la guardarono con espressioni chiuse. Impossibile che non lo vedessero anche loro, no?

«Non è opera di Johan Trier!», esclamò.

«Non possiamo averne la certezza», si affrettò a ribattere Helle.

«Eh, in realtà, sì», obiettò Darcy guardandola sconcertata. «La composizione è completamente diversa, per non parlare delle pennellate…».

«Si sa che sperimentava stili diversi».

«Ma non ha mai usato smalti e non ha mai dipinto ritratti all'aperto», proseguì Darcy imperterrita. Sapeva di avere ragione. «Johan Trier non ha dipinto questo quadro e a qualsiasi perito affidabile basterebbero tre minuti per accertarlo». Si guardò intorno, senza capire perché nessuno concordasse su una realtà tanto ovvia.

«Be', è chiaramente una situazione in divenire», osservò Helle con un filo di voce. «È un bene aver avuto conferma del soggetto, se non dell'artista. Siamo contenti che sia un ritratto di Lilja Madsen, ma è evidente che avremmo tutti preferito che fosse opera di Trier». Helle posò uno sguardo scettico sulle corna lampeggianti di Darcy e sui festoni intorno al petto, come se sminuissero la sua opinione professionale. «Il suo lavoro finora è stato utilissimo, Cotterell. Grazie».

Darcy rimase interdetta da quell'affermazione che somigliava tanto a un congedo. «Non abbandonerete la ricerca, vero?», chiese a Margit. «Che sia o no un Trier, quel ritratto fa parte di *I suoi figli* ora. I visitatori vorranno comunque saperne qualcosa. A meno che...». Trasalì al solo pensiero. «Non avete intenzione di coprirlo di nuovo, vero?»

«Assolutamente no. L'annuncio ormai è fatto».

«Allora, dovrò continuare come prima», insistette lei. «Dobbiamo scoprire chi l'ha dipinto, se non è stato Trier; come è finito sul retro di una sua opera. Perché è lì?». *Quando è stato nascosto non si era ancora asciugato*. «Dobbiamo dedicargli una indagine storico-artistica completa».

«Siamo realisti: se il ritratto non è opera di Trier, l'interesse del pubblico sarà molto minore», osservò con noncuranza Helle. «Margit non potrà giustificare una spesa per...».

«Va bene, Darcy», la interruppe Margit. Sembrava furiosa. «Continua da dove sei arrivata. Dopotutto lavori su commissione nostra, non dei Madsen». Margit lanciò un'occhiata eloquente a Helle finché quest'ultima non abbassò lo sguardo.

Darcy aggrottò le sopracciglia, sconcertata dal cambio di atteggiamento di Helle nei confronti del ritratto, come se ormai fosse irrilevante. Lo guardò di nuovo e, per qualche motivo, le piacque ancora di più, nonostante senza la firma di Trier fosse quasi privo di valore. C'era qualcosa di vivo nello sguardo; la catturava e l'attirava a sé, come se i sussurri di Lilja fossero intrappolati nella pittura, un passato che ancora palpitava nel presente.

«Immagino che l'eventualità che il ritratto sia opera di un altro artista complicherà le vostre pretese di restituzione...». Margit si era rivolta a Max, in tono freddo e distaccato.

«Probabile. Chiederemo una consulenza».

Era insolitamente silenzioso. Darcy lo guardò stringere la mano a Margit, pronto ad andare. Sembrava avere fretta.

Accanto a lei, Otto si girò verso la finestra e fissò uno sguardo preoccupato nel giardino buio. Darcy lo raggiunse.

«Otto, il mio rimborso spese coprirebbe una giornata a Hornbæk?».

Otto la guardò. «Vuoi andare lì? Perché?»

«Penso di doverci fare un salto. Solvtraeer è stato un luogo importante per Lilja: è dove ha vissuto gli ultimi anni ed è morta. È molto probabile che il ritratto sia stato fatto lì. Ovviamente, Trier era nello studio ed *I suoi figli* è stato dipinto quell'estate, quindi potrebbe esserci un legame tra lui e il ritratto. Penso che sarebbe utile se ci andassi di persona, e comunque posso andare e tornare in giornata. Suppongo che la casa non esista più, ma...».

«No, no, c'è ancora».

«Davvero?», si stupì Darcy. «Bene, ottimo, allora. Andrò a bussare per vedere se i proprietari mi lasciano dare un'occhiata al giardino... ma anche se non riuscissi a entrare, solo vedere e respirare le sensazioni di quei luoghi mi sarebbe di grande aiuto».

Otto si voltò leggermente. «È possibile, Max? Darcy potrebbe visitare Solvtraeer?»

«Ah, la Fondazione è proprietaria della casa?». Non ci aveva pensato.

«No, non la Fondazione», precisò Otto. «Max».

Darcy lo fissò. La casa in cui aveva vissuto Lilja Madsen era sua?

«Sua nonna era una Madsen, non lo sapevi?», le chiese Otto.

«Grazie per questa storia familiare», intervenne brusco Max.

Darcy inspirò a fondo assimilando l'informazione. Tutto tornava: la ricchezza discreta, l'aria di superiorità, il suo status di amministratore e il lavoro prestigioso; l'eccessivo interesse per qualsiasi cosa avesse a che fare con quella famiglia. La *sua* famiglia, a quanto pareva.

Il cuore le batteva nel petto mentre attendeva il responso. Non sarebbe stata certo l'ospite più gradita.

Si intromise Helle. «Su, cosa ci si guadagna a...».

«Se vuole, può vederla», acconsentì Max senza tradire emozioni e riportando la propria attenzione su Darcy. «La casa e il giardino sono grossomodo come erano all'epoca, ma non so cosa ti aspetti di trovare».

Darcy fece spallucce. Neanche lei lo sapeva.

«Ci andrò in macchina domani mattina. In realtà ci stavo per andare già stasera, quando mi avete convocato qui».

«Domani sarebbe perfetto». Darcy deglutì. «Prenderò il treno».

Ci fu una pausa. «Bene».

Gli occhi di Max erano freddi. La guardava come se non fosse nulla per lui, mentre invece si era presentato al suo pianerottolo con un regalo che l'aveva salvata; l'aveva stretta a sé e le aveva permesso di aggrapparsi al suo battito per calmarsi, quando era in preda al panico. E, nonostante i suoi sforzi per dimostrare il contrario, le aveva dimostrato che anche lui era in carne e ossa, che era umano.

In quel momento, però, mentre erano schierati su campi di battaglia nemici, era difficile da credere. Era talmente lontano che avrebbe potuto trovarsi sulla luna.

«Bene».

Capitolo ventitré

«Freja? Ci sei?», chiamò Darcy sfilando la chiave dalla porta di casa. Aveva visto le luci accese in cucina. «Pensavo fossi da Tristan».

Nessuna risposta. Niente musica, niente TV accesa, nessun rumore di stoviglie, tantomeno lo scroscio d'acqua nella doccia.

«Frey?».

Girando l'angolo verso la cucina, si bloccò di scatto alla vista di Freja in mezzo ai due abiti di Valentino appesi ai pomelli dei pensili. La Bella e la Bestia.

Freja agitò le mani in un gesto interrogativo. «C'è qualcosa che vuoi dirmi?»

«Io…». Darcy sentì il sangue defluirle fino ai piedi. Oddio. «Ti posso spiegare».

«Immaginavo che avresti detto così». Freja incrociò le braccia al petto, in attesa. Darcy non l'aveva mai vista così ostile. «Procedi pure».

Avanzando a passi da lumaca, Darcy entrò in cucina, dimentica di avere ancora addosso la muta e il giubbotto salvagente. «Non è come pensi».

«Ah, no? Vuoi dire che non mi hai rubato il vestito e non lo hai rovinato?»

«Sì… ma… non a cuor leggero. Non l'ho preso solo perché mi andava! C'è stata un'emergenza mentre eri ad Amsterdam. Ho cercato di contattarti, di spiegarti, di chiedertelo…». Tese le mani in un gesto di pace. Di supplica. «Ti ho chiamato sei volte, Freja».

«Quindi sarebbe colpa mia?»

«No!», esclamò Darcy in fretta. «Non sto dicendo questo. Solo che... è successo tutto in fretta. Non c'era tempo, mi sono ritrovata in quella situazione senza neanche rendermene conto. Volevo solo aiutare Otto e gli ho detto di sì, convinta di poter indossare il vestito di velluto nero. Solo che... ce l'avevi tu. Che va benissimo, sia chiaro, ma quando ho capito di non avere niente da mettere, stava già arrivando la macchina a prendermi e...», sbatté le palpebre. «Te lo giuro, avrei preferito andarci in pigiama se avessi potuto, ma era un evento di gala! Alla presenza del re e della regina!».

Quel dettaglio stuzzicò la curiosità di Freja. «Continua».

Darcy la fissò con gli occhi sgranati. «Mi dispiace di averlo preso. Non avrei dovuto, avrei dovuto richiamare Otto e dirgli che non potevo andarci. Non sopportavo l'idea di indossare un vestito che aveva un significato emotivo così grande per te».

«Ma l'hai fatto lo stesso».

«Te lo giuro sulla mia vita, sono stata attentissima. In macchina, lungo la strada, mi sono perfino sdraiata per non sgualcirlo sui fianchi. Ma poi là, mentre parlavo con un tizio... qualcuno gli ha urtato il braccio e mi ha rovesciato addosso il vino». Darcy guardò l'amica con aria supplichevole. «Freja, non hai idea di quanto sia stata male per tutto questo. Da allora ci penso ogni giorno. È stato terribile non avertelo detto».

«Sicuro? Però l'hai fatta franca. Ne hai preso un altro».

Darcy si morse il labbro mentre gli occhi di Freja si stringevano.

«Come hai fatto a prenderne un altro così in fretta? Sono tornata la sera dopo».

Oddio. Si metteva sempre peggio.

«Darce!», esclamò Freja. «Rispondi!».

Darcy deglutì. «Si è presentato Max il giorno dopo con uno nuovo».

«Che cosa?!».

«Lo so, stessa reazione mia. Non gliel'ho mai chiesto. Non ci potevo credere quando... Ha detto che la sua ragazza conosce qualcuno lì».

«La sua ragazza?».

Darcy fece spallucce. «Una delle tante».

«Cioè, mi stai dicendo che Valentino ha aperto di domenica solo per lui, che si è presentato qui con un abito da seimila euro identico a...».

Seimila? «Ha detto che è stato un regalo».

«Valentino non regala mai abiti da sera, Darcy! A Bella Hadid, forse!».

Darcy si sentiva vicina al crollo. «Lo so!», esclamò. «L'ho pensato anch'io, ma non mi ha permesso di ripagarglielo! Neanche mi parla più, sta ghostando tutti i miei messaggi».

Freja corrugò la fronte mentre calava un silenzio pesante. «Perché? Che senso aveva fare tutto questo e poi ignorarti?»

«Non lo so», rispose Darcy stringendosi nelle spalle.

Le rughe sulla fronte di Freja si distesero. «Non ti credo. Qualcosa dev'essere successo per forza».

Darcy si morse il labbro. «In effetti c'è stata una serie di sfortunate coincidenze quando è venuto a portarmi il vestito».

«Sfortunate in che senso?»

«Gli ha aperto Aksel. Con addosso solo i jeans. Era piuttosto evidente che fossimo stati... interrotti».

«Quindi è geloso?»

«No!».

«È geloso, invece!».

«No! Lui frequenta solo modelle», gemette Darcy gettandosi una mano sulla fronte e strusciandola poi lungo la guancia. Era troppo provata per quella conversazione. «Non l'ho mai visto due volte con la stessa ragazza».

«Eppure ti ha baciato».

«Mi stava usando! Mi ha portato a casa sua per potermi spiare e vedere cosa scoprivo sul dipinto che voleva acquistare!».

«Ti spiava?».

Darcy sospirò. Era stata una lunga giornata e una serata ancora più lunga. Non aveva bisogno di un simile dramma in quel momento. «Al lavoro sono successe delle cose di cui non posso parlare. Grane legali. Siamo su fronti opposti e non è bello. E lui gioca sporco».

«Certo… uno che ti bacia i capelli e viene fin qui con un abito di alta sartoria per salvarti la pelle dev'essere proprio un mostro».

«Esatto», borbottò Darcy. Poi si accigliò. «Aspetta». Guardò l'amica negli occhi. «Come fai a sapere che mi ha baciato i capelli?».

Freja controllò il telefono con uno sguardo penetrante. «Tre milioni di like finora».

«Cos'è?»

«Come pensi che l'abbia saputo, tanto per cominciare?», ribatté Freja girando il telefono per mostrarle un video su TikTok. Premette play e la ripresa passò dalla scritta LADIES sulla porta del bagno di un hotel alla placca da spingere per aprirla. Attraverso una minima fessura, si vedeva un uomo in abito scuro, spalle alla telecamera, con il telefono all'orecchio e l'altro braccio a coprire qualcuno. Darcy si sentiva addosso lo sguardo indagatore di Freja che valutava la sua reazione.

Vide Max rimettere in tasca il telefono, dire qualcosa di impossibile da udire, abbassare per un attimo la testa sulla sua, quindi girarsi lentamente. Nel farlo, guardò dritto in camera e, in quel momento, si vide anche Darcy che si asciugava le lacrime. Per tre secondi, il vestito danneggiato fu in bella vista, poi Max si staccò da lei e andò alla porta. La videocamera si spostò all'istante e il bagno si richiuse prima che lui potesse raggiungerla. Inquadrò per un attimo la moquette e si spense.

Darcy era scioccata. Non aveva idea che fossero stati filmati, ma sul video, a caratteri vivaci, si leggeva la didascalia tra le più in voga nella Generazione Z: *If he wanted to, he would.* Se lo volesse, lo farebbe.

«Non lo sapevi?»

«No», mormorò Darcy. «Certo che no. Ma chi… chi farebbe una cosa simile?»

«Una fata madrina, a quanto pare», ribatté Freja noncurante. «Qualcuno che ha visto ciò che nessuno di voi due vuole vedere: lui ci tiene a te, Darcy. Che tu lo voglia o no».

«È un playboy».

«Be', stavolta l'hanno sgamato».

Darcy non rispose. Era proprio ciò che avrebbe voluto sentire, eppure… il gelo negli occhi di Max solo poco prima… Nonostante il video su TikTok raccontasse altro, la realtà le diceva che non le avrebbe mai permesso di avvicinarsi. Ogni volta che si incontravano, lui continuava a respingerla e non avrebbe smesso fin quando non fosse tornata.

Era solo, e voleva restarlo. Qualche lacrima le rigò le guance.

Freja si impensierì. «Ehi, non ti avvilire così. Scusa se sono stata stronza. Ci sono solo rimasta malissimo, sai?». Si avvicinò per stringerla in un abbraccio affettuoso.

«E ne avevi tutte le ragioni. Non dovresti essere carina con me». Darcy tirò su con il naso. «È solo che… è stata una giornata di merda. È andato tutto storto. Max mi odia e Aksel ha praticamente cercato di buttarmi nel canale».

«Che cosa?!», esclamò Freja lasciandola andare.

«Ho preso un grosso abbaglio con lui. Mi si è rivoltato contro perché sono dovuta andare via mentre eravamo insieme. Se ti dico che non è una bella persona…». Darcy si stropicciò gli occhi, incurante dell'effetto panda. «Non posso esserne certa, ma penso che abbia problemi con l'alcol. Di gestione della rabbia, sicuramente».

Freja l'abbracciò più forte. «Oddio», mormorò, quindi restarono entrambe in silenzio. «Eppure sembrava così dolce».

Passato qualche istante, Darcy le strinse la mano. «Mi dispiace da morire per quello che ho fatto. Non mi perdonerò mai».

«Sì, be'…», sospirò Freja dopo un attimo. «Che cosa hai fatto di preciso?»

«Ti ho rubato il vestito».

«Perché eri nel panico». Scrollò le spalle. «Avrei fatto lo stesso».

Darcy la guardò negli occhi. «Ma era un vestito speciale! L'avevi acquistato per questa importante occasione».

«Che non c'è stata». Con una smorfia, Freja cominciò a camminare su e giù. «Alla fine non ci sono neanche andata».

«Che cosa?». Darcy era incredula. «Non sei andata alla premiazione?»

«Ho detto che stavo male e sono andata a dormire dai miei. Avevo bisogno di riflettere».

«E non potevi farlo qui?».

Freja alzò gli occhi al cielo. «Sono patetica e non volevo che mi vedessi così».

«Eri solo delusa dopo Amsterdam. Non sei patetica! Pensavi che ti chiedesse di sposarlo… è una cosa grossa!».

«Non capisco perché non riesco a farmelo scivolare addosso», esclamò alzando le mani al cielo. «Evidentemente non siamo al punto in cui credevo e la cosa più stupida è che neanche pensavo di desiderare tanto la proposta… se non quando non è arrivata. Mi sono lasciata trasportare dall'emozione e adesso mi sento un'idiota».

«Non sei un'idiota, sei solo innamorata e questo ti rende poco lucida forse. È ben diverso».

«Ah».

Darcy rimase in silenzio. «Almeno hai ancora uno splendido abito di Valentino nell'armadio».

«Anche tu», ribatté lei guardandola male.

«Ma non è la stessa cosa! Con quello sembra che ci sia andata in guerra!».

Freja trasalì. «Non puoi portarlo in tintoria?»

«Sì, lo porterò e vediamo cosa possono fare, ma non penso che tornerà mai come prima. Un vestito del genere non ammette difetti, mentre temo che qualche segno resterà».

«Comunque, un tentativo lo farei. Domani portalo e vedi che ti dicono».

«Domani non posso. Vado in giornata a Hornbæk, per altre ricerche».

«Nel fine settimana?»

«Vado alla vecchia casa estiva dei Madsen; posso vederla solo quando c'è il proprietario».

«Ah».

Darcy prese fiato, decisa a non nasconderle più niente. «E il proprietario è Max. Ho scoperto che sua nonna era una Madsen. Sarà lì per il weekend e mi ha detto che posso fare un salto e dare un'occhiata in giro».

«Ah!», esclamò Freja con un accenno di sorriso. «Bene, molto gentile da parte sua».

«Già».
«Scommetto che ti vuole spiare».
A Darcy venne da ridere alla battuta. «Ovvio».
«Eh, sì», rise a sua volta Freja. «Be', sono certa che non ci saranno sorprese, proprio come nel mio fine settimana ad Amsterdam. Non succederà nulla».
Darcy la fissò dritto negli occhi. «Possiamo solo sperarlo».

Capitolo ventiquattro

Il treno entrò nella stazione a binario unico e si fermò davanti a un edificio bianco dal tetto rosso. Una targa indicava: "Hornbæk". Darcy scese, lasciando andare avanti una coppia con un bambino e una carrozzina e prendendosi il tempo per orientarsi. La stazione si trovava già sulla strada e le ci vollero solo pochi secondi per individuare la direzione del mare, perché da lì soffiava forte il vento: aria salmastra, qualche gabbiano che volteggiava sulle correnti ascensionali. Circa un'ora a nord di Copenaghen, il freddo era pungente ed era decisamente più ventoso. Le temperature dovevano essere di diversi gradi più basse rispetto alla capitale e lei cominciava a temere che la sua giacca da corsa imbottita non fosse sufficiente. L'aveva ritirata, insieme alla borsa, dal bar del kayak la mattina stessa, quando era andata a restituire la muta e il giubbotto di salvataggio; aveva detto al ragazzo di addebitare la giornata di noleggio in più sulla carta che Aksel aveva usato per pagare il deposito. Se avesse osato spedirle la fattura anche stavolta…

Andò diretta verso la spiaggia, rimpiangendo di non avere portato un cappello. Secondo Google Maps, Solvtraeer si trovava lungo la strada costiera, appena fuori dal villaggio, quindi, puntando al mare e prendendo a sinistra non avrebbe dovuto sbagliare. Max le aveva inviato l'indirizzo, ma senza altre indicazioni o numeri di taxi, e tantomeno si era offerto di andare a prenderla.

Non che ne avesse bisogno. Era una donna adulta. La cittadina era più piccola di quanto si aspettasse e molto tranquilla. Camminando lungo le strade si guardava intorno curiosa, scrutando gli edifici bassi, quasi tutti dipinti di nero all'esterno e di bianco all'interno. C'era pochissima gente in giro. Era un luogo di villeggiatura stagionale, come la Cornovaglia in Inghilterra o gli Hamptons negli Stati Uniti: affollato nei mesi estivi, deserto nel resto dell'anno. Tuttavia si intravedevano scorci dell'alta stagione in pausa: secchielli e palette di plastica infilati negli angoli dei giardinetti, tricicli da bambino rovesciati su un fianco dalla potenza del vento, gommoni e piccole barche appoggiati sulle assi dei vialetti, sotto teloni cerati. Riusciva a distinguere le proprietà abitate tutto l'anno da quelle di vacanza dallo stato delle piante in vaso sui davanzali e dalle luci accese nelle stanze lontane. Non era neanche ora di pranzo, ma la luce scarseggiava per via dello spesso manto di nuvole grigie che si stendeva come ovatta su un cielo sconfinato.

In pochi minuti, girando prima a destra e poi a sinistra, sentì il vento intensificarsi e intravide gli alberi più alti delle barche del porticciolo sbucare dietro i tetti bassi. Oltrepassò un negozio di articoli marittimi, una gelateria e alcuni caffè chiusi. Era sempre struggente visitare un luogo in letargo, fermo in una vita come sospesa. *Torna più avanti, prego.*

Darcy, però, non era lì per immaginare la città durante il suo picco estivo; stava cercando di vederla come poteva essere stata cento anni prima. Quell'albero c'era già? Quella casa? Cosa aveva visto Lilja Madsen mentre passeggiava sulla sabbia, piangendo la morte del suo bambino, con i genitori imprigionati oltre un confine lontano? Sentiva la mancanza del marito, mandato all'estero per costruire le fortune dell'azienda, mentre lei viveva il lutto lì, da sola?

Quasi a sorpresa si ritrovò sulla strada costiera. La città terminava bruscamente, affacciandosi su un'ampia spiaggia dorata. Oltre l'orizzonte si intravedevano le montagne della Svezia, mere ombre violacee da lì.

Alla sua destra si vedevano i pescherecci, gli yacht eleganti e un grande albergo affacciato sul porticciolo. Moderno nell'aspetto, con caffè e ristoranti, lavagne a gessetti e boutique, doveva essere il cuore pulsante della vita estiva. Alla sua sinistra la spiaggia si estendeva in un vasto arco, vuota e senza tempo, con dune basse e digradanti alle sue spalle. Con i lunghi capelli che il vento le sollevava via dal collo, guardava i cavalli bianchi galoppare su un mare grigio come una corazzata, con le onde indolenti che morivano sulla riva, l'erba alta piegata, prostrata quasi. Era sempre stato così. Sarebbe sempre stato così. Era il panorama che aveva conosciuto anche Lilja, il panorama che l'aveva rinfrancata, almeno per un po'.

Finché era durata.

Darcy camminava lentamente, scossa dai brividi mentre cercava di assimilare i suoi primi momenti in quel luogo. Non sapeva spiegare con precisione perché avesse voluto andarci, sapeva solo che si era sentita spronata a compiere quel viaggio. Otto non lo capiva; il suo approccio accademico era freddo e fattuale – date, luoghi, risultati – invece Darcy aveva bisogno di qualcosa di più. Doveva vedere i personaggi che studiava come persone vive; doveva sentirne il battito per catturarne l'anima. E se il volto di Lilja doveva essere rivelato al mondo dopo quasi un secolo di buio, il minimo che Darcy potesse fare era portare luce negli angoli più profondi.

Sulla sabbia vide due figure in lontananza e un'altra, un cane probabilmente, che rincorreva una palla; da lì erano poco più che puntini neri e Darcy li osservò godere di quel semplice piacere, per l'uomo tirare la palla e per il cane inseguirla. Gli esseri umani, pur con tutto il loro progresso, erano ancora creature semplici, che ripetono gli stessi comportamenti dei loro antenati: camminare a piedi nudi sulle spiagge, gridare segreti al vento. Era già stato fatto in passato. E quando, con gli occhi della mente, vide il corpo di Lilja rotolare nel fondale basso, capì che non c'era niente di unico nemmeno in quello. Gli esseri umani erano davvero molto prevedibili, se messi sotto pressione.

Era lo stesso, eppure diverso. Il mare si stendeva alle sue spalle, più vicino di quanto Darcy avesse immaginato, mentre si affacciava alle colonne di mattoni e guardava il giardino che negli ultimi giorni le era diventato tanto familiare. Certo, gli alberi erano rigidi e spogli, niente fiori in boccio in quel periodo dell'anno, ma i fitti ed esili tronchi di betulla argentata oltre i quali si intravedevano la terra e la casa erano sempre gli stessi. La tenuta si trovava a poca distanza dalla città, in mezzo a un bosco. Immaginò gli abitanti del villaggio e i turisti che si radunavano lì per ammirare i famosi giardini, gli alberi da frutto ad arco carichi di fiori, le aiuole dense di profumo e colore, le farfalle che si muovevano tra i lunghi fili d'erba dei prati spruzzati di papaveri e trifoglio e le distese di non-ti-scordar-di-me.

Vide la graziosa curva del viale snodarsi a sinistra e salire verso la casa, un'elegante auto grigio scuro ferma davanti a un garage sulla sinistra. Non era l'auto con cui Christoff l'aveva accompagnata a casa o su cui era andata con Max al mercatino di Natale, ma una più sportiva, più piccola e bassa.

Darcy mosse qualche passo, colta da una tensione tra il presente e il passato. Sarebbe voluta rimanere con la mente su Lilja; su ciò che doveva aver visto e provato mentre camminava scalza e triste sull'erba. Era stata felice di vedere Lotte, sua cognata, quando aveva alzato lo sguardo parlando con il vecchio Sally, quel giorno sul prato?

In casa però c'erano le luci e Darcy non poteva fingere con sé stessa di non essere distratta dalla consapevolezza della presenza di Max. La stava aspettando? Stava guardando fuori?

Superati gli alberi, le apparve la casa. Era una bella costruzione in mattoni rossi, con travi nere disposte a graticcio e sormontata da uno spesso tetto di paglia con cinque timpani ad arco. Il fumo sbuffava tranquillamente da un camino, altro segnale che c'era dentro qualcuno. Era una casa grande e concreta, con un'aria rassicurante. Era accogliente, non pretenziosa. Capiva perfettamente perché Lilja avesse amato tanto quel luogo.

L'auto, vide, era un'Audi R8. Cosa c'era al suo posto quando erano andati lì Lotte e Henrik, o quando era tornato Casper da Londra? Si ricordò della piccola carrozza trainata da un pony intravista in alcune foto. A Lilja piaceva passeggiare con quella?

In quel momento si aprì una porta – non la principale, ma una laterale – e apparve Max. Il Max del sabato. Jeans, un altro maglione di cachemire. Calzini.

«L'hai trovata, alla fine».
Neanche un ciao. Naturalmente.
«Sì, ho fatto una bella camminata lungo la spiaggia», rispose lei avvicinandosi.
«Bella? Se lo dici tu...», commentò osservando il tempo cupo. «Almeno eri ben coperta?», le chiese con un'occhiata scettica alla giacchetta corta.
«Sì», mentì lei.
«Avresti dovuto mettere il cappello».
«Va bene... papà».
Gli si fermò davanti e, per un attimo, entrambi esitarono, mentre la tensione – per la riunione della sera prima, della mattina precedente, dello scorso fine settimana – continuava a farsi sentire. Infine Max accennò un mezzo sorriso riluttante.
«Sarà meglio che entri».
Lei lo seguì all'interno, attraverso un vestibolo con il pavimento in mattoni e la tappezzeria di un intenso grigio-blu – cappotti appesi agli attaccapanni, stivali di gomma su una rastrelliera – ed entrò in cucina. Il pavimento era di assi di legno chiaro che sembravano originali, gli armadietti di una tonalità più scura con scaffali a giorno. Le pareti erano imbiancate a calce e un grande forno nero, che sembrava una cucina Aga ma non lo era, dominava la parete di fondo. Al centro dello spazio c'era un grande piano da cucina antico con sotto alcune pentole di rame ma, a differenza della casa di Max a Copenaghen, lì c'era solo un piccolo tavolo da pranzo rotondo, posto davanti a una doppia porta che dava sul giardino. Niente isola. Niente sgabelli da bar. In qualche modo riusciva a essere una stanza antica e contemporanea allo stesso tempo.
«Oh», esclamò Darcy guardandosi intorno. «È molto bello...». Istintivamente si avvicinò alle vetrate e guardò fuori. Il prato si estendeva e si allontanava dalla stanza, come un velo da sposa sotto un diadema. Ampie aiuole affiancavano le porte, crescendo in curve armoniose come se stessero lottando per ottenere più spazio.
"Ah, ecco perché", pensò Darcy.
«Che cosa?».

Max era in piedi contro il ripiano della cucina, una caviglia incrociata sull'altra, e la guardava.

Darcy si rese conto di averlo detto a voce alta. «Stavo solo pensando che non c'è una linea retta qui: è tutto a curve, e naturale… è questo che rende il giardino così morbido».

«Morbido?». Max rifletté su quella osservazione. «Forse sì. Non ci avevo mai pensato prima d'ora».

Darcy si girò di nuovo verso l'interno, imbarazzata dalle sue stesse parole.

«Caffè?».

Lei annuì. «Grazie. Così mi riscaldo un po'».

«Allora hai freddo», osservò lui girandosi appena. «Vai a metterti accanto ai fornelli».

Darcy obbedì e lo guardò versare l'acqua in una moka Bialetti.

«Hai mangiato?»

«Sì…», mentì.

Max allora la guardò. «Sei una pessima bugiarda».

«Lo dici come se fosse un male».

Max non commentò. Nel suo mondo, probabilmente lo era.

Lo vide preparare il caffè proprio come piaceva a lei. Ormai sapeva anche quello di lei. Mentre Darcy non poteva dire altrettanto di lui. Era tutto unilaterale. I suoi modi. Il suo caffè. La sua casa.

«Grazie per avermi permesso di passare oggi. Lo apprezzo molto».

Max fece spallucce.

«Non avevo idea che Solvtraeer fosse tua».

«Se l'avessi saputo, suppongo che non saresti venuta».

Quell'ironia la mise a disagio. «Intendevo dire che… non sapevo neanche se questa casa era ancora qui».

«E dove poteva andare?»

«Non lo so. Poteva essere stata demolita», rispose lei con noncuranza. «Rasa al suolo negli anni Duemila per metterci un mega cubo di vetro».

Max parve riflettere. «In realtà non siamo quel genere di famiglia».

«No». Darcy lo scrutò. Le stava dicendo che quella casa era

sempre stata loro. «Non sapevo neanche che fossi uno dei Madsen».

«Non è una cosa che tendo a dichiarare», borbottò lui. «E comunque non lo sono. Sono un Lorensen. La mia bisnonna, Lilja, era una Madsen». La guardò negli occhi, come a sincerarsi che le sue parole fossero andate a segno.

«Lilja era la tua bisnonna?», ripeté lei. In effetti, nel momento in cui aveva identificato Lilja per la prima volta, la reazione di Max era stata abbastanza turbata. Eppure, anche venendo a sapere che era un Madsen, aveva pensato a un lontano parente, un ramo minore.

«Anche sua figlia Emme, mia nonna, era una Madsen fino a che non ha sposato un Lorensen, e hanno avuto un figlio, mio padre. Ed eccoci qua».

Darcy rimase in silenzio per un attimo, assimilando la notizia. «Ho come la sensazione che avrei dovuto saperlo prima».

«Perché? Che importanza ha?».

Darcy si guardò intorno. «Non lo so, è solo una sensazione. Perché forse è per questo che sei così…». Lasciò la frase in sospeso mentre Max metteva la caffettiera sul fuoco e si girava a guardarla.

«Così… come? Interessato a quello che stai facendo? È il mio lavoro».

«In realtà stavo per dire aggressivo».

Max rimase interdetto. «Mi trovi aggressivo?»

«Dal punto di vista professionale, sì. Non da…». Si interruppe, non volendo addentrarsi in opinioni personali. «Forse però non è la parola giusta».

«E quale sarebbe allora?», la incalzò.

Darcy lo fissò, osservando il vasto spazio che li separava. Non avrebbe potuto starle più lontano di così in quella stanza. «Chiuso».

«In che senso, chiuso? Ti ho concesso accesso illimitato ai nostri archivi. Ti ho fatto venire fino a qui». Diede un'alzata di spalle. «Ti sto preparando il caffè».

Darcy deglutì. Non poteva dargli torto, in effetti, eppure sapeva di non sbagliarsi. Era avvilente parlare con lui. «Non lo so», sospirò cercando di dissimulare la propria frustrazione. Lui riusciva sempre a distorcere il significato delle parole. «Ho come la sensazione che tu sia sempre… vigile. Cioè, non mi perdi mai di vista».

«Sì, lo so cosa significa vigile, grazie».

Darcy alzò gli occhi al cielo, incerta su quanto fosse serio. Il suo senso dell'umorismo era decisamente secco. *Brut*, come lo champagne.

«Be', ora che abbiamo la conferma definitiva che la donna ritratta è la mia bisnonna, immagino che sarò ancora più interessato. Aggressivo. Chiuso. Vigile… Cerchiate la parola esatta».

Darcy abbassò lo sguardo. Senza la presenza mitigatrice di Otto o di Margit, non teneva testa al suo spudorato sarcasmo.

Calò un silenzio imbarazzato.

Poi Max si schiarì la gola, forse notando la sua ritirata. «Se non ti perdo mai di vista, Darcy, è solo perché ti trovo bellissima», ammise a bassa voce. «Nessuna minaccia, solo questo».

Darcy alzò lo sguardo, stupita dal complimento inatteso – la sua schiettezza a volte era disarmante – ma Max si era già voltato e stava prendendo le tazze.

Nessuno dei due parlò più fino a quando non si versarono il caffè.

«Allora, cosa volevi vedere quassù?», le chiese avvicinandosi e porgendole il caffè. Annullando la distanza.

«Non so dirlo di preciso. Avevo solo la sensazione di dover vedere questo luogo».

Max era di nuovo scettico. «Ti lasci spesso guidare dalle "sensazioni" nel tuo lavoro?».

Darcy stavolta ignorò il suo sarcasmo. «In genere no. Ma ci sono delle domande che continuano a frullarmi nella testa e ho pensato che sarebbe stato utile venire qui».

Non aveva intenzione di parlargli delle varie discrepanze che aveva notato.

Max la osservò, come se potesse leggere ogni suo pensiero. «Be', se vuoi dare un'occhiata in giro, accomodati pure».

«Grazie. Ci sono album di foto?».

Max socchiuse gli occhi. «Solo quelli più recenti. Niente che riguardi il lavoro della Fondazione o che debba essere reso pubblico».

Darcy annuì, chiedendosi se quel suo stare sempre sulla difensiva potesse dipendere dalla storia del fratello. «Ci vieni spesso qui?»

«Abbastanza. Mi piace molto in questo periodo dell'anno, quando è più tranquillo. D'estate c'è sempre troppa gente».

«Sì, immagino». Lo guardò andare al frigorifero e tirare fuori una pentola per il brodo. Sembrava che non riuscisse a stare fermo o, quanto meno, a stare fermo vicino a lei. Per la prima volta, Darcy si chiese se la sua presenza lo rendesse nervoso. «Minestra. Che non ho preparato io», mormorò, quasi a voler anticipare eventuali complimenti. La mise a scaldare accanto a lei. Era strano vederlo con i guanti da forno. Il Max domestico.

«Verrai qui a Natale?»

«Sì, come sempre». Sfilò i guanti che lanciò con scioltezza sul bancone. «E tu? Che progetti hai?»

«Lavoro».

Max aggrottò la fronte: sembrava sorpreso. «Non torni a casa?»

«Mia sorella è in viaggio nel suo anno sabbatico e la mia famiglia la raggiungerà in Asia. Ci andrei volentieri anch'io, ma sono troppo indietro con la tesi. Non posso permettermi di passare dieci giorni su una spiaggia».

«Che peccato».

«Già».

«Di dove sei?»

«Berkshire. A ovest di Londra, più o meno».

«Lo conosco», confermò lui. «Ho giocato a golf a Sunningdale».

Naturalmente. Darcy sospirò e osservò il giardino, sapendo che suo padre – che viveva lì da trentotto anni – avrebbe dato un braccio per un'opportunità del genere.

«Non volevo darmi delle arie. Era solo un punto di riferimento», borbottò Max, intuendo la sua irritazione.

Darcy si voltò, ma lui si era già diretto in fondo alla stanza, passandosi le mani tra i capelli. Sembrava di nuovo che stessero facendo scintille.

«Senti, è il tuo sabato e io l'ho invaso», ricominciò lei posando il caffè. «Faccio quello che sono venuta a fare e mi tolgo dai piedi. Ti dispiace se faccio un giro in giardino?»

«No, ma sarà meglio che indossi un cappotto più pesante».

«Sto bene con il mio».

Ignorandola, Max rientrò nel vestibolo e tornò con una giacca di piuma d'oca. Da uomo.

«È enorme».

«Sì, be', non ho capi da donna qui, ma almeno è caldo», ribatté lui tenendoglielo aperto perché potesse infilarlo. «Non credo ti sia resa conto che sta per nevicare là fuori. Siamo in Scandinavia, non nel Surrey».

«Bene». Darcy indossò la giacca, ma le spalle le arrivavano a metà del braccio e i polsini ben oltre la punta delle dita. «Di chi è? Di Hulk?».

Max sorrise, quel rarissimo sorriso a metà. «È calda».

«Mm-mm», sospirò lei in risposta.

Max le aprì la porta posteriore e una ventata gelida la investì. Lui rabbrividì, ma lei era ben coperta dalla giacca. «C'è qualche zona dove non vuoi che vada?».

Max la guardò, quindi scosse la testa. «Accesso illimitato».

Per un attimo si scrutarono negli occhi. Max aveva delle pagliuzze d'orate nei suoi e leggere, leggerissime lentiggini sulle guance. Era attraverso di lui che Darcy percepiva Lilja?

«Okay, perfetto». Darcy uscì stringendosi addosso la giacca e girò intorno all'aiuola sulla destra. Guardò dentro, ripensando alla ricchezza di colori e consistenza delle fotografie, intuibile anche in bianco e nero; quel giorno non c'era nulla da vedere se non fango e rami, qualche canna di bambù e del filo metallico attorno a quello che sembrava lo scheletro di un'ortensia. Spinse lo sguardo sulla distesa di terra, dolcemente ondulata, come se le onde del mare si increspassero sotto l'erba.

Il bosco che costeggiava i prati diventava più fitto sul retro, più scuro, con un tappeto di foglie decomposte, funghi che spuntavano ovunque come piccoli pollici bianchi. Camminò lungo il perimetro dei prati, fermandosi alla comparsa di piccole croci di legno sparse in una zona vicino ad alcuni alberi. Una sembrava abbastanza recente, sicuramente degli ultimi dieci anni. Il nome "Bella" era ancora leggibile, mentre le altre erano consumate dal tempo, i nomi quasi cancellati, il legno marcio e scheggiato. Tombe di animali domestici?

Camminò tra gli alberi, le mani a sfiorare i tronchi mentre si faceva strada lungo il perimetro, guardando la casa da tutte le angolazioni. C'era una dependance con un tosaerba accanto. Si avvicinò, sbirciò dentro e trovò un'impressionante collezione di attrezzi da giardino appesi alle pareti e disposti sugli scaffali: cesoie, un soffiatore per foglie, rastrelli, vanghe, alcuni secchi di plastica. C'era odore di erba tagliata e Darcy si chiese quanti giardinieri ci volessero per accudire il terreno. Da quel che poteva vedere, dovevano essere almeno cinque acri, forse anche di più.

Uscì di nuovo. Poco più in là c'era la serra. Era enorme e sembrava originale, con il tetto a punta e la struttura metallica traforata. Si avvicinò e guardò dentro. Subito le arrivò l'odore di muschio, fango e pomodori. C'era un vecchio grembiule cerato appeso a un gancio, guanti lunghi fino al gomito e un cappello di paglia logoro e sforacchiato. Sugli scaffali erano posati innumerevoli vasi da fiori e vassoi per semi, ma erano vuoti; in un angolo, in fondo, una serra di terracotta per il rabarbaro.

Frustrata, richiuse piano la porta. Aveva sperato di ritrovare le sensazioni di Lilja in quei luoghi, e riusciva a percepire degli sprazzi di energia, come bagliori di luce, ma senza arrivare a nulla di concreto. Sapeva di essere nel periodo sbagliato dell'anno. La vita era in letargo. Sospesa. A conti fatti, non c'era nulla da vedere. Tutto era ancora nascosto sotto la superficie.

«Alla buon'ora, stavo per chiamarti», l'accolse Max quando la vide rientrare in casa dalla porta sul retro. Stava portando due scodelle sul tavolino dove c'erano già piatti, panini imburrati e due bicchieri d'acqua. E anche i tovaglioli. Tutto molto più casalingo del pranzo di Geranium che avevano condiviso in città. «Hai avuto fortuna?»

«No, il giardino dorme», rispose lei togliendosi gli stivali infangati.

«Un bel modo per descriverlo».

Darcy entrò in cucina sfilandosi la giacca. «Sono tombe di animali quelle in fondo, tra gli alberi?»

«Sì. Diversi cani e un porcellino d'india».

Darcy si avviò per appendere la giacca nel vestibolo, ma Max gliela tolse di mano e lo fece per lei. «Grazie».

«Siediti».

Presero posto e Darcy sentì le loro gambe toccarsi sotto il tavolino, mentre lui spezzettava il pane e lo distribuiva nella minestra.

Sorrise divertita.

«Che c'è?», le chiese Max insospettito.

«Niente».

«Stai sorridendo e non c'è niente da ridere».

Darcy fece spallucce. «Non ti facevo uno da zuppetta».

«Zuppetta?»

«È considerato elegante qui da voi immergere il pane nella minestra?».

Max fece scattare gli occhi in quelli di lei. «C'è un tempo e un luogo per l'etichetta. E questo non lo è».

«Ah». Darcy prese un pezzo di pane e lo immerse nel piatto, ripensando alla cena in presenza dei reali. «Non lo faresti però davanti alla regina, vero?».

Max si fermò con la mano già quasi alla bocca. «Ci sono un sacco di cose che farei con te e che non farei davanti alla regina».

Quel commento la colse del tutto impreparata, ma lui continuò a mangiare senza un sorriso né una strizzata d'occhio o uno sguardo ombroso… all'apparenza ignaro di qualsiasi allusione nascosta.

«Senti, già che stiamo parlando di quella sera…».

Max scosse la testa una sola volta. «No».

Darcy lo guardò. «No, cosa?»

«Non mi ringraziare. Te l'ho già detto, è stato un omaggio. Ha pensato a tutto Veronique».

Darcy restò a fissarlo mentre mangiava, più che determinato a non farsi ringraziare. «E se non ti credessi?»

«Allora non mi credere».

«Bene», riprese lei dopo qualche istante di silenzio, «allora potresti ringraziarla da parte mia? Le sono infinitamente grata. Il suo gesto è stato di una gentilezza estrema e del tutto inaspettato. Non riesco a capire perché si sia presa tanto disturbo quando, a essere onesta, non ho mai avuto il minimo sentore di piacerle».

Max smise di nuovo di mangiare, inchiodandola con uno sguardo ostile. Aveva capito perfettamente cosa stava facendo.

«Le scriverei io, ma non penso che leggerebbe i miei messaggi».

«Smettila».

Darcy trattenne un sorriso. «Non mi ero neanche resa conto che fosse lei la tua ragazza. Pensavo fosse Angelina. O forse Natalia?»

«Ah, sì? E tu da quanto stai con il tuo ragazzo?», ribatté lui, staccando un altro pezzo di pane. «Perché non mi pare lo stesso che ti stava aspettando sulle scale quella sera».

Si ricordava di Erik? Tacque per un attimo. Aksel era l'ultima persona di cui voleva parlare.

«Che c'è? Il gatto ti ha mangiato la lingua?», chiese lui soddisfatto del punto messo a segno.

«Non è il mio ragazzo. Non lo è mai stato».

Max inarcò un sopracciglio al suo tono duro. «Che è successo? Non eri con lui l'altra sera? A pagaiare?». Non fece alcuno sforzo di camuffare il suo disprezzo.

«Non importa», tagliò corto Darcy tornando a guardare la minestra.

Stavolta Max si impensierì, perché lei non sembrava più avere voglia di scherzare. «Qualcosa dev'essere successo per forza».

«Niente».

«Dimmelo».

Darcy allora lo guardò negli occhi. «Sai, sei troppo curioso. Io non mi impiccio di ciò che succede con *le tue ragazze*... plurale».

«Perché loro non sono le mie ragazze».

«E cosa sono, allora?»

«Lo sai cosa sono». Un lampo gli passò nello sguardo. «Io non ho appuntamenti. Nessuna di loro si fa illusioni».

Darcy distolse lo sguardo, ma lui si avvicinò, incrociando il suo. «Che cosa ha fatto?»

«Come fai a essere così sicuro che sia stato lui a fare qualcosa e non io?»

«Considerala una sensazione».

Darcy sospirò: sapeva che non avrebbe mollato la presa. Ora capiva perché era un avvocato e perché gli avvocati vengono chiamati squali: fiutava il sangue nell'acqua. «È venuto fuori che ha un caratteraccio e… quando ieri gli ho detto che dovevo andare via prima, se l'è presa con me».

Max cambiò faccia. «Se l'è presa con te, come?»

«Mi ha solo urlato contro e ha detto delle cose e poi ha strattonato il mio kayak facendomi quasi finire in acqua».

«Che cosa?»

«Non c'è riuscito però», si affrettò ad aggiungere. «Sono intervenute altre persone, il personale se n'è accorto e mi hanno fatto uscire. E questa è stata la fine. Non dovrò vederlo mai più».

Un breve silenzio aleggiò tra loro. «Avrei dovuto dargli un pugno quando ne avevo l'occasione», borbottò lui con un lampo rabbioso negli occhi.

«Certo, sarebbe stato di grande aiuto».

«Non sarebbe riuscito a pagaiare così bene con un occhio nero».

«Sarebbe successo in un'altra occasione». Darcy fece spallucce. «Senti, sto bene. È finita».

Max sospirò, all'apparenza avvilito. «È successo subito prima che venissi all'Accademia?»

«Sì, perché?».

La guardò, scuotendo lievemente la testa. «Mi sembravi un po' giù. Ma non potevo certo immaginare».

«Perché avresti dovuto? Non è un problema tuo».

Max rimase immobile per un attimo, quindi posò il cucchiaio sul piatto e si appoggiò allo schienale con un sospiro. «Cazzo, Darcy», esclamò con uno sguardo duro. «Ma perché ti sei messa con uno così?»

«Perché non mi sono resa conto che fosse così fino a che non è successo! Sulla carta era perfetto e non ho colto qualche piccolo segnale d'allarme». Alzò gli occhi al cielo. «Ho chiuso un occhio perché tratta molto bene gli animali».

«Gli animali?», si incupì Max.

«È un veterinario».

«Ah».

«Ma non preoccuparti. Seguirò il tuo esempio e cancellerò gli appuntamenti per un po'. Sono comunque troppo occupata con il lavoro».

«Giusto. Quindi lo capisci», commentò lui riprendendo il cucchiaio.

«Già. La soluzione è il sesso occasionale».

Max le lanciò un'occhiata intensa. «No!».

«Perché no? Per te funziona».

«Non è divertente».

A Darcy invece veniva da ridere. Era divertente eccome. A quanto pareva, però, ciò che andava bene per il re, non andava bene per la regina.

Almeno avevano superato quella prima fase di imbarazzo.

«Adesso lasciami mangiare in pace», borbottò.

«Non pensavo di disturbare la tua pace».

«La disturbi dal primo momento in cui ti ho conosciuta e lo sai».

Darcy ammutolì. Non lo sapeva. Sapeva però una cosa che di sicuro avrebbe turbato la *sua* pace, e Max aveva il diritto di saperla. «Lo sai che siamo diventati virali?»

«Non sapevo neanche che ci fosse un "noi"».

«Temo di sì. Non hai aperto TikTok?»

«Io non sono su TikTok», ribatté, ma subito smise di mangiare guardandola allarmato. «Cos'è che è diventato virale?».

Darcy deglutì. «Qualcuno ci ha ripreso nel bagno delle donne alla serata di beneficenza».

«Che cosa?». Max quasi abbaiò quella domanda, infrangendo per un attimo il suo attento contegno. «Perché? Cosa c'era da vedere? Ti eri macchiata il vestito di vino, che cosa importa alla gente?»

«Sono solo quelle cretinate dei social. Succede. Neanch'io ne sono felice».

Max la guardò sconcertato. «Fammi vedere».

«Forse non dovrei…».

«Darcy, fammi vedere! Ho una reputazione professionale da difendere!».

Fece partire il video sul cellulare e rimase a fissare il tavolo mentre Max lo guardava. Lo avviò diverse volte, quindi si abbandonò contro lo schienale, le mani tra i capelli. Gli era chiarissimo cosa suggeriva quel video. Il modo in cui la didascalia lo presentava: come l'abbracciava mentre chiamava l'autista, il bacio sui capelli, l'atteggiamento protettivo con cui si era voltato verso la porta… Non era più Max Lorensen, titano del diritto societario, ma il ragazzo immagine del "Se lo volesse, lo farebbe".

«E lo hanno visto già quattro milioni di persone?». Il tono era incredulo, e rasentava il panico.

«Se ti fa sentire meglio, saranno solo dieci ragazzine che l'hanno visto quattrocentomila volte».

Con grande sorpresa, Darcy lo vide sorridere. «Cazzo…», borbottò.

«Lo so, mi dispiace».

«Perché ti dispiace? Non sei stata mica tu a fare il video e a postarlo».

«No, ma se non avessi…».

«Se non ti fossi fatta corteggiare da quel tizio, non avresti rovinato il vestito e io non avrei dovuto correrti dietro?»

«Tu non dovevi corrermi dietro. E comunque non mi stavo facendo corteggiare, stavamo solo parlando».

Max fece spallucce. «A me sembrava un'altra cosa».

«Non sapevo neanche che mi stessi guardando».

Un lampo gli attraversò gli occhi. «Sono vigile, ricordi?»

«Ah, ah, molto spiritoso». Darcy distolse lo sguardo, con il cuore che batteva forte. La conversazione tra loro poteva passare da imbarazzante a intensa in modo così brusco da farle girare la testa.

Per un po' rimasero in silenzio, bevendo e mangiando, ma dal modo in cui gli occhi di lui continuavano ad andare al telefono, si capiva che era preoccupato per quel che aveva appena visto. Gli avrebbe creato imbarazzo sul piano professionale?

Darcy prese dell'altra minestra, ma inclinò troppo il cucchiaio e il brodo le colò sul mento.

«Oddio», bofonchiò. «Non puoi portarmi da nessuna parte». Fece per prendere il tovagliolo, ma Max fu più veloce e l'asciugò con il pollice, lasciandole poi la mano sul viso e fissandola dritto negli occhi.

In quell'unico, indifeso momento, Darcy vide ogni suo segreto: ogni emozione che in genere riusciva a nascondere tanto bene brillava verso di lei come investita dal sole. Fu come se il tempo rallentasse. Darcy aveva sempre pensato che fosse lui a condurre il gioco, che fosse lui a mettere i paletti, che accadesse sempre tutto alle sue condizioni. In quel momento, invece, si rese conto che il potere era in mano a lei. Max stava fuggendo da lei, combatteva ciò che c'era tra loro.

Sapeva, però, che non sarebbe potuto fuggire per sempre. Darcy si appoggiò leggermente alla sua mano e sentì la pressione delle dita aumentare, tenerla…

Poi Max si staccò, come se si fosse reso conto solo in quel momento di cose stava facendo. «Darcy».

«Max».

Calò di nuovo il silenzio, un silenzio pesantissimo questa volta.

«Darcy…».

«Sì», disse lei nel sentire che gli si era incrinata la voce mentre pronunciava il suo nome. Se n'era accorto anche lui, tanto che distolse lo sguardo come se sentisse di essersi tradito. Nel suo attimo di esitazione, Darcy sentì che le si fermava il cuore. «C'è una cosa che vorrei chiederti».

Lei deglutì, guardandolo in attesa. «Va bene».

Max riportò gli occhi su di lei, ma Darcy si accorse che in quella frazione di secondo la serranda si era abbassata di nuovo. Il sole era tornato dietro le nuvole.

«Pensi davvero che dovrei prendere un cane?».

Capitolo venticinque

Le fece fare un giro della casa, che respirava in silenzio mentre camminavano a piedi nudi per le stanze. Era completamente diversa dalla casa in città. Quella era tutta colori cupi e appariscenti pezzi d'arredamento, mentre questa era più delicata, di una bellezza meno ostentata. Aveva tutta l'aria di un'eredità, un'anima antica che aveva visto molto, il comfort di un maglione consunto rubato a suo padre: i camini di piastrelle colorate, spazi larghi un dito tra le assi del pavimento e alcuni divani bisognosi di rammendi. Le tende in alcune stanze sembravano così vecchie che dei motivi sbiaditi dal sole rimanevano solo poche ombre sfumate.

Anche i quadri erano diversi. Meno oli su tela di grandi dimensioni e di valore, ma gallerie di schizzi e acquerelli più sobri e modesti. Darcy si fermò davanti a un gruppo di quadri sulle scale. Erano soggetti botanici: speronella, lavanda, narcisi. «L. Madsen», disse, leggendo la firma nell'angolo. Guardò Max che la precedeva sulle scale, ma lui scosse la testa, sapendo cosa stava pensando.

«Lotte».

«Ah». Chissà come faceva a esserne così sicuro.

Lo seguì su per le scale. Anche lui sembrava diverso lì; Darcy aveva l'impressione che più si addentrava nelle zone private della casa, più si smussavano i suoi spigoli. Quando si fermò davanti a una camera da letto, a braccia conserte, Darcy capì che quella era stata la stanza di suo fratello. Il soffitto con le travi a vista, le pareti grigio-blu, tende a righe e vecchi mobili in pino. Tutti i ricordi della loro infanzia erano stati, a quanto pare, riposti da tempo, ma restavano alcune fotografie sui tavoli e altre di sport scolastici alle pareti.

«Di Peder?», gli chiese.

«Questa era sua», confermò lui. «Tutto quanto».

Darcy lo guardò, capendo cosa intendeva dire. «...La casa?»

«La maggior parte della fortuna dei Madsen, un paio di generazioni fa, è passata ai nostri cugini, del ramo di Frederik. Questa era poca cosa rispetto a ciò che hanno ereditato loro, ma comunque non avremmo voluto altro», disse con apparente noncuranza. «Abbiamo sempre amato questo posto. Nostra nonna e nostro padre sono cresciuti qui e noi abbiamo trascorso qui le nostre estati fino alla morte dei nostri genitori». Ebbe un piccolo fremito alla mascella. «Siamo stati mandati a vivere con nostra zia, abbiamo ereditato alcune azioni della società e alcune cariche onorarie. Io ho ereditato la casa in città e Peder questa qui...».

Nel sentire la sua voce affievolirsi, Darcy capì cosa stava pensando: non avrebbe mai dovuto avere entrambe le case. Non doveva andare così.

Percepiva il senso di solitudine che emanava. Aveva perso tutte le persone che amava. L'intera famiglia. Darcy non riusciva nemmeno a immaginare come potesse sentirsi. Lei forse non vedeva la sua famiglia tutti i giorni, ma si scambiavano sempre messaggi e meme, ridevano, scherzavano e si prendevano in giro come se fossero nella stessa stanza. Il pensiero di non avere nessuno al mondo che tenesse a lei, che si preoccupasse per lei... «Max, mi dispiace tanto».

Lui la guardò, ma era come se l'emozione nella voce di lei fosse una minaccia – un coltello scintillante puntato alla gola – ed era il suo solito sguardo imperscrutabile. Era la maschera dietro cui si nascondeva, tenendo il mondo a distanza. Aveva già rischiato di rivelare troppo a pranzo e ora, invece di avvicinarli, ogni passo falso sembrava solo allontanarlo da lei.

Darcy deglutì, riconoscendo lo schema. Non l'avrebbe mai fatta entrare. Non voleva un legame emotivo con lei, né con nessun altro.

Max si voltò e proseguì lungo il corridoio, indicando le camere da letto dandole le spalle. Darcy lo seguì. I soffitti erano abbastanza alti ma inclinati in modo netto nei frontoni, il che rendeva le stanze più accoglienti. La vista sul giardino era ampia, poiché i prati digradavano dolcemente e da alcune delle stanze sul lato ovest, sopra le cime degli alberi, si intravedeva il mare. Tutti i letti erano impeccabili, ogni minima piega delle lenzuola stirata come su un catalogo della White Company. Sembrava che nessuno li avesse mai toccati, tanto meno ci avesse dormito.

Probabilmente quasi tutte le camere da letto, se non tutte tranne la sua, erano stanze per gli ospiti, eppure il tavolino nella grande cucina lasciava intendere che non ospitasse mai in grande stile lassù.

«Queste quando sono state scattate?», chiese lei davanti a un paio di grandi fotografie appese alla parete. Sembravano matrimoni celebrati lì, con gli sposi circondati dalla famiglia, appena fuori dalle porte della cucina; una delle due, quella più vecchia, era in bianco e nero, ma l'altra era a colori e, per la prima volta, capì cosa intendeva Viggo quando parlava del talento dei Sally. In contrasto con la desolazione di quel periodo, quegli scatti ritraevano un giardino lussureggiante, un tripudio di colori. Le venne voglia di camminare tra l'erba, di sfiorare con la mano le aiuole rigogliose…

«Quelle sono del matrimonio dei miei genitori e dei miei nonni. All'epoca era una specie di tradizione sposarsi qui».

«E lo posso capire», mormorò lei. «È un vero paradiso».

Max non rispose. Non c'era bisogno di spiegare perché non ci fossero più stati matrimoni da allora.

Arrivarono in una stanza alla fine del corridoio. Era più piccola delle altre, con una finestra incastonata nella parete di fondo che dava sul viale verso il boschetto di betulle argentate e la spiaggia al di là. C'era un letto di metallo, un tappeto a trama piatta sbiadito, una piccola scrivania. E, in un angolo, un grande cavalletto, schizzato di pittura.

«Questa era la stanza di Johan Trier, quando stava qui», spiegò Max con uno sguardo spassionato. «Di tutte le stanze, è probabilmente quella che è stata toccata di meno. Immagino che siamo sempre stati troppo consapevoli dell'importanza del legame con lui per osare metterci mano».

Darcy aveva la pelle d'oca. «Vuoi dire che è qui che ha dipinto *I suoi figli*?».

Max annuì.

«E non pensavi che potesse interessarmi?».

Max scrollò le spalle. «È solo una vecchia camera da letto».

Ma era davvero solo quello? Darcy si fermò un attimo, rendendosi conto, per la prima volta, che il legame tra Trier e i Madsen andava davvero ben oltre l'aspetto accademico o il vantaggio commerciale. Johan Trier aveva dormito in quel letto, si era svegliato in questa stanza… Aveva creato la più grande opera della sua vita, nonché dell'arte danese dell'ultimo secolo, proprio lì dentro. Di colpo, le argomentazioni di Max, secondo cui *I suoi figli* doveva rientrare nella Collezione Madsen, non sembravano più solo un'arringa legale o una buona pubblicità prima di una quotazione pubblica. Poteva avere le sue ragioni.

Darcy sentì un germoglio di speranza sbucare dal terreno ghiacciato. Il passato si stava risvegliando…

«Qual era la stanza di Lilja, lo sai?», gli chiese scrutando lungo il corridoio.

«Non lo sappiamo per certo, ma penso quella di Peder. Era la più piccola e dato che anche Casper era il figlio minore…». Ebbe un guizzo alla mascella, come se gli pesasse l'idea che un secondogenito dovesse ricevere meno. La stanza più piccola, la casa di minor valore.

Darcy cercò di immaginare Lilja dormire nella stanza in fondo, con la neonata nella culletta accanto al letto… agosto 1922. All'epoca viveva lì da due anni; quella che doveva essere una sistemazione temporanea per riprendersi dal lutto era piano piano diventata una nuova vita. Lì si era ripresa e non era mai più tornata in città. Le visite di suo marito – che lavorava a Londra – e dei cognati erano sporadiche. Come doveva esserle parso avere un nuovo ospite – un famoso e brillante artista – a dormire all'altro capo del corridoio? La visse come un'intrusione? O magari un gradito ritorno a una più ampia vita sociale?

«C'era personale di servizio?»

«Sì, i Saalbach. La signora Sally, come veniva chiamata, era la nostra cuoca e governante, mentre suo marito e suo figlio, Ernest e Arne, facevano i giardinieri-barra-autisti».

«Sally il vecchio e Sally piccolo. Me ne aveva accennato Viggo».

«Esatto, anche se Sally "piccolo" era alto un metro e novanta, quindi diciamo che non era un soprannome molto azzeccato».

«E loro dove alloggiavano?», volle sapere Darcy, avendo contato solo cinque stanze al piano di sopra.

«Avevano in uso una casetta di servizio, dove ora si trova il garage».

«Ah». Quindi non nella casa principale. «E Trier aveva anche uno studio qui?»

«Sì, anche se è scomparso da tempo. Era più che altro una tettoia di vetro sul retro della casa. Doveva dare molta luce naturale, ma faceva troppo caldo d'estate e troppo freddo d'inverno».

Darcy tornò a guardare la stanza di Trier. «Posso?»

«Certo».

Darcy entrò, guardandosi intorno con attenzione, soffermandosi sulle proprie reazioni a ciò che vedeva e sentiva. Sembrava voler respirare il passato, come se Trier le avesse lasciato lì qualcosa da catturare. Cercava qualcosa, ma non sapeva cosa.

C'era un'altra vecchia fotografia sulla parete. Era color seppia, screziata da acari della polvere intrappolati tra la carta e il vetro, tanto che in diverse zone si allargavano piccole macchie scure. Darcy, però, capì subito chi stava guardando. In piedi accanto al cavalletto c'era Johan Trier, riconoscibile sia dalla barba lunga e appuntita che dal camice da pittore, con il pennello tenuto in mano come il bocchino portasigarette di Crudelia de Mon.

Alla sua sinistra, c'era un uomo in un completo, giacca e cravatta, chiaro. Aveva un'aria imperiosa, la barba ben curata e lo sguardo fiero, dritto verso la telecamera. La mano era appoggiata sulla spalla della giovane donna accanto. La donna teneva in braccio un bambino avvolto in una copertina, era scalza, con i capelli scuri raccolti in una treccia. Alla destra del cavalletto si trovavano altri due uomini, uno di mezza età e l'altro giovane; a dispetto della moda tra i gentiluomini dell'alta società dell'epoca erano senza barba, ben rasati, e indossavano abiti di lino. Un passo avanti a loro stava una donna di mezza età in abito scuro e grembiule immacolato, con le mani giunte davanti a sé.

«Sono i Sally», disse Max vedendola studiare l'"immagine. «Johan, ovviamente… e, come avrai sicuramente capito, i miei bisnonni, Casper e Lilja. In questa foto lei tiene in braccio mia nonna».

Indossava anche la collana. Era un'immagine nitida e chiara e Darcy la osservò per bene. Non c'era più alcun dubbio che la collana fosse di Lilja, né che fosse lei la donna del dipinto. La testa era inclinata allo stesso modo: il mento chino, le labbra socchiuse, lo sguardo rivolto verso l'alto…

«Come hai detto che si chiamava tua nonna?», le chiese soffermandosi sulla bambina in fasce tra le braccia di Lilja.

«Emme».

«Emme», ripeté lei in un sussurro. «Carino».

«Fu scattata nell'agosto del 1922. Quell'estate vivevano tutti qui».

«Tutti quanti? Casper, Lilja e Johan? Sarà stato… intenso».

«Perché?». Il tono di Max tornò immediatamente sulla difensiva.

«Un artista nel pieno della sua grandezza creativa e una neonata? Quanto sono spesse le pareti in questa casa?».

Max le diede ragione. «Non abbastanza».

C'erano state discussioni?, si chiese Darcy, guardando di nuovo Casper e Lilja lì in piedi, rigidi come se fossero scolpiti nel legno. All'epoca Casper era a Londra a dirigere l'azienda di famiglia da quasi tre anni e Lilja aveva preso la residenza permanente in quella casa. Dovevano essere ormai degli estranei, no? Non aveva trovato nessuna lettera tra loro, il che le era già sembrato strano, e da quanto aveva letto nei diari della sorella e della madre, i viaggi di Casper in Danimarca erano stati poco frequenti. Non solo, Darcy non aveva trovato alcun commento, da nessuna parte, sulla loro relazione, quindi non ne conosceva il polso. Freddo come la pietra o rovente? Si erano perdutamente innamorati quando Casper era tornato dai suoi affari di guerra e aveva trovato quella splendida ragazza che viveva con la sua famiglia o era stato un matrimonio di convenienza, come aveva ipotizzato Viggo? Buone famiglie, fusione di ricchezze, vecchie alleanze e favori...

Guardò Trier... quindi la bambina tra le braccia di Lilja. «In che anno Trier è venuto a lavorare a Solvtraeer?», chiese in tono leggero.

«Di preciso non lo so. Alla fine della primavera, penso».

C'era stato in precedenza, d'estate? Doveva riprendere in mano i suoi diari. Da quando era approdata al nome di Lilja, aveva smesso di interessarsi ai suoi spostamenti, ma forse i loro destini si erano intrecciati di più che attraverso un semplice quadro...

Guardò di nuovo le persone ai margini della foto. I Saalbach avevano visi gentili e guance colorite, ma i loro occhi tradivano un certo riserbo e si percepiva una certa tensione. Erano forse a disagio di fronte a quella rappresentazione di una famiglia felice? Quali segreti conoscevano di cui Casper era all'oscuro? Darcy lanciò un'occhiata lungo il corridoio che nessuno avrebbe controllato di notte: i Saalbach dall'altra parte del viale, incapaci di sentire lo scricchiolio di un'asse del pavimento, il cigolio di un materasso a molle...

«I Sally sembrano simpatici», borbottò, conscia di aver fissato la foto troppo e troppo a lungo, mentre nella sua mente sbocciavano piano piano dei sospetti.

«Lo erano, infatti. Ed erano di una fedeltà incrollabile. La signora Sally divenne una vera figura materna per Lilja durante la sua convalescenza qui. L'ha anche assistita nel parto».

Darcy sorrise a quell'ultimo dettaglio. Per qualche motivo la confortava l'idea che Lilja, praticamente orfana e poco più che bambina, avesse avuto qualcuno che si prendesse cura di lei, dopotutto.

«Mia nonna raccontava sempre a me e a Peder che il vecchio Sally le permetteva di aiutarlo con le aiuole e Sally piccolo le insegnava a pescare e la portava a fare foraggio e a cercare tartufi nel bosco dietro casa».

«Coltivate tartufi?», si stupì lei. «Pensavo che crescessero solo più a sud, in Italia e in Francia».

«No, le condizioni ideali sono queste. Al punto che tanti dei cosiddetti "visitatori" che venivano qui a godere della vista del giardino, in realtà cercavano ben altro che i fiori».

«Volevano rubare i tartufi?»

«Sono di grande valore. A quanto pare», rispose lui facendo spallucce.

Darcy tornò alla fotografia, fermandosi ancora una volta su Trier. Si intravedeva anche un grosso cavalletto. Lo stesso che era ancora lì? Allungò la mano a toccarlo. Sembrava uguale.

«È *I suoi figli* il quadro che si vede?», chiese. La tela era di spalle alla macchina fotografica.

Max la guardò e annuì. «Pensiamo di sì».

Era chiaro che tutto si aggiungesse alle pretese di restituzione. «Allora perché questa foto non è nella galleria insieme alle altre?».

Max diede un'alzata di spalle. «Perché è rovinata e ce ne sono già tante altre di Trier con la famiglia da esporre. Questa sembra solo un po' più intima e privata. Lilja non ha le scarpe, ha appena partorito e non è vestita in modo formale... e comunque non possiamo esporre tutto quello che abbiamo, solo perché lo abbiamo».

«Già», concordò Darcy, ma ormai aveva la pulce nell'orecchio, un'eco che la portò a guardare di nuovo la foto. Qualcosa le solleticava cervello e lei non riusciva a placarlo, mentre fissava i volti lì riuniti. Uno le era inaspettatamente familiare...

Pensierosa, seguì Max fuori dalla stanza, di nuovo lungo il corridoio, davanti alle fotografie del matrimonio di famiglia e infine alla camera da letto di Peder, che un tempo poteva essere stata quella di Lilja...

Dalle finestre di quella camera vide che aveva cominciato a nevicare, e i fiocchi imbiancavano il terreno come un velo di pizzo. La luce cominciava a calare e il giardino iniziava a brillare di un viola tenue. Stava calando il crepuscolo.

Scesero le scale in un silenzio che sembrava farsi più fitto a ogni passo. Max la precedeva di poco e lei guardava la sua schiena, il leggero ricciolo biondo scuro sulla nuca. Con tutta la sua sfacciataggine, non poteva negare che fosse stato generoso ad aprirle la sua casa quel giorno, pur non essendo obbligato. Le aveva permesso di guardarsi intorno senza destare sospetti. Le aveva dato da mangiare e si era assicurato che fosse ben coperta. Aveva risposto alle sue domande…

E adesso?

«La neve sta davvero cercando di attecchire», commentò mentre si recavano in cucina lungo il corridoio.

«Inverni scandinavi», osservò lui fermandosi accanto al piano di lavoro, insolitamente silenzioso.

Tra loro era tornata la tensione, ora che lo scopo per cui era andata lì era stato raggiunto. Dove vivo io basterebbe una nevicata così a far cancellare tutti i treni e bloccare i voli». Oddio, chiacchiere da ascensore.

«Mmm». Max distolse lo sguardo e infilò le mani nelle tasche posteriori dei jeans, un gesto che Darcy interpretò come un invito ad andarsene. Era il suo sabato pomeriggio, dopotutto…

Darcy aveva lasciato gli stivali accanto alla porta, così andò a prenderli per infilarli. Vide la sua giacca nel vestibolo e indossò anche quella per non fargli perdere altro tempo.

«Non vuoi un altro caffè?», le chiese lui, educato come sempre, mentre la guardava vestirsi in fretta.

Darcy richiuse la cerniera lampo senza guardarlo. «Grazie, ma dovrei davvero togliere il disturbo. Ti ho già rubato troppo del tuo sabato».

«Non c'è problema». Sempre educato.

«C'è un treno alle tre e venti, quindi…». Controllò l'orologio della cucina: erano le tre meno dieci

«Sì… Ti accompagno alla stazione».

«No», ribatté lei. «Davvero, non c'è bisogno. Mi so orientare e mi farà bene fare due passi. Sono due sabati di seguito che non vado a correre, quindi…».

«Bene».

Darcy lo guardò ma lui, da quando si era chiuso in sé stesso a tavola, praticamente non l'aveva più degnata di uno sguardo.

Niente più prese in giro, niente battute. Niente di personale. Sospirò. Non solo esclusa, ma chiusa fuori. «Be', grazie per avermi permesso di venire qui. Lo apprezzo molto».

Max si strinse nelle spalle. «Non ho fatto niente. Non credo ti sia stato poi così utile».

«Oh, sì, invece. È stato utilissimo vedere dove ha vissuto Lilja quando è stato dipinto il ritratto. Tutto serve a ricreare...».

«Sensazioni?».

Darcy sorrise a quella provocazione. «Esatto». Deglutì, la mano sul pomello. «Bene, allora ci vediamo alla prossima amichevole riunione, penso».

Stavolta era stata lei a scherzare, ma Max non sorrise e lei aprì la porta.

«Ciao, Max», borbottò uscendo.

«No».

Darcy lo guardò stupita, già a cavallo della soglia. Era metà dentro e metà fuori. «Cosa?»

«Non andare».

«Ma, il treno...».

«Perdilo».

Darcy era perplessa. «Ma non ho motivo di restare qui».

«Sì, invece, lo so che ce l'hai». La sua voce era tesa, ma non sapeva dire se per quelle parole... o tutte le altre che non aveva pronunciato.

«Ma hai detto...».

«Penso che siamo entrambi d'accordo che non sta funzionando», ribatté quasi brusco. Ecco di nuovo Max l'avvocato.

Strinse i denti, scosso, e il silenzio si prolungò tra loro. Darcy non riusciva a parlare, non riusciva a muoversi. Non riusciva neanche a distogliere lo sguardo dal suo.

«Resta con me».

Erano parole semplici, ma non per lui. Non per un uomo che teneva tutti a distanza. Aveva passato le ultime settimane a respingerla e allontanarla di continuo, e ciò non aveva fatto altro che rendere il legame tra di loro sempre più teso.

Max distolse lo sguardo, deridendosi disgustato. «Non crederesti mai che di solito sono migliore di così...».

«Ma io non voglio che tu sia migliore!», sbottò lei.
Max parve colto alla sprovvista. «Cosa vuoi, allora?»
«Più di quello che mi stai offrendo. Non voglio avere una sola notte con te ed entrare nella tua lista di modelle rimorchiate. E non voglio la perfezione. Voglio che tu sia reale, un uomo imperfetto e pieno di sentimenti! Voglio tutto di te. Non qualcuno che divide la vita a compartimenti come se fosse un cassetto di calzini, Max».
Rientrò in casa e gli si fermò davanti. «Incasinala con me».
Max la fissò e sul suo viso la tensione per trattenere ciò che provava era evidente. Erano emozioni complicate. Rischiose. Gli prese la mano e se la posò sul fianco, facendosi toccare, portandolo sul piano fisico. Sentì le sue dita premere una volta, poi due, per poi stringerla più forte, dandole finalmente quello che Darcy aveva voluto fin dall'inizio: sentirsi abbracciata. Baciata. Desiderata.
Persa, insieme a lui.

«Cinque milioni», mormorò lei, leggendo l'ultimo conteggio di TikTok, con la guancia premuta contro il suo petto. Era caldo e profumava di sandalo e legna da ardere. Il suo battito cardiaco stava appena iniziando a tornare alla normalità, così come quello di lei.
«Oddio», gemette lui. «Perché?»
«È il bacio sui capelli. È un po' come il bacio sulla fronte, dovresti saperlo. Ma che pensavi?».
Max si stropicciò gli occhi. «È evidente che non pensavo».
Darcy sorrise, giocherellando con la peluria sul petto e l'altro braccio a cingergli la vita. «Quindi hai agito per istinto, eh?»
«Agito per istinto, alimentato dalla gelosia».
Darcy cambiò posizione per incrociare il suo sguardo. «Sei molto sincero».
«Devo esserlo. Ho bisogno di dormire. Mi hai tenuto sveglio troppe notti ultimamente». Inclinò la testa per guardarla meglio. La barba era di nuovo evidente; era stata una lunga serata. Aveva uno sguardo morbido, avvolgente…

«Davvero?»

«Mm-mm».

Darcy sorrise, assonnata e appagata. «Bene, mi fa piacere saperlo».

Max ridacchiò, un profondo brontolio nel petto. «Ah, davvero? Vuoi che soffra per te?»

«Certo! È quello che ogni donna vuole per il suo amante. La disperazione più totale». Gli puntò il dito sul petto in modo giocoso.

«Bene, missione compiuta, allora. Credevo che stare sul tuo pianerottolo con un vestito di Valentino volesse dire toccare il fondo, ma poi tu ti sei presentata a una riunione in muta da sub, con le corna lampeggianti... e mi hai strappato il cuore dal petto».

Darcy rise e si sentì stringere più forte e girare dall'altra parte. L'atmosfera si fece di nuovo seria. L'attrazione era inarrestabile.

«È vero che è stata Veronique a rimediarmi il vestito?», gli chiese guardandolo dritto negli occhi mentre lui si chinava a baciarla.

«No».

«E non era neanche un regalo?»

«No. Ma conosco il loro direttore finanziario e lui ha chiesto alla direttrice di occuparsene».

«E perché hai fatto tutto questo?».

Max deglutì, con il peso appoggiato su un gomito mentre le scostava i capelli dal viso e le premeva il ginocchio tra le gambe. «Perché lo volevo», le rispose quasi tronfio, «e l'ho fatto».

«Lo sai che questo vale come appuntamento?», gli disse mentre si toglievano dal vento per entrare nel magazzino delle barche, temporaneamente allestito come rivendita di alberi di Natale. Max si stava impegnando al massimo per tenerla al caldo – avvolgendola con cappello, sciarpa e il mastodontico giaccone preso dal vestibolo – e quando la neve si posava sulla spiaggia la diceva lunga sulla temperatura.

Max scosse la testa. «No, non è vero. Un appuntamento significa andare a cena, o a pattinare sul ghiaccio», aggiunse con una smorfia di disapprovazione.

«Assolutamente no», obiettò lei. «Quello è solo un modello per principianti. Una passeggiata sulla spiaggia, un caffè d'asporto e ora l'acquisto di un albero di Natale, sono appuntamenti di alto livello».

«Quindi stai dicendo che me la sto cavando bene?». Con un gran sorriso, le posò un braccio sulla spalla e le strinse la mano.

«Sei bravissimo in tutto, lo sai», mormorò Darcy, mentre lui si abbassava per un altro bacio. Erano a quota undici baci sui capelli, anche se forse lui non se ne rendeva conto. «Ora rimpiango che non siamo venuti in macchina».

«Perché?»

«Per riportarti a casa più in fretta».

«Mmm», sorrise, godendosi la prospettiva.

Ricordandosi di essere in pubblico, Max si tirò indietro. «... Per non parlare del fatto che dobbiamo portare via l'albero».

«Ah, giusto! E come pensavi di mettere un albero di Natale in una R8?», rise lei.

«Hai ragione», convenne lui. «Lo dovremo portare a casa a braccia».

«Ottimo», disse lei con un'alzata di spalle.

«Dovrà essere piccolo».

«Neanche per sogno. È il tuo primo albero di Natale dopo anni. Prenderemo un bestione».

«Un bestione», rise lui, divertito dal termine colloquiale, «ci vorranno due ore per portarlo a casa da qui».

Darcy gli si strinse addosso. «Allora ci metteremo due ore. Diventerà parte della nostra leggenda e racconteremo a tutti del nostro primo appuntamento, quando ci sono volute due ore per portare a casa il nostro primo albero di Natale».

«Capisco», mormorò lui con aria felice. «Comincio a pensare che andare a cena fuori sarebbe stato più facile».

«Non mi interessano le cose più facili», sussurrò lei, accarezzandogli la guancia e baciandolo di nuovo. Avrebbe voluto che quella giornata non finisse mai. Proprio come non avrebbe voluto che finisse mai la notte precedente. Ogni momento trascorso con lui avrebbe desiderato che durasse per sempre.

Si fermarono davanti a una fila di abeti caucasici appoggiati a una ringhiera. Max li ispezionò, valutandone dimensioni, colore, se erano dritti… Si avvicinò a uno e lo raddrizzò. Doveva essere alto quasi tre metri, con rami larghi, sparsi e folti.

Era enorme. Ingombrante. Massiccio.

Darcy sorrise, tendendo le mani. «È perfetto».

Capitolo ventisei

La Danimarca scorreva fuori dai finestrini e la neve sferzava il parabrezza mentre viaggiavano nella notte. Max le teneva la mano sulla coscia, stringendogliela di tanto in tanto, come a sincerarsi che fosse reale. Le ultime ventiquattr'ore erano state un sogno da cui non si sarebbe mai voluta risvegliare. Non voleva tornare in città, in case separate e alle loro vite parallele, e sapeva che per lui era lo stesso. Erano rimasti davanti al camino a Solvtraeer più a lungo possibile, fino a che il peggiorare delle condizioni meteo non aveva convinto Max a rimettersi in strada.

Darcy girò la testa sul sedile e lo osservò. «Sei troppo bello», mormorò.

«No».

«Sì… ti ho odiato all'istante».

«Ahia», trasalì lui.

«Già… quella foto profilo. Sguardo autoritario, niente appuntamenti… appari fin troppo arrogante. La devi cambiare».

Max la guardò, posando per un attimo gli occhi sulle sue labbra, un gesto semplice che però bastò a serrarle lo stomaco. Voleva sentirgli dire che non gli serviva più una foto profilo adesso, che avrebbe chiuso l'account…

«Be', hai comunque scorso la mia foto a destra. E di sicuro non mi hai odiato la sera in cui ci siamo conosciuti». Aveva un accenno di risata negli occhi, come un bambino che saltella felice.

«No…», gemette lei non potendo negare. «Purtroppo».

Max fece un sorrisetto. Aveva gli occhi sulla strada, ma non gli serviva guardarla per sapere che reazione aveva avuto.

«C'è una cosa che voglio sapere», riprese Darcy fissandogli lo zigomo.

«Va bene».

«Mi avevi riconosciuto quella prima sera? Sapevi del match?».

Max sorrise divertito. «Non solo ti ho riconosciuto subito, ma anche molto prima che tu riconoscessi me».

«Questo non è vero!».

«Ti ho visto arrivare. Stavi scendendo la scala e mi sono precipitato verso di te».

«Mi hai riconosciuta già sulle scale?»

«No, in quel momento volevo solo te».

Darcy deglutì, messa a disagio dalla sua sincerità.

«Solo che poi sei andata verso il gruppo di Otto: ho visto che ti presentavano a Helle e ho capito, da tutto l'interesse che ti circondava, che dovevi essere la ricercatrice che avevano coinvolto nel progetto. È stata una sfortunata coincidenza».

«Per questo ti sei fermato?»

«Sì».

«Però hai continuato a fissarmi».

«Non è un reato». Max scrollò le spalle con indifferenza. «Ero già sulla porta, cercando di resistere alla tentazione, quando ho controllato i messaggi e ho visto che la splendida ragazza con cui ero stato appaiato e che aveva appena rifiutato il mio invito ad andare a bere qualcosa era proprio davanti a me. C'è un limite alla resistenza di un uomo».

«Quindi hai deciso di aspettarmi e ritentare la sorte?»

«Be', avevi rifiutato per via di un impegno, e visto che nel tuo impegno c'ero anch'io mi era sembrata una buona idea». Le strizzò l'occhio. Logica impeccabile.

«Ma se sapevi che avremmo lavorato insieme...».

«C'è sempre l'eccezione alla regola, Darcy». Altra stretta alla gamba. «E comunque, non è che avremmo dovuto dividere l'ufficio, solo che ho dovuto inventarmi delle scuse per incontrarti».

«Tipo farmi lavorare a casa tua?», sogghignò lei sentendosi in rimonta. «Lo sapevo!».

Le sorrise di rimando. «Mi piaceva averti in giro per casa».

«Così però mi fai sembrare un cagnolino».

«Eri perfino più carina. Con tutti i tuoi principi... Sono riuscito a malapena a farti varcare la soglia», ridacchiò.

«Sì, be'... è stato entusiasmante essere presentata a tutte le tue ragazze».

«Non erano le mie ragazze», ribadì con un cenno della testa. «Restavano solo per la notte. Tu sei l'unica che volevo anche di giorno».

«Adulatore». Gli accarezzò la guancia, era impossibile smettere di toccarlo. «Ma se stavi cercando dei motivi per vedermi, perché sei venuto alla galleria il giorno dopo a "mettere i paletti"?»

«Per rivederti».

«Cioè prima mi pianti... e poi mi vuoi rivedere?»

«Tecnicamente non ti ho piantato, perché non stavamo insieme, ma comunque, sì. E anche perché ero arrabbiato con te».

Darcy strinse gli occhi gongolante. «Per il mio appuntamento?».

Max si stinse ancora una volta nelle spalle.

«Quanto sei geloso...», sorrise, ripensando che l'aveva ignorata di sana pianta anche dopo l'incontro con Aksel.

«In genere, no».

Lo studiò. «Quindi. Se non avessimo dovuto lavorare a stretto contatto, saremmo potuti uscire insieme, darci un appuntamento?»

«No, perché io non do appuntamenti... non li davo». Tenne lo sguardo fisso sulla strada. «Mi sono reso conto che eri diversa, motivo per cui ho voluto tenermi a distanza».

«Non ha funzionato benissimo, eh?», mormorò Darcy, prendendogli la mano e portandola più su sulla coscia. Lo vide deglutire e rivolgerle quello sguardo a cui si era abituata ormai, dopo la notte e il giorno appena trascorsi. «Non sei un tipo chiaro», sussurrò.

Lui scosse la testa. «Sono sempre stato diretto. Niente false promesse. Non inganno mai».

«Né ti lasci avvicinare».

«Abbiamo tutti la nostra corazza, Darcy. Perfino tu». Le strinse la coscia.

Darcy lo fissò. Non sopportava di desiderarlo così tanto. Non andava bene. Non doveva innamorarsi così a fondo, così presto...

«No», mormorò lui con un mezzo sorriso sulle labbra.
«No, cosa?»
«Non chiedermi cosa siamo». Le gettò uno sguardo. «Tu sei l'eccezione».
«Quindi mi stai dicendo che adesso dobbiamo sederci di fronte alle riunioni, fingendoci nemici dopo tutte quelle "cose indicibili" che ci siamo fatti?». Gli prese la mano e la riportò verso l'inguine notando il suo piccolo sorriso e lo sguardo famelico. «Secondo te lo capiranno?»
Scosse la testa. «No».
«Perché ne sei tanto sicuro?»
«Perché siamo entrambi professionisti e perché hai quasi finito con il progetto, dopodiché la nostra vita privata non sarà affare di nessun altro».
Nostra. Sorrise a quell'aggettivo. Era prezioso pronunciato dalle sue labbra.
Lo sguardo di Max divenne speranzoso. «Perché hai quasi finito, vero?».
Darcy arricciò il naso, sospirando appena. «Be', non "quasi" come vorrei».
«Che vuoi dire?». Max parve spiazzato. «Hai confermato che il ritratto è di Lilja. Hai avuto accesso illimitato ai nostri archivi, hai visto le foto private di famiglia, abbiamo fatto l'amore nelle stesse stanze in cui lei ha camminato…». Quando le fece l'occhiolino, la annientò. «Cos'altro ti serve? Scrivi la biografia e consegnala. Sarà tutto più semplice quando avremo chiuso questa vicenda. A quel punto non dovremo più fingere niente».
«Lo so». Darcy si morse il labbro e si spostò sul sedile, con lo guardo fisso fuori dal finestrino. All'improvviso si sentiva sotto pressione. Continuavano a venirle in mente domande che le sembrava sbagliato porre.
«Darcy… che cosa c'è?»
«Niente».
«Qualcosa c'è, è evidente».
Darcy appoggiò la testa allo schienale, strofinandosi il viso con le mani mentre cercava di fare chiarezza nei propri pensieri. «È solo che ho la sensazione di aver perso qualcosa di importante.

Ce l'ho sotto il naso, ma non riesco a vederlo. Come vedere gli alberi ma non il legno».

Max sospirò. «Senti, Lilja era la mia bisnonna. Non l'ho mai conosciuta, ovviamente, ma senza volerla sminuire, non è che abbia vissuto una vita da intrigo internazionale. Era una donna privilegiata, di una certa classe. Quanto c'è da dire su di lei?».

Non l'ho mai conosciuta... Darcy trasalì, fissando improvvisamente il buio. «Appunto».

«Cosa c'è?».

Darcy non rispose subito, sguinzagliando i pensieri, lasciandoli liberi. «Il suo gesto non ha senso», mormorò.

Max si incupì. «Quale gesto?».

Ruotò verso di lui, il cervello aumentava la marcia, fatti e teorie cominciavano a riposizionarsi. «Max, tu sai come è morta, vero?».

Max strinse i denti, scontento dalla piega improvvisa e sgradevole che aveva preso il discorso. «Certo. Annegata».

«Sì, ma sai anche che non è stato un incidente?».

Ora lo sguardo di Max si era fatto serio e guardingo. Darcy la prese come una conferma. «Dove vuoi arrivare?»

«Viggo mi ha detto che è entrata da sola in acqua e si è uccisa... ma non ha senso».

«Perché no? Viveva a Hornbæk da anni. Era depressa, Darcy».

«È proprio quello il punto. Non lo era. La morte del primo figlio l'aveva distrutta, ma piano piano si era ripresa. Aveva avuto una bambina. Emme, sua figlia. La figlia che non l'avrebbe mai conosciuta. Perché uccidersi proprio quando aveva finalmente avuto l'unica cosa che potesse guarirla? Non l'avrebbe fatto, non ha senso».

«Ah, no?». Il tono di Max era tornato gelido di colpo. «Non pensi che la depressione sia insidiosa? Pensi che possa scomparire come per miracolo quando succede qualcosa di bello? La nascita della bambina potrebbe essere stata anche peggio per lei. Depressione post partum?».

Darcy fece marcia indietro. Aveva ragione, naturalmente. Anche quella era una possibilità. Guardò Max e si rese conto che non avrebbe dovuto dare voce alle sue teorie. Non con lui. Il pronipote di Lilja. «Max, scusami, stavo solo ipotizzando. Non intendevo…».

Ma era troppo tardi. Aveva superato una linea. Lo capiva dalle nocche bianche sulla mano che stringeva il volante. «Che cosa vuoi scoprire di preciso, Darcy? Lo scandalo? Vuoi che sia accaduto qualcosa di terribile nella mia famiglia per poter lanciare una sorta di denuncia dopo che il quadro verrà presentato al pubblico? Vuoi distruggere la reputazione della mia famiglia per poterti creare la tua?»

«Certo che no!». Ora Darcy era irritata. Come poteva pensare una cosa del genere?

«No?»

«No!».

Max scosse il capo poco convinto, mentre tra loro calava il gelo. «Be', per come la vedo io, invece, in testa hai un piano ben preciso».

«Sei tornata!», esclamò Freja uscendo con le sue ciabattine Ugg, gli arricciacapelli in testa e il sacchetto della spazzatura in mano, mentre Darcy, sul marciapiede, guardava le luci della macchina di Max allontanarsi lungo la strada. «Un giorno intero di ritardo rispetto a quanto pianificato! Chissà cosa mai sarà successo?», continuò l'amica in tono allusivo.

Darcy sentì sbattere il coperchio del bidone e Freja ciabattare sul vialetto per raggiungerla. Qualcuno aveva già spazzato la neve ai lati della strada.

«È lui, vero?», chiese Freja, dato che Darcy non rispose.

«Sì», mormorò lei guardando accendersi la freccia. Una svolta a destra e sarebbe sparito.

«Darce?». Rendendosi conto che l'amica era avvilita, Freja le poggiò una mano sulla spalla. «Che è successo?»

«Si è fidato di me. Finalmente si era aperto e… e io ho mandato tutto all'aria». Si girò verso l'amica, con le guance inondate di lacrime. Alle fine le sfuggì un singhiozzo. «Io… penso di aver appena rovinato tutto».

Capitolo ventisette

«Buonanotte, Darcy. Non fare troppo tardi».

«Notte, Viggo», borbottò Darcy sentendolo salire le scale. Era la sera del poker. Quell'uomo aveva una vita sociale più vivace della sua.

Ricontrollò il telefono per l'ennesima volta: doppia spunta. Grigia.

La stava ignorando di nuovo. Aveva mandato un triplo messaggio e lasciato una breve nota vocale dicendo che le dispiaceva, chiedendo se potevano parlarne…

Freja le aveva chiesto aggiornamenti ogni ora per tutto il giorno, monitorando a distanza le risposte di Darcy. Non le erano consentiti più di tre messaggi. «Puoi dimostrargli che sei disposta a calpestare l'orgoglio, puoi mostrarti pentita, ma a tutto c'è un limite», le aveva detto in tono severo quella mattina allo specchio del bagno mentre si truccavano, con Darcy che cercava di nascondere le borse sotto gli occhi, chiaro segno di un'altra notte insonne (ma stavolta per il motivo sbagliato). «Forse perderai quell'uomo, ma almeno conserverai la tua dignità».

Fissò lo schermo. Aveva iniziato a scrivere la biografia di Lilja, ma senza alcun trasporto. A rigor di termini, avrebbe potuto farlo a casa, nella biblioteca universitaria, all'Accademia o a Paludan, e invece si trovava nell'archivio per via del conforto che le garantivano i suoi muti confini.

Il mormorio costante dei visitatori al piano di sopra, i passi di Viggo in sottofondo, il caffè sul fuoco… la possibilità, contro ogni pronostico, che Max arrivasse senza preavviso, come era già accaduto in passato.

Max la odiava per avere indagato sulla morte della bisnonna, ma fin qui era rimasta sulla superficie della vita di Lilja e ora c'erano chiari indizi che non poteva non approfondire. Max aveva ragione a dire che la nascita di Emme poteva aver scatenato una profonda depressione post partum in una giovane donna già fragile, e ciò poteva spiegare il motivo per cui si era gettata in mare. Ma poteva anche non essere andata così. Indipendentemente da ciò che sosteneva Max, Darcy non poteva ignorare il fatto che nelle fotografie di quegli ultimi mesi Lilja appariva più forte e decisamente appagata, del tutto diversa dalle condizioni fisiche e mentali in cui era arrivata a Hornbæk nel 1920.

E qui sorgeva la domanda: perché? Cosa era stato a renderla così felice? Era stata la gravidanza della figlia o qualcos'altro? *Qualcun* altro?

Aveva una relazione con Johan Trier? Era una domanda ovvia e Darcy non poteva ignorarla, se voleva fare bene il proprio lavoro. Doveva esaminare le circostanze della vita di Lilja fino a quell'ultima estate, se voleva dare uno sfondo al ritratto di una donna innamorata.

Perché di quello si trattava. Era il dettaglio che Darcy non era riuscita a individuare prima: il contatto diretto con gli occhi di Lilja non era tanto provocante quanto intimo, la bocca socchiusa era sensuale... Stava guardando il suo amante.

E se voleva portare quell'ipotesi alla sua logica conclusione, non poteva nemmeno ignorare la domanda successiva: era Casper il padre del bambino o Trier? L'artista, ventisettenne quell'estate, era significativamente più vicino d'età a Lilja. Con il marito così spesso assente, a costruire le fortune della famiglia all'estero, non sarebbe stata quasi inevitabile una relazione tra loro, che vivevano insieme in quella casa? Se quello tra lei e Casper era stato un matrimonio di convenienza, era probabile che avessero trovato la passione altrove. Darcy aveva visto la silenziosa disapprovazione dei Sally nella fotografia: costretti a essere riluttanti custodi di segreti mentre il figlio del loro datore di lavoro tornava per l'estate, cornuto e inconsapevole...

Tutto aveva senso. Al suo arrivo quella mattina, Darcy era

andata direttamente agli archivi dell'artista in cerca del diario di Trier del 1922, ma non lo trovò in nessuna scatola. Aveva controllato anche il registro rosso e consultato gli archivi di famiglia nel caso in cui fosse stato inavvertitamente lasciato lì, ma c'erano solo altre fatture mediche per il bromuro e conti domestici.

L'assenza di quel documento saltava all'occhio. Trier era stato un diarista convinto e disciplinato. Aveva tenuto un diario per ciascun anno da lei esaminato fino a quel momento. Non aveva senso che mancasse proprio quello dell'anno probabilmente più importante della sua vita, quello in cui aveva creato il suo capolavoro e in cui, forse, chissà, era diventato padre.

L'aveva distrutto? O aveva pensato bene di non lasciare una traccia scritta, quindi una prova, della sua relazione con la nuora del suo mecenate?

Darcy aveva letto il suo diario del 1921; quello, almeno, era dove doveva essere. Nelle pagine dei mesi estivi aveva cercato riferimenti a Hornbæk, Lilja, Solvtraeer… anche se si era trattato di una visita fugace, avrebbe potuto contribuire a mettere ufficialmente in dubbio la paternità di Casper. Invece non aveva trovato alcuna voce che descrivesse la vita, a parte il ritorno a Copenaghen dall'Italia. Era in un vicolo cieco. Aveva solo sospetti, senza prove, e non poteva, anzi non voleva, includere nulla di meramente ipotetico.

Ricontrollò il telefono.

Niente. Gemendo, nascose il viso tra le mani, ormai certa che Max non avrebbe chiamato. Non era più l'eccezione, ma la regola. Quello che per lei era rigore professionale, lui lo vedeva come un tradimento, pur essendo sicura che, nel suo lavoro o se si fosse trovato nei suoi panni, lui non avrebbe esitato a fare altrettanto.

L'ipocrisia di quella situazione la mandava su tutte le furie, ma sapeva anche che Max stava tornando al suo solito modo di essere. Le sue difese erano cadute e l'aveva avvolta in un sentimento così profondo da cogliere di sorpresa non solo lei, ma forse anche sé stesso. Per come la vedeva lui, si era reso vulnerabile nei suoi confronti e lei reagiva così?

Non lo sopportava… vedersi respinta in quella maniera. Se solo avesse potuto parlargli, spiegarsi… Ma non sapeva nemmeno dove fosse. Nel suo ufficio? Su un aereo per Monaco? A casa?

A casa…

Le tornò in mente un dettaglio. Si alzò, si avvicinò alla scrivania di Viggo e aprì il cassetto. La chiave era ancora lì. O Viggo non l'aveva ancora restituita o Max non se l'era ancora ripresa, fatto sta che la strinse nel palmo della mano, contenta del risultato qualunque fosse il motivo, e prese il cappotto.

Fuori, le strade erano insidiose. La neve caduta non si era sciolta ma non si era nemmeno accumulata, e con il brusco calo delle temperature serali aveva formato un sottile velo ghiacciato. Quasi nessuno si muoveva in bicicletta, il che era sempre un segnale inequivocabile.

Darcy si tenne sul lato del parco mentre camminava nel freddo pungente, alla luce dei fari delle auto e immersa nel traffico intenso di persone che tornavano a casa. Mancava poco più di una settimana a Natale ed erano tutti impegnati negli ultimissimi preparativi.

Dall'altra parte della strada, le luci brillavano dalle ampie finestre delle villette a schiera, con ricchi alberi di Natale dietro i vetri decorati con luci e nastri e lussuose ghirlande appese alle porte. A nove giorni dal Natale, la città era pervasa da un'atmosfera festosa. Era il momento del lieto fine e dei nuovi inizi: le famiglie si riunivano, gli innamorati creavano ricordi…

Mentre si avvicinava, però, vide la casa di Max immersa nell'oscurità. Niente festoni lì. Nessun albero, nessuna ghirlanda. Nessun segno di vita.

Suonò comunque il campanello tre volte.

La chiave ora era calda nel palmo della sua mano e Darcy la strinse, ricordando le intenzioni che l'avevano spinta lì. Aveva una chiave. Conosceva il codice. Poteva entrare e preparargli la cena. Poteva entrare e infilarsi nuda nel suo letto.

Oppure…

Oppure poteva voltarsi e andarsene prima che lui tornasse.

Attanagliata dalla paura, fu assalita dall'indecisione davanti alla casa buia. O conservava la sua dignità o lui.

Non poteva avere entrambe le cose.

«Darcy?». Max si fermò sul marciapiede e la guardò. Dietro di lui, sentì sbattere lo sportello e vide Christoff allontanarsi con la macchina.

Seduta sull'ultimo gradino, Darcy alzò gli occhi. Non sentiva più il fondoschiena, era come una statua di ghiaccio. Da quanto tempo era seduta lì? Venti minuti? Trenta? Di più?

«Max». Era rigida e intirizzita, ma decisa a non darlo a vedere.

«Che cosa ci fai qui?». La voce era atona, il viso inespressivo.

Era proprio la reazione che temeva: educato stupore nel trovarla lì. A rendersi ridicola. A metterli entrambi in imbarazzo.

«Volevo parlare», disse guardandolo salire gli scalini lentamente. Il suo atteggiamento comunicava chiusura, ostilità. «E restituirti questa».

Max guardò la chiave, poi lei. «Se ce l'avevi perché non sei entrata, invece di restare seduta al freddo? Siamo sottozero qua fuori».

«Certo, sarebbe stato proprio da me». Non sapeva che non avrebbe mai violato la sua privacy?

Max riprese la chiave, senza guardarla negli occhi. «Da quanto tempo sei qui fuori?»

«Non tanto».

A giudicare dalla sua faccia, non le credeva, ma distolse lo sguardo e lo puntò in fondo alla strada, dritto sul traffico. Sospirò. «Senti, mi dispiace che tu mi abbia aspettato fuori al freddo, ma non posso farti entrare. Non penso che parlare sia una buona idea».

«Perché?». Era calma. Fin qui, si mostrava evitante.

«Perché non cambierebbe niente. Ormai ho deciso».

«Hai deciso, anche se solo quarantotto ore fa mi dicevi che non potevamo più andare avanti fingendo che non provassimo qualcosa l'uno per l'altra?».

Max inspirò. «Darcy… non voglio ferirti ma… è stato un errore». Il tono era incolore. Chissà quante volte, negli anni, aveva rivolto quelle parole a innumerevoli altre donne. Eppure, nonostante la dichiarazione imperturbabile, aveva un'ombra dietro gli occhi, come se il suo spirito fosse in rivolta. Inquieto e turbato.

«No», si impuntò lei, «non è stato un errore. È stata la cosa migliore che sia mai capitata a tutti e due da tantissimo tempo. E mi dispiace aver rovinato tutto con quelle domande sulla tua famiglia. Non avrei dovuto mettere in mezzo il lavoro. Il fatto che Lilja sia la tua bisnonna è irrilevante. Se devo cercare informazioni, non devo passare da te. L'ho capito. Quello che c'è tra noi è strettamente privato e personale».

Max la fissava, in un silenzio che si prolungava dopo quella sfida a colpi di verità. Era combattuto, si capiva. E sembrava anche molto stanco.

«Allora? Pensi di dire qualcosa?».

Max abbassò gli occhi sulla sua bocca. «Hai le labbra blu».

«Non intendevo…». Darcy sospirò. «Max, non me ne frega niente delle mie labbra, adesso».

«No, ma a me sì». Si chinò e la baciò dolcemente, una delicata pressione sulle labbra. Conforto temporaneo. Fugace tenerezza. Le sue mani però restavano lungo i fianchi, i corpi separati. Ostinata resistenza.

Max si staccò e si ricompose, senza mai guardarla negli occhi. La luce dei fari del traffico dell'ora di punta li investiva a intermittenza. «Dovresti andare».

«Ho freddo».

Il suo sguardo scattò in quello di lei, consapevole della sfida, del suo rifiuto di arrendersi. Voleva tenerla a distanza, ma lei non glielo permetteva. Chiaramente non potevano restare lì fuori. Senza dire una parola, Max inserì la chiave nella serratura. Aprì la porta e attraverso l'atrio buio andò ad accendere le luci mentre suonava il cicalino dell'allarme. Inserì il codice. «Entra».

Darcy entrò in quello spazio familiare e raffinato, mentre lui chiudeva la porta, tagliando fuori il rumore del traffico e il resto del mondo, lasciando solo loro due. Subito la tensione tra loro aumentò, come sempre. Quando la guardò, Darcy capì che ciò che stava per accadere era inevitabile. Il genio era uscito dalla lampada e non lo si poteva più rimettere dentro. Lesse il senso di sconfitta negli occhi di Max, che la spinse contro la parete, baciandola con più passione, stavolta. Era arrabbiato e disperato allo stesso tempo. Le sollevò la coscia e lei gli strinse la gamba intorno. Non appena gli sbottonò i pantaloni, Max gemette.

Resistere era inutile.

Dormirono nella stanza degli ospiti. Non in quella principale, con il massiccio letto imperiale, teatro di migliaia di seduzioni, ma in quella più piccola di fronte al salone, dove era appeso il Sorolla. Era perfino più bello di come l'aveva immaginato e Darcy lo fissava in adorazione, stretta a lui, fino a che Max non la costrinse a guardarlo... e si perse.

«Non ti alzare», le sussurrò lui la mattina dopo, con una risatina nel vederla seduta a letto, i capelli spettinati, la testa ciondolante per il sonno. Era ancora buio. Buio come a notte fonda. «Ho una riunione molto presto. Torna a dormire».

«Sei sicuro?», bofonchiò lei senza opporre troppa resistenza a quel suggerimento.

«Non sei una mattiniera, eh?», sogghignò baciandola sulla fronte e riaccomodandola tra i cuscini. «Ti chiamo dopo».

«Aspetta...». Darcy tese le mani verso di lui alla cieca. «Mi serve una camicia pulita».

«Armadio a destra nella mia stanza». La baciò sulla tempia.

«E... il caricabatterie... del telefono», sospirò. Quant'era difficile dover pensare...

«Accanto al mio letto. Te lo metto in carica io adesso, così per quando ti alzi sarà carico».

Darcy sorrise tra i cuscini mentre lui prendeva il telefono, la baciava di nuovo sulla tempia e usciva. Si riaddormentò prima ancora che lui avesse raggiunto la porta di casa.

Quando si svegliò era quasi giorno. Il rumore ovattato del traffico lasciava intendere che la giornata era ormai iniziata sul serio, così sbatté le palpebre, chiedendosi che ora fosse. Guardò il Sorolla... com'era possibile poter ammirare un simile capolavoro senza neanche alzarsi dal letto?

La camera di Max era completamente bianca, con lenzuola di lino color cioccolato che penzolavano sul pavimento e si abbinavano agli armadi a muro rivestiti in pelle color tabacco. In un angolo c'erano uno sgabello e una poltrona Barcelona e, appeso sopra il letto, un'enorme stampa di Slim Aarons. Stanza chic ma senza dubbio maschile. Gli unici tocchi femminili dovevano essere quelli lasciate dalle ospiti: mutandine di pizzo sul pavimento, una matita per le labbra nel cassetto del bagno... Darcy cercò di non pensarci.

Si fece la doccia, scelse una camicia blu dall'armadio e la indossò come se avesse vinto a Rubabandiera. Nella borsa aveva trucchi a sufficienza per rendersi presentabile e si avvicinò per prendere il telefono. Era carico al 92%.

Si sedette sul letto e controllò i messaggi: suo fratello: "Fai a metà con me per questa camicia della White Company come regalo di Natale per mamma?". E una marea di messaggi di Freja: "Dove sei? Cosa sta succedendo? Chiamamiii".

Avviò la telefonata. «Quanto sei drammatica!», esclamò, prima che Freja cominciasse a gridarle contro.

«Oddio, sei tu?». Freja ansimava. A quanto pareva stava correndo. «Sto cercando di rintracciarti da ieri sera!».

«Lo so, ho visto adesso i tuoi trentanove messaggi! Dai, Freja, ero con Max. L'avresti dovuto capire dato che non ti rispondevo!». Scese al piano di sotto. Il suo cappotto era appoggiato al pilastro delle scale e le rubò un sorriso ripensare alla sera prima, a loro due nel corridoio che si liberavano dei vestiti, bramando il contatto pelle contro pelle.

«Ma come potevo saperlo per certo? Dove sei ora?».

Darcy infilò il cappotto. «In questo momento, a casa sua. Stavo uscendo, però». Inserì l'allarme e chiuse la porta d'ingresso.

«E c'è anche lui?»

«No, stamattina è uscito presto», disse avviandosi lungo la strada a passo spedito.

«Bene, allora dimmi tutto e non tralasciare niente». I passi di Freja rimbombavano ritmici in sottofondo. Stava correndo, sicuramente.

«Proprio come immaginavo: era entrato in crisi. È un territorio nuovo per lui. Non è abituato alle relazioni».

«E se entrasse in crisi di nuovo?»

«Allora continuerò a spingerlo. Ma non succederà. Ne abbiamo parlato e...».

In quel momento passò un'auto della polizia a sirene spiegate e Darcy si rese conto che sentiva la stessa sirena anche nel telefono. «Ehi, dove sei?»

«Io?»

«Sì, dove sei andata a correre?».

Darcy sentì l'amica sorridere anche attraverso il microfono. «In effetti, sono circa duecento metri dietro di te».

«Cosa?». Darcy si girò e vide una figura familiare che correva arzilla verso di lei. Ridendo, smise di camminare e l'aspettò. «Cosa ci fai quaggiù?», le chiese al telefono. Freja lavorava all'università il martedì.

«Ho pensato di intercettarti mentre andavi al lavoro, visto che ieri sera non rispondevi…».

«Oddio, Freja!», rise Darcy. «È ridicolo! Sto benissimo! Pensavi davvero che mi fosse successo qualcosa?»

«No», disse l'amica. Ormai era a una ventina di metri e Darcy riattaccò.

«Allora perché sei venuta fin qui?», le chiese mentre la raggiungeva di corsa, senza tradire la minima fatica.

Freja si limitò a sorridere. «Dovevo dirti una cosa che va detta solo di persona».

«Che cosa?», chiese Darcy, che però, dallo sguardo gioioso dell'amica, capì al volo e si portò una mano alla bocca, trattenendo il fiato. «Oddio… te l'ha chiesto?!».

«Sì!».

«Non mi dire!», esclamò Darcy già pronta a mettersi a saltare.

«Invece è così!», strillò Freja, tendendo la mano per mostrarle il diamante marquise all'anulare. Le due amiche cominciarono a saltellare abbracciate, tanto che la gente che passava in macchina si fermava allarmata. «Me l'ha chiesto ieri sera!».

«Oddio, Freja! E io non ti ho risposto!», strillò Darcy. «No!».

«Lo so! Ti ucciderei se non mi servisse una damigella!».

Darcy ammutolì, di nuovo senza fiato. «Vuoi me come tua damigella?»

«E chi altro, sennò, scemetta? Sei la persona più simile a una sorella che ho!».

«Oh, Frey!». Darcy si coprì la bocca con le dita.

«Quindi è un sì?»
«Ma certo che è un sì!». Si abbracciarono di nuovo in mezzo alla strada, incuranti della gente a passeggio con i cani e i bambini infagottati in stivali e cappotti, diretti all'asilo. «Oh, Freja, non riesco a crederci, soprattutto dopo la tua delusione dello scorso fine settimana».
«Lo so. Quando te l'ho detto ero così avvilita che… ho accantonato del tutto il pensiero».
«Come ha fatto?»
«Eravamo a letto, solo coccole, e lui me l'ha chiesto. Nessun proclama scenografico».
«Intendi nessun flash mob?», chiese Darcy fingendosi scandalizzata.
Freja sogghignò. «No».
«Niente petali di fiori sul letto?»
«Niente petali».
«Ti prego, dimmi che c'era almeno un palloncino».
«Neanche. Eravamo solo noi, in tranquillità, ed è stato perfetto. E senti questa: aveva in effetti pensato di chiedermelo ad Amsterdam ma, quando ha visto che, nel punto che aveva scelto, c'era già un'altra coppia che si stava fidanzando, ha rinunciato perché gli sembrava troppo banale».
«Allora, non ti eri lasciata trasportare dall'emozione!».
«A quanto pare, no».
«Fammi rivedere l'anello», le ordinò. «Lo devo guardare bene».
Freja tese la mano mentre Darcy gongolava sulla pietra sfavillante. «È stupendo! Un diamante bello grosso!».
«Lo so…».
Darcy colse il tono di incertezza nella voce dell'amica e la trovò che si tormentava il labbro con i denti. «Non pensi che sia un po' troppo bello per me, vero?»
«Troppo bello?»
«Sì. Non pensi che sia troppo grande?»
«Freja, non esiste un diamante "troppo grande". Proprio come concetto. Come ti viene in mente di dire una cosa del genere?»

«Non lo so. È solo che mi considero una ragazza… discreta. Forse ho sempre immaginato che avrei avuto un anello più modesto».

Darcy aprì le labbra, già pronta a replicare, quando le parole di Freja le fecero scattare qualcosa nella testa, come un ingranaggio che finalmente va a posto. Di colpo, tutto acquistava senso. La verità si era sbloccata e la rivelazione di quel momento si era sovrapposta a un'altra, mettendo a nudo un passato che aveva sempre avuto sotto il naso.

Non riusciva a crederci.

L'aveva guardato dritto in faccia! Era sempre stato lì, davanti a lei, eppure, facendo due più due, era sempre arrivata a cinque.

Capitolo ventotto

Otto era in silenzio, in attesa, mentre Darcy fissava il ritratto sul cavalletto. Su sue indicazioni, la squadra di restauratori stava facendo una lunga pausa caffè mentre lui guardava Darcy immobile, concedendo alla sua mente di immergersi in profondità. Da settimane ormai registrava gli alti e bassi della vita di Lilja in una sorta di grafico mentale, ma solo allora il quadro aveva acquisito tridimensionalità.

«Dovrai avere pazienza per un po', Otto», disse a bassa voce. «Sto ancora cercando di unire i puntini. Ci sono molte cose da analizzare... ma forse parlandone...».

«Va bene. Perché non cominci dicendomi che cosa ha innescato le tue considerazioni?»

«La collana», rispose sempre a bassa voce e senza riuscire a distogliere lo sguardo dal ritratto di Lilja. «È sbagliata».

«Come può essere sbagliata una collana?»

«Perché è di legno. Fatta a mano. Troppo umile per una donna del suo rango. Di giorno avrebbe dovuto indossare perle vere o per lo meno di pasta di vetro».

«Capisco», mormorò Otto, stringendo gli occhi e osservando il ritratto con uno sguardo nuovo. Non fece tuttavia alcun commento. Non voleva influenzare i suoi pensieri, solo ascoltarli.

«Credo che fosse un regalo dell'amante».

«Dell'amante?».

Darcy si protese in avanti, indicando. «Guarda la sua espressione, l'inclinazione della testa: è intima, come se fosse un momento condiviso e privato. È innamorata... E guarda la perla d'oro: posizionata direttamente davanti e al centro. È come una stella polare che attira lo sguardo. Indossa la collana come un segnale, per dire che è pur sempre proprietà del suo amante, anche se non può mostrarlo pubblicamente. Anche se suo marito è tornato».

«È tornato?»

«Sì. Aveva appena partorito: una bambina, Emme, e Casper era tornato da Londra». Prese il telefono e gli mostrò la fotografia che aveva scattato nella camera da letto in fondo, prima di andarsene. È stata scattata a Solvtraeer nell'agosto del 1922. Si vede Lilja che tiene in braccio Emme, con Trier, Casper e i Saalbach – o i Sally, come erano conosciuti. Governante e giardinieri di lunga data dei Madsen. Trier era stato loro ospite da quella primavera e per tutta l'estate per dipingere *I suoi figli*.

Otto aggrottò la fronte guardando di nuovo il ritratto, mentre il suo cervello cominciava a fare i collegamenti. «Pensi che Lilja avesse una relazione con Trier?»

«Lo pensavo», annuì lei, «ma ora non più». Indicò il pettirosso. «Credo che fosse Arne Saalbach, il figlio del giardiniere. Sally piccolo».

Otto inarcò le sopracciglia. «Spiegati».

«All'inizio pensavo che il pettirosso rappresentasse il suo amore per il giardino, come simbolo di salute ritrovata. Adesso, invece, penso più a un modo per dichiarare che era amica del giardiniere. Era innamorata, Otto, e credo che questo quadro fosse un regalo destinato a lui. Penso che fosse un autoritratto».

«L'ha dipinto lei?»

«Sappiamo che non è stato Trier. E lei era un'artista notevole, anche se non si è mai presa troppo sul serio. I diari di Lotte ci dicono che sia lei che Lilja avevano preso lezioni di pittura per anni e a Solvtraeer ci sono diversi quadri firmati L. Madsen. Max ha detto che sono di Lotte, ma secondo me potrebbero benissimo essere opera di Lilja».

Sperava che si fosse trattato di un innocente depistaggio da parte di Max, ma non poteva esserne certa.

«Ci sono sicuramente delle analogie artistiche tra i quadri di Hornbæk e questo», continuò. «E anche gli acquerelli botanici che ho trovato – archiviati in modo errato tra i documenti di Trier – ho il sospetto che siano suoi; non si avvicinano minimamente alle sue opere, anche se stava sperimentando stili diversi. Sono molto più leggeri e raffinati dal punto di vista stilistico, mentre, dal punto di vista tematico, si ricollegano ai suoi interessi per il giardino».

Otto sembrava poco convinto. «Fragile, però. Siamo nel campo delle ipotesi».

«Sì», concordò lei. «Ma c'è dell'altro a sostegno della tesi di una relazione tra loro. Negli archivi Madsen c'è un armadietto con alcune argille: miniature di attrezzi da giardino – vanga, cazzuola, carriola, cose del genere – ma ci sono anche dei bellissimi pezzi principali: teste di pescatori a grandezza naturale».

«Proprio di pescatori?»

«Be', indossano tutti il tipico cappello a falde larghe. Ma il punto è questo, Otto. Non ci sono miniature in argilla di kit da pesca: non ci sono reti, nasse, ami, come invece succede con gli attrezzi da giardinaggio. E tutte le teste di argilla hanno lo stesso volto. Sono dello stesso uomo». Ingrandì lo schermo per mostrare a Otto un'immagine più ravvicinata del giovane giardiniere alto e scuro della fotografia. «È Arne. Lo ha camuffato, pensando che nessuno avrebbe riconosciuto il giardiniere sotto un cappello da pescatore. Lo nascondeva in bella vista, Otto».

Ridimensionò la foto, mostrandogli il contegno guardingo dei Sally. Dopotutto, erano stati i custodi di un segreto, ma non di quello che aveva pensato all'inizio. E se fosse stato proprio il figlio, Arne, il padre della bambina? Non avrebbero mai potuto ammetterlo pubblicamente, nonostante vivessero quasi sempre come marito e moglie, a parte nelle occasioni in cui andavano a stare lì i Madsen o degli ospiti, il che accadeva comunque di rado».

Otto si strinse le guance tra pollice e indice, riflettendo su tutto ciò che le aveva detto.

Quindi cominciò a camminare su e giù. «D'accordo, va bene, supponiamo per un attimo che sia andata così. Diciamo che fosse lui il padre della bambina».

«Tutti questi oggetti sono messaggi d'amore: una collana

di legno intorno a un collo aristocratico; un autoritratto con un'espressione intima; modellini della sua testa perché amava troppo il suo viso; giocattoli di terracotta plasmati mentre gli sedeva accanto durante il suo lavoro in giardino... Sono tutti segnali di una relazione, per chi vuole vederli. Ma non potevano assolutamente farsi scoprire. Ti immagini lo scandalo: il giardiniere e la padrona di casa? Impensabile per una famiglia che aveva mire così ambiziose in società».

Otto concordò in silenzio. Si capiva che le dava ragione, che le prove, per quanto disparate, si accumulavano una volta messe insieme. «Quindi, qualcuno li ha scoperti? Li hanno sorpresi?».

Darcy chiuse gli occhi, muovendosi senza sforzo tra i ricordi di una casa in cui lei stessa aveva dormito e fatto l'amore. «Credo che dobbiamo assolutamente considerare questa possibilità. Trier ha alloggiato lì dalla primavera in poi e sappiamo che Casper è tornato in estate verso il periodo del parto, il che significa che sarebbe stato difficile per Lilja e Arne muoversi con la stessa libertà a cui probabilmente erano abituati».

Darcy immaginava sguardi rubati sul prato, mani che si sfiorano passando davanti alla serra...

«Immagino che sarà stato difficile per Arne vedere sua figlia in braccio a un altro uomo, per non parlare della donna che amava condividere di nuovo il letto con il marito», ipotizzò Otto, che si era lasciato trasportare da quella ricostruzione.

«Appunto. La tensione dev'essere aumentata. Magari c'è stato uno scontro, una lite... Se Casper ha scoperto la verità su lei e Arne, avrebbe potuto minacciare di licenziarlo e mandarlo via. O peggio, di portarle via la bambina». Darcy sbatté le palpebre. Questo avrebbe spinto in mare qualsiasi donna, tanto meno una che aveva già perso un figlio. Avrebbe perso qualsiasi ragione per vivere».

I due rimasero in silenzio, assorti nei propri pensieri.

«Concordo con te che sarebbe plausibile, Darcy, ma senza prove concrete...».

Darcy annuì, capendo cosa intendeva Otto.

«Dimmi qualcosa di più del matrimonio. È stato un matrimonio felice?».

Darcy scosse la testa. «Funestato dalla tragedia, e non so quanto siano mai stati intimi loro due. La differenza d'età era notevole».

«Ah», mormorò lui, eloquente. «In questi casi sappiamo tutti come va a finire: o una grande storia d'amore o un racconto dell'orrore».

Un racconto dell'orrore? Possibile?

Smettendo di considerare i Madsen come i salvatori di Lilja, anche solo per un momento… osservando la realtà dei fatti senza quel preconcetto… Era stato un matrimonio di convenienza? Un favore tra due famiglie?

O qualcosa di ben più sinistro?

Non aveva mai trovato nulla riguardo al matrimonio di Lilja: una fotografia, una lettera… niente. Di colpo capì il perché.

«Oh», sussultò al nuovo quadro che le si prospettava mentre la sua mente passava al setaccio i fatti e il più pesante si depositava sul fondo a sorreggere tutti gli altri.

«Dimmi».

Darcy guardò Otto. «Temo che sia stato un matrimonio riparatore. Credo che Casper l'abbia violentata e che sia stato organizzato dopo per coprire la gravidanza».

Otto si incupì. «Va' avanti».

Darcy chiuse gli occhi, richiamando alla mente ciò che aveva letto. «Casper era tornato dai suoi affari di guerra e aveva trovato questa ragazza bellissima, giovanissima, una quattordicenne che viveva con loro… I Madsen diedero una festa quel dicembre… Credo che sia successo allora». Si concentrò, cercando di ricordare i dettagli del diario di Lotte. «Lotte scriveva che Casper aveva ballato con Lilja, che aveva offerto a entrambe dello champagne… Lilja era sconvolta dal mancato ritorno dei suoi genitori dalla Germania; quella sera, più tardi, Lotte ha sentito Lilja piangere in camera sua… Inoltre, prima di allora lui le aveva riservato attenzioni eccessive». Ripensò alle gite in macchina e a fare spese.

«E quando è nato il bambino?».

Darcy si morse il labbro. «Alla fine di agosto, ma credo sia stato un parto prematuro. Lei ha sofferto di eclampsia, e questo ha provocato complicazioni per il bambino. Il suo corpo era troppo giovane per affrontare la gravidanza». Guardò Otto. «Casper fu mandato a Londra, in apparenza per occuparsi dei crescenti interessi commerciali dei Madsen. E se invece lo stessero tenendo lontano da lei? Per nascondere eventuali scandali?»

«Londra era abbastanza lontana, e non dava adito a dubbi». Otto inspirò a fondo, con un'espressione cupa sul volto.

«Si spiegherebbe anche perché Casper sembra essere stato in gran parte escluso dall'eredità di famiglia. Non c'è quasi nulla su di lui. Se potesse, credo che Helle lo cancellerebbe del tutto dai documenti».

«In effetti, non è il genere di informazioni che vorrebbero veder trapelare. Hanno costruito la loro reputazione sulla filantropia e su ideali culturali moralmente elevati, e con la quotazione in borsa che si prospetta, questa è una macchia sul nome della famiglia di cui farebbero volentieri a meno».

«È logico, però, non trovi?», aggiunse lei, guardandolo dritto negli occhi. «Hanno coperto il crimine di Casper facendo sposare Lilja con il suo stupratore. Non c'è da stupirsi che non sia riuscita a riprendersi! Era traumatizzata... Hornbæk deve esserle sembrato l'unico posto in cui si sentiva al sicuro».

«Peccato che ci andasse anche Casper».

«Sì, ma erano solo visite occasionali. Penso per salvare le apparenze in qualche modo. Non potevano permettere che la gente cominciasse a parlare...».

Darcy cercò di immaginare l'orrore della diciottenne Lilja quando il marito stupratore tornava nella sua vita. Nel suo letto.

In quel momento si aprì la porta in fondo alla stanza e fece capolino Ida. «Ah, sei qui... Otto, il gruppo del seminario è arrivato».

Otto fece un piccolo sospiro e guardò Darcy. «Scusami. Pessimo tempismo. Dovremo riprendere più tardi».

«Certo». Lo guardò negli occhi. «Prima, però, dimmi una cosa: ti sembra che stia in piedi tutto questo, o sono troppo coinvolta? Ho perso la prospettiva?».

Otto tornò a guardare il ritratto: Lilja li osservava in silenzio dalla tela mentre facevano congetture sul suo destino. «Darcy, purtroppo credo che ci sia sempre stata una ragione oscura per cui questo quadro è stato nascosto dietro un altro. Non è un caso che sia stato messo lì… Questi segreti sono stati custoditi per molto tempo… quindi vai avanti. Dobbiamo arrivare alla verità e lo dobbiamo a Lilja».

Darcy lo guardò andare via. Aveva ragione? La dovevano a Lilja, quella rivelazione al mondo del suo trauma, della sua storia d'amore, della sua decisione di lasciar crescere la figlia neonata senza la madre? Doveva essere quella la sua eredità duratura? Essere immortalata per sempre come vittima?

Si avvicinò alla finestra; ruotò il collo e fece oscillare le braccia per sciogliere la tensione. La sua mente era inchiodata alla disperazione di Lilja delle ultime settimane: suo marito e il suo amante, tutti insieme a Solvtraeer… un'angoscia emotiva così violenta da spingerla tra le onde…

Si appoggiò al davanzale e guardò il cortile. Stava per nevicare di nuovo, l'albero di Natale scintillava maestoso… a ricordarle che quello era un periodo di buoni propositi per l'umanità, mentre i turisti passavano con le borse dello shopping. Sul marciapiede quasi sotto la sua finestra era parcheggiata un'auto nera lucida. Riuscì perfino a vedere l'autista sul sedile anteriore, in attesa… Christoff?

Proprio in quel momento la porta si aprì facendola sussultare e, quando si voltò, ecco Max in persona, con un sorriso sfacciato. «Ho appena incrociato Otto all'ingresso. Mi ha detto che eri qui», disse andando dritto verso di lei, la fodera gialla che appariva sotto il completo elegante. Le mancò il cuore nel vederlo. «Mi sono dovuto sforzare per sembrare contrariato».

Max controllò che nella stanza non ci fosse nessuno e, dato che erano soli, le si avvicinò senza esitazione, le prese il viso tra le mani e la baciò. Fu un gesto così carico di una passione tale da farle cedere le ginocchia. «È tutto il giorno che sogno di farlo».

Darcy sorrise. «Anch'io».

«Dormito bene?». Era una richiesta intima, come se fossero ancora a letto a chiacchierare, al sorgere della luna.

«Mi sei mancato».

«Anche nel sonno?»

«Sì». Darcy agganciò un dito al passante dei pantaloni di lui, attirandosi un'occhiata eloquente. I ricordi della notte appena trascorsa aleggiavano tra loro e Max si lasciò sfuggire un gemito e si allontanò, come se non si fidasse di sé stesso. Ricontrollò la porta; poteva entrare qualcuno in qualsiasi momento e Darcy sapeva che il loro atteggiamento li avrebbe comunque traditi, che si baciassero o no. «Come mai sei qui?», gli chiese allora, cercando di smorzare il desiderio.

Lo sguardo di Max sembrò quasi di scuse. «Dovevo effettuare un controllo incrociato di una cosa con una persona».

«Ah. Una cosa con una persona». Di sicuro riguardava la richiesta di restituzione.

«Tu, invece? Pensavo fossi alla galleria».

«In effetti ci stavano andando, ma poi mi sono resa conto che anch'io dovevo fare un controllo incrociato di una cosa con qualcuno qui».

Max sorrise. «Ma davvero?».

Lanciò un'occhiata al cavalletto su cui erano state fissate le tele, il ritratto di Lilja dietro *I suoi figli*, incollati l'uno all'altro. Ciotole, barattoli e pennelli erano sparsi sui banchi vicini, la delicata operazione di distacco era ancora in corso.

Qualcuno aveva tentato di addobbare la stanza, notò Darcy in quel momento: catenelle di carta scintillante fissate a croce sul soffitto e un filo di luci sulle bacheche. E sulla testa di uno dei calchi in gesso di re Federico VII avevano messo una corona di cartoncino.

Max si avvicinò al cavalletto, con la testa inclinata per ammirare il ritratto della bisnonna. Si era trattenuto durante l'ultima riunione, quando tutti gli altri avevano mostrato grande entusiasmo e Darcy ancora non era a conoscenza della sua parentela.

«Ti chiederei un aggiornamento, ma non sono sicuro che valga la pena rischiare ora», commentò lui, voltandosi con un sorriso ironico.

«No! Anche se credo di poterti dire che crediamo che il dipinto sia in realtà un autoritratto».

Max parve sorpreso. «Lilja dipingeva?».

Darcy annuì. «Pensiamo anche che siano sue le terrecotte della vetrinetta nell'archivio». Ricordò che sulla base erano incise le iniziali A.S. Aveva presunto che fossero la firma dell'autore, ma ora riteneva che identificassero il soggetto ritratto, non l'artista. Viggo le aveva detto che era un'artista sconosciuta, Anna Saalbach. Era stato un tentativo di depistaggio o aveva semplicemente capito male lei? La pronuncia di Anna non era così diversa da Arne, soprattutto a chi non era madrelingua danese.

«Le terrecotte? Davvero?»

«Era anche brava», aggiunse cercando di sottolineare i lati positivi, anche se pochi e distanti tra loro. Se le sue teorie erano fondate, la famiglia Madsen non ne usciva in una buona luce. «Aveva un talento naturale. È un peccato che non sia riuscita a fare di più».

«Già. È morta prima ancora di cominciare».

A diciotto anni, in effetti. Darcy si morse il labbro mentre lo osservava lì, in piedi davanti al ritratto della bisnonna, con le mani nelle tasche dei pantaloni. C'era una sola cosa che le serviva sapere. Un dettaglio a cui solo lui poteva rispondere. La innervosiva la prospettiva di dover porre la domanda, di aprire una conversazione sull'argomento, dopo il disaccordo che ne era scaturito nella precedente occasione, ma, a suo modo di vedere, non aveva altra scelta. Era l'unico rimasto. L'ultimo ancora in piedi.

«Max... posso chiederti una cosa?».

Al suo tono titubante, Max si girò a guardarla. «Va bene».

«Che tu sappia, tua nonna soffriva di epilessia?»

«Emme?». Si accigliò. «Non l'ho mai sentito dire».

«Ci sono altri casi in famiglia?»

«No».

«Okay», mormorò cercando di mostrare indifferenza.

«Perché?»

«Ah, sono sicura che non è niente», concluse, delusa che non avesse risposto di sì. Calò un breve silenzio. Nonostante i loro sforzi di restare sul piano personale, erano finiti di nuovo a parlare di lavoro.

«Qualcosa ci dev'essere, altrimenti non me l'avresti chiesto». Le si fermò davanti. «Io ho risposto alla tua domanda, sarebbe corretto che tu rispondessi alla mia».

Darcy lo guardò. Stava parlando al suo amore, al discendente di Lilja, o al suo avversario lavorativo? Il rapporto continuava a cambiare.

«Il figlio di Lilja, il primo, soffriva di una grave epilessia. Il medico di famiglia gli ha prescritto dosi costanti di bromuro fino alla sua morte, a sette mesi».

«Va bene», commentò lui aspettando il seguito. «Quindi?»

«Uno dei registri di famiglia riporta che ne sono stati acquistati altri poche settimane prima della morte di Lilja, che coinciderebbe con il periodo appena successivo alla nascita di Emme, quindi mi sono chiesta se fosse per lei... Ma se mi dici che non soffriva di epilessia...».

Darcy sentiva il lavorio degli ingranaggi del cervello, i fatti che si riposizionavano.

«Forse erano per qualcun altro?», ipotizzò Max con noncuranza.

Darcy annuì, ma si voltò, con la mente che già ricominciava a correre. Pur di avere qualcosa da fare, si accovacciò accanto al ritratto; tra quello e il retro della tela di *I suoi figli* erano stati inseriti dei minuscoli fili, sottili come capelli, che li tenevano appena appena distanti nel punto in cui erano riusciti a separarli. Darcy, però, non li vedeva. I suoi pensieri erano rivolti al conto del bromuro e a una cosa che le aveva detto Aksel.

Nel contesto in cui ora sospettava si fosse verificato il matrimonio Madsen, c'era un'altra possibile applicazione del bromuro: Lilja aveva forse drogato il tè del marito quando era andato a stare a Hornbæk? Poteva essere stato un modo astuto per tenerlo buono, visto che, per salvare le apparenze, dovevano condividere il letto. Lilja non sarebbe stata in grado altrimenti di respingere un uomo adulto – aveva un fisico esile e di certo indebolito dal parto – ma se lui fosse stato reso impotente...?

Minaccia neutralizzata.
Aveva funzionato? Una volta? Di continuo? Se non erano più stati in intimità – molto probabilmente fin dall'aggressione alla festa, anche perché il trasferimento di Casper a Londra e la grave depressione di Lilja avevano vanificato numerose occasioni – soltanto loro avrebbero saputo che il bambino non era dello sposo legittimo.
Casper avrebbe saputo di essere stato cornificato. Aveva anche scoperto quello che lei gli stava facendo?
Un matrimonio. Due nascite. Tre morti... Che cosa era successo a Solvtraeer per farli morire a pochi giorni di distanza l'uno dall'altro? Tutto, infatti, le diceva che non era stato il crepacuore la causa di morte di Casper.
«Darcy?». Si rese conto che Max le aveva parlato; le aveva detto qualcosa, ma le era sfuggito.
«Che cosa?»
«Ti trovo distratta».
«Scusa». Lei sbatté le palpebre, passandosi una mano tra i capelli, con il cuore che le batteva all'impazzata.
Max la scrutò con attenzione. «Che succede? Dimmelo».
«No, io... Non dovrei dirti niente... almeno fino a che non avrò parlato con Otto». Gli prese la mano. «Sto ancora formulando delle ipotesi, tutto qui».
Max gemette appena. «Va bene. Non voglio ripetere la scena dell'altra sera».
«Infatti», concordò Darcy.
Nessuno dei due voleva ritrovarsi a quel punto. Era stato un finale catastrofico per un fine settimana perfetto e Darcy non sopportava che fosse rimasto come una macchia d'inchiostro sulla pagina ancora da scrivere della loro nuova vita insieme.
Eppure... *l'altra sera.* Darcy aggrottò le sopracciglia a quelle parole, immobilizzata dalla consapevolezza di aver trascurato un dettaglio importante, in macchina, quella sera, al buio.
Guardò Max, la coscienza la spingeva a parlare e il cuore voleva zittirla...
Ma lui strinse gli occhi, notando il suo conflitto interiore. «Darcy... che cosa c'è?»

«...Perché in macchina ti sei così alterato quando ho ipotizzato che la morte di Lilja potesse non essere un suicidio?».

Max rovesciò la testa all'indietro e sospirò. «Perché me lo chiedi? Abbiamo appena detto che non vogliamo tornare a quel punto».

«Infatti non voglio!», confermò lei. «Ma non ha senso, anzi! Normalmente una persona preferirebbe pensare che la bisnonna fosse morta per un terribile incidente, e non che abbia scelto di buttarsi in mare lasciandosi alle spalle una bambina, la figlia tanto desiderata!». Lo guardò fisso, ripensando a ciò che le aveva detto Viggo. «Eppure, sembra che la Fondazione Madsen preferisca che la gente pensi questo: una morte deliberata invece che accidentale».

Max non accennò a controbattere, come se fosse in attesa. Aveva di nuovo alzato la guardia e Darcy se ne accorse.

«È stato un doppio bluff?», chiese. «Una strategia diversiva?». Se anche il matrimonio era stato la copertura per un crimine, perché non poteva esserlo anche la morte di Lilja? «Era un fatto che si sarebbe prestato a troppe illazioni?».

Dovevano avere chiacchierato molto nei circoli sociali di quel matrimonio: Casper a Londra, Lilja lassù a Hornbæk... due estranei, se non per rari ricongiungimenti. La nascita doveva aver sollevato più interrogativi che risposte...

«Darcy...».

«Un incidente si prestava troppo alle speculazioni, quindi deviare l'opinione pubblica spingendola a credere a un suicidio ha messo a tacere altri dubbi, giusto? La depressione di Lilja ha permesso alla famiglia di controllare la narrazione».

Silenzio.

«Darcy, tu sai che provo un forte sentimento per te», rispose Max in tono deciso, «ma se pensi che ti permetta di diffamare il nome dei Madsen, ti sbagli».

«Non sto diffamando nessuno. Semmai, sto cercando di onorare la memoria della tua bisnonna».

«Sacrificando quella del marito?».

Darcy lo fissò, senza fiato. «Chi ha detto niente di suo marito?».

Max le girò le spalle e la sua tensione era evidente. Darcy sapeva leggere il suo linguaggio del corpo, ormai. «A me interessa solo raccontare i fatti come sono andati veramente», aggiunse in tono più pacato. «Non sta a me giudicare nessuno».

«Ma è chiaro che il cattivo della storia risulta Casper», commentò Max dopo un attimo. «Vuoi sacrificare la sua reputazione per...».

«Ma vale la pena di salvarla?!», esclamò lei. «Perché difenderlo a discapito di Lilja? Perché, più di un secolo dopo, la tua famiglia vuole ancora mettere gli interessi di Casper davanti a quelli della moglie?».

Max si girò di scatto, furente. «Non capiresti».

«Sei sicuro? Era un Madsen, come lo sei tu. Non sono le stesse ragioni, ora come allora? Tu stai arginando i danni, Max. Ti stai accertando che io non mi avvicini troppo alla verità. C'è un sacco di gente che si arricchirà molto non appena la società entrerà in Borsa e non ha certo bisogno di un simile scandalo, ora come ora».

«Non c'è nessuno scandalo. Sei tu che stai montando una storia sul nulla».

«Invece no», si impose lei scuotendo la testa e rendendosi conto di aver messo il dito su una terribile piaga, una verità perfino peggiore di quella che aveva ipotizzato all'inizio. «Perché ora mi viene da pensare che se la morte di Lilja non è stata un incidente e non è stata un suicidio, allora c'è solo un altro modo in cui può essere accaduta».

«Darcy...». C'era una vena di disperazione, ora, nella voce di Max. «No...».

«Lilja non si è suicidata. Aveva troppe ragioni per vivere. Penso che Casper l'abbia uccisa e buttata in mare». Le si spezzò il cuore nel vedere la reazione di Max alle sue parole: nessuna sorpresa, solo sconfitta. «Ma tu questo già lo sapevi».

Capitolo ventinove

Darcy era sdraiata al buio, a osservare le figure che ruotavano: renne, abeti e fiocchi di neve proiettati in grande sulle pareti della sua camera da letto. Nelle ultime notti si era addormentata al dolce fruscio della giostra, rasserenata nello spirito da quelle sagome che scivolavano in un sereno silenzio. Era l'unica cosa che la faceva sentire meglio, anche se era legata a filo doppio all'uomo che la faceva stare così male.

Sentì bussare con delicatezza alla porta da cui si affacciò di nuovo Freja per controllare come stava. «Hai fame?». Aveva in mano una ciotola di ramen.

«Non tanto. Mi dispiace», si scurò Darcy.

«Devi mangiare qualcosa o ti ammalerai».

«Mangerò domani».

«L'hai detto anche ieri. E poi domani c'è la festa, e se non metti qualcosa sotto i denti oggi sarai a pezzi entro cinque minuti dopo il primo sorso di cocktail». Entrò nella stanza e accese le luci, cancellando le ombre che si muovevano sulle pareti.

«Ehi!», protestò Darcy.

«Rilassati, le spegnerò di nuovo tra un minuto, così potrai tornare a marcire a letto. Prima, però, mangia qualcosa».

Con un gemito, Darcy si tirò a sedere, mentre Freja si infilava sotto il piumone per stare al caldo. Ormai nevicava tutti i giorni, ma non faceva così freddo da convincerle ad accendere il riscaldamento.

«Allora, tutto pronto per domani sera?», chiese Darcy per pura cortesia, soffiando sul ramen. Aveva un profumo delizioso e avrebbe tanto voluto avere appetito.

«Abbastanza, anche se i camerieri nudi sono più di quanto ci aspettassimo». Scoppiò a ridere nel vedere la faccia dell'amica.

La festa di fidanzamento era stata organizzata con una velocità impressionante, visto che mancavano pochi giorni a Natale; Tristan aveva diversi contatti che si stavano dando da fare per lui. Darcy avrebbe voluto avere un po' di appetito anche per quello. Per il bene della sua amica, doveva provarci.

«E tu? Hai raggiunto il tuo numero di parole?». Freja guardò speranzosa verso il portatile sulla scrivania. Lo schermo brillava, bianco e vuoto. Darcy continuava a cercare di lavorare, ma il cursore fermo e lampeggiante nell'angolo in alto a sinistra sembrava prenderla in giro. Sapeva di avere portato a termine il proprio lavoro: aveva trovato Lilja, l'aveva identificata e fatto ricerche su di lei. Non restava che metterlo per iscritto. Aveva terminato la parte più difficile, trovare la storia; raccontarla avrebbe dovuto essere una passeggiata, eppure negli ultimi due giorni non era riuscita né a dormire né a lavorare. Non arrivava niente, né il sonno, né le parole.

Otto continuava a chiederle aggiornamenti dopo la loro conversazione e lei continuava a temporeggiare, ma il tempo era agli sgoccioli. La scadenza era il lunedì successivo, quattro giorni dopo.

«Domani ce la farò. Sicuramente», sospirò Darcy, cogliendo tutta la compassione negli occhi di Freja.

«Perché non gli parli?»

«Per dirgli cosa?»

«Che hai un lavoro da portare a termine, come lui. Ma anche che è solo lavoro. Ognuno di voi deve rispettate i doveri contrattuali, ma ciò non significa che questo debba sconfinare nella vostra vita privata».

«E come si fa? Non si fida di me e io non mi fido di lui. Ora come ora, non credo neanche che mi piaccia. Cosa dice della sua bussola morale il fatto che accetti di tacere su quello che è successo a sua nonna? È sangue del suo sangue e lui preferisce nascondere la sua morte sotto il tappeto? Non è migliore di Casper o di Frederik, o di chiunque altro abbia insabbiato questa vicenda».

«Certo, se la metti così», sospirò Freja, «ma è successo tanto tempo fa…».

«Appunto! E a nessuno sembra interessare che il destino e la reputazione di quella povera donna siano rimasti sepolti per più di un secolo sotto un mucchio di bugie. L'hanno etichettata come debole, depressa, distrutta. Sua figlia è cresciuta convinta che sua madre non l'avesse amata abbastanza da restare in vita per lei… pensaci un attimo, Freja. Dopo più di cent'anni, non sarebbe arrivato il momento di rimediare ai torti? Invece no! i Madsen sono ancora in modalità "arginare i danni". Sono un marchio, ora. La reputazione è tutto».

«Ma questa storia la colpirebbe davvero? Lo so che è sgradevole, ma non è che ci sia ancora qualcuno vivo o coinvolto che possa uscirne danneggiato».

Darcy la fulminò con lo sguardo. «A loro interessano solo i soldi. E gli azionisti non permetterebbero mai che si venisse a sapere che il figlio di Bertram Madsen ha ucciso sua moglie e che tutta la famiglia ha contribuito a nascondere il delitto. Quella società ora si basa sull'immagine pubblica di un'azienda di prodotti che salvano vite umane».

Freja sospirò, rinunciando a discutere. «Allora cosa hai intenzione di fare? Rivelare la verità, tutta la verità e nient'altro che la verità? Annegarli prima che possano anche solo cominciare a galleggiare?».

Darcy lanciò alla sua amica uno sguardo ironico per l'infelice scelta di parole. «Devo farlo, per il bene di Lilja. Se il suo ritratto rimane attaccato a *I suoi figli* e viene esposto alla Galleria nazionale, sarà visto da milioni di persone. Non posso permettere che venga diffusa una storia falsa su di lei… che si perpetuino le bugie per sempre». Batté le palpebre. «Devo testimoniare i fatti, che mi piaccia o che causi uno scandalo, è irrilevante. Non spetta a me filtrare la realtà della vita e della morte di qualcuno». Sospirò. «Quello che è successo a Lilja è stato abominevole. È stata tradita più e più volte dalle persone che avrebbero dovuto proteggerla. Come minimo, dopo tutto questo tempo, merita che qualcuno la difenda».

Eppure era più facile a dirsi che a farsi. Ogni volta che provava a scrivere, ogni volta che pensava a quella ragazza di diciotto anni che galleggiava nel mare, rivedeva Max nella lunga stanza mentre lei svelava il segreto più oscuro della sua famiglia. Non sembrava arrabbiato, come lei temeva. Era stato peggio ancora.

Le era parso solo. Era quello a tormentarla.

«Be', sai che sono dalla tua parte, qualunque cosa accada», disse Freja con grande lealtà, toccandole la gamba con la sua sotto il piumone. «Dovrai vederlo di nuovo? Ci saranno altre riunioni?».

Darcy fissò il vuoto, invasa da un dolore sordo alla prospettiva di non vedere mai più Max. «Probabilmente no. Ho fatto tutto quello che potevo in termini di ricerca… ma dovrò tornare agli archivi e vedere Viggo. Non posso non salutarlo come si deve. Si starà chiedendo dove sono finita per tutta la settimana». Non sopportava il pensiero di saperlo lì da solo, in quel momento. Le loro chiacchierate tranquille e i caffè a cadenza oraria erano diventati una piccola gioia inaspettata per lei.

«E hai riflettuto sulla mia proposta? Non mi va giù che te ne resti qui da sola a Natale, in questo stato, quando c'è un posto libero alla tavola dei miei genitori».

Darcy le rivolse un sorriso affettuoso. «Il piano originale è ancora valido, altrimenti ti giuro che prenoterei il primo volo per Bali. No, la prossima settimana vivrò la mia vita al meglio qui: l'appartamento tutto per me, conversazioni infinite con Miss Petals, la mia tesi che procede a gonfie vele, il tutto indossando un Valentino impataccato. Nessuno può dirmi che questa non è vita».

Freja ridacchiò. «Be', è sicuramente qualcosa. E non la vedo male l'idea che ti dedichi di nuovo e seriamente al tuo obiettivo di diventare la professoressa Cotterell».

Il telefono di Darcy vibrò per un messaggio: con un tuffo al cuore, controllò il mittente.

«Ecco, parli del diavolo…», mormorò. «È Viggo. Devono essergli fischiate le orecchie», disse aprendo il messaggio per leggerlo.

«Ah, sì?»

«Che strano…».

«Cosa?»

«Mi chiede di incontrarlo all'Antica biblioteca universitaria di Fiolstræde alle otto in punto di domani mattina».

«Per fare?»

«Non l'ha detto».

Freja la guardò negli occhi. «Pensi che Max abbia mandato lui come ambasciatore?»

«Be', se non riesce a convincermi lui a non fare il mio lavoro, non vedo perché pensi che Viggo possa riuscirci».

«Be', hai un debole per quell'uomo».

«Non così tanto... e comunque non credo che Viggo lo farebbe. Lui non è guidato dai soldi. È lì per amore del lavoro. Sai, è un uomo di principi».

Freja alzò gli occhi al cielo. «Allora, se non è per un ricatto emotivo, perché vuole vederti? Non ti viene in mente nulla?»

«No».

«Ci andrai?»

«Certo. È Viggo». Darcy si morse il labbro. «Di lui mi fido».

Capitolo trenta

Darcy si fermò in fondo ai gradini della biblioteca e guardò in su. Viggo era infagottato nel suo pesante cappotto, e nella sciarpa, con il cappello in testa, e leggeva gli orari di apertura sulla targa al muro. C'era ancora qualcuno in quella città che portava il trilby?

«Buongiorno, Viggo». Darcy rabbrividì e si sfregò le mani. Pochi passi più a destra, c'era unno paio di bottiglie di vino vuote abbandonate in bell'ordine dritte contro il muro, postumi dei festeggiamenti della sera prima nel quartiere studentesco.

Viggo si voltò. «Ah, Darcy, sono felice di vederti qui».

«Siamo gli unici già in piedi?». La città sembrava ancora addormentata. Le rastrelliere delle biciclette erano vuote, gli uccelli silenziosi sui piccoli alberi raggruppati nei cortili. Tutte le saracinesche dei negozi erano ancora abbassate – anche Paludan riposava – e l'unica compagnia era un gatto randagio che sgambettava silenzioso sul selciato con un topo in bocca.

In lontananza, a diverse strade di distanza, si sentiva lo sferragliare dei bidoni che venivano svuotati nei camion della spazzatura, i pendolari che uscivano dalla stazione di Nørreport e si dirigevano verso i loro uffici; ma c'era ancora un'aura di sospensione in quelle strade secondarie, la città in equilibrio sul filo tra la notte e il giorno.

«A quanto pare è iniziato l'esodo natalizio», concordò lui, dando un'occhiata all'elegante casa vittoriana in mattoni che conosceva tanto bene. Se l'università era il suo mondo, quelli erano i suoi templi.

«E cosa ci facciamo qui, così di buon mattino?», gli chiese lei.
«Ho pensato che dovessimo farlo insieme».
«Che cosa?».
Le luci all'interno dell'edificio si accesero, riversandosi dalle finestre sulla strada in enormi piastrelle dorate, accompagnate dal clangore dei catenacci che venivano aperti. Scattò una serratura e una delle porte ad arco si aprì.
«Oh! Buongiorno», salutò una donna, apparentemente colta di sorpresa dalla loro presenza lì davanti.
«Buongiorno», rispose Viggo con aria quasi svagata. «Siamo qui per l'apertura di un lascito».
«Oh!», ripeté la donna, facendo un passo indietro. «Be', entrate. Siete molto in anticipo».
Viggo fece cenno a Darcy di entrare per prima nel maestoso corridoio di mattoni chiari. Davanti a loro una solenne scala curva si stendeva come un drago addormentato dietro grandi archi, illuminata da finestre alte e rotonde. L'ingresso della biblioteca si trovava alla loro destra e Darcy si lasciò guidare da Viggo.
Era un ambiente grandioso, dai soffitti alti il doppio del normale, con un corridoio che attraversava un colonnato centrale e stanze rivestite di libri su entrambi i lati. In fondo al corridoio centrale c'era una finestra rotonda, mentre alla fine di ogni pila di libri si trovavano enormi finestre ad arco che facevano filtrare la luce naturale. Ma con quei libri che tappezzavano ogni parete, dal pavimento al soffitto, avrebbe potuto essere un'antica abbazia.
Ci camminarono in mezzo, accompagnati dal tonfo dei passi amplificato dal pavimento di pietra. In piedi dietro una grande scrivania nera al centro del corridoio, un bibliotecario digitava su un computer. Alzò lo sguardo al loro arrivo, notando che non erano i soliti studenti.
«Siamo venuti per l'apertura del lascito di Johan Trier», annunciò Viggo a voce bassa.
Darcy si girò di scatto verso di lui. Il cosa?
«Ah… mi avete anticipato», commentò l'uomo, digitando qualcosa sullo schermo. «È ancora… sì, è ancora nel caveau.

Non pensavamo ci fosse tanta fretta». Si voltò verso di loro, incuriosito dalla loro premura. «Se volete accomodarvi nella sala di lettura in fondo, ve lo porto io».

«Grazie», disse Viggo, togliendosi il cappello e facendo lentamente strada. Passarono davanti alle colonne scanalate, entrando e uscendo dalle ombre sul pavimento, passando davanti alle migliaia di libri con il loro profumo farinoso, un po' simile a quello delle mandorle, dei pavimenti polverosi e del legno antico.

Presero posto a un tavolo nella saletta in fondo. Non era diversa da tutte le altre, eccezion fatta per una parete di vetro che le divideva dall'open space, garantendo una certa privacy.

«Quindi Johan Trier ha fatto un lascito?», mormorò Darcy, aprendo la cerniera della giacca ma senza toglierla. Ci sarebbe voluto un po' prima che il riscaldamento centralizzato si facesse sentire.

«Esatto. Ha fatto una donazione a questa biblioteca nel 1923, ma il lascito è stato concesso a condizione che la busta non venisse aperta prima che fossero passati cinquant'anni dalla sua morte». Viggo si strinse nelle spalle. «È morto il 19 dicembre 1974, all'età di settantanove anni. Quindi, eccoci qui».

Darcy cercò di trovare un motivo per cui il 1923 fosse una data importante nella vita di Trier. *I suoi figli* era stato completato e venduto... Doveva essere sul punto di lasciare Copenaghen mentre la pittura si asciugava... Lilja e Casper erano ormai morti».

«Il lascito cos'è? Lettere? Bozzetti?», chiese Darcy.

«Nessuno lo sa», ribatté lui, «ma lo scopriremo presto». Quindi la guardò e cambiò discorso. «Mi sei mancata questa settimana».

Era una frase semplicissima, ma Darcy si sentì crollare e chinò il capo. «Scusa, Viggo. Non è te che volevo evitare».

«Eh, lo so». La osservò giocherellare con le dita. «Ci dev'essere stata una bella resa dei conti tra voi due...».

Darcy alzò lo sguardo a quelle parole. Cosa sapeva esattamente Viggo di quello che era successo? E come faceva a sapere che si trattava di lei e Max?

«Non mi aspettavo che reagisse così».

Darcy deglutì. «In che senso?»

«Pensavo che avrebbe opposto maggiore resistenza. Di solito gli piacciono gli scontri. Pensavo che tu fossi l'ultima persona che avrebbe voluto vedere, ma è stata una sua idea portarti qui».

«Voleva che sapessi del lascito?»

«Pare di sì».

Darcy corrugò la fronte. «Helle lo sa?»

«Per fortuna, ora è con la sua famiglia a sciare in Svezia. Max le ha assicurato che avrebbe supervisionato tutto in sua assenza. È il rappresentante legale della famiglia, non solo un avvocato dell'azienda».

Darcy rimase in silenzio per un attimo. Se era così, perché, dopo aver cercato di sviare e distrarre la sua attenzione per tutto il tempo, aveva improvvisamente deciso di coinvolgerla? Johan Trier era stato amico e nemico della famiglia Madsen, quindi chi poteva sapere cosa avrebbero scoperto lì quel giorno? Max era consapevole che lei sapeva già abbastanza della loro complicità nella morte di Lilja da infangare il buon nome della famiglia. Era la bandiera bianca della resa o un favore di cui le avrebbe chiesto conto in qualche modo?

«E tu... da quanto tempo lo sai?»

«Oh, da decenni». Le lanciò uno sguardo eloquente «Ufficialmente, da quando Trier è morto e si è saputo del lascito durante la lettura del suo testamento. Ufficiosamente, dal 1961.»

Darcy sbatté le palpebre. Ufficialmente? Ufficiosamente? La data tuttavia le rimase impressa. «Il 1961 è l'anno in cui è stata istituita la Fondazione Madsen, giusto?»

«Esatto. Ed è anche l'anno in cui è morto Arne Saalbach».

«Arne?»

«Sì. Quando morì, lasciò una lettera per Frederik Madsen in cui gli rivelava la sua relazione con Lilja e di essere il padre di Emme».

«Lo ha confessato?». Darcy strabuzzò gli occhi. «E tu lo sapevi?». La feriva che Viggo glielo avesse tenuto nascosto, pur conoscendo l'importanza che quel dettaglio avrebbe avuto per la sua ricerca.

«Se Helle l'avesse spuntata, una volta identificata Lilja non ti avrei dovuto neanche far scendere le scale, Darcy. Ma le ho detto chiaramente che avrei fatto il mio lavoro con te, come lo avrei fatto con chiunque altro. Avrei fornito assistenza senza farmi manovrare».

Darcy si morse il labbro, consapevole che aveva preso una posizione giusta; erano stati entrambi intrappolati in una lotta di potere tra figure più influenti. Annuì. «Perché ha aspettato dopo la sua morte per rivendicarla pubblicamente?», chiese invece.

«In parte perché, una volta morti sia Lilja che Casper, deve essersi reso conto di non poter dimostrare di essere il padre. Negli anni Venti non era come oggi, che basta spedire per posta un capello tolto da un pettine. Per non parlare del fatto che non avrebbe avuto alcun diritto, né certamente alcun potere, contro una famiglia facoltosa come la loro. Se i Madsen avessero saputo che Casper non era il padre, avrebbero potuto diseredare la bambina. E se avessero saputo che il padre era Arne, l'avrebbero licenziato, genitori compresi, portandogli via Emme...». Viggo si strinse nelle spalle. «Si è trovato in una posizione impossibile».

«Quindi, com'è andata a finire?»

«Con il gran parlare che si era fatto intorno alla morte di Lilja e Casper, fu deciso che i Saalbach avrebbero allevato Emme a Solvtraeer, "fuori dai piedi". Ma la verità è che né Lotte né Frederik avevano molto interesse per quella nipote orfana».

«Quindi, alla fine, Emme è cresciuta con il padre e i nonni?»

«Sì. A conti fatti è stato un vantaggio per loro continuare a essere fedeli servitori».

Darcy annaspò al pensiero della loro audacia e di quel colpo di fortuna. «E i Madsen non hanno mai nutrito sospetti?»

«Non ne avevano motivo. Arne nascose ogni prova della sua relazione con Lilja. Conservò solo le argille che lei aveva fatto e che nessuno ha mai riconosciuto come suoi ritratti e, alla sua morte, Emme era ormai cresciuta e aveva fatto un buon matrimonio; a ventun anni aveva già ricevuto la sua eredità. I genitori di Arne erano già morti da tempo, quindi non subirono ripercussioni».

«A quel punto ha scritto la lettera come atto ufficiale per rivendicare la figlia come sua?»

«Sì. È il desiderio di ogni padre. Per lui era importante che fosse messo a verbale, se non pubblicamente, almeno con la famiglia che aveva distrutto la donna che amava. Una vendetta, forse».

«Ma era comunque rischioso, no? Se si fosse scoperto che Emme non era una Madsen legittima, avrebbero potuto revocarle l'eredità».

«Ma avrebbero dovuto fornire giustificato motivo. Lo scalpore per le morti di Hornbæk era ancora vivo per molti nell'alta società, anche nel 1961».

Darcy assorbì ogni dettaglio, ripensando a quando Max le aveva detto che la maggior parte del patrimonio di famiglia era stata dirottata ai cugini, fatta eccezione per la casa di campagna e alcune azioni e cariche onorifiche all'interno dell'azienda. Il loro ramo della famiglia – quello illegittimo – era stato diseredato il più possibile senza attirare l'attenzione dell'opinione pubblica.

Sulla scia di una simile tragedia, avrebbe ritenuto quasi impossibile per Arne e la sua figlia segreta ritrovare la felicità. E invece, in qualche modo, era successo. In silenzio, lontano dagli occhi e dalla mente. «È bello pensare che Emme sia cresciuta lì, nel luogo in cui sua madre era stata così felice».

«Sì. Emme ha vissuto tutta la sua vita a Solvtraeer. Si è sposata lì, ha avuto suo figlio lì...».

«Ho visto la foto del suo matrimonio quando sono stata lassù».

«E hai visto come Arne ha onorato la memoria di Lilja? Ha piantato gigli in tutte le aiuole. Non ha mai amato nessun'altra dopo di lei».

Darcy lo guardò perplessa. «Viggo, come fai a sapere tutte queste cose su Emme?»

«Sono nei suoi diari».

Darcy sbatté le palpebre. Non era arrivata a leggere fin lì e forse non l'avrebbe fatto comunque. Aveva commesso l'errore di pensare che la storia di Lilja si fosse conclusa con la sua morte.

«Quindi le rivelazioni di Arne...», rifletté a voce alta, tornando al punto di partenza.

Viggo ridacchiò. «È stato un bello shock per il nostro uomo, sì. Fred Madsen aveva ormai superato i settant'anni, ma era ancora un amministratore accorto. Capì subito il danno che avrebbe arrecato al nome della famiglia, se fosse venuta fuori la verità sulla paternità di Emme; in un attimo si sarebbe arrivati alla morte di Lilja e alla colpevolezza di Casper. Bisognava far vedere che gli affari continuavano come sempre».

"Far vedere?". Darcy si insospettì a quella scelta di parole. «In che senso?»

«Nella sua lettera, Arne rivelava la sua relazione con Lilja, ma anche di averla tenuta nascosta per tutti quegli anni. La notte in cui Casper morì fu caotica; la famiglia era già in viaggio verso Hornbæk. Erano in Svezia quando era annegata Lilja. Arne capì che dovevano portare via dalla casa tutte le prove della loro relazione, prima che arrivasse il resto della famiglia».

«Dovevano?». Darcy lo guardò, perché di colpo capì che Arne non aveva agito da solo. «E il ritratto avrebbe rivelato la relazione?»

«Si suppone che lei abbia scritto una dedica sul retro. Trier ricordava solo che era ancora ad asciugare nel suo studio all'arrivo della polizia, quando Casper fu trovato morto. Lo applicò sul retro di *I suoi figli* e lo sigillò. Aveva promesso il dipinto a Bertram, naturalmente ma, il giorno dopo lo vendette a un turista tedesco in visita ai giardini per portarlo via dalla proprietà, proprio sotto il naso della polizia».

Ed ecco l'apparente tradimento che aveva messo fine al lucroso rapporto di Trier con i Madsen.

«E la lettera di Arne raccontava tutto questo?»

«Non proprio. Trier si guardò bene dallo specificare dietro quale quadro fosse nascosto il ritratto; sarebbe stato un favore immeritato indicare loro il punto esatto in cui cercare. Ha solo detto che era nascosto sul retro di uno dei suoi quadri».

Viggo inarcò un sopracciglio, colpito dalla furbizia di Arne.

«Quindi è per questo che la Fondazione è stata istituita subito dopo la sua morte! Hanno riacquistato l'intera produzione di Trier al solo scopo di trovare quella prova!». Il cervello di Darcy lavorava a velocità tripla. «Ma sicuramente avranno sospettato che si trovasse sul retro di *I suoi figli*, visto che era a quello che Trier stava lavorando all'epoca».

«Certo, ma non potevano averne la certezza».

Questo spiegava, tuttavia, la loro aggressività nel cercare di acquistarlo, pensò Darcy tra sé e sé.

«Ricorda sempre che ne sono venuti a conoscenza solo quarant'anni dopo. A quel punto, chi poteva affermare con certezza quali altre opere si erano trovate nello studio di Trier in quel periodo?»

«Wow», mormorò lei. «È proprio vero che la vendetta è un piatto che va servito freddo». Negli ultimi sessant'anni, la famiglia, che aveva coperto la morte di Lilja, si era data un gran da fare per tenere nascoste le proprie tracce. Avevano speso decine di milioni per dare la caccia al ritratto, per poi ritrovarsi costretti a restare in disparte nel momento in cui finalmente era stato rivenuto e, fra tante persone, era stata chiamata in causa lei. L'avevano forse sottovalutata? Darcy ricordava bene lo sguardo gelido con cui Helle l'aveva studiata durante il ricevimento alla Galleria nazionale, cercando chiaramente di capire se rappresentasse o meno una minaccia. Ricordava anche come Max si fosse trattenuto, frenando le sue inclinazioni personali quando si era reso conto del ruolo che lei stava per svolgere nella sua vita. Né poteva dimenticare lo stupore dello stesso Max quando avevano trovato la collana e pronunciato per la prima volta il nome di Lilja. Doveva aver capito che da lì in poi si sarebbe innescato un effetto domino. Ecco perché si era imposto in modo così duro e così in fretta, con quelle minacce di azioni legali. Una prepotenza disperata, nella speranza di farli capitolare subito.

«E adesso noi ci ritroviamo qui, a svelare il lascito di Johan Trier», concluse Darcy. «Sarà una lettera in cui confessa tutto ciò che ha fatto e dove di preciso ha occultato il ritratto?».

Viggo fece spallucce. «Un'ipotesi vale l'altra».

Darcy rimase un attimo a riflettere in silenzio. «È strano, però, non trovi, che quella sera Trier abbia aiutato Arne? Non pensi anche tu che sia curioso che abbia preferito aiutare i Saalbach invece dei suoi mecenati?»

«Sì, lo trovo molto curioso. Me lo sono chiesto spesso».

Darcy ripensò a lui, il custode dei segreti. Da ben quattro generazioni i Madsen si erano preparati allo scoppio di una bomba, costretti a un'attesa snervante, un conto alla rovescia in anni, ore e minuti che mancavano all'apertura del lascito e, quando il momento era finalmente arrivato… Max l'aveva invitata ad assistere?

«Chiedo scusa per l'attesa», si annunciò il bibliotecario distogliendola dai suoi pensieri, ricomparendo con una scatola nera che maneggiava con guanti protettivi bianchi. «Eccoci qua».

Aprì la scatola e tirò fuori un pacchetto marrone, avvolto e sigillato con sottili fili d'acciaio. Sotto c'era una piccola busta color crema, con una scritta a mano in inchiostro nero: "Lascito di Johan Trier, gennaio 1923". Darcy riconobbe subito il corsivo curvo, solo che in quell'occasione sembrava una grafia particolarmente frettolosa e urgente.

Con il fiato sospeso, osservò il bibliotecario aprire la busta. Pensava che l'avrebbe letta ad alta voce e invece, dopo una rapida occhiata, si limitò a posare la lettera aperta sul tavolo.

Viggo e Darcy si protesero subito per leggere.

Allego alla presente il diario di Johan Trier. Giuro sul mio onore che tutto ciò che è scritto in queste pagine è un resoconto vero e onesto degli eventi di cui sono stato testimone e attore. Da non aprire fino al cinquantesimo anniversario della mia morte.

Testimone?

Viggo e Darcy si scambiarono uno sguardo mentre il bibliotecario tranciava con le pinze le fascette di sicurezza. Non appena estrasse il diario dalla busta e lo posò sul palmo della mano, Darcy si accorse di aver trattenuto il fiato. Il diario era in pelle bordeaux lavorata, come tutti gli altri.

Un aspetto innocuo, per una bomba.

Per qualche secondo restarono tutti e tre a guardarlo, mentre veniva posato sul tavolo. Il diario di Johan Trier del 1922. Quello che Darcy non era riuscita a trovare negli archivi.

«Possiamo...?», chiese Viggo.

«Sicuro». Il bibliotecario alzò le spalle, ignaro del significato di ciò che aveva appena maneggiato. «Se avete bisogno di qualcosa, mi trovate qui fuori».

In silenzio, lo guardarono allontanarsi.

Viggo ne sfiorò la copertina, quindi lo aprì al mese di gennaio. Cominciò a leggere ad alta voce: "Primo giorno dell'anno, e già la luce del Nord mi rende malinconico...".

Alzò lo sguardo su Darcy. Conoscevano entrambi fin troppo bene gli abbattimenti dell'artista, e comunque non era la sua vita a cui erano interessati.

«Vai direttamente ad agosto», lo esortò Darcy.

Con estrema cura, Viggo sfogliò le pagine fino a settembre, quindi tornò indietro alla data della morte di Lilja... ma anche senza leggere le parole, era evidente che in quelle annotazioni l'inconfondibile grafia inclinata dell'artista era diventata più piccola, più densa, più fitta.

Panico.

Trauma.

«Pronta?», chiese Viggo, lisciando la pagina.

Darcy annuì, fece un respiro profondo e insieme si chinarono a leggere.

Capitolo trentuno

«Che dire, considerando che avete avuto solo tre giorni per organizzare tutto questo, non è affatto male», osservò Darcy guardando la marea di ospiti affascinanti insieme a Freja. Lo spazio a due piani era pieno di persone che socializzavano intorno a piccole isole alberate, giardini sotterranei e un soffitto dorato striato di verde. L'Opera Park si trovava su un'isola artificiale nel porto ed era un'oasi nella città, circondata da sei parchi; non c'era un angolo retto neanche a cercarlo: era racchiuso da pareti di vetro curve a 360 gradi sotto un enorme tetto d'erba a forma di fiore. Al di là, le luci della città scintillavano sull'acqua: tante vite l'una accanto all'altra, tutte con progetti diversi, speranze diverse.

«È come festeggiare all'interno di un'ameba», commentò Freja ridacchiando, con il bicchiere di champagne premuto sulle labbra.

«È incredibile, ecco cos'è. Le conosci, almeno, queste persone?»

«Forse… una decina?», sorrise Freja.

«Dieci su cento. Fantastico!».

«Sono perlopiù amici di Tristan dell'università, colleghi, contatti di lavoro… Ma ricordati che sto per sposare un uomo più grande di me: ha avuto più tempo per stringere amicizie! Inoltre, è ricco, quindi tutti vogliono essere suoi amici».

«Mm, mm».

Freja le strinse il braccio. «Finché ci sei tu, non mi importa di nient'altro». La scrutò da vicino. Darcy indossava di nuovo l'abito di velluto nero, i capelli raccolti da un lato e il trucco. Solo per Freja aveva fatto quello sforzo; una serata di chiacchiere leggere era l'ultima cosa di cui aveva bisogno. Una volta tornata dalla biblioteca aveva cercato di contattare Max ma, con sua grande costernazione, aveva scoperto che aveva bloccato il suo numero. Ne era rimasta sconvolta. Dopo l'ultimo incontro all'Accademia del martedì, quando si erano ritirati agli angoli opposti del ring, non si erano lasciati bene, ma Max ormai doveva aver già parlato con Viggo, quindi doveva sapere che, con l'apertura del lascito di Johan Trier, il quadro era cambiato di nuovo.

«Prima mi è sembrato di sentirti ticchettare sulla tastiera in camera tua. Mi sono affacciata alla porta, ma avevi le cuffie e non volevo interrompere il flusso creativo. Ne deduco che il tuo appuntamento mattutino sia stato proficuo?»

«Illuminante, di certo».

«E hai cominciato a scrivere?»

«Ho cominciato», confermò Darcy, costringendosi a sorridere nonostante non si fosse ancora ripresa dalle scosse di assestamento causate dalle sue recenti scoperte. La vicenda si era ribaltata di nuovo e lei non sapeva più come si sentiva. Niente era assoluto.

«Allora il blocco dello scrittore si è sbloccato!», esclamò Freja con fin troppo entusiasmo. «Ora puoi chiudere la porta su tutta la faccenda e andare avanti!».

«Esatto», rispose Darcy con una certa compostezza. Non erano né il luogo né il momento per fare l'autopsia della sua situazione. Era la serata di Freja, e non aveva alcuna intenzione di guastarle l'umore gioioso.

Continuavano a guardare la folla, gli ospiti sofisticati tra bagliori e lustrini. Sembrava proprio che i ricevimenti eleganti stessero diventando una specie di normalità negli ultimi tempi.

«Freja!».

Tristan la stava chiamando con un sorriso raggiante e le faceva gesti entusiastici per invitarla a raggiungerlo.

«Vieni con me? Vediamo se tra i suoi amici c'è qualche scapolo interessante».

Darcy alzò gli occhi al cielo. «Passo, grazie».

«Ma…».
Darcy sorrise scuotendo la testa. «Sto bene. Tu vai! Sei la padrona di casa e a me serve un altro bicchiere. Ti raggiungo tra un momento».
«Promesso?»
«Promesso».
«Se non ti vedo, ti vengo a cercare», l'avvisò Freja stringendole la mano per poi scivolare via tra la gente. «Ehi, tesoro!», la sentì dire mentre Tristan la cingeva con un braccio.
A quel punto si girò e si diresse al bar, insinuandosi tra la gente, evitando il contatto visivo e ignorando i vari sguardi che attirava al suo passaggio. Aveva preventivato un'altra ora all'incirca di permanenza, prima di andarsene alla chetichella, e aveva intenzione, intanto, di nascondersi nei bagni.
«Uno champagne, grazie», chiese al barista.
«…ne faccia due».
Al suono di quella voce, che non aveva nulla a che vedere con l'ambiente, Darcy si girò di scatto.
«Che cosa ci fai qui?». Senza fiato, si ritrovò davanti Max che la fissava, una mano in tasca, niente cravatta e il primo bottone della camicia slacciato. Sembrava svuotato, senza più traccia del suo consueto spirito nello sguardo.
«Tristan è tra i miei contatti. Abbiamo collaborato un paio di volte con il suo laboratorio». Max la osservò, stringendo appena gli occhi nel riconoscere il vestito che aveva indossato la sera in cui si erano conosciuti. «E tu?»
«Freja è la mia coinquilina».
«Ah», disse lui. «Quindi sei in una posizione più alta della mia, immagino. Tranquilla, non mi tratterrò molto. Vorrei andarmene non appena avrò fatto le congratulazioni».
«Non devi andare via per causa mia».
Il barista passò loro lo champagne.
«Grazie», disse lei con il cuore a mille per quell'incontro inatteso. Tra le tante persone che si sarebbe aspettata di incrociare quella sera, Max non era proprio preventivato.
Darcy si affrettò a bere un sorso di champagne. Era più freddo e più intenso del solito, altra piccola scossa per il suo or-

ganismo sconvolto che cercava di ricomporsi. Il loro ultimo incontro si era concluso bruscamente e sembrava quasi definitivo... Eppure, nel rivederlo in quel momento, l'unica cosa che le veniva in mente erano la sensazione della sua testa sul suo seno e la sua mano a tenerle il fianco.

«Ti lascio in pace».

Darcy lo guardò allontanarsi, attonita. Se ne andava così? Sul telefono l'aveva bloccata e a quattr'occhi non aveva altro da dirle?

«Non hai parlato con Viggo?», chiese quando Max le dava già le spalle.

Max si girò a metà. «Non ancora. Sono stato a una serie di riunioni per tutta la giornata».

«Allora penso che dovresti».

«Viggo mi avviserebbe se ci fosse qualcosa che devo sapere».

O forse Viggo aveva lasciato quel compito a lei? Doveva sicuramente essersi accorto che c'era qualcosa tra lei e Max, e dopo tutto ciò che avevano scoperto quella mattina... «Invece c'è».

Max sospirò. «Ah, sì? E quale altra sorpresa mi aspetta?».

Deglutì al suo piatto sarcasmo. Viggo aveva ragione: Max non si stava comportando secondo i suoi standard. Era come se si fosse completamente ritirato. Accettava il suo destino. I Madsen erano i cattivi di quell'opera, e lui era uno di loro. Giusto? «Johan Trier era presente la notte in cui morì Lilja; ne è stato testimone. Ha scritto tutto nel suo diario. Era questo il suo lascito».

Seguì un lungo istante di silenzio in cui Max lasciò sedimentare l'informazione. All'esterno non mostrava alcuna reazione, ma Darcy notò la tensione nella bocca, l'innaturale immobilità del corpo. «Descrive nel dettaglio cosa è successo?».

Darcy annuì.

A quel punto Max tornò indietro e si fermò davanti a lei. «Dimmelo», aggiunse a bassa voce affinché nessuno li ascoltasse.

«Erano già andati tutti a letto quando sentì una discussione in fondo al corridoio. Casper gridava, Lilja piangeva. Johan l'ha sentita implorare il marito, insistere che le doveva almeno quella felicità. Trier ha sentito lanciare oggetti ed è stato molto combattuto se intervenire… ma non l'ha fatto».

Max sbatté gli occhi, ma non disse nulla.

«Presumo che si sia sentito un semplice ospite a casa dei suoi mecenati, senza alcun diritto di intervenire in discussioni domestiche, ma è chiaro che era combattuto. A leggere l'inizio del diario, appare evidente che lui e Lilja erano diventati amici nel corso di quell'estate». Darcy si morse il labbro. «Alla fine tutto sembrò essersi placato. Tornò il silenzio e lui si mise a dormire. Durante la notte, però, si è risvegliata perché aveva bisogno del bagno e, mentre tornava in camera, ha visto dalla finestra Casper risalire il giardino, completamente vestito ma bagnato fradicio, come se fosse andato a nuotare. A quanto pare, a cena aveva bevuto un bel po', quindi non gli sembrava del tutto… inspiegabile».

Max distolse lo sguardo, stringendo i denti.

«Trier è tornato a letto. Solo la mattina dopo, quando ha sentito Casper chiamare Lilja a gran voce, ha capito che qualcosa non quadrava. La bambina piangeva, andava allattata, ma Lilja non si trovava da nessuna parte… è stato proprio Johan a correre in spiaggia e a trovarla».

«Oddio», borbottò Max, a denti stretti. Chiuse gli occhi e sospirò, e fu un gesto stanco e oscuro. Un attimo dopo, la guardò. «Quindi è andata proprio come pensavamo. Trier ci ha confermato tutto… ma non mi sorprende». Fu una frecciatina deliberata, che riprendeva le accuse che Darcy gli aveva mosso durante il loro ultimo incontro: di aver sempre saputo del delitto di cui si era macchiato Casper.

«No». Darcy scosse la testa. «Perché non è stato solo un testimone… è diventato un complice».

«Nascondendo il ritratto?», commentò Max scettico. «Non credo che ciò sconfini nell'ostruzione alla giustizia».

«No, non di quel crimine. Trier ripensò a ciò che aveva visto quella notte e lo riferì ai Sally… sapeva tutto di Arne e Lilja, sapeva che si amavano. Arne fu distrutto dalla sua morte. Era più che certo che Lilja non avrebbe mai abbandonato in quel modo né lui né Emme. Così, dopo il racconto di Trier… è andato a cercare Casper».

Max inarcò le sopracciglia. «Arne ha ucciso Casper?»
«Anche Trier. Tutti quanti».
«Ma come? Non c'era alcuna prova di azioni criminali».
«Dall'esterno, no. La signora Sally gli servì un pranzo a base di uova, prosciutto e funghi. Funghi che Arne e suo padre avevano raccolto nel bosco dietro casa proprio quel giorno».
Sotto l'occhiata di Darcy, Max si incupì, cogliendo il sottinteso. «Gli hanno servito funghi velenosi? Lo hanno avvelenato?».
Darcy confermò con un cenno. «Ci sono volute sette ore per la comparsa dei primi sintomi, un altro giorno e mezzo prima della morte. Era già incosciente quando i Madsen sono arrivati dalla Svezia».
«Ma la polizia non può essersi bevuta così su due piedi la storiella che lui sia crollato e morto a poche ore dalla moglie».
«Invece sì, perché Casper aveva già fatto il suo teatrino. Aveva dovuto rilasciare una dichiarazione dopo il rinvenimento del corpo della moglie. Trier lo ha sentito mentre raccontava loro che Lilja era depressa e che già in precedenza aveva minacciato di uccidersi. A quanto pare ha recitato così bene la sua agitazione, che il medico ha ritenuto di doverlo sedare. La sera successiva, quando è stato convocato di nuovo, stava già troppo male per parlare e a Solvtraeer non era ormai rimasto più niente che potesse smentire la stessa versione dei fatti inventata da Casper per coprire l'omicidio della moglie. Sia il medico che la polizia avevano visto la sua angoscia con i loro occhi, quindi nessuno sospettò altro quando la morte fu imputata al crepacuore».
Max non riusciva a rispondere. Era spiazzato.
«Max, questo cambia tutto», aggiunse lei con dolcezza, cercando di farsi guardare. «Quello che Casper ha fatto a Lilja, alla fine non è rimasto impunito. Chi l'amava l'ha vendicata. Johan Trier non si è mai perdonato di non essere intervenuto quella sera, ma le ha dimostrato fedeltà affidando al proprio diario la testimonianza di ciò cui aveva assistito e collaborando nel tenere nascosta la relazione in modo che Emme potesse crescere con la sua vera famiglia».
«Prova, prova». La voce di Tristan nel microfono acceso si diffuse all'improvviso nella sala.

Darcy lo ignorò, troppo concentrata su Max. Non capiva cosa tutto questo significava per lui? Per loro? Casper Madsen non era un parente biologico; il suo vero bisnonno, Arne Saalbach, aveva prevalso su di lui, contro ogni schiacciante pronostico.

«Il mio vero problema ora è che se rivelo il crimine di Casper, devo rivelare anche quello dei Saalbach… ed erano brave persone. Non meritano di essere denigrati».

Max ora la guardò con espressione incredula. «E quindi? Ora vorresti insabbiare tutto? Mi hai sempre detto che non era compito tuo giudicare».

«Infatti è così! Solo che è…».

«Complicato? E non pensi che io lo sappia meglio di chiunque altro? L'intera storia della mia famiglia è appena stata riscritta e ancora non c'è un lieto fine. Hai mai pensato che potrei essere contento di sapere che la morte di Lilja è stata vendicata? Che, per quanto mi riguarda, Casper se l'è meritato?». La rabbia gli infiammava lo sguardo. «Sì… la famiglia ha sempre avuto il sospetto di quel che poteva aver commesso, ma non c'è mai stata alcuna prova: solo due cadaveri e una bambina che aveva bisogno di una casa». La fissò con occhi vuoti. «Invece tu… tu hai sempre presunto che io volessi che la facesse franca».

«Max, io…», balbettò Darcy.

«Ecco che opinione hai di me, ecco che razza di uomo pensi che io sia. Per… cosa? Perché mia nonna era una Madsen? Perché sono bravo nel mio lavoro?»

«No!».

Max scosse appena il capo, lo sguardo gelido. «Aspetto questo giorno da una vita intera. Mio padre ci ha sempre avvisato che il lascito di Trier poteva essere una minaccia, che quel dipinto perduto avrebbe potuto distruggerci la vita, che per quanto bene potessimo mai fare, tutto poteva essere spazzato via in un attimo. E tu mi hai dimostrato che aveva ragione. Sei stata la prima a pensare il peggio di me».

«Max, ti prego…». Pensò a tutto ciò che aveva fatto in nome del fratello, ai milioni raccolti per l'ospedale pediatrico. *I peccati dei padri ricadono sui figli.* Non aveva alcuna colpa; era solo successo tutto mentre lui era lì.

«Ora la verità è nota». Max si strinse nelle spalle. «E io ho semplicemente sostituito un bisnonno assassino con un altro». Accennò una smorfia di disprezzo. «Quindi, a scanso di equivoci, sono contento che Lilja sia stata vendicata, Darcy, ma io non vinco in nessun caso».

Aveva ragione. Lei lo aveva deluso, troppo precipitosa com'era stata a pensare male di lui. «Non possiamo andare fuori a parlare?»

«Grazie a tutti!». La voce di Tristan risuonò nella sala, richiamando l'attenzione generale. «Dov'è la mia...? Freja, vieni qui, mia cara», la chiamò al centro del palco con il braccio teso, pronto ad accoglierla. «Guardatela... non è bellissima?».

Si levò un applauso, tutti battevano forte le mani e Darcy distolse a malincuore lo sguardo da Max a favore della sua coinquilina, che faceva un piccolo inchino in preda a un furioso rossore.

«Ora, so cosa state pensando: che diavolo ci fa con un vecchio come me?».

Tutti risero. Tutti tranne loro due. Darcy guardò Max, che irradiava ostilità da tutti i pori. Aveva lo sguardo fisso davanti a sé, non ascoltava una sola parla. Non aveva neanche toccato il suo champagne; era completamente solo in una sala gremita di gente.

«Be', vi dirò che non tutte le storie d'amore assomigliano alle commedie romantiche Hollywood. Anzi, non tutte hanno un lieto fine; a volte gli amori più grandi non hanno il finale che meritano. Ma io sono sempre stato un uomo fortunato...».

Max quasi sussultò e si girò di scatto per andarsene, come se quelle parole lo avessero ferito. «Dove stai andando?», annaspò Darcy prendendolo per la mano.

«Non posso restare. Devo convocare una riunione con il consiglio di amministrazione per informarli di ciò che sta per accadere. Non sei l'unica ad avere un lavoro da svolgere». Liberò la mano e nel guizzo della mascella e nella sua espressione c'erano tutto il suo risentimento e il suo biasimo.

«Max, mi dispiace!», bisbigliò lei disperata. «Vorrei che fosse andata diversamente, ma... la testimonianza di Trier ormai è di dominio pubblico. Chiunque può leggerla. Qualcuno avrebbe comunque scoperto la verità».

«Lo so», rispose lui e qualcosa di simile al rimpianto gli passò nello sguardo. «Ma perché dovevi essere proprio tu?».

Capitolo trentadue

Davanti alle colonne in mattoni del cancello, con la casa alle spalle, Darcy rabbrividiva. La R8 era parcheggiata fuori dal garage, ma non c'era fumo dal comignolo, né luci accese all'interno. Si era avvicinata alla porta della cucina che dava sul prato e aveva sbirciato dentro, con le mani a coppa intorno agli occhi. L'albero di Natale che avevano comprato insieme (tra un bacio e l'altro) e portato a casa (tra un bacio e l'altro) se ne stava tranquillo in un angolo; lo avevano addobbato con le decorazioni che Max aveva portato giù dalla soffitta, ma le luci erano spente. C'era un giornale sul tavolo della cucina, lasciato aperto sulle pagine del football; un sacchetto nuovo di caffè in grani sul bancone.

Erano i segnali di vita che si era augurata di trovare, ma ora non c'era nessuno. Attraversò la strada e guardò la distesa della spiaggia, alitandosi sulle mani mentre il vento le sferzava i capelli che svolazzavano impazziti. Era andato in città a comprare qualcosa da mangiare?

La sabbia era innevata, una crosta croccante rotta da impronte qua e là, un cane solitario a passeggio in lontananza con il suo umano che veniva verso di lei. La Svezia non si vedeva, le nuvole basse risucchiavano l'orizzonte e tingevano il mare di un grigio bellico.

Camminò fino alla riva, stringendosi le braccia intorno al corpo mentre contemplava il fondale basso in cui si era conclusa la vita di Lilja... ma non la sua storia. Quella aveva continuato a pulsare attraverso Emme, suo figlio, Max...

Un fischio acuto e penetrante perforò l'aria, facendola trasalire, e sentì l'uomo in lontananza gridare. Alzò gli occhi nel momento in cui un cane, uno spaniel color caramello, arrivava al galoppo lungo lo stretto sentiero. Le sfrecciò accanto, ma subito tornò indietro e le si avvicinò alle gambe, annusandole le scarpe con grande eccitazione.

«Ehi», esclamò Darcy fermandosi i capelli scompigliati dal vento con una mano, mentre guardava la gioia del cane che trapelava dagli occhi e dalla coda, che si agitava così tanto da sembrare pronta al decollo.

«Scusa!», gridò l'uomo, correndole incontro con una mano alzata a tranquillizzarla. «Mi dispiace! È amichevole, solo un po' iper…».

La voce gli morì in gola quando si riconobbero. «Darcy».

Max aveva un guinzaglio di corda in mano e un fischietto per cani al collo.

«Hai un cane?», si stupì lei vedendolo fermarsi a pochi metri di distanza, fissandola come se neanche lui credesse ai propri occhi.

«…Viene da un canile», spiegò infine. «L'ho presa in affidamento solo per le vacanze. Non è ancora… abituata agli spazi aperti. Ogni volta che la libero, scappa».

«Ah». Darcy provava una gran pena al pensiero di quella dolce cagnolona chiusa in una gabbia. «Be', si può darle torto?», commentò mentre la guardava correre felice intorno a loro disegnando delle figure a otto, senza la minima ombra di stanchezza. «Come si chiama?»

«Luna. Ha quattro anni».

«È adorabile». Si accovacciò tendendo le braccia e Luna le corse incontro, avvinghiandosi a lei. Scodinzolava a un ritmo folle, mentre Darcy la stringeva e l'abbracciava. Quando cominciò ad annusarle il collo, scoppiò a ridere per il solletico. «Oh, sei troppo carina…».

«Che cosa ci fai qui, Darcy?». La voce di Max era piatta e nel cervello di Darcy si affollarono tutte le giustificazioni che avrebbero potuto preservare la sua dignità: era lì per dargli la buona notizia ricevuta da Otto quella mattina, e cioè che il ritratto era stato finalmente separato da *I suoi figli*. O che lei e Viggo avevano avuto un'idea per una nuova mostra alla galleria: rinunciare a qualsiasi pretesa su *I suoi figli*, acquistare il ritratto ed esporlo accanto alle ceramiche di Lilja, ai disegni botanici e alle fotografie di famiglia che mostravano le famose aiuole di gigli di Arne. Esporre l'amore, non l'odio, insomma, e lasciarli finalmente riposare in pace insieme.

Ma non era da lei fingere e già le lacrime le stavano colmando gli occhi nel percepire la distanza che li separava, nonostante le bastasse allungare un braccio per toccarlo. «Sono venuta a chiederti scusa», ammise a fatica, alzandosi di nuovo. Aveva passato l'ultima settimana a desiderare che la chiamasse pur sapendo che non l'avrebbe fatto, finché alla fine aveva ceduto e si era presentata lì, sperando di riuscire a fargli capire che il conflitto tra le loro rispettive professioni non aveva nulla a che vedere con i sentimenti. Ma agli occhi di un uomo che negli ultimi dieci anni aveva fatto del lavoro la sua identità, la sua vita... aveva visto confermare i suoi peggiori timori. «Avevi ragione, avevo pensato il peggio di te. Pensavo che avresti fatto di tutto per proteggere i Madsen in vista della quotazione in Borsa. Non ho mai considerato l'impatto che avresti subito tu a livello personale».

Le sue parole furono accolte da un breve silenzio.

«Lo apprezzo molto», dichiarò lui rigido, «ma non c'era bisogno di venire fin qui. Non cambia niente».

«Non merito una seconda possibilità?».

Max scosse la testa. «Non posso fidarmi di te».

«È una stronzata e lo sai», ribatté lei senza perdere la calma. «Sei meticoloso nel tuo lavoro tanto quanto lo sono io. Se ti fossi trovato nei miei panni, avresti fatto lo stesso». Lo guardò dritto negli occhi, sperando di riuscire a scuoterlo dal suo torpore. Dov'erano la sua rabbia, la sua combattività? «Ma io e te sappiamo che tutto questo non riguarda né Lilja né Casper né le mie errate supposizioni».

«No?»

«No. Sei tu che ti stai attaccando a qualsiasi scusa per allontanarmi e, se non ci fosse questo, avresti trovato dell'altro. Ti sei aperto troppo con me e adesso cerchi un modo per respingermi».

Max non rispose, rifiutandosi anche di discutere, e a Darcy si contrasse il cuore a quella una chiusura. Sapeva di avere ragione, ma Max si era distaccato da lei molto prima che lei mettesse piede su quella spiaggia.

Distolse lo sguardo, soffermandosi sul cane che continuava a correre lungo la spiaggia, ma che tornava sempre indietro dopo un centinaio di metri come se capisse che lui – loro – erano la sua àncora.

«Riuscirai a riportarla indietro?»

Max non ebbe la minima esitazione. «Sì. Le condizioni che ho concordato con il canile erano queste».

Sempre l'avvocato. «Be', credo di capire che per te funziona così».

Max si spostò, a disagio. «Che vuoi dire?».

Lei lo guardò di nuovo. «Solo che è il tuo normale modus operandi: le dai un po' di affetto e di esercizio fisico e poi la restituisci».

Sapevano benissimo entrambi che non stava parlando del cane.

«È meglio non affezionarsi troppo, vero?», insistette Darcy.

«Nella mia esperienza, sì».

Darcy gli si mise davanti, lo sguardo fisso in quegli occhi blu che erano così abili a far innamorare le donne, ma che restavano vuoti, belli e freddi come il cielo. Max aveva perso tutte le persone che amava e aveva imparato a distaccarsi dai sentimenti come lei non sarebbe mai stata grado di fare.

«Bene», concluse allora. «Dopotutto ha senso se non hai conosciuto altro che la fine delle cose».

Max si accigliò. «Che cosa?»

«Se tutto ciò che hai sperimentato è la fine delle cose, è normale che resti attaccato all'inizio. E noi abbiamo avuto il nostro inizio, no?», gli chiese con un filo di voce.

Max annuì, non senza qualche esitazione.

Annuì anche Darcy, con una fitta lancinante che la trafisse dietro gli occhi. Era davvero finita. «Già», sussurrò. «...Credo che avessi bisogno di sentirlo dalla tua voce».

Luna, che si godeva alla grande il suo giorno più bello, disegnò un otto in mezzo a loro e Darcy indietreggiò per uscire dallo spazio personale di Max. Alla fine si era rivelata a sua volta la regola, non l'eccezione.

«Ciao, Max». Alla sua totale assenza di reazione, si strinse nelle spalle e fece un altro passo indietro. Doveva andarsene prima che cominciassero a scendere le lacrime. Gli voltò le spalle e cominciò a camminare, senonché Luna abbaiò e le corse incontro, puntandole le zampe contro le cosce.

«Addio piccola», mormorò Darcy, baciandola, arruffandole la testa e accarezzandola dietro le lunghe orecchie di seta. «Meriti di meglio», le sussurrò, premendo la guancia contro la pelliccia e lasciando che assorbisse le lacrime quando strizzò gli occhi.

Rimase così per qualche istante. Luna riusciva molto più di Max a percepire la sua disperazione. Alla fine Darcy si raddrizzò lasciandola di nuovo libera di correre. Quando spostò lo sguardo su Max, lo trovò che le guardava impietrito.

«So che riuscirai a darla indietro senza fare una piega», dichiarò in tono rigido con i capelli che le svolazzavano intorno al viso, occultando un'altra lacrima solitaria che le era sfuggita e ora le rigava la guancia, «ma sarebbe più gentile da parte tua non permetterle di affezionarsi a te».

Max trasalì al commento, ma Darcy non aspettò che si difendesse; gli girò le spalle e si allontanò a testa alta sulla sabbia indurita. Il vento le soffiava in viso e le lacrime scorrevano come gocce di pioggia su un parabrezza.

Non si voltò. Non c'era altro da dire. Le aveva detto chiaro e tondo, quasi senza una parola, che era finita. Era troppo trincerato in sé stesso, o forse lei non aveva significato così tanto da spezzare le catene che lo legavano.

Sentiva le spalle irrigidirsi passo dopo passo, le lacrime si erano intensificate e il cuore le batteva all'impazzata per la camminata e la devastazione interiore. Doveva solo arrivare alla stazione e, una volta sul treno, si sarebbe permessa lo sfogo. All'andata era quasi vuoto, in tantissimi avevano lasciato la città per le vacanze di Natale.

Luna la superò di nuovo come una freccia d'oro, poi tornò e indietro e l'affiancò al trotto. Abbaiava e saltava, cercava di annusarle il palmo della mano, non capendo che se ne stava andando.

«No, Luna... no, non puoi venire con me... Torna indietro», disse indicando dietro di sé. Ma quando mai un cane guarda dove si punta il dito? Luna le annusò di nuovo la mano. «Torna indietro».

Ma Luna continuava a camminarle a fianco, fedele compagna che si rifiutava di lasciarla o di essere lasciata.

«Luna, torna indietro». Darcy puntò di nuovo il dito alle sue spalle, ma quella sembrava solo attaccarsi ancora di più. Di quel passo, l'avrebbe seguita anche sul treno. «Ti prego...».

Darcy rialzò gli occhi e guardò il mare, sempre senza fermarsi. Forse ignorarla era la soluzione migliore. Se non avesse interagito, avrebbe perso interesse e sarebbe tornata da Max.

Sarebbe bastato che lui facesse un fischio, che la richiamasse... O era così distaccato da lasciar andare via anche il cane? A quel punto si blocco e si girò. «Max! Puoi richiamare il ca...».

Annaspò, perché per poco lui non la travolse, costretto quasi a scavalcarla e sorreggendola per non farla cadere. Per un attimo rimasero così, in un mezzo abbraccio stupito in cui Max si accorse delle sue ciglia umide e delle guance bagnate, e lei gli lesse la disperazione negli occhi.

Max strinse la presa sulle sue braccia, con il respiro affannoso mentre cercava di tenerla in piedi. «Pensavo di poterlo fare. Pensavo di riuscire a lasciarti andare». Il vento gli soffiava in faccia i capelli di lei, così Max li scostò e li fermò prendendole la testa tra le mani. «Ma è troppo tardi». Deglutì, con l'aria di chi è costretto a confessare. «Mi ero già affezionato. Fin dalla prima sera, quando ho dovuto lasciarti sulle scale per andare al tuo... *appuntamento*». Un lampo di gelosia gli attraversò lo sguardo a quel ricordo.

A Darcy ci volle qualche istante per ritrovare la voce. «Se non ricordo male, anche tu avevi organizzato la serata».

Max, però, scosse la testa. «L'ho annullato. Dopo neanche due isolati ho detto a Christoff di tornare alla galleria».

«Sei tornato per me?», trasalì Darcy.

«Naturalmente te n'eri già andata, ma ormai era troppo tardi: eri già nella mia testa. Sapevo di non poterti avere, eppure mi sembrava di desiderarti perfino di più. Mi ripetevo di restare a distanza e invece mi ritrovavo a inventare sempre scuse diverse per vederti. Così ho deciso di ricorrere a miei vecchi trucchetti: se non riuscivo a starti lontano, potevo almeno fare in modo che fossi tu a non volermi vicino. Ma non ha funzionato nemmeno quello». Gli si ruppe la voce su quelle parole. E dal panico che rivelava il suo sguardo Darcy capì che non aveva mai parlato a nessun'altra in quel modo.

«Perché non volevo lasciarti andare, Max», si affrettò a dirgli. «E non lo voglio neanche adesso».

«Bene». La strinse ancora più forte. «Perché… perché io ti amo, Darcy».

«Ti amo anch'io», mormorò lei, fremendo di desiderio mentre Max si chinava a baciarla.

Darcy aveva le labbra salate di lacrime, Max le guance fredde. Luna abbaiava felice correndo in cerchio intorno a loro. Darcy sentiva le sue zampe umide contro le cosce, finché alla fine furono costretti a staccarsi per darle attenzione. Max la prese in braccio, e rimasero con il calore del cane tra loro. «Non riesci proprio a sopportare di essere lasciata fuori, eh?», chiese baciandole affettuosamente la testa pelosa.

Luna infilò il naso nel collo dell'uno e dell'altra, e quel solletico li fece ridere.

Darcy guardò Max, mentre un'idea cominciava a formarlesi nella mente. «Oddio», gemette lui capendo dove voleva andare a parare.

«Be', ti ama anche lei», concluse Darcy con un sorriso, accarezzando Luna tra le orecchie. «E ti serve proprio un po' di scompiglio nella vita».

Max inarcò un sopracciglio. «Pensavo fossi tu».

Felice, Darcy fece spallucce e gli accarezzò la guancia. «Non essendo sicura del buon esito della mia missione quassù, non ho osato comprarti un pensierino. Luna potrebbe sempre essere il nostro reciproco regalo di Natale».

«Ma io non festeggio il Natale».

«Bugiardo. Hai fatto l'albero...», mormorò lei, disegnandogli le labbra con un dito. «E io ho le calze...».

A Max brillarono gli occhi per quell'allusione e le posò lo sguardo sulle labbra. «Be', se la metti così...». La strinse forte a sé. «...allora Buon Natale».

Ringraziamenti

La squadra speciale Pan Mac ha avuto il suo bel da fare con la prima stesura di questo libro. Nel peggiore scenario possibile per chiunque scriva libri, non sapevo bene come sarebbe andato a finire finché non sono arrivata alle ultime pagine e le proibitive scadenze della mia tabella di marcia di due libri all'anno hanno fatto sì che la prima bozza fosse un orrore. Ringrazio la mia editor Gillian Green per non essersi fatta prendere dal panico e, soprattutto, per non averla mostrata a nessun altro finché non avessi avuto il tempo di lavorarci su. Era a rischio la mia reputazione! Un grazie va anche a Lucy Hale per il costante sostegno e per avermi tirato su anche quando mi veniva da piangere.

Sarò sempre in debito con Stu Dwyer, che si assicura che il prodotto finito finisca in tutte le principali librerie del Paese – lasciatemelo dire: quell'uomo ha i contatti! – e a Chloe Davies e Natasha Tulett per essersi impegnato a farlo conoscere a tutti voi. Ci sono così tante persone coinvolte nel percorso dall'inizio alla fine che non vorrei scrivere un discorso da matrimonio, ma non posso non citare in particolare Ellah Mwale, Lucy Grainger, Claire Evans e Leanne Williams.

Infine, devo ringraziare la mia agente Amanda Preston per il suo instancabile sostegno, soprattutto negli ultimi anni per me così difficili a livello personale, e la mia splendida figlia che mi ha fatto da assistente di ricerca durante il viaggio a Copenaghen. È stata ampiamente ricompensata con vestiti nuovi e cioccolate calde.

Indice